# Esclave à travers les siècles

*Aux Éditions J'ai lu*

La colombe et le faucon
*N° 3259*
La rose et le corbeau
*N° 3522*
Les amants secrets
*N° 3641*
Mariage à l'essai
*N° 3866*
La travestie de Venise
*N° 3969*
Le chevalier batard
*N° 4104*
Cœurs farouches
*N° 4255*
La gitane irlandaise
*N° 4337*
Esclave à travers les siècles
*N° 4479*
Un amant de rêve
*N° 4848*
La proie du Lynx
*N° 5424*
Une femme de passions
*N° 5681*
L'enjeu de la passion
*N° 6147*
Le chevalier servant
*N° 6307*
Flamboyante lady
*N° 6850*
En dépit des conventions
*N° 7806*

VIRGINIA

# HENLEY

# Esclave à travers les siècles

*Traduit de l'anglais (États-Unis)*
*par Nicole Ménage*

J'AI LU

POUR elle

Si vous souhaitez être informée en avant-première
de nos parutions et tout savoir sur vos auteures préférées,
retrouvez-nous ici :

**www.jailu.com**

Abonnez-vous à notre newsletter
et rejoignez-nous sur Facebook !

*Titre original*
ENSLAVED

Published by arrangement with Dell Publishing
a division of Bantam Doubleday Dell Publishing Group, Inc.

# 1

Une fois de plus, lady Diane se retira de bonne heure pour se livrer à son passe-temps favori. Bien au chaud dans son lit, elle sentit l'excitation la gagner. Un soupir voluptueux lui échappa quand les intentions de l'homme se précisèrent. Un long frisson la parcourut. Brun, dominateur et indomptable, il était comme elle les aimait. Son audace la fit frémir de tout son être.

Ses seins durcis devenaient douloureux. Une vague de velours s'étendit au creux de son ventre. Sa respiration s'accéléra. Dédaignant le sentiment de culpabilité qui l'assaillait, elle roula sur le côté et glissa une main entre ses jambes...

Puis elle poussa un grognement de frustration.

La barbe ! La bougie venait de s'éteindre en plein milieu du passage le plus intéressant ! Elle referma rageusement son livre sur la vie sexuelle du roi Charles II.

Elle ralluma et finit son chapitre en se disant que vivre au XVIIIe siècle ne lui convenait décidément pas. Les hommes qui l'entouraient n'étaient que des femmelettes. Non contents de se coiffer de perruques ridicules, ils maniaient l'éventail et se peignaient les lèvres. Si seulement elle avait pu naître au Moyen Âge, quand les preux chevaliers n'hésitaient pas à assaillir les châteaux pour délivrer leurs belles ! Et l'époque élisabéthaine, avec ses pirates capables de défier les océans pour ramener des trésors et des femmes ! Ah, les jeunes filles de dix-sept ans ne devaient pas s'ennuyer en ces temps-là !

Aujourd'hui, le prince George avait engendré une génération de dandys tous aussi mièvres, sots et précieux que lui...

En se penchant pour souffler la bougie, elle aperçut son reflet dans la psyché. Sa luxuriante chevelure l'enveloppait jusqu'aux hanches d'une toison d'or pâle. Ses grands yeux violets brillaient encore au souvenir de sa lecture. Son épaisse chemise de nuit cachait un corps élancé, de longues jambes fuselées, une poitrine haute et opulente. Ce vêtement tout à fait convenable était justement destiné à dissimuler ces attraits.

*Convenable !* Sa tante Prudence n'avait que ce mot à la bouche, surtout quand il s'agissait de régenter l'éducation de sa nièce.

Deux ans plus tôt, sir Thomas Davenport était mort, léguant sa fortune à sa fille Diane, notamment sa magnifique bibliothèque et sa maison de Grosvenor Square. En attendant qu'elle ait dix-huit ans, l'administration de ses biens était confiée à ses tuteurs : le frère de son père, Richard, et sa femme Prudence. Dès la mort de Thomas, ils s'étaient installés à Grosvenor Square pour s'occuper de Diane. Alors âgée de quinze ans, la jeune fille était une enfant sage qui passait le plus clair de son temps dans les livres. Mais aujourd'hui, son caractère déterminé et volontaire se précisait, ce qui ne manquait pas d'inquiéter sa tante.

Diane se blottit sous les couvertures en espérant que ses rêves l'emmèneraient auprès du roi Charles et de ses frasques...

Prudence se préparait à se coucher tout en discutant avec son mari. En la voyant avec son bonnet de nuit enfoncé jusqu'aux yeux, son triple menton dégoulinant sur son col à jabot bien serré, il ne put réprimer une grimace de dégoût.

— Loin de moi l'idée de critiquer notre pupille, Richard, mais une fois de plus elle a dédaigné une invitation de lady Sefton pour se mettre au lit avec l'un de ces maudits livres. Ils ne peuvent que lui donner de... de mauvaises idées.

La réprobation et la répugnance que les désirs charnels inspiraient à sa femme convenaient plutôt à Richard, qui n'imaginait plus connaître aucune intimité en sa compagnie.

— La collection de mon frère vaut une petite fortune. Mais vous avez raison, ces ouvrages exercent certainement une mauvaise influence sur elle. J'essaie de trouver un acheteur pour toute la bibliothèque.

Chevalier, ancien baron et président à la cour de l'Échiquier, sir Thomas Davenport était un érudit qui avait su dispenser à sa fille une instruction parfaite. Il lui avait appris lui-même le français, l'italien et le latin.

— Voilà une excellente idée, mon cher Richard ! Les livres ne l'aideront pas à trouver un mari. Si jamais elle endossait la réputation d'un bas-bleu, elle resterait vieille fille à coup sûr. J'essaie de lui faire comprendre qu'elle a tout intérêt à cacher son intelligence. Je me demande ce que votre frère avait dans la tête pour éduquer sa fille de cette façon. Ce n'est pas *convenable* !

À l'évocation de son frère, Richard pinça les lèvres. Quelle injustice ! Pourquoi Thomas était-il arrivé au sommet alors que lui était resté simple avocat ? Et pourquoi avait-il légué tous ses biens à sa fille, sans rien laisser pour son unique frère ? Richard avait élaboré d'innombrables plans pour déposséder Diane de sa fortune, mais elle était trop intelligente pour qu'ils aient la moindre chance d'aboutir. Il procéderait donc de manière plus subtile, en évitant d'éveiller ses soupçons.

Quand Prudence rabattit les couvertures, elle s'aperçut que Richard ôtait sa cravate.

— Vous ne comptez pas vous mettre au lit, n'est-ce pas ? fit-elle avec angoisse.

— Non, ma chère. Je ne fais que changer de col. J'ai un client à voir, ce soir.

Prudence poussa un soupir de soulagement. Elle savait parfaitement de quel genre de client il s'agissait, mais elle lui était reconnaissante d'aller se satisfaire ailleurs.

Deux heures plus tard, Richard quittait la Vaulting Academy pour rejoindre la salle de jeu, au rez-de-chaussée du bâtiment. Il venait d'apprécier les services d'une toute jeune prostituée qu'il se plaisait à appeler « Imprudence », tandis qu'elle le connaissait sous le nom de « Dick ».

Il lia conversation avec un jeune homme élégant qui descendait l'escalier en même temps que lui.

— Il y en avait deux qui faisaient un sacré tapage, ce soir, dit Richard. Vous avez entendu ?

Un sourire s'épanouit sur les lèvres de l'autre.

— Un peu choquant, non ?

— On avait l'impression qu'il la torturait, tellement elle criait.

— Il la fouettait avec une cravache.

Richard observa son interlocuteur avec un intérêt nouveau. Bien qu'il ne fût pas un joueur invétéré, il fréquentait les tables de jeu les plus chères, celles où les mises atteignaient des sommets, dans l'espoir d'y trouver un jeune noble aux abois.

Comme ils se dirigeaient vers les joueurs, Richard se présenta :

— Richard Davenport, avocat à la cour.

— Peter Hardwick, hors-la-loi à ses heures, plaisanta l'autre.

Richard réfléchit. Il lui semblait bien que le nom de Hardwick comptait dans la bonne société. Prudence le saurait, elle. Snob comme elle l'était, la noblesse anglaise n'avait pas de secret pour elle.

En voyant le jeune homme jouer, Richard pensa tout d'abord qu'il s'était trompé. Hardwick ne pouvait être dans le besoin : il gagnait et perdait avec la même désinvolture. L'argent ne semblait pas être un souci pour lui. À moins que ce ne fût pas le sien qu'il mettait en jeu, mais celui d'une de ses victimes...

Avait-il enfin trouvé celui qu'il cherchait ?

Oui, Hardwick était exactement le genre d'homme susceptible d'attirer Diane. Il paraissait apprécier les belles choses sans être esclave de la mode. La ligne ferme de sa mâchoire trahissait un caractère affirmé. Son sourire désarmant déjouait la méfiance. Et pour ne rien gâcher, il était élégant et séduisant. Oui, il serait le candidat idéal... si toutefois il se révélait noble et fauché !

Richard lui tendit sa carte.

— Je suis spécialisé dans les affaires financières. J'administre entre autres les biens de ma nièce, lady Diane Davenport. Vous serez le bienvenu à Grosvenor Square.

Hardwick partit peu après avec deux de ses amis. Richard reconnut Alex Barry, comte de Barrymore, un homme à la réputation douteuse. Les frères Barry passaient pour être des jeunes gens fortunés mais sans cervelle. Si Hardwick mordait à l'hameçon, il ferait l'affaire.

Mais encore faudrait-il que Prudence voie en lui un parti *convenable* !

Diane se sentait au bord du malaise.

— Je vous en prie, arrêtez, je ne peux plus respirer ! s'écria-t-elle en vain.

« Si pour devenir une candidate au mariage je dois endurer pareil supplice, je préfère rester vieille fille ! » songea-t-elle. Ses seins étaient complètement aplatis et ses côtes menaçaient de se briser d'un instant à l'autre !

— Arrêtez ! cria-t-elle en repoussant sans ménagement la main de son bourreau.

La modiste lâcha les lacets du corset et tourna vers Prudence un regard impuissant.

— Diane, ma chère nièce, ces dessous sont indispensables. Aucune dame digne de ce nom ne saurait s'en passer.

— Alors je préfère le premier que j'ai essayé. Il ne me comprimait pas autant la taille. Celui-ci m'aplatit la poitrine comme une crêpe !

Prudence rougit.

— Une lady ne prononce pas ce mot. Ce n'est pas convenable.

— Le mot « crêpe » ? rétorqua Diane, l'air innocent.

Sa tante s'efforça de retrouver contenance.

— Le premier n'allait pas. C'est celui-ci qu'il vous faut.

— Pourquoi ? s'entêta Diane.

— Vous me poussez à l'indélicatesse, ma chère ! Très bien. Vous avez une... une poitrine très... pleine, et quand vous danserez, elle sera... secouée. En outre, les danses d'aujourd'hui sont tellement scandaleuses que vos cavaliers poseront les mains sur votre personne. Mon Dieu ! Si vous n'étiez pas corsetée dans les règles, ils pourraient croire que vous êtes nue sous votre robe !

« Quelle idée plaisante… », pensa aussitôt la jeune fille.

— Nous en prendrons une douzaine, décréta Prudence.

« Une douzaine ? Me voilà condamnée à vie ! » songea Diane, horrifiée.

— Ainsi que deux ou trois plus souples, concéda sa tante.

Mais elle se hâta d'éteindre la brève lueur d'espoir qui venait de s'allumer dans le regard de sa nièce :

— Que vous porterez exclusivement la nuit, sous votre chemise… Bien. Ne flânez pas, mon enfant. Dame Lightfoot sera ici dans un instant pour votre première leçon de danse.

Diane savait déjà danser. Elle bougeait d'instinct au son de la musique, un peu comme ces gitans qu'elle avait vus naguère, au cours d'un voyage avec son père. Jamais elle n'oublierait la sensualité de ce spectacle.

Pourtant, elle ignorait tout des pas compliqués qu'il s'agissait d'exécuter dans les bals. Or une jeune citadine devait les connaître. Il ne lui restait plus qu'à espérer que dame Lightfoot ne ressemblait pas à sa tante. Un professeur de danse ne pouvait être complètement rigide.

Ses espoirs moururent à l'instant où elle posa les yeux sur la dame en question. Comprimée dans son corset et coiffée d'une perruque grise et sévère, elle était aussi raide que la canne dont elle frappait le sol quand elle voulait insister sur certains points.

— Voilà votre élève, dame Lightfoot, déclara Prudence, tout sourire. Je crains que vous n'ayez beaucoup à faire avec elle. Elle passe son temps dans les livres, c'est vous dire qu'elle ignore tout des danses en vigueur et des règles élémentaires de l'étiquette. Je tiens pourtant à ce que sa première saison dans le monde soit un succès, voilà pourquoi je m'en remets à vous.

Le dragon détailla la jeune fille de la tête aux pieds en frappant le sol de sa canne.

— Je vous laisse, dit Prudence en se retirant.

— Alors, jeune demoiselle, commença la dame. Dites-moi un peu : quel adjectif choisiriez-vous pour vous décrire ?

— Cynique, répondit Diane sans hésiter.

La femme éclata de rire. Surprise, la jeune fille se prit à espérer que tout n'était peut-être pas perdu. Mais la canne retentit à nouveau.

— Pour aujourd'hui, nous allons étudier le langage de l'éventail.

Où était le rapport avec la danse ? Quand Diane osa poser la question, la digne dame se raidit tel un militaire et se lança dans une énumération scandée comme une volée de flèches :

— L'éventail est plus important que les pieds. En fait, tout est plus important que les pieds : les cheveux, les yeux, la bouche, l'allure, les manières, la conversation, l'appétit, la robe...

— Je trouve la mode actuelle exécrable, rétorqua Diane d'un air de défi.

— Vraiment ? fit la dame en se figeant.

Décidant qu'il était trop tard pour revenir en arrière, la jeune fille continua sur le même ton.

— Les jupes sont tellement volumineuses que l'on peut à peine monter dans un fiacre. Et ces perruques à étages... C'est tout juste si les oiseaux ne viennent pas y nicher ! Le pire, ce sont ces corsets. Ils vous compriment le ventre à hurler !

La dame leva si haut les sourcils qu'ils disparurent sous sa perruque.

— « Ventre » est un mot indigne dans la bouche d'une lady. Je vois que vous avez reçu une éducation fort peu orthodoxe, ma chère.

La canne frappa deux fois le sol et elle ajouta :

— En dépit de tout, je ferai de vous une débutante irréprochable.

— C'est bien ce qui m'inquiète, murmura Diane entre ses dents.

Incapable de résister au désir de s'amuser davantage, elle poursuivit :

— Au Moyen Âge, les dames dormaient nues ! L'Église condamnait le port des chemises de nuit, déclarées obscènes et propices à entraîner les hommes vers des débordements regrettables. J'imagine qu'elles n'avaient rien à voir avec les vêtements *convenables* dans lesquels je dors... Malheureusement !

Dame Lightfoot fouilla dans son réticule, déboucha un petit flacon et respira une bonne dose de sels. Puis, comme pour mettre un terme à ces propos insupportables, elle déploya un éventail et le tendit à son élève...

Diane découvrit que les plus beaux éventails étaient faits de branches d'ivoire couvertes de gaze, de dentelle ou de soie imprimée. Elle apprit à en jouer, à s'en couvrir partiellement le visage, selon les circonstances.

Au bout d'une heure, elle n'ignorait plus rien de l'art de flirter selon les règles.

— Moi, je préfère flirter avec le danger, décréta néanmoins l'élève insoumise.

Un silence plana.

— Vous avez une âme troublée, dit enfin dame Lightfoot. Aussi vais-je vous confier un secret qui ne concerne pas, en principe, les jeunes filles inexpérimentées. Quand vous serez respectablement mariée et que vous aurez donné le jour à un héritier, vous aurez le droit de prendre quelques libertés qu'une lady ne saurait connaître.

— Voilà le premier argument que j'entends en faveur du mariage ! répliqua Diane.

À ce moment-là, Prudence les rejoignit dans la salle de musique. Elle était curieuse de voir quelles danses Diane avait apprises.

— Ne soyez pas impatiente, madame Davenport, répondit dame Lightfoot. Lady Diane est un diamant brut. Le façonnage nécessite un temps de polissage. Je lui enseignerai la danse chez moi, à Mayfair. J'ai besoin de place pour lui apprendre les pas du menuet et de la contre-danse. Voici ma carte. Je vous attends lundi, à deux heures.

Deux coups secs ponctuèrent ces paroles.

# 2

— Tante Prudence, je n'ai pas appris à danser mais à me servir d'un éventail ! De plus, cette femme est un vrai dragon… une caricature !

Les mots moururent sur les lèvres de Diane quand elle vit le visage défait de sa tante.

— J'aurais donné n'importe quoi pour une leçon de danse, quand j'avais votre âge. Malheureusement, ma santé ne me l'a pas permis. J'ai souffert toute ma vie, gémit-elle, une main sur sa hanche déformée par l'arthrite. Vos révoltes réveillent mes douleurs, Diane. Cela me ferait plaisir que vous acceptiez l'enseignement de dame Lightfoot.

La jeune fille se sentit honteuse.

— Bien sûr, tante Prudence. Excusez-moi, je suis très égoïste de me plaindre.

— Ah, ma chère, avec le temps, vous apprendrez à souffrir en silence, comme moi…

Diane fronça les sourcils.

— Nous sommes invitées à prendre le thé chez Emily Castlereagh. Pourrez-vous sortir malgré vos douleurs, ma tante ?

— Je crains que non. Je vais devoir m'aliter, cet après-midi.

— J'enverrai un billet avec nos excuses.

— Mais c'est hors de question ! Bridget vous accompagnera.

En vérité, tante Prudence ne se sentait pas à l'aise au sein de l'aristocratie car elle n'avait pas de titre. Diane ne devait son invitation qu'à l'étroite amitié qui avait lié son père et lady Castlereagh. Emily avait épousé le marquis de Londonderry et son frère n'était autre que le comte de Buckinghamshire. Bien qu'elle évoluât dans les plus hauts cercles de la société, elle n'en tirait aucune fierté particulière. Elle faisait même preuve d'une excentricité vestimentaire qui enchantait Diane.

— Votre robe de basin chocolat conviendrait parfaitement à la circonstance.

« Et puis quoi encore ! faillit répondre la jeune fille. Vous n'avez rien trouvé de plus sinistre ? »

— Dois-je vous rappeler qu'en aucun cas vous ne devez vous aventurer le long de St. James's Street, où la plupart des gentlemen ont leur club ?

— Bien sûr que non, répliqua Diane, décidant sur-le-champ que c'était exactement ce qu'elle allait faire.

Pour contrebalancer le côté austère de la robe, elle choisit son chapeau le plus extravagant, décoré d'une queue de coq qu'elle avait récupérée sur un chapeau de paille, ainsi que des bottines en maroquin assorties.

— Sommes-nous sur la bonne route, lady Diane ? demanda Bridget, sa servante.

— Non, Biddy, mais j'aimerais passer par St. James's Street.

Prudence aurait congédié Bridget McCartney depuis longtemps si Diane ne s'y était opposée. L'Irlandaise tourna vers elle son visage mutin criblé de taches de rousseur, et une lueur espiègle éclaira ses yeux.

— Pas de problème, en ce qui me concerne.

Elles éclatèrent de rire, et Diane songea combien il était agréable d'avoir à ses côtés une personne pleine de gaieté et d'humour.

Devant le Brooks's Club, deux hommes jaugeaient les passantes du regard. Dans ce quartier de prostituées, la présence d'une jeune fille de bonne famille avec sa servante s'avérait déplacée.

Feignant l'indifférence, Diane observa les alentours avec un vif intérêt, négligeant de répondre aux commentaires inconvenants. Mais quand un élégant vêtu d'un pantalon rayé noir et blanc lui demanda si elle cherchait de la compagnie, elle répondit qu'elle n'avait pas l'habitude de côtoyer des zèbres : elle ne recrutait pas ses amis dans les zoos !

Peter Hardwick présenta sa carte de visite au 21 Grosvenor Square et suivit le majordome dans la bibliothèque.

Richard Davenport l'attendait, satisfait. Le jeune homme n'avait pas perdu de temps pour prendre contact avec lui.

Cachée derrière le rideau de dentelle du salon, Prudence fut favorablement impressionnée par le visiteur. Un sourire ravi se dessina sur ses lèvres. Diane ne resterait pas insensible au charme de ce séducteur.

— Inutile d'être deux à souffrir, dit Diane à Bridget au moment d'arriver chez dame Lightfoot. Je te donne ton après-midi. Rendez-vous à cinq heures, au coin de Grosvenor et de Brook Street.

Au bout de la rue, dame Lightfoot guettait sa jeune élève.

— Bonjour, lady Davenport. La ponctualité fait partie des qualités que j'apprécie.

— Bonjour, dame Lightfoot, répondit Diane, se félicitant de ne pas être en retard, pour une fois.

La femme la fit entrer dans une grande salle aux murs tapissés de miroirs. Elle ôta son chapeau, s'assura que sa perruque grise était bien en place et annonça :

— Mettez-vous à l'aise. Je suis à vous dans un instant.

Impressionnée, Diane parcourut la pièce qui renvoyait son image de toutes parts, une pièce conçue pour que l'on puisse se voir danser sous n'importe quel angle. À son tour, elle enleva son chapeau. Prise d'une impulsion, elle se débarrassa aussi de sa perruque, libérant la masse ondoyante de ses cheveux qu'elle secoua avec délices. Elle détestait être obligée de les cacher.

Le soleil brillait derrière les vitres. Réfléchie par les miroirs, sa lumière conférait à l'endroit une chaleur accueillante. Diane eut tout à coup envie de danser.

Comme portée par un souffle magique, elle enleva ses chaussures et se mit à tournoyer. Ses jupes virevoltaient autour de ses longues jambes nues, ses boucles formaient une auréole scintillante.

Retournant dans la salle, dame Lightfoot s'arrêta sur le seuil et contempla longuement la jeune fille avant d'aller s'installer au piano et de commencer à jouer.

Diane ressentait la musique dans toutes les fibres de son corps. Entraînée par le rythme de plus en plus rapide, elle se mit à évoluer avec frénésie, exprimant sans retenue sa sensualité naturelle. Elle finit par tomber à genoux, la tête baissée, ses cheveux d'or déployés autour d'elle. Puis elle se redressa et éclata de rire.

— Il y a des années que je n'avais pas vu un corps aussi souple, commenta dame Lightfoot, pensive.

— Si je n'étais pas empêtrée dans ce corset de malheur, je pourrais vraiment danser !

Dame Lightfoot réfléchit un instant.

— Et si nous les ôtions ? Le mien m'étouffe ! Vous pouvez utiliser le vestiaire, là-bas.

Stupéfaite, Diane s'y rendit sans se faire prier. Elle n'était pas au bout de ses surprises. Dans le vestiaire, les costumes les plus inattendus étaient suspendus à des cintres, offrant une incroyable variété de styles, de couleurs et de matériaux. Elle effleura de la main une étoffe pailletée, songeant que ces robes devaient servir à des spectacles de danse ou de théâtre. Peut-être dame Lightfoot n'était-elle pas un vieux cerbère, malgré les apparences.

En revenant dans la salle, Diane resta figée sur le seuil. Sans son corset et sa perruque, dame Lightfoot était méconnaissable. Avec ses cheveux d'un noir de jais, elle ne ressemblait plus à une vieille dame.

— Dame Lightfoot...

— Appelez-moi Allegra, voulez-vous ?

Jusqu'à l'intonation de sa voix qui avait changé !

— Quel joli nom ! Un nom... musical ! Ces costumes, dans le vestiaire, sont fascinants.

— Essayez-en un, si vous le désirez.

— Oh, le choix risque d'être difficile ! Et si je créais mon propre déguisement ?

— Excellente idée ! En quoi vous verriez-vous ?

— En Diane, la déesse romaine de la Chasse.

— J'aurais dû deviner ! Vous ferez une Diane parfaite.

— Je l'imagine en tunique blanche découvrant une épaule, osa suggérer la jeune fille, bien qu'elle sût que celle de la déesse découvrait carrément un sein.

— Parfait, approuva Allegra. Et courte, pour montrer vos superbes jambes.

— Avec un arc et des flèches dorées, ajouta Diane, pleine d'enthousiasme. Des sandales lacées très haut sur les mollets, et les cheveux libres. Et puis des bracelets en haut des bras !

Allegra observait pensivement sa ravissante élève.

— Le bal d'ouverture du nouveau Pantheon, à Oxford Street, sera un bal masqué.

— Je crains hélas de ne pas y assister, répliqua tristement la jeune fille. Tante Prudence estimera sans doute que c'est inconvenant.

— Mmm... Bien, je vais néanmoins vous apprendre tous les pas de danse que vous devez connaître et demain, nous nous consacrerons à vous transformer en Diane chasseresse.

Diane apprécia tellement ces deux après-midi en compagnie d'Allegra qu'elle regretta de ne pouvoir y retourner le mercredi. Mais elle était invitée à un bal à l'Almack.

Pour la circonstance, Prudence revêtit une robe en taffetas vert pomme, cette couleur à la mode qui accentuait son embonpoint. Elle approuva l'apparence de sa nièce avec un tel enthousiasme que celle-ci s'inquiéta. C'était sa première robe de bal, mais elle se sentait à l'étroit dans le corset serré et les trois jupons. Prudence avait eu l'immense bonté de la laisser choisir la couleur. Et quel choix ! Elle avait pu opter entre le rose bonbon et le bleu layette ! Des rangs de ruché agrémentaient l'empiècement du col haut. Encore heureux qu'ils soient là, ces volants, pour donner un peu d'ampleur à sa poitrine totalement aplatie par l'odieux corset !

Malgré tous ces inconvénients, Diane se réjouissait d'aller à son premier bal. Elle prit son châle de cachemire et descendit allégrement de voiture.

Prudence se chargea bien vite d'assombrir son humeur.

— N'allez pas vous attirer les faveurs d'un chasseur de dot ou d'un coureur de jupons. Vous devez éviter ce genre d'hommes à tout prix.

Contrairement aux apparences, Prudence ne songeait pas à protéger Diane. Elle nourrissait des desseins bien plus sournois. « Elle est tellement jolie qu'elle est capable d'attirer un pair de premier ordre, se disait-elle. Richard et moi pourrons alors dire adieu à sa fortune. Il faudra la surveiller. Heureusement que ces perruques sont à la mode ! Elles ont au moins le mérite de cacher cette magnifique chevelure d'or devant laquelle ils resteraient tous bouche bée ! »

Il y avait foule devant l'Almack. Prudence se sentit flattée quand lady Melbourne en personne vint l'accueillir, escortée de ses deux enfants, Emily et William Lamb. Ce dernier s'approcha aussitôt de Diane.

— M'accorderez-vous la première danse, lady Davenport ?

— Bien sûr, monsieur.

Diane trouvait ridicule de ne pouvoir appeler ce jeune homme par son prénom alors qu'ils se connaissaient depuis l'enfance. Elle le nota toutefois dans son carnet de bal et pénétra dans le vestibule.

— Continuez, jeunes gens, et amusez-vous, déclara Prudence. Ma hanche m'interdit les joies de la danse.

Diane rejoignit un groupe d'amies, venues comme elle à ce bal des débutantes : Hary-O Devonshire, Penelope Crewe et Fanny Damer, toutes amenées par leurs mères qui espéraient les voir décrocher un beau parti. Eduquées dans ce but, elles connaissaient tous les artifices de la séduction.

Le carnet de bal de Diane ne tarda pas à être plein. Le jeune comte Cowper, riche comme Crésus, propriétaire entre autres d'un superbe château gothique à Hertford, ne cacha pas son intérêt pour la jeune fille. Mais, Dieu soit loué, songea celle-ci, ses parents tenaient à ce qu'il épouse la fille d'un duc.

Caro Ponsonby se joignit au groupe des débutantes.

— Qui est donc ce jeune homme époustouflant en uniforme de la Garde royale ? demanda-t-elle.

Diane ne se retourna pas vers celui qui semblait fasciner Caro, aussi ne vit-elle pas l'étonnant regard sombre qui parcourait l'assemblée avant de s'arrêter sur l'objet de sa convoitise...

Peter Hardwick essayait de deviner laquelle des jeunes filles du groupe était lady Diane Davenport. L'expérience lui avait appris que plus la fortune était conséquente, plus la corpulence de l'héritière en imposait. Aussi élimina-t-il à regret la splendide créature aux formes sensuelles pour s'arrêter sur la fille au visage rond comme une galette. Son courage faillit l'abandonner. Mais il songea à son frère aîné, qui se moquait toujours de lui en lui disant qu'il devait épouser une riche héritière.

Il se dirigea résolument vers le petit groupe et s'inclina.

— Lady Diane ?

Une voix féminine répondit derrière lui :

— Oui ?

Peter Hardwick se retourna et rencontra l'éclat d'un regard violet dans un visage d'ange. Il retint sa respiration. Mais non, il ne rêvait pas ! Il prit son temps avant de murmurer d'une voix suave :

— Voulez-vous m'accorder cette danse ?

— Je regrette, monsieur, mais j'ai déjà un cavalier.

— Dans ce cas, la prochaine ?

— Mon carnet de bal est plein, répondit Diane avec une pointe d'amusement.

— Je ne vous crois pas. Laissez-moi voir.

Sans s'offenser, la jeune fille éclata de rire et lui présenta son carnet. Aussitôt, il inscrivit son nom en tête de liste avant de le lui rendre.

Elle lut les lettres tracées d'une main insolente.

— Vraiment ? fit-elle avec hauteur.

— Hardwick, précisa-t-il en la contemplant sans ciller. Peter Hardwick.

— Hardi vous aurait convenu davantage.

— Entre autres qualités, oui.

— Voici mon cavalier, dit Diane en voyant William Lamb se diriger vers elle.

Un sourire mauvais joua sur les lèvres de Peter.

— Ne me dites pas que vous préférez danser avec cet abruti plutôt qu'avec moi !

Diane le toisa d'un air hautain.

— Sans la moindre hésitation.

Sur ce, elle prit le bras de William et planta là l'arrogant personnage.

# 3

Le lendemain matin, Prudence questionna minutieusement Diane sur sa soirée.

— Laissez-moi voir votre carnet de bal.

— Euh... je ne l'ai pas gardé.

— Comment ? Vous n'avez pas gardé ce souvenir de vos débuts à l'Almack ? s'exclama Prudence, scandalisée.

— Mon carnet était plein. J'ai dansé avec William Lamb, lord Ashley, lord Granville et... et Peter.

— Peter Hardwick ?

— Non, Peter Cowper.

Prudence fronça les sourcils. Pas une seule danse avec Hardwick, malgré les accords que Richard et elle avaient conclus avec lui ?

— Un peu fort, ce Peter Cowper, non ? lança-t-elle avec dédain.

« C'est l'hôpital qui se moque de la charité ! » se dit Diane.

— Vous avez mentionné Peter Hardwick, vous le connaissez ?

— Euh... Richard traite une affaire immobilière pour lui. Avez-vous dansé avec lui ?

— Non.

— Il ne vous a pas invitée ?

— Si, avoua Diane.

— Et pourquoi avoir refusé, Grand Dieu ? C'est un jeune homme éminemment respectable.

— Vraiment ? rétorqua Diane avec ironie au souvenir de sa conduite.

— Je ne peux pas croire que vous l'ayez éconduit.

— Je craignais de ne pas être une cavalière à la hauteur. Avec William et les autres, je ne m'en suis pas souciée, mais avec Peter Hardwick c'était différent.

Un soupir de soulagement échappa à Prudence. Diane avait mordu à l'hameçon.

— Il vous faut simplement quelques cours supplémentaires avec dame Lightfoot.

— Oui, tante Prudence, je le crains. J'ai d'ailleurs une leçon cet après-midi. Pouvez-vous libérer Bridget ?

Fascinée, Diane se contemplait dans la salle aux miroirs. La tunique blanche flottait autour d'elle, dénudant une épaule et un bras orné d'anneaux d'or. La bandoulière de son carquois faisait ressortir les formes voluptueuses de sa poitrine. La jupe faite de pans de gaze découvrait ses jambes, mises en valeur par les sandales nouées jusqu'aux genoux. Un serre-tête orné de pierres précieuses retenait ses cheveux qui bouclaient librement jusqu'au bas des hanches.

— Le bal masqué aura lieu vendredi soir, annonça Allegra.

— Oh, je ne pourrai pas m'y montrer dans cette tenue !

Allegra lui tendit un masque de plumes. Quand Diane le mit, elle se rendit compte que personne ne la reconnaîtrait.

— Si vous veniez avec moi… peut-être… Mais je ne vois pas comment fausser compagnie à tante Prudence vendredi soir.

— Je m'en charge, déclara dame Lightfoot d'un ton sans réplique.

Quand la jeune fille regagna Grosvenor Square, plusieurs cartes de visite l'attendaient sur la table du vestibule. Elle les consulta rapidement, à la recherche d'un certain nom. Ses joues rosirent quand elle le trouva, mais lorsque Prudence lui tendit un bouquet de roses et de pois de senteur, elle s'empourpra franchement.

— Un garçon charmant, ce Peter Hardwick, commenta-t-elle avec une indifférence feinte.

— Un peu présomptueux, remarqua sa tante, en espérant que sa nièce prendrait aussitôt la défense du jeune homme.

À sa grande déception, celle-ci abonda dans son sens.

— C'est le moins qu'on puisse dire, fit Diane en respirant avec délices le puissant arôme des fleurs.

Le lendemain, dame Lightfoot se présenta chez Prudence. La rigidité de son maintien, accentuée par le corset et la canne, lui donnait l'apparence d'une duchesse douairière. Affichant un air distant, Diane écoutait pourtant attentivement la conversation.

— Lady Melbourne et lady Bessborough m'ont demandé de donner des leçons supplémentaires à leurs filles, pour qu'elles ne soient pas défavorisées par rapport à celles qui font leur entrée dans le monde. Mes principes m'interdisent de délaisser mes jeunes élèves au profit des anciennes, mais mon emploi du temps se trouve surchargé. Accepteriez-vous que Diane vienne chez moi vendredi soir ?

— Vos désirs sont des ordres, dame Lightfoot.

Diane s'éclaircit la gorge pour ne pas s'étrangler quand sa tante ajouta :

— Mais ma nièce ne peut sortir le soir sans moi. Je l'accompagnerai.

— Bridget s'en chargera, suggéra très vite la jeune fille. Je ne supporterais pas de vous savoir assise à m'attendre pendant des heures, avec votre hanche...

Prudence regarda dame Lightfoot en se demandant si de telles dispositions revêtaient ou non un caractère inconvenant.

— Mes autres jeunes élèves arrivent en voiture elles aussi, avec une servante. Les domestiques font des chaperons tout à fait acceptables, vous savez.

Le dragon avait parlé, et Prudence capitula. Dame Lightfoot se leva aussitôt pour prendre congé.

— À demain, dit-elle à Diane en s'inclinant avec raideur.

— À demain, répéta gravement celle-ci, alors qu'au fond d'elle-même l'excitation lui donnait envie de danser !

Quand la jeune fille arriva chez Allegra, elle laissa Bridget avec James, le cocher. Leur attirance réciproque ne lui avait pas échappé, bien qu'ils feignissent toujours la plus grande indifférence en présence de Prudence.

Allegra resplendissait dans une robe couleur pourpre. Pour l'occasion, elle ne portait ni corset ni perruque.

— Entrez, ma chère. J'ai presque fini de me préparer.

Lorsque Diane émergea du vestiaire dans son costume, quelques minutes plus tard, Allegra soulignait ses yeux d'un trait de khôl.

— Puis-je essayer un peu de baume pour les lèvres ?

— Bien sûr. Mettez aussi une touche de santaline sur vos joues. Je sais bien que votre masque cachera tous ces artifices, mais un soupçon de maquillage donne de l'assurance à une femme.

Le spectacle de sa beauté rehaussée par les fards laissa Diane sans voix. L'ombre violet argenté sur ses paupières donnait à son regard une profondeur saisissante.

— Magnifique ! s'exclama Allegra en enveloppant sa protégée dans une longue cape. Votre servante est-elle assez discrète pour que nous prenions votre voiture ? ajouta-t-elle en s'emparant d'un grand éventail en plumes d'autruche.

— Nous avons conclu un accord tacite, Bridget et moi, répondit la jeune fille, un sourire aux lèvres. On peut lui faire confiance.

Un énorme embouteillage causé par les attelages qui essayaient de s'approcher du Pantheon les contraignit à se garer à bonne distance et à continuer à pied. Diane fixa soigneusement son masque et se mêla à la foule au côté d'Allegra.

Ce soir, tous les grands noms de Londres étaient là. Les deux femmes parvinrent à hauteur d'un groupe d'hommes escortant une chaise à porteurs. Allegra toucha le bras de l'un des gentlemen en habit de soirée.

— Bonsoir, Allegra !

— Qui escortez-vous donc, sir Charles ?

— Mme Baddeley. Les artistes ne sont pas admises au bal, alors nous lui formons une garde d'honneur.

— Toujours aussi farceur, ce vieux Charlie !

Devant le silence étonné de Diane, Allegra expliqua que Sophia Baddeley, chanteuse au Ranelagh, était la maîtresse attitrée du vicomte de Melbourne. Ses amis avaient pour mission de s'assurer qu'elle recevrait un accueil digne d'elle.

Le père d'Emily et de William Lamb avait donc une maîtresse ! songea Diane, effarée.

— Lady Melbourne est pourtant aussi stricte que Prudence, remarqua-t-elle.

— Je ne vous le fais pas dire, ma chère enfant. Car voyez-vous, une femme a parfois intérêt à se montrer... accommodante.

Tout en avançant dans Oxford Street, la jeune fille s'aperçut qu'Allegra connaissait les hommes les plus illustres, jusqu'à William Hangar, un intime du prince de Galles qu'elle salua familièrement.

Des portiers en livrée gardaient l'entrée du Pantheon. Ils s'effacèrent devant les chevaliers servants de Sophia Baddeley qui croisèrent cérémonieusement leurs épées pour lui faire une haie d'honneur. Ainsi la chanteuse réussit-elle une entrée remarquée...

Le vestibule était bondé. Un valet la débarrassa de sa cape et Diane se sentit aussitôt d'humeur espiègle. Elle attirait plus de regards que l'excentrique comtesse de Cork dans son costume de sultane, avec son visage peint en noir et son diadème de diamants.

Cumberland, l'oncle du prince de Galles, était déguisé en Henri VIII et sir Richard Philips en ramoneur. Toutes les grandes époques de l'histoire étaient représentées, jusqu'à la Grèce antique. Cupidon escortait une jeune fille qui semblait tout droit venue de la cour du roi Arthur. Jamais Diane n'avait vu spectacle aussi pittoresque.

Le comte de Bath, en ville pour affaires, était entouré de ses maîtresses. Coureur impénitent et cynique de nature, il ne se souciait aucunement de sa mauvaise réputation.

Il n'avait pas l'intention de se marier et de fonder une famille. Ses succès féminins lui suffisaient, même s'il les devait surtout à son titre de noblesse et à sa richesse. Heureusement, son jeune frère Peter était là pour sauver le nom des Hardwick. Le comte promena autour de lui un regard noir chargé de mépris. Il refusait de poudrer ses cheveux d'ébène ou de les cacher sous une perruque. Son nez busqué d'aristocrate lui donnait un profil de rapace. Cherchant à tromper l'ennui, il scrutait la foule dans l'espoir qu'une femme retiendrait son attention. Il ignorait celles qui cherchaient à le séduire. C'était lui qui choisissait, toujours.

Il ne s'était pas mêlé à l'escorte de Sophia Baddeley. Il fuyait comme la peste les débauchés devenus esclaves du jeu, de l'alcool ou des femmes...

Tout à coup, la vue d'une superbe créature déguisée en Diane chasseresse faillit le faire mentir. Qui diable était cette femme en compagnie de la célèbre Allegra ? Fasciné, il contempla en silence la jeune beauté qui renversait la tête en arrière dans un éclat de rire. Ses manières dénuées d'affectation lui plaisaient au-delà du raisonnable, bien qu'elle semblât très jeune.

Ignorant l'attention dont elle était l'objet, Diane s'amusait des plaisanteries d'Allegra à propos de la comtesse de Cork.

— Elle est excentrique mais inoffensive, non ?

— On peut le dire, oui. Venez, il faut que vous l'entendiez parler.

Elles s'approchèrent de la comtesse qui s'entretenait avec Cumberland, et Diane tendit l'oreille. La sultane ponctuait ses phrases d'une suite de petits bruits inattendus, des « pff », des « fff » et des « tsss ».

Allegra roula de grands yeux en actionnant son éventail. Elle reprit son air professoral et dit à son élève :

— Ces sons incongrus sont à proscrire absolument, sous peine de passer pour une simple d'esprit !

Riant à nouveau, Diane dut soulever son masque pour essuyer ses larmes, et c'est ainsi que le comte de Bath entrevit des yeux violets dont la splendeur lui coupa le souffle. Épiant sa proie avec une acuité féline, il s'approcha peu à peu.

Soudain, deux mains puissantes se posèrent sur la taille de Diane, la soulevèrent et la déposèrent sur une estrade, derrière elle.

— Une divinité mérite un piédestal, déclara le comte d'un ton léger.

Suffoquée par l'audace de ce grand brun dont les mains s'attardaient sur elle, Diane soutint son regard sombre.

— Présentez-nous, Allegra, ordonna-t-il.

— Pas question, espèce de démon insatiable ! Elle n'est pas un mets pour votre appétit vorace.

— Je vous promets de la savourer longuement, comme un vin fin qu'on laisse couler sur la langue, en prenant son temps. Il me faudra une nuit entière pour étancher ma soif.

Allegra ne sut que dire. Elle ne pouvait décemment révéler au comte de Bath l'identité de lady Diane Davenport qui, elle, n'avait pas perdu l'usage de la parole :

— Espèce de grossier personnage ! Allez étancher votre soif ailleurs !

Et elle lui envoya un coup de pied sur le tibia. Malheureusement, ses sandales protégeaient mal ses orteils et ce fut elle qui se fit mal.

— Aïe ! s'écria-t-elle.

Lestement, le comte saisit son pied. Avec un petit sourire amusé, il admira la longue jambe de l'inconnue, de bas en haut...

Outrée, Diane voulut se dégager mais il la tenait fermement. Elle sortit alors une flèche de son carquois et lui piqua la main par deux fois pour qu'il daigne enfin la libérer. Mais avant de la lâcher, il laissa remonter sa main le long de sa jambe, jusqu'à sa cuisse.

Cramoisie sous son masque, Diane sentit la peur la gagner. Cet homme se permettait de la toucher comme si elle lui appartenait. Elle chercha Allegra mais celle-ci avait disparu. L'estrade était envahie de femmes aux costumes les plus divers : une danseuse de ballet, une bergère, un ange…

Plus bas, des hommes s'agitaient autour de Cupidon, criant et riant. Diane regretta soudain d'avoir choisi un costume aussi léger. Elle se sentait presque nue. Une jeune fille comme elle n'avait peut-être pas sa place dans un bal aussi extravagant…

Incapable de détacher ses yeux de la divine créature qui lui faisait face, le comte de Bath se dit qu'il s'agissait sans doute d'une fille légère, même si elle était trop jeune pour avoir beaucoup d'expérience. Il préférait d'habitude les femmes plus mûres mais la beauté naturelle de cette fille, sa fraîcheur et sa vitalité le rendaient fou. Il la voulait, sur-le-champ ! Il se tourna vers Cupidon et leva la main.

L'ange s'empara soudain du masque de Diane.

— Il irait parfaitement avec mon costume, vous me le prêtez ?

— Et puis quoi encore ? rétorqua la jeune fille en récupérant son bien.

Elle s'empressa de le remettre en place, affolée à l'idée d'être reconnue.

— Allez donc gratter votre harpe sur un autre nuage ! ajouta-t-elle.

C'est alors que des mains désinvoltes la saisirent de nouveau et elle se retrouva au bas de l'estrade. Elle plongea dans le regard noir de l'inconnu.

— Que diable faites-vous encore ?

— Je vous ai achetée, Diane, répondit le comte de Bath en souriant.

— De… de quoi parlez-vous ? balbutia-t-elle, prise de panique en entendant son prénom.

Puis elle se souvint qu'il s'agissait seulement de son personnage.

— Cupidon, le commissaire-priseur de notre vente aux enchères, a mis à prix toutes les jeunes nymphes de l'estrade. Je viens de vous acquérir.

— Mais… c'est impossible !

— Il s'agit d'une vente de charité, pour une bonne cause, n'ayez pas d'inquiétude.

Prestement, le comte prit deux verres de champagne sur le plateau d'un serveur en livrée et en tendit un à la jeune fille.

— Étanchons notre soif ensemble, voulez-vous ?

Comment osait-il faire de tels sous-entendus ? Sa voix grave et suggestive éveillait en elle des sensations étourdissantes. Éperdue, elle lança le contenu de son verre à la figure de l'homme puis disparut.

# 4

Allegra l'attendait près de la porte, sa cape sur le bras en prévision d'une retraite précipitée. Diane s'en enveloppa aussitôt.

— Je n'aurais jamais dû venir, dit-elle.

— Oh, ne soyez pas si conventionnelle ! Nous nous sommes bien amusées.

La jeune fille se détendit un peu et se mit à rire.

— Excusez-moi. Je m'amusais en effet beaucoup jusqu'à ce que cet homme détestable vienne tout gâcher.

— Cet homme détestable n'est autre que le comte de Bath.

— Seigneur ! Et je lui ai jeté mon verre à la figure !

— Cela n'a fait que fouetter son ardeur.

— Heureusement que j'étais déguisée.

Elles descendaient North Audley Street quand une voiture noire s'arrêta à leur hauteur. Une main puissante se referma sur le bras de Diane et, sans avoir compris ce qui lui arrivait, elle se retrouva à l'intérieur du coupé, plaquée sur le siège de velours. Elle poussa un cri.

— N'ayez pas peur. Nous nous connaissons, et avant la fin de la nuit nous nous connaîtrons bien davantage, faites-moi confiance.

Elle ne le voyait pas dans la pénombre mais elle reconnut sa voix et s'affola.

— Comment osez-vous vous conduire de la sorte ? Et que voulez-vous ?

— Je vous ai achetée, chérie. J'en veux pour mon argent. Vous me devez aussi quelques excuses pour le champagne.

— Vous présenter des excuses, moi ? s'exclama Diane, ulcérée. C'est vous qui devriez vous excuser d'avoir osé me toucher les jambes !

— D'accord. Je suis désolé d'avoir touché vos jambes... J'aurais préféré caresser vos seins.

Diane en resta sans voix. Cet homme ne lui faisait pas seulement peur. Il exerçait sur elle une attraction magnétique. Elle devait absolument le tenir à distance.

— Où m'emmenez-vous ? questionna-t-elle.

— Chez moi. Ce n'est pas loin.

— Mais, monsieur, vous n'avez pas le droit ! Vous vous méprenez, je ne suis pas une... une prostituée. Je suis une lady.

Il éclata de rire. Un rire profondément troublant...

— Cela m'étonnerait.

Il alluma une lanterne. Son visage demeurait dans l'ombre mais celui de la jeune fille baignait dans une douce clarté.

— Votre beauté et l'intonation de votre voix m'inciteraient à vous croire, mais vous étiez en compagnie d'Allegra, continua-t-il. Elle dirige l'une des maisons les plus réputées de Londres. Toute l'aristocratie se fournit chez elle.

Tout d'abord, Diane le regarda en se demandant de quoi il parlait. Quand elle comprit ce qu'il insinuait, elle rougit jusqu'à la racine des cheveux. Allegra, une entremetteuse ? Ce n'était pas possible.

Ils s'arrêtèrent dans Jermyn Street.

— Il est hors de question que j'aille chez vous ! s'exclama-t-elle comme il lui offrait son bras pour descendre.

— Vous savez pourtant qui je suis. Quand je veux quelque chose, je sais y mettre le prix.

— Non ! Oui... je veux dire... je sais qui vous êtes...

Un sourire cynique joua sur ses lèvres.

— Alors, venez. Nous allons négocier.

Jamais Diane n'avait rencontré un homme aussi arrogant ! Il avait besoin d'être remis à sa place et elle se ferait un plaisir de s'en charger. Un plan se dessina dans son esprit.

Telle une déesse, elle ajusta son masque et descendit de voiture.

Le majordome se hâta de s'éclipser en voyant que son maître n'était pas seul. Diane le précéda dans l'escalier qu'elle gravit devant lui comme s'il se fût agi de l'Olympe, le laissant admirer à loisir ses longues jambes nues.

Tandis qu'il allumait les lampes d'un salon magnifiquement décoré, elle contempla les panneaux à étoffes, les fauteuils en cuir et les tableaux de Van Dyck.

— Très masculin, dit-elle.

— Je l'espère bien ! répondit-il, amusé.

Il se dirigea vers la desserte et servit deux verres de vin.

— Vous êtes un homme courageux...

— Je parie que vous ne m'en jetterez pas un second au visage, répliqua-t-il en souriant.

— Attention, vous pourriez perdre !

Elle but une gorgée sans le quitter des yeux, puis reprit :

— À présent, vous pouvez ouvrir les négociations.

Il haussa un sourcil.

— Êtes-vous sûre qu'il s'agit de la première fois ?

— La première fois que l'on me fait des propositions ou la première fois que je songe à prendre un amant ? riposta Diane, surprise de sa propre audace.

Il vit ses yeux pétiller sous le masque et il l'imagina au lit, fougueuse, enroulant ses longues jambes autour de lui. Une onde de désir le parcourut.

— Je vous offrirai une garde-robe et une femme de chambre, proposa-t-il.

Diane reposa son verre.

— Nous perdons notre temps.

Il prit le verre et le lui tendit de nouveau.

— Je vous louerai un pied-à-terre et une voiture.

Elle passa la langue sur ses lèvres et Hardwick sentit sa gorge se nouer.

— Votre offre... est insultante.

L'amusement disparut du regard du comte.

— Je suis prêt à vous acheter une maison, si vous me comblez à tout point de vue.

Diane fit glisser le bout de son doigt sur le bord du verre, se gardant bien d'accepter une telle condition.

— Marché conclu ? glissa-t-elle, enivrée par le sentiment de son pouvoir sur lui.

Il l'observa un instant.

— Marché conclu, s'inclina-t-il.

Elle vida brusquement son verre dans un vase de lis.

— Qu'est-ce que cela signifie ? gronda-t-il, surpris.

— Que je refuse votre marché. Ma réponse est *non*.

— Pourquoi ?

Diane le toisa de haut en bas.

— Parce que vous êtes trop arrogant, trop sûr de vous et beaucoup, mais beaucoup trop vieux pour moi, lord Bath.

Marc Hardwick, comte de Bath, demeura interdit.

— Ne me raccompagnez pas, je connais le chemin, lança-t-elle en s'éclipsant.

Le verre qu'il tenait se brisa entre ses doigts.

La voiture de Diane l'attendait au coin de Grosvenor Square.

— Vite, aidez-moi, dit-elle à Biddy en se débarrassant de sa cape.

Elle s'efforça de recouvrer ses esprits, tant son duel avec le comte l'avait ébranlée. Le désir qu'elle lui inspirait l'avait profondément troublée.

— Comment vais-je pouvoir remettre ce corset de malheur, dans un espace aussi exigu ?

— Ne vous inquiétez pas, nous allons y arriver, milady, répondit tranquillement Biddy.

Le lendemain matin, Diane prit un bain et se lava les cheveux. Elle tenait à faire disparaître toute trace de maquillage.

Cette initiative ne fut pas du goût de sa tante Prudence.

— Vous vous êtes lavé les cheveux ? s'exclama-t-elle. Comme c'est contrariant ! Dépêchez-vous de les sécher. J'ai accepté une invitation pour vous. Vous allez à Hyde Park, cet après-midi.

— Hyde Park ? Avec qui ? demanda Diane, exaspérée par le contrôle permanent que Prudence exerçait sur sa vie.

— Avec Peter Hardwick bien sûr. Ses manières sont irréprochables, je dois l'avouer, ce qui est loin d'être le cas pour tout le monde.

Diane s'adoucit quelque peu quand elle entendit ce nom. Elle décida que le feu qui brûlait toujours dans la bibliothèque serait parfait pour sécher ses cheveux.

Une fois dans la pièce, elle prit sur l'un des rayonnages *La Légende du roi Arthur* et se pelotonna dans un grand fauteuil à oreillettes placé devant l'âtre.

Son imagination toujours prompte à s'envoler, elle perdit très vite la notion du temps. Au bout d'un moment, elle eut l'étrange impression de ne plus être seule. Elle interrompit sa lecture à regret et se redressa pour regarder par-dessus le dossier. Elle se recroquevilla d'un seul coup sur elle-même, affolée.

N'osant plus bouger, elle écouta. Seul le crépitement du feu troublait le silence. Elle leva de nouveau la tête pour voir si son imagination ne lui avait pas joué un tour. Un regard d'encre la scrutait, à quelques centimètres !

— La déesse Diane découverte dans sa tanière, murmura l'homme avec un sourire moqueur.

— Comment m'avez-vous trouvée ?

— Je vous assure que je ne vous cherchais pas, mais il semble que le destin s'acharne à nous réunir.

— Que faites-vous ici ? s'écria-t-elle en refermant son livre d'un coup sec avant de se lever.

— Cela ne vous concerne pas. Je suis venu acheter une bibliothèque.

Elle se figea.

— Pas *cette* bibliothèque ?

— Celle-là même.

— C'est... c'est impossible. Elle n'est pas à vendre. Vous avez été mal informé, lord Bath.

Elle connaissait son identité alors que lui ignorait la sienne. Il s'énerva :

— Mais pour qui vous prenez-vous ?

— Je suis lady Diane Davenport, et cette bibliothèque m'appartient.

— Bonjour, Diane, les interrompit Richard qui entrait à cet instant. J'ignorais que vous étiez là, ma chère. Désolé de vous déranger.

— Richard, ce... monsieur a été informé à tort que je vendais ma bibliothèque.

— J'avais cru comprendre que le vendeur, c'était vous, Davenport, dit le comte avec une certaine brusquerie.

— Eh bien, vous avez mal compris, milord, s'interposa Diane. La collection de mon défunt père est inestimable, tout au moins pour moi. Elle n'est pas à vendre, vous entendez ?

Elle soutenait le regard du comte sans ciller, le défiant d'apprendre à son oncle ce qui s'était passé la nuit précédente. Il n'en avait pas l'intention. Il s'adressa à elle courtoisement :

— Je comprends que vous ne vouliez pas vous séparer de cette bibliothèque, maintenant que je l'ai vue. Je croyais que Davenport avait le droit d'en disposer.

— Mais j'ai ce droit, déclara Richard. Je suis l'exécuteur testamentaire de mon frère et le tuteur légal de ma nièce en même temps que son conseiller financier jusqu'à sa majorité. Mon frère tenait à ce que lady Diane suive mes conseils dans tous les domaines.

La jeune fille était furieuse.

— Comment avez-vous pu songer à vendre les livres de mon père ? Ils font partie de ma vie. M'en séparer serait comme m'arracher une partie de moi !

— Assez de comédie, Diane, rétorqua Richard, gêné. Il est déplacé d'étaler nos histoires de famille devant monsieur le comte.

C'était la première fois que sa nièce s'élevait contre lui et cela ne lui plaisait guère.

— Il est vrai que je n'imagine pas monsieur le comte se permettant le moindre écart de conduite ! riposta-t-elle avec une ironie cinglante, se rappelant la façon dont il avait osé caresser ses jambes.

— Sors d'ici ! ordonna Richard, blême de rage.

Les joues en feu, Diane releva la tête et se dirigea vers la porte. En passant près du comte, elle rejeta ses jupes de côté, comme si elles pouvaient se salir en l'effleurant, puis elle sortit telle une reine outragée. « Une déesse », songea Marc, impressionné...

Au déjeuner, Diane s'attendait à être sermonnée par son oncle et sa tante, mais Richard ne se montra pas. Quant à Prudence, elle semblait souffrir.

— C'est votre hanche, tante ? s'inquiéta-t-elle aussitôt.

— Entre autres choses, oui, répondit Prudence d'un ton accusateur.

« Qu'il aille au diable, ce comte de Bath ! » pesta intérieurement la jeune fille. Chacune de leurs rencontres provoquait des étincelles. Si la nuit dernière il ne l'avait pas traitée comme une traînée, rien de tout cela ne serait arrivé. Bien sûr, elle n'aurait pas pour autant autorisé Richard à lui vendre la bibliothèque de son père, mais ils auraient pu se parler comme deux êtres civilisés...

Après un déjeuner sinistre en face d'une Prudence maussade, la perspective d'une promenade en compagnie de Peter Hardwick lui parut merveilleuse.

Quand elle descendit l'escalier dans une jolie robe vert pâle, sa tante lui demanda :

— Où allez-vous, Diane ?

— Au parc, avec Peter Hardwick. C'est vous qui avez accepté l'invitation pour moi.

— Et vous croyez que le rendez-vous tient toujours, après votre conduite envers lord Hardwick ?

— Peter n'est pas un lord, rectifia Diane.

— Je parlais de Marc Hardwick, le comte de Bath.

La jeune fille ouvrit de grands yeux.

— Comment ? Le comte de Bath est le frère de Peter ?

— Enfin, Diane, ne jouez pas les innocentes ! Tout le monde connaît les Hardwick !

— Franchement, je n'avais pas fait la relation entre les deux.

À ce moment-là, le heurtoir de la porte d'entrée retentit.

— Le voilà, murmura Prudence tout bas comme s'il pouvait l'entendre. Estimez-vous heureuse que cet homme honore son invitation, malgré vos mauvaises manières !

Une heure plus tard, dans un phaéton attelé à deux chevaux, Diane profitait du beau temps au côté de Peter Hardwick. Tout en parlant de choses et d'autres, la jeune fille se demandait ce que son frère avait pu lui dire à son sujet.

De son côté, Peter songeait qu'il avait une sacrée veine. Non seulement Diane était d'une beauté renversante, mais elle recevait une rente annuelle de vingt mille livres. Les « vautours » – ainsi avait-il surnommé Richard et Prudence – ne lui en offraient que la moitié au départ. Mais une fois qu'il aurait passé la bague au doigt de la belle, rien ne l'empêcherait de prendre davantage. Il contempla son beau profil. Oui, elle valait vraiment la peine de se donner un peu de mal.

Sentant son regard, Diane se tourna vers lui.

— J'ai un aveu à vous faire.

Il eut un sourire bienveillant pour l'encourager à poursuivre.

— J'étais au bal masqué du Pantheon, hier soir.

Comme il ne semblait pas choqué, elle continua :

— Votre frère m'a prise pour une prostituée parce que je n'étais pas décemment chaperonnée. Je lui ai jeté mon verre de champagne à la figure.

Peter éclata de rire. Diane s'enhardit :

— Ce n'est pas tout, Peter. Il est venu acheter ma bibliothèque, ce matin, et je crains de m'être mise en colère.

— Vous devez être très belle quand vous êtes en colère.

— Vous n'êtes pas scandalisé ? s'étonna-t-elle.

— Pas du tout. Moi et mon cher frère, nous avons peu de choses en commun. Il se passionne pour l'archéologie, et son goût pour les ruines semble l'avoir poussé à préférer les femmes mûres. Je m'étonne que vous ayez attiré son attention.

« Une chose est sûre, c'est qu'il a attiré la mienne », reconnut secrètement Diane. Pourquoi Peter ne provoquait-il pas en elle le même émoi ?

— J'ai contrarié ses projets d'acheter la collection de mon père. Je crois qu'il me déteste maintenant.

— Tant mieux. Une rivalité entre nous n'aurait pas joué en ma faveur. Je ne suis pas comte, moi.

— Mais les titres ne m'intéressent pas !

Il se tourna vers elle.

— Et qu'est-ce qui vous intéresse ?

« Les livres », songea-t-elle. Elle aurait même aimé écrire une histoire, du point de vue d'une femme, mais elle se garda de confier à un homme un penchant aussi excentrique. Elle ouvrit son ombrelle.

— J'aime par-dessus tout la liberté, j'entends la liberté de choisir. Pour l'instant, on me dicte comment m'habiller, parler, agir et même penser, sous prétexte que je suis trop jeune et que je suis une femme. Voilà le problème : je suis une femme.

— Seigneur Dieu ! s'exclama-t-il. Vous préféreriez être un homme ?

Elle pouffa.

— Bien sûr que non ! Mais je voudrais être une femme *libre*. Vous rendez-vous compte que dans la bonne société une fille passe de l'autorité de son père à celle d'un tuteur ou d'un mari, et qu'il lui faut un chaperon, où qu'elle aille, toute sa vie ? Tante Prudence serait avec nous si le phaéton comportait plus de deux places, croyez-moi. Et nous n'avons le droit d'être ensemble ici que parce que nous sommes dans un endroit public.

— Vous préféreriez un endroit plus discret ? suggéra-t-il, taquin.

— Non ! Ne déformez pas mes paroles ! répliqua-t-elle en riant.

— Excusez-moi. Continuez.

— Les femmes celtes jouissaient d'une grande liberté. Elles choisissaient elles-mêmes leurs maris et pouvaient garder leurs biens. Certaines devenaient même chefs de clan. Au Moyen Âge, elles s'occupaient du château et du domaine pendant que leurs époux partaient à la guerre. Aujourd'hui, on les traite comme si elles n'avaient pas de désirs, pas d'opinions, pas de cervelle. Pendant ce temps, les hommes profitent de la vie avec enthousiasme !

— Je vous promets solennellement que chaque fois que vous serez avec moi, je vous laisserai toute liberté.

Diane soupira. Son attitude typiquement masculine l'agaçait.

— Puis-je vous accompagner au bal de Richmond, demain soir ?

— Non merci, répondit-elle froidement.

— Alors, quand vous reverrai-je ?

— Je serai sans doute au bal de l'Almack, mercredi, concéda-t-elle, lointaine. Tante Prudence y veillera.

Peter s'inclina poliment mais il fulminait au fond de lui. Que n'était-il pas obligé de faire pour rembourser ses dettes !

Mais il fallait voir les choses du bon côté, songer au morceau de choix qu'elle représentait. Elle ne lui échapperait pas. L'indifférence qu'elle affichait à son égard n'était sans doute qu'une façade. De toute façon, il lui passerait la bague au doigt. Il s'agissait simplement de se montrer patient et habile…

Ses projets pour la soirée l'amenèrent à passer par Jermyn Street, en rentrant. Peter détestait demander de l'argent à son frère, mais il n'avait pas le choix. Il le rejoignit dans la bibliothèque.

Marc écrivait son courrier. Sans même lever la tête, il dit :

— Dans le tiroir.

Peter se mit à rire.

— Qu'est-ce qui te fait penser que j'ai besoin d'argent ?

Le comte de Bath leva les yeux.

— Parce que ce n'est pas le cas ?

— Si, mais je ne suis pas seulement venu pour ça !

— Oui, je vois… Tu aurais commencé par me parler de la bibliothèque des Davenport, tu m'aurais demandé où j'ai l'intention de dîner et si j'ai passé une bonne soirée hier soir, alors que tu t'en moques éperdument. Le sujet de l'argent serait venu ensuite, n'est-ce pas ?

Il n'y avait que mille livres dans le tiroir. Son frère essayait de tempérer son goût pour le jeu par des restrictions mesquines. Malgré son ressentiment, Peter le remercia en souriant et partit pour une nouvelle nuit de débauche.

— Ah, te voilà enfin ! se plaignit Hellgate. Tu n'étais pas pressé de commencer cette petite soirée ?

Peter venait de rejoindre ses deux amis dans un pub du Wapping.

— Autant que vous, croyez-moi.

— Nous avons commandé pour toi, dit Jeremy Montagu comme le serveur déposait un plateau d'huîtres devant eux.

Il glissa une main sous la jupe d'une prostituée. Comme celle-ci essayait de le gifler, il lui pinça cruellement la cuisse. Ses amis éclatèrent de rire. La jeunesse dorée avait un goût immodéré pour le lucre et les plaisirs violents.

Ils passèrent la nuit dans les quartiers les plus sordides de Londres, dans les bras des créatures les plus douteuses...

À l'autre bout de la ville, à Park Lane, le comte de Bath pénétrait dans un luxueux salon.

Dans la pièce contiguë, Vivian, comtesse de Belgrave, se contemplait dans le miroir. Son peignoir glissa de son épaule et elle sourit à son reflet. Non, décidément, elle ne paraissait pas son âge... Elle passa ses doigts chargés de bagues dans son opulente chevelure rousse et prit un flacon de parfum. C'était seulement la deuxième fois que lord Hardwick répondait à son invitation, mais elle ferait tout pour que ce ne soit pas la dernière...

Quand elle ouvrit la porte de communication, elle feignit la surprise :

— Marc, chéri, mais vous êtes en avance ! Je ne suis pas prête...

Ils savaient l'un et l'autre qu'il s'agissait d'un jeu car en réalité, lord Hardwick était en retard.

— Vous êtes suffisamment prête pour moi.

— Si nous dînions ici plutôt que dehors ? suggéra-t-elle d'une voix sensuelle.

Avec un petit sourire, le comte la souleva dans ses bras et ouvrit la porte de la chambre d'une poussée du pied.

Il admira le contraste de sa peau laiteuse avec le couvre-lit de satin noir et commença à la dévêtir sans hâte. Ils avaient toute la nuit devant eux...

Durant deux heures, il s'appliqua à lui donner du plaisir. Il se faisait un devoir de satisfaire ses maîtresses, tout en leur montrant ce que lui appréciait. Mais il ne passait jamais la nuit avec elles. Selon leur façon de réagir, il décidait ou non de revenir.

Vivian était trop rusée pour émettre la moindre protestation quand elle le vit se lever et remettre sa chemise.

— Mon Dieu, je suis incapable de bouger alors que vous êtes déjà prêt à partir !

— Des objections ? demanda-t-il plaisamment tout en scrutant attentivement son visage.

Elle sourit langoureusement en se gardant bien de se plaindre, d'autant qu'elle venait de passer dans ses bras un moment des plus agréables.

Il se pencha et l'embrassa.

— Mmm... murmura-t-elle, se tendant vers lui.

Il sourit, satisfait de l'avoir comblée.

# 5

Diane réprima un bâillement. Il faisait chaud dans le salon bondé de Devonshire House où elle prenait le thé avec sa tante. Son corset lui compressait les côtes et elle se demandait s'il était possible de mourir d'ennui. Les conversations mondaines l'assommaient. Les autres jeunes filles minaudaient devant des jeunes gens à l'élégance affectée, pendant que leurs mères dressaient l'inventaire de leurs qualités. Lady de Warrenne rappela à Prudence que les conquérants normands comptaient parmi ses ancêtres.

Diane regarda la jeune de Warrenne, avec son lorgnon et sa boîte de sels, s'étonnant qu'un sang aussi ardent ait pu s'anémier à ce point. Un sourire de circonstance sur les lèvres, elle laissa vagabonder son esprit, imaginant une Saxonne rencontrant un Normand, sept cents ans auparavant...

*Elle chevauchait dans une prairie quand elle le vit pour la première fois. Un homme immense, sur un étalon de toute beauté. Elle frémit d'émoi en lançant sa monture vers le couvert de la forêt pour s'y réfugier. Il la rattrapa avec une facilité déconcertante. Il était si proche à présent qu'elle distinguait les incrustations de son casque et la chaîne qui barrait son large torse.*

*Au moment où elle atteignait le rideau d'arbres, il bondit sur elle, l'arracha de sa selle et la plaqua sur la sienne. Dans la lutte, elle perdit son voile et ses longs cheveux déployèrent leur flot de boucles d'or.*

*— Vous êtes à moi ! tonna-t-il avec une autorité souveraine.*

*Il vrilla dans le sien un regard brûlant de désir, un regard à lui couper le souffle, puis il s'empara de sa bouche. Elle essaya de le repousser mais comment combattre une telle force de la nature ? Le cœur battant à se rompre, elle sentit ses seins durcir de désir.*

*— N'essayez pas de lutter, vous m'appartenez, lui dit-il.*

*Alors, avec un soupir d'aise, elle s'abandonna à son ravisseur...*

— Donnez-la-moi, fit une voix, mettant un terme à sa rêverie.

Une main fine et pâle essayait de lui prendre sa tasse.

— Oh, excusez-moi, William.

— Puis-je espérer que c'est de moi que vous rêviez, Diane ?

— Espérez ce que vous voulez, William, répliqua-t-elle avec un petit sourire provocant.

Après tout, si elle devait endurer ces interminables corvées, autant y mettre un peu de sel.

À leur retour, Prudence fut informée que Richard l'attendait dans son bureau.

— Une chose imprévue concernant Peter Hardwick vient de se produire. Nous allons avoir besoin de toute votre délicatesse avec Diane, Prudence.

— Elle n'est pas facile, Richard. À l'instant même, dans la voiture, elle se moquait de moi sans vergogne !

— Il faut que nous nous débarrassions d'elle au plus vite. Le comte de Bath vient de découvrir que son frère fréquente les maisons de jeu et il lui interdit de sortir. C'est un véritable tyran, mais il contrôle les cordons de la bourse. Couvert de dettes comme il l'est, Peter ne peut se permettre de faire ce qu'il veut.

— S'il jouait intelligemment, il ne serait pas endetté à ce point.

— S'il n'était pas ce qu'il est, il ne ferait pas affaire avec nous, ma chère. Bon, je voudrais que vous suggériez à Diane une petite visite à Bath.

— Et si Peter nous laissait tomber ?

— Vous n'imaginez pas qu'il renoncerait à la fortune colossale de Diane ? Sans parler de la perspective de l'avoir dans son lit !

— Richard ! Ne soyez pas vulgaire !

Il leva les mains en signe d'apaisement.

— Écoutez, à Bath elle aura l'impression d'échapper aux contraintes sociales. Les divertissements y sont nombreux, et l'atmosphère propice à l'amour. Et puis, Diane pourrait se faire inviter chez les Hardwick. Je suis sûr qu'après avoir vu leur manoir, elle ne rêvera plus que d'y vivre. Vous connaissez son goût immodéré pour l'époque élisabéthaine, n'est-ce pas ? Leur demeure du XV^e^ siècle sur l'Avon la fascinera.

— Je me suis renseignée au sujet des Hardwick, Richard. Le comte est riche comme Crésus. Il possède des carrières de pierre et toute une flotte de barges pour les transporter du canal de l'Avon à Bristol. Il est magistrat du comté de Somerset et célibataire endurci. Nous n'avons rien à craindre de lui.

— Si Marc Hardwick n'a pas l'intention de se marier, Diane pourrait devenir la mère du futur comte de Bath. Ce détail lui plaira peut-être.

Prudence réfléchit un instant.

— Je suppose que c'est l'argent de Diane qui servira à payer ce séjour ?

— Absolument, ma chère. Dépense parfaitement légale.

— Très bien, alors louez-moi une élégante demeure dans la ville et je me charge d'elle.

Vêtue d'une robe de soirée couleur crème brodée de petits boutons de roses, Diane monta dans la calèche qui l'attendait pour l'emmener au bal de l'Almack.

Prudence s'installa en face d'elle et entra aussitôt dans le vif du sujet :

— Diane, je viens d'avoir une idée merveilleuse ! Que diriez-vous de passer un mois de vacances à Bath ? C'est l'endroit le plus en vue de toute l'Angleterre.

D'abord surprise, Diane se fit méfiante. Que diable mijotait sa tante ?

— Vous oubliez que j'ai été invitée à l'Opéra, et je doute que vous vouliez manquer le bal de Devonshire, avec le prince George. Non, nous irons à Bath une autre fois.

La voiture était parvenue à destination, et Prudence se vit contrainte d'attendre pour revenir à la charge...

Une fois à l'intérieur, la jeune fille se surprit à guetter l'arrivée de Peter Hardwick. Il se montra en fin de soirée et se dirigea directement vers elle, lui prenant son carnet de bal des mains avec l'insolence qui le caractérisait.

— Nous n'en avons plus besoin, décréta-t-il.

— Depuis quand décidez-vous à ma place ?

— Depuis ce soir, lui murmura-t-il à l'oreille.

Il captura son regard avec autorité.

— Diane, je veux que vous veniez à Bath.

« Tiens, tiens... », se dit-elle. La coïncidence aurait pu paraître amusante si Diane avait cru aux coïncidences.

Elle ouvrit son éventail.

— Vous plaisantez, je pense ?

— Pour une fois, je suis sérieux. Je dois rentrer dans le Somerset et je ne veux pas vous laisser derrière moi... maintenant que je vous ai trouvée.

— C'est impossible.

Il l'entraîna sur la piste, où ils furent séparés au gré de la danse.

— Ne dites pas non, je vous en prie, réfléchissez, insista-t-il dès qu'ils furent réunis à nouveau.

Il ne la quittait pas des yeux. Diane se sentait flattée de retenir l'attention d'un homme comme lui. Flattée, mais déterminée à ce que les choses en restent là...

Quand William Lamb vint chercher la jeune fille à la fin du morceau, Peter s'empressa de l'entraîner à l'écart.

— Je vous promets que vous ne vous ennuierez pas, à Bath. Les lois mondaines n'y sont pas aussi rigides qu'à Londres, vous savez.

Elle sentit son souffle chaud lui caresser l'oreille.

— Cela ne vous gêne pas de piétiner les règles ?

— Au contraire, j'adore cela.

— C'est bien ce que je pensais.

Il esquissa un sourire taquin.

— Vous pensez donc un peu à moi ?

— Jamais.

— Menteuse !

Diane parvint à l'éviter jusqu'à la dernière danse. Soudain, il la prit dans ses bras d'une manière possessive et la contempla de longues secondes. Estimant qu'il devenait trop sérieux, elle décida de mettre un frein à son ardeur.

— Je suis flattée par votre invitation, Peter, mais je n'irai pas à Bath.

Son regard de prédateur l'attirait et la repoussait à la fois. D'une voix basse, presque menaçante, il rétorqua :

— Vous viendrez... vous viendrez !

Quand elle rejoignit sa tante, qui ne l'avait pas lâchée des yeux un seul instant, elle lui raconta que Peter Hardwick l'avait invitée à Bath.

— Quelle incroyable coïncidence ! s'exclama Prudence sans pouvoir cacher sa satisfaction.

— Je dirais plutôt : quel incroyable complot !

— Oh, Diane ! Comment osez-vous imaginer une chose pareille ?... Vous avez accepté, bien sûr ?

— J'ai refusé. Si je l'intéresse à ce point, il s'empressera de rentrer à Londres.

— Je vous trouve bien imprudente. Les jeunes filles ravissantes et titrées ne manquent pas, cette saison.

— Mais aucune n'est pourvue d'un héritage aussi conséquent que le mien.

Prudence fronça les sourcils.

— Quel cynisme ! À votre âge, c'est choquant ! Je suis sûre que vous l'avez éconduit uniquement parce qu'il me plaît !

« Vous n'êtes pas loin d'avoir raison », songea Diane, amusée.

— En tout cas, vous ne voyez pas plus loin que le bout de votre nez ! continua sa tante. Tout le monde sait que le comte ne veut pas se marier. Celle que Peter épousera ne deviendra pas seulement la mère du futur comte de Bath, elle héritera de leur demeure élisabéthaine, des carrières et des terres !

Au risque de se montrer irrespectueuse, la jeune fille contredit sa tante durant tout le trajet du retour. Elle n'avait pas l'intention de la laisser décider de son avenir dans le seul but de satisfaire sa soif de gravir l'échelle sociale.

Ce soir-là, Diane eut du mal à trouver le sommeil. En réalité, un séjour à Bath ne lui aurait pas déplu. Les vestiges antiques la fascineraient et la présence de Peter Hardwick pimenterait son séjour. Tout serait tellement plus simple si sa tante ne s'obstinait pas à régenter sa vie !

Elle finit par s'endormir en se promettant de ne pas lâcher les rênes de son destin...

Le lendemain matin, des allées et venues inhabituelles la réveillèrent. Biddy lui apporta son chocolat avec une nouvelle alarmante :

— Le docteur est là... Madame est tombée !

— Oh, non ! s'écria Diane en rejetant ses couvertures.

Elle s'habilla aussitôt et descendit. La pauvre Prudence était étendue sur un divan et le médecin l'examinait.

— Que s'est-il passé ? s'enquit la jeune fille avec inquiétude.

Elle ne supportait pas de voir sa tante souffrir.

— J'étais préoccupée par notre querelle d'hier soir et j'ai glissé dans l'escalier, déclara Prudence en fixant sur sa nièce un regard accusateur.

— Je suis désolée, murmura celle-ci, consternée.

— Vous avez beaucoup de chance de ne vous être rien cassé, dit le docteur. Après une chute pareille, vous auriez pu perdre l'usage de vos jambes.

Comme incapable d'envisager un tel malheur, Prudence se couvrit le visage de ses mains.

— L'arthrite de votre hanche constitue déjà une croix suffisamment lourde, poursuivit le médecin. Je suggérerais une cure thermale. Je ne connais aucun autre moyen de soulager vos douleurs, madame Davenport.

— Quelle ironie ! se plaignit Prudence d'une voix mourante. Hier, j'ai supplié Diane de prendre un mois de vacances à Bath avec moi, mais elle n'a rien voulu entendre.

Le docteur prit un air soucieux.

— Les eaux de Bath ont des pouvoirs exceptionnels. Je suis sûr que lady Diane va revenir sur sa décision... Maintenant, je voudrais rester seul quelques instants avec ma patiente, ajouta-t-il.

— Quelqu'un l'a-t-il entendue ou vue tomber ? demanda Diane à Biddy, dès qu'elles se furent retirées.

Ses soupçons se confirmèrent lorsque sa femme de chambre secoua la tête.

— Personne. Elle s'était déjà relevée quand elle a sonné pour m'envoyer chercher le docteur.

Diane soupira. Rêver de décider elle-même de son destin était une chose, la réalité en était une autre. Prudence la manipulait, elle en avait conscience, mais comment lutter sans passer pour une égoïste et une fille sans cœur ?

Après le départ du docteur, Diane regagna le salon pour voir sa tante.

— Tante Prudence, j'ai pensé à une chose... Bath est l'endroit le plus à la mode, en ce moment, et Milsom Street est réputée pour l'élégance de ses magasins. Si j'accepte d'aller à Bath, j'imagine que je pourrai en profiter pour renouveler ma garde-robe et choisir une ligne plus en accord avec mes propres goûts, n'est-ce pas ?

Les yeux de Prudence s'étrécirent. Il s'agissait d'un marché, ni plus ni moins !

Une heure plus tard, Biddy s'affairait à préparer les bagages de Prudence. Diane emportait peu de choses, puisqu'elle comptait s'acheter de nouveaux vêtements. Tandis qu'elle choisissait un livre pour le voyage, dans la bibliothèque, elle songea aux conséquences que ce séjour risquait d'avoir sur son avenir. Elle revit Peter Hardwick et se souvint de leur dernier échange.

— Je suis flattée par votre invitation, Peter, mais je n'irai pas à Bath.

— Vous viendrez ! avait-il rétorqué.

Le souvenir de son regard à ce moment-là la glaça.

Une fois dans l'étroit habitacle de la calèche, serrée contre Biddy avec Prudence en face d'elle, Diane se félicita d'avoir choisi un gros volume d'Ovide dans la bibliothèque de son père. L'ouvrage étant connu pour son caractère sensuel, elle l'avait recouvert d'un papier anodin. Elle l'ouvrit au chapitre intitulé « L'Art de l'amour ». Si elle n'y trouva pas exactement ce qu'elle cherchait, elle apprit néanmoins que les Romains aimaient l'impudeur chez les femmes. En somme, elles étaient là pour satisfaire leurs besoins sexuels. Pour Ovide, l'approche amoureuse n'était que pur érotisme en vue de leur assouvissement.

Irritée de constater que le poète réduisait la femme à un simple objet sexuel, Diane referma son livre un peu trop brusquement et réveilla Prudence. À partir de ce moment-là, et jusqu'à leur arrivée à Reading où elles passèrent la nuit, elle endura le discours de sa tante sur son sujet favori : la respectabilité...

Le lendemain, elle trompa l'ennui de ce voyage interminable en évoquant Bath et ses vestiges antiques. La ville était déjà réputée pour ses thermes au temps des Romains. Son nom d'alors était Aquae Sulis...

Quand elles arrivèrent à destination, la ville baignait dans la lumière dorée du soleil couchant. Éblouie par une telle beauté, Diane oublia ses réticences.

James paya pour passer les portes de la cité et demanda au gardien la direction de Queen Square. Il apprit alors que Bath était réservée aux piétons : il devait déposer les dames puis revenir pour laisser la voiture aux écuries.

Un peu déçue de constater que la maison ne donnait pas sur l'Avon qui serpentait au pied de collines boisées, Diane se consola en découvrant une demeure confortable, et située dans le quartier à la mode.

Richard n'avait pas regardé à la dépense, pour une fois ! Un majordome, des servantes et un cuisinier les attendaient. Prudence les mit immédiatement au diapason en les prévenant qu'elle était là pour une cure à cause de sa santé fragile. Après quoi elle commanda un dîner... pantagruélique !

Quand elle fut rassasiée, Biddy et Diane l'accompagnèrent à l'étage où elle trouva encore le moyen de donner une liste d'ordres interminable. Elle posa tellement de questions au majordome qu'il dut revenir avec une carte détaillée de la ville pour lui montrer tous les sites qui l'intriguaient. Minuit était passé depuis longtemps quand elle se décida enfin à dormir.

Le lendemain matin, elle ne parut pas au petit déjeuner. Diane en profita pour aller se promener toute seule dans Bath. Elle avait envie de voir où se trouvaient les magasins, les librairies, les sources chaudes le long de l'Avon. Elle se sentait comme un oiseau tout juste échappé de sa cage.

Une fois dans Milsom Street, elle flâna longuement devant les vitrines avant de pénétrer dans une boutique qui vendait non seulement des robes mais tous les accessoires féminins. C'est là qu'elle trouva la robe de ses rêves, en velours vert jade, décolletée en forme de cœur et froncée à la taille. Il la lui fallait sur-le-champ !

— Puis-je l'essayer ? demanda-t-elle à la patronne.

Celle-ci l'emmena dans un salon où elle l'aida à se débarrasser de sa tenue rose pâle insipide.

— Je n'aime pas les tons pastel, lui confia Diane. Je préfère les couleurs vives, chatoyantes.

— Vous avez raison. Le vert jade vous ira à merveille.

Madeleine, la patronne, resta interdite devant le corset d'un autre âge de sa cliente.

— Peut-être auriez-vous besoin d'un nouveau corset, mademoiselle ? suggéra-t-elle.

— Oh, non ! Je déteste les corsets, mais ma tante insiste pour que j'en porte.

— Je faisais allusion aux bustiers. C'est ce qui se fait maintenant. Il s'agit d'un ravissant sous-vêtement qui affine la taille sans la comprimer et soutient les seins en les mettant en valeur.

— Vraiment ? Dans ce cas, je veux bien essayer.

Madeleine revint peu après avec un bustier de guipure pourpre. Elle délaça le corset rigide de la jeune fille qui émit un soupir de soulagement. Une fois libérée de ce carcan, sa poitrine reprit sa jolie forme naturelle. Diane se para du sous-vêtement et contempla avec surprise l'image que lui renvoyait le miroir. Elle était méconnaissable ! Le ravissant bustier épousait étroitement sa taille sans l'étouffer, rehaussant les courbes de ses seins de façon provocante.

La cloche de la porte retentit à ce moment-là, et Madeleine s'excusa. Diane en profita pour s'admirer à loisir, de face, de profil, de dos... Même ses jambes paraissaient plus longues, car le bustier libérait ses hanches, découvrant juste ce qu'il fallait de la dentelle de ses dessous. Elle se sentait plus femme que jamais et regretta de ne pouvoir montrer une telle merveille à quiconque.

C'est alors que des voix lui parvinrent :

— Marc chéri, je voudrais essayer celle-ci.

— Bien sûr, répondit une voix d'homme que Diane aurait reconnue entre mille.

Comment aurait-elle pu oublier un timbre aussi profond, aussi vibrant ? Elle sentit un frisson courir le long de son dos. Décidément, cet énergumène détenait sur elle un pouvoir inquiétant...

— Une autre demoiselle allait justement essayer cette robe, intervint Madeleine.

— Oh, Marc, le vert jade serait du plus bel effet avec mes cheveux ! minauda la femme d'un ton plaintif.

Diane fut aussitôt envahie par une sombre colère. Le comte de Bath pouvait s'acheter toutes les femmes qu'il voulait, mais pas sa robe !

— Dites à votre cliente que cette robe est prise. Je paierai ce qu'il faudra, décida le comte avec l'assurance de ceux qui ont l'habitude d'avoir le monde à leurs pieds.

Diane hésita à sortir, à cause de sa tenue, puis un sourire malicieux se dessina sur ses lèvres. Elle ouvrit la porte du salon d'essayage, fondit sur la femme rousse et lui arracha des mains la robe qu'elle tenait déjà de manière possessive.

— Oh ! Comment osez-vous ? hurla Vivian d'une voix suraiguë.

— Cette robe est à moi, rétorqua Diane calmement.

Marc Hardwick plissa les yeux devant la beauté époustouflante de la jeune fille en bustier rouge.

— Ce n'est pas mon avis ! glapit Vivian.

— Mais je me moque de votre avis, riposta Diane.

— Vous savez qui il est ? jeta Vivian entre ses dents en désignant son compagnon.

— Bien sûr. Le comte de Bath et moi sommes de vieux adversaires. Et vous, savez-vous qui je suis ?

— Non, pas du tout !

Diane esquissa un sourire narquois.

— Eh bien, je suis la propriétaire de cette robe.

Madeleine gardait le silence tandis que Hardwick affichait un visage grave, bien que l'humour de la situation lui donnât envie de rire.

Vivian se tourna vers lui.

— Marc, faites quelque chose !

— Je vous achèterai deux robes pour remplacer celle-ci, proposa-t-il.

Lady Diane se pencha vers la rousse et lui dit sur le ton de la confidence :

— Vous devriez accepter. Monsieur le comte n'est pas avare : il sait y mettre le prix quand il le faut.

Si le comte n'avait plus envie de rire, l'amusement pétillait dans les yeux violets de Diane.

Ulcérée, Vivian de Belgrave tourna les talons et sortit de la boutique. N'ayant d'autre choix que de la suivre, le comte prit son chapeau et sa canne et lui emboîta le pas.

— Désolée de vous avoir gâché votre journée, milord, susurra Diane.

# 6

— Il y a tellement de monde en ville que Londres doit être désert ! déclara Prudence devant son petit déjeuner.

Diane consultait les cartes de visite qu'elle avait reçues ce matin. Celle de Peter Hardwick se trouvait parmi elles. Ce n'était pas au jeune homme qu'elle pensait, mais à son frère, le comte. La veille dans la boutique, il avait semblé sur le point de l'étrangler. En tout cas, son apparition en petite tenue avait éclipsé dans son esprit la femme qui l'accompagnait.

— Peter était très déçu de ne pas vous trouver quand il est venu, hier matin. Je dois dire que votre conduite m'a choquée, Diane. Une jeune fille ne sort pas se promener toute seule, même dans une ville piétonnière comme Bath. Ce n'est pas *convenable*.

Diane s'empressa de changer de sujet.

— Prudence, si j'essayais de vous trouver une voiture de malade ? Je pourrais vous emmener partout sans que vous ayez besoin de marcher.

— Il n'en est pas question ! Je ne suis ni vieille ni invalide ! D'ailleurs, ma hanche va déjà mieux.

— Ce doit être l'air d'ici, répliqua Diane sans la quitter des yeux. Un air salubre. Bon, êtes-vous prête pour un petit bain, ce matin ?

Après une brève hésitation, sa tante acquiesça.

— Oui, il faut suivre les prescriptions du docteur.

Elles prirent donc le chemin de Westgate Street, Prudence dans une robe de basin bleu et Diane en brocart jaune. Prudence avait insisté pour qu'elles portent leur perruque poudrée et leur capeline décorée d'une plume d'autruche. Sachant qu'elles devraient se déshabiller aux bains, Diane n'avait pas osé mettre son joli bustier rouge. Elle souffrait donc, dans son corset démodé.

Sur les murs entourant le vaste bassin rectangulaire étaient gravés des visages de dieux romains. Dans des alcôves se dressaient Apollon et Coronis. Prudence ayant décidé de visiter le Queen's Bath, elles descendirent vers les bains d'eau ferrugineuse.

— Pouah ! Quelle est cette odeur infecte ?

— Celle du soufre, ma tante, expliqua Diane. Comme d'autres minéraux, il a d'excellentes vertus médicinales.

Une femme les guida jusqu'à un vestiaire puis leur tendit des chemises de gros lin marron à taille haute et manches larges. Prudence pinça les lèvres à la vue de ce vêtement si peu convenable.

Diane l'aida à entrer dans l'eau tiède. Incapable de cacher son dégoût, Prudence semblait au supplice. Dans deux jours, elle renoncerait, la jeune fille n'en doutait pas. Elle n'aurait plus qu'à prétexter une visite aux bains pour sortir seule !

Quand elles rentrèrent à Queen Square, Peter Hardwick les attendait.

— Bienvenue à Bath, mesdames ! Vous m'avez manqué, hier, ajouta-t-il à l'intention de Diane.

Il lui prit la main et la baisa d'une manière possessive.

— Je venais vous inviter, votre tante et vous, à Hardwick Hall, ce soir.

— Nous en sommes ravies, mon garçon, s'empressa d'accepter Prudence. D'ailleurs, Diane est impatiente de voir votre manoir. Elle a une prédilection pour l'époque élisabéthaine. N'est-ce pas, ma chère ?

— Entre autres, oui, murmura Diane, gênée par l'attitude ouvertement complaisante de sa tante.

— Je sais qu'il n'est pas très convenable de vous laisser, mes enfants, mais j'ai en vous une confiance totale, Peter.

Dès qu'elle fut partie, Diane s'excusa auprès du jeune homme.

— Désolée, mais je n'ai pas l'intention d'aller à Hardwick Hall.

— Comment ? Diane, je me faisais une joie de vous faire visiter la demeure ancestrale ! Demain, d'accord ? Vous viendrez tôt, de façon que nous ayons du temps devant nous.

— Vous oubliez votre frère. Je crois qu'il n'est pas seul, en ce moment.

Son cœur se mit à battre plus vite, comme chaque fois qu'elle pensait au comte. Il éveillait en elle des émotions incontrôlables.

— Je le saurais, si c'était le cas.

— Pourtant, je l'ai vu en compagnie d'une jolie rousse, hier.

— Oh, la veuve Vixen, sans doute. Dieu du ciel, elle ne séjourne pas au manoir ! Elle est... euh...

— Je sais ce qu'elle est.

— Alors, vous n'êtes pas aussi innocente que vous le paraissez, dit-il d'une voix un peu rauque en lui prenant la main. Nous ne recevons au manoir que des jeunes filles dignes d'être épousées.

Diane se sentit vaguement flattée mais elle eut en même temps l'impression d'être prise dans un piège qui se refermait lentement sur elle.

— Je ne pourrai pas, demain.

— Je ne vous quitterai pas tant que vous ne m'aurez pas promis de venir.

Il se pencha soudain vers elle et elle sentit ses lèvres sur les siennes sans avoir eu le temps de s'esquiver. Son baiser ne la troubla pas mais sa douceur la surprit.

Elle s'écarta de lui.

— Quand viendrez-vous ? demanda-t-il.

— Bientôt.

— Mais quand ?

— Après-demain.

— C'est trop loin ! fit-il en l'attirant vers lui.

Il effleura ses lèvres derechef.

— Demain, insista-t-il.

Diane chercha une excuse plausible.

— Je dois accompagner ma tante aux bains.

Tout à coup, elle se demanda pourquoi elle se dérobait. Elle préférait mille fois la visite d'un manoir élisabéthain aux bains d'eau tiède dans cette horrible chemise de lin !

— Je pourrais peut-être inviter Prudence ? proposa-t-il.

Une lueur d'amusement éclaira le regard améthyste de la jeune fille.

— Peter Hardwick, vous êtes diabolique !

— Et vous passerez la nuit chez nous. On ne peut apprécier Hardwick Hall sans s'être promené le long de ses parapets, au clair de lune, sans avoir chevauché dans le parc à l'aurore, et surtout sans avoir dormi dans la chambre qu'occupa jadis la reine Élisabeth.

Les joues de Diane se colorèrent.

— Vous avez gagné, Peter. Nous passerons la nuit chez vous.

Peter sourit avec un regard de triomphe.

— Je viendrai vous chercher à onze heures, demain.

Quand Diane informa sa tante de cette invitation, celle-ci ne tarit plus d'éloges.

— Décidément, ce jeune homme a des manières irréprochables. Un séjour chez un comte ! Mon Dieu, Diane, cela n'arrive pas tous les jours !

Prudence s'en fut aussitôt commencer à préparer ses bagages avec l'aide de Bridget.

Diane en profita pour quitter subrepticement la maison et alla se promener au bord de l'Avon. Comme elle admirait les cygnes nageant dans le fleuve, qui s'élargissait à l'approche du canal de Bristol où voguaient autrefois les vaisseaux des Vikings et les bateaux de guerre romains, elle aperçut deux barges chargées de pierres jaunes de Bath. Sans doute provenaient-elles des carrières des Hardwick. Combien de magnifiques demeures georgiennes avaient-elles servi à construire ? « La fortune des Hardwick doit être colossale et très ancienne », songea-t-elle. Elle décida de se renseigner sur l'histoire des comtes de Bath quand elle irait à la bibliothèque. Elle saurait ainsi comment ils étaient entrés en possession de ce manoir élisabéthain.

Marc Hardwick s'insinua dans son esprit et elle pensa à lui toute la journée. C'était un homme impressionnant et dominateur, comme ceux dont elle rêvait. L'antithèse des petits gringalets que l'on rencontrait habituellement. Il aurait dû vivre dans un autre siècle. Elle l'imaginait en guerrier du Moyen Âge ou en explorateur de l'ère élisabéthaine.

Quand elle s'endormit, cette nuit-là, ce ne fut pas Peter Hardwick qui peupla ses rêves mais le mystérieux et arrogant comte de Bath...

Dans la voiture de Peter qui suivait le cours de l'Avon, Prudence demanda d'un ton détaché :

— Le comte sera-t-il là ?

— Euh... non, mon frère n'est pas là en ce moment. Il est magistrat du comté de Somerset, et on l'a appelé à Bristol.

— Oh, dommage ! J'espérais que cette visite donnerait à Diane l'occasion de s'excuser à propos de ce malentendu regrettable concernant la bibliothèque.

La jeune fille faillit intervenir mais se retint à temps. Le comte et elle avaient bien d'autres sujets de discorde. Chacune de leurs rencontres provoquait des étincelles. Apprendre qu'il n'était pas au manoir ne pouvait que la soulager.

Au moment même où la voiture passait la grille tapissée de lierre et s'engageait sur le chemin de Hardwick Hall, Diane tomba amoureuse du manoir. Peter ne manqua pas de remarquer son regard ébloui et il se félicita secrètement de cette victoire.

Dès que l'attelage s'arrêta, le majordome et deux valets de pied s'avancèrent.

Peter se tourna vers Prudence.

— Si je vous laissais entre les mains compétentes de M. Burke et que j'emmenais Diane découvrir le parc ?

— Excellente idée, Peter ! Allez, mes enfants.

Diane n'en crut pas ses oreilles. Le jeune homme l'aida à descendre de voiture et l'entraîna vers les jardins.

— Décidément, vous avez conquis ma tante, Peter.

Il s'arrêta et plongea ses yeux dans les siens.

— Je sais m'y prendre avec les femmes, fit-il d'une voix rauque.

Diane se sentit rougir. Peter avait le don de dire des choses inconvenantes mais au lieu de la troubler, cela la mettait sur ses gardes. Elle se promit de ne pas lui accorder trop vite sa confiance.

La beauté du paysage n'eut aucun mal à dissiper ses craintes. Ils visitèrent les pigeonniers, le verger avec ses anciennes ruches, le jardin aquatique de style Tudor. Des paons s'ébattaient sur le velours des prairies. Ils atteignirent un labyrinthe identique à celui de Hampton Court. Peter s'assit sur un banc.

— Allez-y, dit-il en remarquant la curiosité de la jeune fille. Si vous n'avez pas retrouvé votre chemin dans cinq minutes, je volerai à votre secours.

Diane se perdit immédiatement. Renonçant à essayer de voir au travers des hautes haies tant elles étaient épaisses, elle parvint au centre du labyrinthe après des tours et des détours. Tranquillement assis sur un banc, Peter l'attendait.

— Vous avez triché ! s'écria-t-elle en riant.

— Vous vouliez que je laisse passer cette chance de me retrouver seul avec vous, à l'abri des regards ?

Diane comprit que si elle s'enfuyait, il le prendrait comme un jeu, comme une invitation à s'élancer à ses trousses.

Il s'approcha d'elle et la prit dans ses bras.

— Je ne vous laisserai partir que lorsque vous vous serez acquittée de votre gage. C'est la tradition.

— Quelle sorte de gage ? demanda-t-elle en se raidissant.

— Vous devez enlever l'un de vos vêtements.

Sans ciller, Diane ôta un gant et le lui tendit.

— Mauvaise joueuse ! s'exclama-t-il, déçu.

— Mais je ne joue pas.

— Je me contenterai du gant si j'ai un baiser en échange.

Elle lui tendit ses lèvres mais il mesura ses ardeurs. Il devait obtenir d'elle un engagement, et il entendait arriver à ses fins dès cette nuit. Conscient qu'en brûlant les étapes il risquait de l'effaroucher et de perdre sa confiance, il déposa un chaste baiser sur son front. Reconnaissante, elle se haussa sur la pointe des pieds et effleura ses lèvres des siennes.

En sortant du labyrinthe, Peter se dit qu'il venait de faire un grand pas vers la victoire.

Le dîner, prévu dans la grande salle à manger Tudor aux murs lambrissés de chêne, s'annonçait cérémonieux. Après son bain, Diane revêtit son bustier de guipure rouge sous sa nouvelle robe de velours vert jade. Consciente de n'avoir jamais été aussi séduisante, elle se prit à souhaiter que le comte de Bath fût là, ce soir.

Mais ce ne fut pas le cas. À la fin du repas, un peu long au goût de Diane qui brûlait de visiter le manoir, Peter se leva après avoir fait remplir les verres à ras bord.

— Je sais que d'habitude, les femmes doivent quitter la table pour laisser les hommes déguster leur alcool. Mais ce soir, nous romprons avec la bienséance pour renouer avec les usages élisabéthains. Je voudrais porter un toast en l'honneur de lady Diane Davenport. Le manoir se languit d'une châtelaine dont la beauté, à l'image de la vôtre, illuminerait des pièces trop sombres…

La chaleur du vin courait dans les veines de Diane. Ils finirent leur verre et laissèrent Prudence à table pour aller explorer le manoir.

Peter emmena son invitée dans la chapelle de la Vierge qui servait aujourd'hui à distiller les roses et diverses fleurs du jardin. La salle de bal, dont il avait pris soin de faire allumer les centaines de chandeliers, semblait les attendre. Une mélodie s'échappa soudain de la galerie des musiciens et il tendit son bras à la jeune fille.

Emportée par la danse, elle ferma les yeux et s'imagina à l'époque élisabéthaine. Un sourire heureux s'inscrivit sur ses lèvres.

Lorsque la musique se tut, Peter la serra contre lui.

— Allons marcher dehors, le long du parapet, murmura-t-il à son oreille.

Elle accepta sa main. Tels deux conspirateurs, ils montèrent un escalier dérobé.

Appuyée contre le mur crénelé, dans la douce clarté lunaire, Diane se laissa pénétrer par la magie de la nuit. Elle se sentait chez elle ici, comme si le manoir l'attendait depuis deux cents ans.

— Vous ne m'avez pas montré la chambre de la Reine, fit-elle d'une voix rêveuse.

Il n'attendait que ça. Dans l'obscurité, elle ne vit pas son sourire satisfait.

— J'ai gardé le meilleur pour la fin, répondit-il dans un souffle. Venez. Nous emprunterons le passage secret.

— Un passage secret ! s'écria-t-elle, fascinée.

Peu après, l'une des cheminées pivotait sur elle-même, et ils s'engagèrent dans un escalier.

— Il nous faudrait une lanterne, non ?

— Faites-moi confiance, très chère. Tenez-vous à moi.

Elle posa une main sur son dos. Ses muscles durs jouaient sous les vêtements. Tant de force retenue... Que se passerait-il s'il ne contenait plus cette puissance ? Cette pensée la fit frémir. Il faisait un noir d'encre et elle s'en remettait à lui, le cœur battant. Une porte s'ouvrit en grinçant. Avec un profond soulagement, Diane aperçut enfin de la lumière.

Peter l'attira dans la pièce et la porte secrète se referma. Jamais la jeune fille n'avait vu de chambre aussi impressionnante. Elle était immense, avec une énorme cheminée sur tout un pan de mur. Deux portraits étaient suspendus sur son manteau. L'un représentait Élisabeth dans une robe de velours incrustée de cristaux et de perles, l'autre, le premier comte de Bath, un homme aux yeux noirs dans un visage fier et menaçant.

Devant le feu, deux fauteuils étaient disposés de part et d'autre d'une table de jeu sur laquelle se trouvait un échiquier en ivoire avec des pièces de jade.

Le mur du fond était du sol au plafond tapissé de livres, tous reliés de cuir broché, ornés à la feuille d'or. Sur un grand bureau pourvu d'encriers en argent étaient posés des lettres, des documents et une carte, comme si quelqu'un venait d'y abandonner un travail en cours. Un lit imposant occupait la plus grande partie de la pièce. Sa couverture de velours vert et blanc représentait des lions et des petites couronnes d'or. La pièce sentait le bois de santal.

— La perfection même, commenta Diane, éblouie.

Peter la ramena à la réalité en lui tendant un verre de vin rouge. Diane ne put résister au plaisir de prolonger sa griserie délicieuse. Elle avala le contenu de son verre qui lui réchauffa le cœur.

Sans attendre, le jeune homme l'attira contre lui. Sa bouche exigeante s'empara de la sienne, la forçant à répondre à son baiser. Il s'enhardit et commença à défaire les lacets dans le dos de Diane, sans lâcher ses lèvres...

Tout à coup, la porte s'ouvrit et Marc Hardwick apparut sur le seuil de la chambre. Diane étouffa un cri et repoussa Peter en portant la main à son corsage desserré.

— Marc ! Tu ne devais pas rentrer ce soir !

— J'ai achevé mon travail à Bristol. Qu'est-ce que tu fabriques ici ?

— Je fais ma demande. Lady Diane et moi allons nous marier.

La jeune fille voulut protester mais elle ne pensait plus qu'à fuir le regard cynique du comte de Bath. De toute évidence, cette chambre était la sienne.

— Dans ce cas, je suppose que des félicitations s'imposent, ironisa-t-il. Bienvenue dans la famille, ma chère.

Diane se retrouvait prise au piège. Elle était irrémédiablement compromise. Si elle niait, elle passerait pour une dévergondée.

— Excusez-moi, fit-elle en baissant les yeux avant de se retirer.

— Diane, vous m'écoutez ? s'impatienta Prudence dans la voiture qui les ramenait à Queen Square.

— Oui... et non, répondit la jeune fille, incapable de se concentrer sur la conversation.

— Me voilà bien avancée ! Pouvez-vous m'expliquer pourquoi nous nous sommes enfuies aux aurores, comme des voleuses ?

— Eh bien, le comte de Bath est rentré à l'improviste, hier soir, et Peter lui a dit que nous allions nous marier.

Prudence se rencogna dans les capitons.

— Dieu soit loué ! Je commençais à croire qu'il ne se déciderait jamais.

— Le problème, c'est que Peter ne m'a rien demandé et que je n'ai rien accepté !

— Détails, que tout cela. Croyez-moi, si Peter en a informé le comte, c'est que vous êtes officiellement engagés l'un à l'autre.

— Peut-être, répondit Diane d'un air évasif.

Elle s'était lâchement esquivée. Après avoir remis au majordome une lettre pour Peter, elle lui avait demandé de faire préparer la voiture.

La façon dont il l'avait compromise, la nuit dernière, l'avait mise en colère tout en l'humiliant. Elle avait eu l'impression qu'il l'entraînait délibérément dans un piège. En restant ce matin, elle n'aurait pu s'empêcher de faire un éclat devant sa tante et le comte, aussi avait-elle choisi la fuite.

Elle s'expliquerait avec Peter en privé, mais elle devait prendre un peu de recul, le temps de mettre ses sentiments au clair. Pour l'instant, ceux-ci étaient tellement confus qu'il n'était pas question pour elle de prendre la moindre décision au sujet de son avenir.

Oui, il lui fallait du temps pour réfléchir, en dehors de toute influence.

En arrivant à Queen Square, Diane constata avec effarement qu'elle avait oublié ses bagages à Hardwick Hall. Ce matin, dans sa hâte, elle avait remis son vieux corset et une affreuse robe à panier beige. Jamais elle ne s'était sentie aussi peu attirante de sa vie !

Déjà, sa tante était dans la cuisine, débitant ses ordres au personnel pour le déjeuner.

— En attendant, faites-moi monter un lait chaud au madère et aux œufs. Je vais faire un somme.

À cette nouvelle, Diane retrouva sa bonne humeur. Si Prudence se reposait, elle était tranquille jusqu'au déjeuner. Comment résister à une matinée entière de liberté ? D'ailleurs, elle pouvait très bien passer toute la journée dehors. Que risquait-elle ? De s'attirer les remontrances de Prudence ?

Pour ne pas perdre de temps, elle renonça à monter se changer et se retrouva dans la rue en moins de temps qu'il n'en faut pour le dire.

Une fois sur les hauteurs de la ville, Diane respira l'air frais avec délices. Elle distinguait le chuchotement des sources qui serpentaient depuis le sommet des collines. Les flèches de l'abbaye médiévale où avait été couronné le roi Edgar au X^e^ siècle se découpaient dans un ciel dégagé. Elle admira l'architecture du Cirque d'inspiration romaine créé par John Wood.

Devant ce spectacle d'une magnifique beauté, tout lui parut simple, soudain. Elle et Peter étaient fiancés mais la durée de cet engagement restait à déterminer. Elle lui demanderait un an de réflexion. S'il refusait, elle romprait immédiatement. D'ici quelques mois, elle pourrait disposer de son argent et de son héritage. Elle tenait à profiter de sa liberté avant de tomber sous l'autorité d'un mari. Si Peter l'aimait, il attendrait.

Se sentant plus légère, elle redescendit vers la ville en passant par la rue des antiquaires. Intriguée par les objets anciens, elle entra dans l'une des boutiques.

Certains étaient si curieux qu'elle ne sut même pas leur donner un nom. D'autres lui parurent plus familiers : des robinets de cuivre, une baignoire avec des pieds en forme de griffes, de vieux sièges de jardin en pierre, de vieilles horloges, épinettes ou mandolines. Elle admira particulièrement une tapisserie datant du Moyen Âge qui gardait toute sa beauté, malgré ses couleurs fanées.

Son attention fut subitement attirée par des objets romains. « Ils ne peuvent être authentiques, c'est impossible », songea-t-elle, stupéfaite. Il y avait un casque en bronze, des épées et des dagues en fer. Elle laissa courir ses doigts sur le casque.

— Il appartenait à un centurion, murmura-t-elle, impressionnée, avant de regarder autour d'elle.

Il n'y avait personne dans la boutique. Prise d'une impulsion, elle essaya le casque, oubliant qu'elle portait sa perruque. Agacée, elle rentra les boucles poudrées sous la partie qui protégeait les joues. Il était incroyablement lourd. Elle voulut le retirer mais... il semblait bloqué. Un bourdonnement assourdissant retentit à ses oreilles. Soudain elle se sentit glacée. Elle éprouva alors une sensation des plus étranges, comme si elle s'envolait à travers l'espace à une vitesse vertigineuse, sans bouger pour autant.

Le bourdonnement s'amplifia dans sa tête jusqu'à la douleur. Une douleur intolérable !

Et Diane se sentit tomber, tomber, tomber... pas sur le sol, mais au-delà du sol...

# 7

Diane se retrouva à l'air libre, agenouillée dans du sable, sous un soleil aveuglant. Elle cherchait à se mettre debout quand deux énormes chevaux tirant des sortes de chars fondirent sur elle. Instinctivement, elle se jeta à terre et roula sur elle-même pour les éviter. Arrêtés dans leur course, les chevaux ruèrent en hennissant. Diane perçut un hurlement avant de se rendre compte que c'était le sien...

Un homme se mit à l'injurier et un attroupement se forma autour d'elle. Celui qui l'insultait attira son attention. Il ressemblait au comte de Bath ! Il avait les mêmes cheveux noirs, les mêmes yeux sombres, le même profil d'oiseau de proie, mais une cicatrice en travers de la joue renforçait son air menaçant. Torse nu, très musclé, il avait des épaules magnifiques, incroyablement larges. Il portait un étrange costume qui dénudait ses jambes sculpturales.

Elle regarda la roue qui avait failli l'écraser et la colère la gagna quand elle se rendit compte que ces hommes ridicules déguisés en Romains auraient pu la tuer avec leurs chars.

— Vous êtes complètement fous ! Quel âge avez-vous pour vous adonner à des jeux aussi infantiles ?

L'homme aux cheveux noirs pointa un doigt sur elle.

— Saisissez-la ! ordonna-t-il.

Deux colosses s'exécutèrent et Diane se retrouva immobilisée tandis que le chef s'avançait vers elle, blême de rage.

— D'où sort-elle, cette femelle ? Qui es-tu ?

Diane le contempla avec stupeur. Il parlait un étrange mélange de latin et d'italien, mais elle le comprenait.

— Par Jupiter, elle a volé un casque ! s'écria-t-il en le lui ôtant sans ménagement.

Découvrant les cheveux blancs de la perruque, il crut avoir affaire à une vieille femme. Il toisa la robe d'une laideur sans nom qui cachait la totalité de son corps. Quelle étrange créature !

— Puisque tu ne réponds pas, je vais le faire à ta place. Tu es une espionne des druides, à en juger par ton accoutrement.

Mais que racontait-il ? Cela n'avait aucun sens...

— Ôtez-la du chemin et enfermez-la. Je l'interrogerai plus tard.

Les colosses l'emmenèrent sans discuter.

— Lâchez-moi ! Comment osez-vous me toucher ? C'était Marc Hardwick, n'est-ce pas, ce rustre ?

Ils durent la comprendre car ils se mirent à rire.

— Non, le rustre, c'est Marcus Magnus, le Primus Pilus.

Sur ce, les hommes la jetèrent dans une charrette en bois et lui passèrent un collier en fer autour du cou. Ivre de rage, Diane se retrouva enchaînée comme un chien !

— Vous n'avez pas le droit ! hurla-t-elle.

Mais les brutes l'abandonnèrent sans se soucier d'elle. Elle était prisonnière d'une espèce de sauvage cruel et dangereux. S'écroulant sur le plancher, elle fondit en larmes...

Après avoir pleuré longtemps, elle finit par se calmer et prêta attention au paysage autour d'elle. Un chemin avait été tracé pour les courses de chars. En plus des participants, il y avait des spectateurs vêtus en soldats romains. Tous avaient des corps d'athlètes.

Les concurrents se battaient avec férocité, comme si leur vie dépendait de leur victoire. Les malheureux qui tombaient de leur char n'avaient plus qu'à essayer de s'en sortir comme ils pouvaient, car personne n'essayait de les éviter. C'était chacun pour soi, mais tout le monde semblait prendre un grand plaisir à ce jeu violent.

Marcus Magnus, magnifique sur son char tiré par de superbes chevaux blancs, dominait largement la course. Il semblait invincible.

Diane porta une main à son collier de fer. Elle avait chaud et soif. Dès qu'on la libérerait de ses chaînes, elle préviendrait les autorités afin que ces fous furieux soient arrêtés.

Elle scruta de nouveau les alentours, pour essayer de repérer l'endroit où elle se trouvait. C'était étrange... la ville qui s'étendait à ses pieds ne ressemblait pas à Bath, avec ses baraquements militaires, ses villas et ses temples. Les plus grands édifices étaient d'architecture romaine classique

Pourtant, la jeune fille reconnut les sources et les thermes... Ça alors ! Ils étaient en construction ! Comment était-ce possible ? Elle essaya de se rappeler ce qu'elle faisait juste avant d'être propulsée dans cette arène. Elle se souvenait d'un magasin d'antiquités. Il lui semblait y être entrée, oui... mais ensuite, elle ne voyait que les chevaux lancés sur elle.

Elle se tourna vers le sud et découvrit des vignes sur les flancs des coteaux. Des vignes à perte de vue ! Si Diane n'avait été assez sensée pour savoir que c'était impossible, elle se serait crue revenue au temps où les Romains occupaient son pays !

Les courses de chars se terminèrent quand le soleil commença à décliner derrière les collines. Marcus Magnus se dirigeait vers Diane avec un jeune homme d'une beauté saisissante.

— Tes hommes ont fait des progrès, le complimentait Marcus. Tu sembles avoir suivi mes conseils en alternant les moments de repos avec les épreuves de force.

— J'adore ces confrontations, mon frère. C'est pourquoi j'ai choisi d'être centurion à vingt et un ans.

Magnus calotta affectueusement son jeune frère.

— N'oublie pas, Petrius : tu dînes avec moi, ce soir.

L'un des hommes qui avaient enchaîné Diane salua Magnus.

— Puis-je disposer de la prisonnière, général ? demanda-t-il.

Marcus Magnus hésita.

— Non. Si elle meurt, je ne saurai jamais qui elle est et ce qu'elle est venue faire ici.

— Tu as une prisonnière ? s'étonna Petrius.

Magnus désigna la jeune fille.

— Une créature très bizarre. Je l'ai surprise à nous espionner. Emmenez-la chez moi, je vais l'interroger, ajouta-t-il à l'adresse de ses hommes.

— Laisse-la-moi, suggéra Petrius. Je saurai la faire parler.

— Avec tes méthodes, ses hurlements risquent d'affoler les Bretons. Ils sont mal à l'aise en ce moment. Inutile d'en rajouter.

— Je me demande pourquoi tu te soucies d'eux à ce point. Ces Bretons ne sont pas des êtres civilisés. Ils sont à moitié barbares...

Diane eut à peine le temps de s'agripper à la charrette qui s'ébranla et emprunta...

Une voie romaine !

Elle aurait voulu rêver, faire un cauchemar, mais non ! Elle était bien réveillée. Sans savoir ni comment ni pourquoi, elle avait quitté le XVIIIe siècle. Et il y avait pire : elle était prisonnière d'un sauvage ! Saisie de terreur, elle éprouvait de plus un désagréable sentiment de culpabilité.

Ne méritait-elle pas ce qui lui arrivait ? Combien de fois avait-elle souhaité vivre à une autre époque ! Elle adorait se plonger dans le passé, qui lui semblait bien plus intéressant que le présent. Elle méprisait les hommes de son siècle, les trouvant faibles et précieux comparés à ceux des époques précédentes. Et si le destin avait décidé de lui montrer à quoi ressemblaient réellement ces hommes ?

La charrette entra dans le jardin d'une villa entourée d'une enceinte et s'arrêta derrière la maison. Un homme d'âge mûr, grand et bien bâti, armé d'un fouet fiché dans la ceinture de sa toge, parla au conducteur de la charrette. Il toisa la jeune fille avec hauteur.

— Détachez-la.

Il la considéra avec dégoût.

— Viens ici, ordonna-t-il.

Diane frotta son cou échauffé par le collier de fer mais ne bougea pas.

— Toi ! Viens ici ! insista l'homme en plaçant une main menaçante sur son fouet.

Diane descendit de la charrette et avança lentement vers lui.

— Je suis Kell, le maître des esclaves. C'est à moi que tu dois obéir.

Il avait des yeux gris clair empreints d'une grande fierté. Il la précéda dans un couloir au sol carrelé jusqu'à une pièce seulement meublée de bancs de bois, mais au sol garni d'une superbe mosaïque.

Kell claqua dans ses mains. Deux femmes se présentèrent aussitôt. Diane ne les trouva pas jolies dans leurs longues tuniques, et même presque vulgaires.

Elles écoutèrent les ordres de Kell puis se retirèrent en s'inclinant respectueusement devant lui. Il désigna un banc à Diane, qui s'y assit avec soulagement. Les jambes faibles et les nerfs à fleur de peau, elle avait envie de hurler. Mais elle préféra économiser ses forces pour affronter Marcus Magnus quand il viendrait. Car il viendrait, elle n'en doutait pas.

Les femmes revinrent avec une collation et Diane s'étonna de cette attention. Comme elle mourait de soif, elle se servit deux grands verres d'un délicieux jus de raisin. Se forçant à manger, elle dégusta des cœurs d'artichaut avec des olives et du fromage blanc très doux, puis elle prit un peu de viande froide accompagnée de pain blanc grillé.

Marcus Magnus apparut soudain sur le seuil. Une jeune femme surgit à son tour avec une pile de serviettes dans les mains. Elle était très grande, mais à côté de Marcus elle paraissait presque petite. Kell s'approcha de lui et les femmes reculèrent avec déférence.

— Désirez-vous interroger la captive avant ou après votre bain, général ?

Marcus sembla alors se souvenir de sa présence. Diane surprit dans ses yeux une lueur d'ennui. Il s'adressa à elle sur un ton d'autorité suprême :

— Qui es-tu ?

— Je suis lady Diane Davenport.

Il se mit à rire.

— Diane ! Tu te prends pour une déesse ?

— Non. Diane est mon prénom et je ne suis pas une déesse mais une lady. Et vous, qui êtes-vous ? ajouta-t-elle sans se démonter.

Son audace le désarçonna un instant.

— Je suis celui qui décidera si tu vas vivre ou mourir. Tu es ma prisonnière, ma propriété. Je veux des réponses, et je les veux maintenant !

Diane ne souhaitait pas lui montrer qu'elle avait peur, mais elle sursauta malgré elle.

— Vous n'êtes qu'une brute, un tyran, dit-elle calmement.

— Deux de mes qualités essentielles. De quelle nation es-tu ?

— Anglaise... britannique.

— Encore un mensonge, par Jupiter ! Les tribus de Britannia ne sont pas civilisées. Elles ne comptent que des êtres primitifs et sanguinaires, des sauvages qui se peignent le corps pour effrayer leurs ennemis.

Effarée, Diane songea qu'effectivement les anciens Britanniques correspondaient à cette description.

— Où habites-tu ?

— À Londres.

— Tu veux dire Londinium ? Encore un mensonge ! Londinium a été détruite par un incendie il y a plusieurs mois. Que fais-tu à Aquae Sulis ?

Aquae Sulis ! Le nom romain de Bath...

— Tu nous espionnais, n'est-ce pas ? reprit-il. Tu n'es qu'une espionne des druides ! Aquae Sulis est-elle la prochaine ville que les Bretons insoumis ont l'intention de brûler ?

Diane avait lu suffisamment d'ouvrages historiques pour savoir que, vers 60 après Jésus-Christ, la reine Boadicée de Bretagne, à la tête d'un soulèvement des tribus indigènes contre les Romains, avait mis le feu à Londres.

— Je ne suis pas une espionne des druides, dit-elle.

— Alors qu'es-tu donc, sinon une vieille sorcière en haillons ? Avec tes oripeaux, on ne peut même pas savoir ton sexe ou ton âge ! Déshabillez-la !

Les femmes qui lui avaient apporté à manger voulurent lui enlever sa robe, mais Diane se débattit avec une telle énergie que la plus grande dut leur venir en aide. Elle se retrouva plaquée contre un mur. Kell avança vers elle, son fouet à la main.

— Bande de lâches ! cria la jeune fille, ulcérée. Les Romains ne savent donc parler aux Bretons qu'armés d'un fouet ?

Marcus Magnus sembla amusé par cette remarque. Un sourire s'inscrivit sur ses lèvres.

— Kell n'est pas romain. Il est breton. Il n'y a pas de meilleur maître d'esclaves qu'un autre esclave.

Bloquée dans une encoignure, Diane fut déshabillée de force. Quand elle fut en corset, tout le monde considéra avec effarement la drôle de cage qui la comprimait. L'humiliation empourpra les joues de la jeune fille.

— Il doit s'agir d'une de ces inventions bizarres que portent les prêtresses druides, dit Magnus à Kell. Enlevez-lui ça.

Une nouvelle lutte s'engagea. Dans la bataille, Diane perdit sa perruque et Magnus sembla aussi surpris que ravi par la métamorphose qui en résulta. Sans son horrible accoutrement qui lui déformait le corps, sa captive se révélait superbe. Sa poitrine pleine et ronde, sa peau d'ivoire, ses jambes élancées le fascinaient. Sa taille était si fine qu'il aurait presque pu en faire le tour d'une seule main.

À côté d'elle, toutes les plus belles femmes de sa connaissance paraissaient insipides.

— Par tous les dieux ! murmura-t-il d'une voix rauque. Baignez-la et amenez-la dans ma chambre.

Sur ce, il disparut en direction de ses bains personnels, à l'autre bout du jardin.

Diane lança à Kell un regard noir.

— Tu as de la chance, lui dit-il. Le maître a aimé ce que cachaient tes haillons. Ton corps vient de te sauver la vie... tout au moins pour le moment.

L'intérêt que cette femme avait suscité chez Magnus étonnait profondément Kell. Le général n'avait pas coutume de perdre son temps avec les femmes. Une visite à une prostituée deux fois par semaine lui suffisait. Jamais il n'avait manifesté la moindre préférence pour l'une ou l'autre. Pourtant, elles étaient toutes très avides de lui plaire.

— Donnez-moi quelque chose pour me couvrir, s'il vous plaît.

— Les Romains n'ont pas honte de leur corps. Au contraire, ils le montrent volontiers.

— Je ne suis pas romaine, répondit Diane en ramenant ses cheveux pour cacher ses seins.

— Appelle une esclave... non, plutôt deux, ordonna Kell à l'une des servantes. La prisonnière est capricieuse.

Deux femmes se présentèrent. Le crâne presque rasé, vêtues de tuniques courtes et chaussées de sandales, elles étaient jeunes et très musclées.

— Baignez la nouvelle esclave puis revenez me voir. Je dois lui choisir une *stola*.

— Je ne suis pas une esclave ! intervint Diane avec un air de défi.

Kell soupira et s'approcha d'elle.

— Tu sais ce qu'il te faudrait ? Une bonne flagellation. Mon instinct me dit que cela m'épargnerait des ennuis. De plus, le maître apprécierait davantage ton corps avec ces marques sur la peau.

Diane n'en croyait pas ses oreilles.

— Vous... vous êtes complètement fou !

— La vie serait plus simple pour nous deux si nous trouvions un terrain d'entente, poursuivit-il comme si elle n'avait rien dit. Tes manières, ta façon de parler m'indiquent que tu es très intelligente. Je suis chargé de faire régner l'ordre dans cette maison, et ma sécurité en dépend. Tu imagines combien j'y suis attaché. Tout coule comme du miel, ici. Pas de heurts, pas de cris. Ainsi le veut le général, et ce que veut le général, je le veux. Or, ce que je veux ne se discute pas. Suis-je assez clair ?

Diane employa le même ton doucereux pour lui répondre :

— Parfaitement clair. Pas de faille dans votre logique, mais votre mollesse et votre absence totale de sens moral me donnent envie de vomir !

Les yeux de l'homme brillèrent dangereusement.

— Continue...

Diane comprit qu'insister l'exposerait à de sérieux risques. Elle changea de ton.

— Je refuse de continuer cette discussion avec vous alors que je suis nue.

Il poussa un soupir.

— J'espérais que l'on se comprendrait, mais nous voilà dans une impasse. Soit, conclut-il en faisant signe aux femmes de se charger d'elle.

Diane constata avec soulagement qu'il n'y avait pas d'hommes dans la pièce où elle fut conduite, entièrement carrelée de blanc avec des bassins turquoise. De la vapeur s'élevait du plus grand.

— Je vais me débrouiller toute seule, déclara-t-elle en descendant les marches qui menaient dans l'eau.

Les esclaves échangèrent un regard étonné. L'une d'elles vida un flacon dans l'eau chaude qui exhala aussitôt une délicieuse odeur.

Diane succomba peu à peu au plaisir du bain. Elle se détendit et ferma les yeux en s'appuyant au rebord. Tout à coup, elle s'aperçut qu'elle n'était plus seule dans l'eau. Rouvrant les yeux, elle sursauta. Deux esclaves armées se tenaient à ses côtés.

— N'aie pas peur ! Ce n'est qu'un strigile.

— Un strigile ?

— Oui, un racloir pour nettoyer la peau. Cela ne fait pas mal. Viens.

Trop fatiguée pour protester, Diane sortit de l'eau. Elle s'étendit sur une table en marbre et subit l'épreuve du racloir qu'elle ne trouva pas vraiment agréable.

Décidément, de bien étranges mœurs sévissaient dans cette villa d'Aquae Sulis. Peut-être devrait-elle essayer de s'y plier ? Mais s'adapter à une époque révolue dépassait l'imagination. Et l'entendement. Pour se rassurer, elle se dit qu'elle était beaucoup plus évoluée que ces êtres à moitié primitifs qui vivaient au Ier siècle...

Les femmes la massèrent ensuite avec de l'huile d'amandes douces. Puis elles la ramenèrent dans l'eau pour lui laver les cheveux.

À la fin, elles la pressèrent vers le plus petit bassin. De l'eau froide ! Diane en perdit le souffle, au grand amusement des esclaves.

Elles la conduisirent alors dans une autre pièce décorée de mosaïques somptueuses et l'invitèrent à s'asseoir sur un siège capitonné de soie qui ressemblait à un trône.

Devant elle, des miroirs encadrés d'argent massif brillaient de tous leurs feux – des objets inestimables pour les gens du XVIIIe siècle. Une fille s'occupait de sa coiffure tandis que les autres se penchaient sur son visage. Diane s'abandonna à leurs mains expertes. Fascinée, elle se retrouva avec de petites boucles plaquées sur le front et les tempes. Le reste de ses cheveux cascadaient sur ses épaules et dans son dos comme de l'or en fusion. Une touche de poudre rose rehaussa ses pommettes. Un peu de carmin sur ses lèvres et d'ombre argentée sur ses yeux achevèrent la métamorphose.

Quand Diane se contempla dans le miroir, elle demeura figée de stupeur. Ces femmes étaient des magiciennes : elle était magnifique !

# 8

Kell entra dans la pièce avec la robe qu'il avait choisie pour elle, une robe si belle que la perspective de la porter rendit Diane fébrile.

Les bras croisés sur la poitrine, le chef des esclaves attendit. Cette présence masculine contrariait la jeune fille mais, sachant qu'il était inutile de protester, elle laissa les esclaves l'habiller. D'ailleurs, avait-elle encore envie de se révolter ?

La *stola* en soie rouge magenta était superbe. Si elle avait pu imaginer qu'un jour elle porterait une teinte aussi vive ! Mise en valeur, sa peau paraissait plus pâle. Ses cheveux se paraient de reflets argentés, comme sous une lumière lunaire. Et elle ne portait aucun sous-vêtement. Combien de fois avait-elle rêvé d'être débarrassée des carcans insupportables qui l'encombraient !

L'une des esclaves s'accroupit et lui enfila des sandales à semelles de liège. Très hautes, elles allongeaient la silhouette sans entraver la marche. La robe fendue jusqu'à la taille lui permettait de grandes enjambées.

Kell l'observait avec attention.

— Musc d'Égypte, décida-t-il.

Il s'agissait d'un extrait tellement précieux que l'esclave remit le flacon en albâtre à Kell, qui se chargea lui-même de parfumer Diane entre les seins. À l'expression de son regard, elle comprit qu'un pas avait été franchi vers un terrain d'entente.

Tout à coup, les paroles de Magnus lui revinrent à l'esprit :

— *Baignez-la et amenez-la dans ma chambre.*

Le premier ordre venait d'être exécuté. Ainsi parée, vêtue comme une déesse, Diane se sentait belle et sûre d'elle.

Restait le second ordre : la chambre. À son grand désarroi, elle comprit soudain la raison de ces préparatifs. Tout cela n'était destiné qu'au plaisir de Magnus !

La fureur assombrit son regard.

— Si vous croyez que je vais docilement me laisser conduire dans le lit du général, vous vous trompez. Je ne suis pas son esclave ! Je n'ai pas à lui obéir !

Kell porta une main sur le manche de son fouet, mais elle releva fièrement le menton.

— Jamais je ne me soumettrai ! Je ruinerai à jamais la tranquillité de cette maison que je détruirai pierre par pierre, plutôt que de m'incliner devant cet homme !

Kell n'avait qu'à se servir de son fouet pour lui imposer le silence. Cependant, il choisit une arme beaucoup plus subtile :

— Ce qui se passe entre Marcus Magnus et toi ne me regarde pas, mais je sais que tes principes moraux t'interdisent de provoquer des nuisances à autrui. Car vois-tu, si les esclaves ne parviennent pas à t'emmener dans son lit, elles seront fouettées. Tu seras responsable de chaque marque que je laisserai sur leur peau. Tu ne manques pas d'éloquence. Je te suggère d'aller attendre le Primus Pilus dans sa chambre et de lui dire toi-même que tu comptes détruire sa maison « pierre par pierre ».

Diane resta silencieuse. Kell avait raison. Elle ne supporterait pas que quiconque souffre à cause d'elle. Il avait su trouver un argument imparable.

— Allons-y, s'inclina-t-elle.

Il l'emmena au premier étage de la villa, dans une vaste chambre.

— Après dîner, le maître se rend à l'amphithéâtre avec son frère. Tu devrais te reposer en l'attendant.

Marcus Magnus était impatient de passer cette soirée avec son jeune frère qu'il n'avait pas vu depuis cinq ans. La légion à laquelle il appartenait était venue subir un entraînement de choc à Aquae Sulis, avant de partir à la conquête de l'ouest du pays.

Marcus attendait Petrius dans l'atrium. Au lieu de le serrer dans ses bras, il lui palpa les épaules.

— Par Jupiter ! Tu t'es drôlement développé depuis que je t'ai laissé à Rome !

Petrius avait suivi le chemin de son frère. À l'âge de quatorze ans, Marcus s'était engagé pour vingt-six ans dans l'armée, devenant ainsi militaire à vie. Petrius, lui, avait dû attendre d'en avoir dix-sept pour s'engager, le temps d'acquérir les muscles et la stature requis. Ce qui lui faisait défaut au niveau du physique, il l'avait compensé par une rage féroce.

Ses hommes le craignaient mais il aurait volontiers échangé son beau visage aux traits fins contre celui de Marcus, énigmatique et inflexible à la fois. Les courbes de son nez, de ses joues lui donnaient une expression dure, sévère, invincible. Sa cicatrice renforçait cet effet et Petrius aurait donné cher pour avoir la même.

En contemplant sa villa, il se dit que cette cicatrice n'était pas la seule chose qu'il lui enviait. La demeure était presque aussi grande que celle de leur père à Rome. Un toit de verre recouvrait l'atrium, permettant de voir le ciel. Des poissons dorés et argentés frétillaient entre les plantes aquatiques d'un bassin de marbre surmonté d'une fontaine.

Marcus l'emmena dans le triclinium où il prenait ses repas. Dans un décor blanc et doré, des tables de marbre se dressaient entre des couches agrémentées de coussins.

— C'est immense, commenta Petrius d'un ton qu'il souhaitait détaché. Combien de pièces as-tu ?

— Une vingtaine, peut-être.

— Et combien d'esclaves ?

— Trente, répondit Magnus, sans compter les jardiniers et ceux qui travaillaient à l'extérieur, à l'entretien du péristyle.

Il ne voulait pas étaler sa richesse devant son frère mais celui-ci insista :

— Tu en as d'autres, je suppose ?

— Des centaines, oui. Tous ramenés des guerres, d'Afrique, de Gaule. Je me suis battu ici pendant quatre ans avant de devenir Primus Pilus. J'ai fait beaucoup de prisonniers.

— Moi je n'en fais jamais. Ce sont des ennemis de Rome.

— Les ennemis peuvent devenir des alliés, quand on sait s'y prendre. Mes esclaves sont tous des travailleurs volontaires. Ils construisent les routes, les aqueducs et les thermes, ici. Certains apprennent ainsi un métier qui leur servira le jour où ils seront affranchis.

— Affranchis ? Tu es fou, Marcus ! Quand on n'a plus besoin d'un esclave, il est bon pour les galères ou les arènes. Autant en finir avec eux, plutôt que de risquer de les voir venir une nuit te planter un couteau dans le dos !

Petrius était sanguinaire, comme beaucoup de Romains. Cette qualité faciliterait son ascension dans la hiérarchie militaire. Les peuples celtes étaient sauvages et aller combattre dans l'Ouest, c'était comme aller en enfer.

— Alors, est-ce que Rome a beaucoup changé en cinq ans ? questionna Marcus.

— Oh, oui ! Depuis que tu es parti, nombre de bâtiments ont été achevés. Avec Néron, la ville vit une fête perpétuelle. Le monde entier nous envie. Des combats de fauves sont organisés un peu partout. J'admire énormément Néron.

— Il a violé sa propre mère avant de l'empoisonner.

Petrius se mit à rire.

— Un destin que méritent la plupart des femmes.

Marcus pensa à la magnifique esclave qu'il venait de ramener. Il se sentait impatient de la posséder.

— Je rêve d'assister à une course de chars dans le Circus Maximus et de concourir moi-même.

— Si tu concours, tu gagneras sûrement, comme aujourd'hui.

— Ce n'est pas sûr, Petrius. Les Bretons sont les plus grands conducteurs de chars au monde. Ce sont eux qui m'ont appris à conduire.

— Pourquoi seraient-ils meilleurs que les Romains ?

— Parce qu'ils se servent toujours des chars à la guerre, contrairement à nous, qui les avons abandonnés depuis des années. Nous avons eu tort, si tu veux mon avis. À pied, nos soldats sont trop lents. Attends d'avoir à lutter contre eux pour comprendre.

— La légion romaine est la plus grande machine de guerre du monde, objecta Petrius.

Ils s'étaient allongés sur des lits de table pour discuter, pendant que les esclaves apportaient les mets les plus fins. Entre chaque plat, ils leur présentaient de l'eau parfumée et des serviettes. Petrius pâlit de jalousie quand il s'aperçut que son assiette était en or massif.

— Comment supportes-tu de vivre loin de Rome depuis tant d'années ? questionna-t-il.

— J'aime particulièrement Aquae Sulis. Sous le règne de Claude, des gens de diverses régions de l'Empire sont venus s'installer ici. Ils se sont mariés avec des Bretons et se sont considérablement civilisés. Ils parlent latin aussi bien que toi et moi, s'habillent comme nous. Sur le plan culturel, nous avons tout ce qu'il faut : théâtres, amphithéâtres, temples. La ville est près de la mer sans être surpeuplée comme Rome. Nous sommes épargnés par la corruption politique. Et, bien sûr, il y a les sources chaudes.

Une fois les plats débarrassés, on leur servit le vin.

— Je ne partage peut-être pas ton admiration pour ce lieu, mais j'adore les huîtres et le vin, ici, dit Petrius d'un air affable.

— Qu'aimerais-tu faire à présent ?

— Aller au théâtre, peut-être. Mais pas pour voir Sophocle, merci. Une pièce obscène m'irait très bien, suivie d'une visite dans une maison de luxure, ce serait parfait.

— Nous avons des prostituées venues d'Asie et d'Arabie.

— Et des Nubiennes ? Pourrais-je recourir aux services d'un homme *et* d'une femme ?

Cette soirée avec son frère parut soudain moins attrayante à Marcus. Ses pensées s'envolèrent vers la splendide créature qui l'attendait dans son lit...

Petrius choisit finalement un spectacle de mime, où un amant surpris par un mari jaloux était contraint de se cacher sous le lit. Ce dernier endurait toute sorte d'ébats sexuels des époux légitimes au-dessus de sa tête. Acteurs et actrices faisaient preuve d'une vulgarité indescriptible. La musique était trop forte et les danses ridicules. Le public se composait essentiellement d'hommes, des soldats romains.

Marcus s'ennuyait à mourir. Quand la pièce fut enfin terminée, il se leva.

— Je rentre me coucher, dit-il. Ces courses de chars m'ont épuisé.

— Mon Dieu, tu auras tout le temps de te coucher quand tu seras mort ! À moins que ce ne soit ton sérail d'esclaves qui t'appelle chez toi ? Maintenant que j'y pense… je t'ai trouvé distrait toute la soirée. Il faudra que tu me laisses goûter à ces plaisirs divins !

Marcus se mit à rire.

— Quand tu veux. Ma maison est la tienne, Petrius.

— Merci, mais je préfère dormir au camp avec mes hommes. Cela me permet de les avoir à l'œil. Passe une bonne nuit, mon frère !

Tout en redoutant l'arrivée de la brute qui la retenait prisonnière, Diane ne put s'empêcher de tomber sous le charme de la vaste chambre qui occupait à elle seule un côté de la villa.

Une fresque surmontait la cheminée de marbre. Elle représentait des dieux et des déesses sculptés et entièrement nus ! Diane rougit en songeant que l'artiste devait être un adepte de Bacchus. Les corps masculins étaient magnifiquement musclés. En revanche, les femmes étaient grosses, affublées de seins énormes, de ventres proéminents et de larges cuisses. Seule l'une d'entre elles était mince. Elle se trouvait dans un bosquet, une main posée sur un cerf. Elle avait de longs cheveux blonds, des jambes fines et la poitrine nue…

Le lit, immense, était installé sur un piédestal surmonté d'un dais. Des peaux de bêtes le recouvraient, avec des coussins brodés, noirs, dorés et violets. Diane se détourna.

Au fond de la pièce, une alcôve abritait un bureau et un fauteuil massifs. Des parchemins y étaient éparpillés. Des tablettes votives en cire et des stylets attirèrent l'attention de la jeune fille. Elle connaissait l'existence de tels objets pour avoir lu de nombreux ouvrages sur l'Antiquité, mais jamais elle n'aurait pensé pouvoir les toucher un jour.

Elle s'intéressa ensuite à des cartes fixées au mur, derrière le bureau. Des cartes anciennes. Puis elle découvrit des rouleaux de parchemin. Marcus lisait apparemment les philosophes grecs, Homère, Sophocle, traduits en latin par un certain Suetonius. Elle déplia l'un d'entre eux, les *Satires* d'Horace, et lut au hasard un passage vantant l'amour facile. Quelle philosophie méprisable ! Elle préféra un ouvrage historique sur Jules César et s'assit dans le fauteuil en bois pour le lire. Absorbée, elle perdit la notion du temps.

Tout à coup, une voix masculine la fit sursauter. Il était de retour !

# 9

Marcus s'était d'abord arrêté sur le seuil pour admirer la femme qui l'attendait, la détaillant des pieds à la tête, avant d'entrer et de fermer la porte. Il s'approcha d'elle. Les torches allumées éclairaient sa beauté.

Il demeura en retrait pour la contempler dans sa robe rouge, s'attardant sur ses cheveux à l'éclat rehaussé, sur la rondeur de ses seins dont il devinait les bouts rosés et fermes à travers la soie.

— Bonsoir.

Elle sursauta violemment en se mettant debout. Le parchemin tomba de ses mains. « Par Jupiter, songea-t-il, elle sait lire ? »

Il devinait à présent son corps nu sous la robe, sa taille fine, son ventre plat, ses longues jambes et ses chevilles fines. Elle lui apparut comme un présent des dieux. Qu'avait-il fait récemment pour mériter un tel cadeau ? Il la désirait de tout son être.

— Marche pour moi, dit-il doucement.

Cette requête inattendue et la douceur de sa voix stupéfièrent la jeune fille.

— Vers où voulez-vous que je marche ? s'enquit-elle d'un ton sarcastique. Vers votre lit ?

— C'est ce que je choisirais, oui, répondit-il d'une voix rauque, comme sous l'effet d'une vive émotion.

Une onde électrique courut en elle, l'embrasant au plus secret d'elle-même.

— Eh bien, pas moi ! rétorqua-t-elle sèchement.

— Mais tu n'as pas le choix. Tu es mon esclave.

Son regard la consumait. Elle comprit que l'issue était inévitable. À sa façon de la dévorer des yeux, elle se sentit belle. Il la désirait, et cette pensée alluma en elle un brasier.

Jamais elle n'avait approché un homme aussi viril, aussi attirant. Elle se surprit à marcher pour lui d'une démarche sensuelle, provocante, roulant des hanches. Elle voulait attiser le feu en lui autant qu'il l'attisait en elle.

— Votre esclave ? Ne craignez-vous plus que je ne sois une espionne ?

Il eut un petit éclat de rire.

— Un Romain n'a pas peur d'une femme. Je ne me soucie pas de ce que tu étais hier. Désormais, tu m'appartiens et ta seule raison de vivre est de satisfaire Marcus Magnus.

Elle le toisa avec hauteur.

— Très bien, Romain, si cela vous plaît de me considérer comme telle, allez-y. Mais sachez que je ne serai jamais consentante. Il vous faudra me fouetter pour me soumettre.

Cette mise en garde ne l'impressionna pas le moins du monde.

— Je suis romain et je n'ai pas besoin d'un fouet pour les esclaves que j'ai choisies.

Il s'assit sur le lit et ôta ses sandales. Diane ne put s'empêcher d'admirer ses jambes musclées. Sans s'en rendre compte, elle passa la langue sur ses lèvres sèches.

— « Je suis romain » ! fit-elle en l'imitant. Quelle arrogance ! Vous êtes moins civilisé qu'un sauvage !

Il dégrafa la ceinture de cuir qui retenait le fourreau de son épée et de sa dague.

— C'est cela que tu espères ? rétorqua-t-il d'un ton plein de promesses sur la « sauvagerie » dont il pourrait faire preuve.

Diane perdit contenance.

— Mon Dieu, non...

Il ôta sa cuirasse et se retrouva en tunique blanche.

— Viens ici.

Il était assis sur les fourrures comme un empereur sur son trône.

— Non, murmura-t-elle.

— Donne-moi une bonne raison à ce refus.

— Je suis vierge, avoua-t-elle.

— Une vestale ? dit-il, incrédule.

— Non, une vierge.

Il éclata de rire.

— C'est impossible ! Tu n'as pas connu d'homme avant moi ?

Il se surprit à penser que cette éventualité était plaisante.

— Non, aucun.

— Mais cela n'a pas de sens ! Tu es une femme, et ton seul rôle est de donner du plaisir aux hommes. Comment peux-tu n'avoir aucune expérience de l'amour ?

— Parce que je ne suis pas mariée.

— Et alors ?

— Là d'où je viens, une jeune fille doit rester vierge jusqu'à ce qu'elle se marie, dit-elle en rougissant, gênée d'évoquer un sujet aussi intime.

Marcus fronça les sourcils.

— Pourquoi ? Enfin, à quoi cela sert-il de se préserver ainsi ? Je n'en vois pas l'intérêt.

— Chez moi, aucun homme ne prendrait pour épouse une femme impure. Une telle créature connaît la disgrâce pour avoir commis le plus grave des péchés.

— Ne t'ai-je pas dit qu'à partir d'aujourd'hui ta vie antérieure serait balayée ? Cette nuit, tu seras mienne. Ton seul but est désormais de me satisfaire. Viens !

Il s'exprimait sur un ton impérieux, avec son visage d'aigle. La colère de Diane s'enflamma.

— Jamais je n'accepterai d'être votre esclave !

Il se leva et pointa un doigt vers elle.

— Mais tu *es* mon esclave, tu ne tarderas pas à le comprendre.

— Je suis peut-être votre esclave, Romain, mais pas celle de vos nuits !

Il descendit du piédestal et s'approcha d'elle. Sans savoir pourquoi, Diane ne recula pas. Il s'arrêta si près qu'ils se touchaient presque.

Son regard noir la pénétra.

« Prenez-moi dans vos bras et emmenez-moi dans votre lit », souffla en elle une voix perverse.

Il respira des effluves de musc d'Égypte, mêlés à un autre parfum, beaucoup plus entêtant. Il s'empara de sa bouche avec brutalité, comme pour lui prouver qu'il était le maître. Il la trouva délicieusement douce et consentante...

C'est alors qu'elle planta les dents dans sa lèvre inférieure. Il lui attrapa les cheveux et tira sans égard afin qu'elle lâche prise.

Diane chancela mais un éclair de triomphe animait ses yeux améthyste.

— Je ne suis pas votre esclave, Romain.

Il leva le bras pour la frapper... mais ce fut comme si un dieu retenait le poing qui allait s'abattre sur elle. Marcus s'aperçut avec horreur que s'il ne s'était pas arrêté à temps, il aurait pu abîmer la beauté délicate de son visage.

Il gagna la porte à grandes enjambées et l'ouvrit à la volée.

— Kell !

Le chef des esclaves apparut à la minute même. Il baissa les paupières quand il comprit que la jeune fille ne lui avait pas cédé. Jamais aucune femme n'avait allumé un tel brasier chez son maître. Il respirait la colère et le désir par tous les pores de sa peau.

— Cette créature se croit trop raffinée pour partager mon lit. Elle n'est pas convaincue d'être mon esclave mais à nous deux, Kell, nous réussirons à l'en persuader.

— Je ferai de mon mieux, général, dit Kell en portant la main à son fouet.

À sa grande surprise, il vit son maître pâlir. « Il la désire désespérément et il ne veut pas qu'elle soit marquée, songea-t-il. Se rend-il compte du pouvoir qu'il donne à cette femme ? »

— Que sa robe de soie soit remplacée par une de ces vilaines toges de toile grossière, et qu'on lave son visage de son beau maquillage. Mets-la au pain et à l'eau.

— J'ai porté de vilains vêtements toute ma vie ! cria-t-elle avec dédain. Cela ne me changera pas !

— Mais maintenant que tu as goûté au luxe, je ne suis pas sûr que tu supportes les haillons bien longtemps.

Il se tourna vers Kell pour ajouter :

— Je veux que dès cinq heures du matin, elle soit en train de récurer mes carrelages. Je veux qu'ils brillent jusqu'au dernier. Cela l'occupera jusqu'au soir. Ensuite, tu me l'amèneras. On verra si elle n'a pas changé d'avis.

— Je ne changerai pas d'avis, jamais ! jeta-t-elle, la tête haute.

Les yeux noirs du Romain lançaient des éclairs.

— D'une façon ou d'une autre, tu t'agenouilleras devant moi !

Diane suivit Kell jusqu'à un palier supérieur. Il s'engagea dans un couloir et ouvrit la porte d'une petite chambre bien aérée. Un crépi rose abricot recouvrait les murs et une fresque sur le sol représentait Sul, le dieu celte du Soleil. La tête de lit en métal doré reprenait les motifs des couvertures de satin.

Près de l'âtre se trouvait un brasero, comme dans la chambre du maître. Il y avait aussi une coiffeuse surmontée d'un miroir de bronze poli. La pièce ne ressemblait en rien à une prison.

Bien qu'il fût plus de minuit, Kell distribua ses ordres et les esclaves revinrent peu après avec de l'eau parfumée et des serviettes. Les draps du lit furent remplacés par de plus ordinaires.

— Lave-toi la figure, dit Kell.

Après un moment d'hésitation, Diane lui obéit. De toute façon, songea le chef des esclaves, sa peau était si fine qu'elle n'avait besoin d'aucun artifice pour être belle.

— Enlève ta robe, continua-t-il.

La femme portant une toge de gros lin marron attendit mais Diane ne bougeait pas.

— Enlevez-lui sa robe, ajouta Kell.

Une fois déshabillée, la jeune fille resta debout, droite et fière. Elle se dirigea vers le lit et se glissa entre les draps grossiers.

— Laissez-nous, ordonna Kell aux esclaves qui se retirèrent. Ne sois pas stupide, dit-il à voix basse. Donne-lui ce qu'il veut. Jamais je ne l'ai vu désirer une femme à ce point, alors ne lutte pas. Il saura se montrer généreux avec toi, crois-moi.

— Je ne peux pas.

— Tu ne veux pas, plutôt. Tu étais si belle ce soir qu'un regard t'aurait suffi pour le séduire.

Comme elle ne répondait pas, Kell se retira.

Une fois seule dans le noir, Diane se remémora sa rencontre avec le Primus Pilus ainsi que les conseils de Kell. Cléopâtre n'était-elle pas devenue l'une des plus grandes femmes de l'Histoire pour avoir conquis César et séduit Marc Antoine, le général romain ?

Sa virginité était peu de chose, après tout. Même Marcus n'y accordait aucune valeur. Elle ferma les yeux en revoyant son corps immense, magnifique, son visage d'aigle royal, si fier, et cette cicatrice qui ne faisait qu'ajouter à son charme.

Elle revit ses yeux noirs, les cheveux bruns bouclant sur sa nuque, ses épaules puissantes, ses bras musclés et ses amulettes d'or. Diane mentait parfois, mais jamais à elle-même. Elle devait bien admettre qu'elle brûlait de désir pour lui. Elle voulait que ce soit lui qui l'initie à l'amour. Il suffisait de lui tendre les mains…

« Admets que tu es son esclave, l'incita une petite voix. Aucune autre femme de ton époque n'aura une telle chance. Diane, si tu retournais soudain à Bath, tu regretterais toute ta vie de ne pas avoir partagé son lit ! »

Le sommeil eut finalement raison d'elle. Elle rêva que quelqu'un lui avait lié les mains à la tête de lit. Elle se débattait en vain. « Seigneur Dieu ! pensa-t-elle. Même dans mes rêves, je suis une esclave ! »

# 10

Marcus Magnus était étendu sur son lit. Nu. Les bras croisés derrière la tête et les yeux dans le vague, il attendait que le feu que sa nouvelle esclave avait allumé en lui s'apaise. Malheureusement, depuis une heure qu'il était là, la même flamme courait toujours dans ses veines, sous sa peau, dans son ventre.

Exaspéré, il se leva avec l'intention de sonner pour qu'on lui envoie une esclave qui calmerait son désir. Mais sa main retomba et il soupira. Ce soir, il n'avait envie que d'une seule femme.

Comme il prenait la torche fixée au mur, il remarqua la petite déesse aux longs cheveux blonds dessinée près du cerf. Diane chasseresse... Elle ressemblait à celle qui hantait ses pensées. Même leur nom était le même... Diane.

Demain, il demanderait à Kell de la vêtir de la même tunique que la déesse. Il voulait qu'elle lui tienne compagnie chaque soir, désormais, lorsqu'il rentrerait dîner. Tant qu'il ne l'aurait pas apprivoisée, elle resterait là, assise près de lui, qu'elle le veuille ou non.

Il passa la langue sur la lèvre qu'elle avait mordue. Diane chasseresse ? Peu probable. Il repoussa l'idée qu'elle pût être une déesse. Un cadeau des dieux, peut-être ? Diane la Vierge ?

Si les dieux l'avaient honoré d'une vierge, il leur devait un sacrifice. Il prit un petit cube de sel dans un coffret en argent et l'émietta dans une coupelle de bronze. Il y mélangea de l'encens et de la myrrhe avant de poser le tout sur le brasero.

Il versa ensuite du vin rouge sang dans un verre, le leva vers la lumière et caressa la pièce d'or à l'effigie de César qu'il portait au cou.

— Jupiter Optimus Maximus, dieu des dieux, je te remercie de m'avoir offert cette nouvelle esclave.

Marcus remercia ensuite Eros, le dieu grec – mais en silence, afin de ne pas offenser les dieux romains. Puis il versa un peu de vin dans la coupelle.

L'arôme de l'encens s'éleva. Marcus ne sentait que celui du musc d'Égypte. Elle le poursuivait. Diane avait pris possession de son esprit, de ses sens, de son corps. Allait-elle devenir une obsession ? À quoi jouaient les dieux ? Se moquaient-ils de lui ? Une certitude s'imposa à lui : il ne trouverait pas la paix tant qu'il ne l'aurait pas possédée.

À un moment précis de son rêve, Diane ouvrit les yeux. Peut-être ne rêvait-elle pas ? Ses yeux fouillèrent l'obscurité. Elle avait l'impression que quelqu'un se trouvait là, avec elle. Elle voulut tendre les mains mais... elles étaient attachées ! Elle n'avait donc pas rêvé !

L'éclat d'une torche l'éblouit tout à coup et elle ferma les paupières. Se servant de la seule défense qui lui restait, elle donna des coups de pied, mais une main de fer enserra ses chevilles et le général romain se dressa au pied du lit.

Il paraissait plus immense que jamais. Et il était nu.

Diane faillit suffoquer. Jamais encore elle n'avait vu d'homme nu. Une évidence s'imposa soudain à sa conscience : il était venu pour la violer !

Elle retrouva un filet de voix.

— Je vous en prie, ne faites pas ça...

Il la dévorait des yeux, s'attardant sur chaque courbe de son corps d'albâtre. Elle était totalement différente des autres femmes. D'une finesse proche de la perfection. Sa peau de velours était presque transparente par endroits. Un ange. Elle avait l'air d'un ange.

Comme il ne bougeait pas, elle le supplia de nouveau :

— Marcus, je vous en prie, ne faites pas ça.

— Je ne peux plus me contrôler.

— Si vous me violez, vous me tuerez.

— Je ne suis pas venu te violer, fit-il d'une voix rauque.

— Alors pourquoi êtes-vous là ?

— Pour vérifier.

— Que voulez-vous dire ?

— Je veux savoir si tu es vraiment vierge.

Diane écarquilla les yeux.

— Quoi ? s'écria-t-elle, furieuse. Vous n'êtes qu'un porc, comme tous les Romains ! Je croyais que la virginité ne signifiait rien pour vous ?

— Je veux savoir.

Elle comprit que rien ne le ferait changer d'avis.

Elle était étendue devant lui, à sa merci. Pourtant, c'était elle qui avait un pouvoir sur lui parce qu'elle était pure. Elle se mit à trembler mais cela n'arrêta pas Marcus.

D'une main, il lui fit plier les genoux. L'autre remonta le long de ses cuisses, jusqu'au repli secret de son être.

Diane frissonna. Sa main s'attardait, la palpait... Puis tout à coup elle sentit ses doigts en elle. Elle gémit, et Marcus sourit. Elle était étroite, un rêve, mais il doutait toujours. Alors il s'enhardit, et enfin il le sentit. L'hymen.

Diane fut parcourue de délicieux frissons. Elle se contracta involontairement autour de ses doigts. Alors il les retira avec une lenteur extrême, s'attardant sur sa peau incendiée. La jeune fille avait l'impression d'être en feu mais elle ne voulait pas qu'il devine combien elle brûlait de désir.

Il se leva du lit et détacha ses poignets. Soutenant son regard noir, elle lui dit :

— J'aimerais dormir, général. J'ai beaucoup de carreaux à récurer demain.

L'entendre évoquer ce travail confié aux esclaves les plus bas le fit enrager. Sans doute ne croyait-elle pas vraiment qu'il l'avait affectée à cette tâche ingrate et humiliante. Eh bien, elle n'allait pas tarder à être édifiée !

Il quitta la pièce précipitamment.

Une femme vint réveiller Diane avant l'aube. Elle posa une cruche d'eau froide pour sa toilette, ramassa la toge marron et le fichu et attendit.

— Je ne porterai pas ces vêtements, décréta la jeune fille avec hauteur.

— Vous n'en avez pas d'autres.

Diane réfléchit brièvement avant de se résigner. Elle se lava et enfila son horrible tenue.

Un garçon d'une douzaine d'années, très maigre, lui apporta un morceau de pain avec de l'eau. Elle faillit les envoyer voler contre le mur mais une petite voix lui dit que ce serait sans doute sa seule nourriture de la journée.

— Vous devriez vous dépêcher, lui dit le garçon.

— Je ferai tout le contraire.

— Si vous ne vous dépêchez pas, Sim sera fouetté, la prévint la femme.

— Je veux voir Kell ! exigea Diane, furieuse.

Ils l'emmenèrent jusqu'aux cuisines du rez-de-chaussée. Du feu brûlait sous des chaudrons dans une immense cheminée. De la vapeur s'échappait d'une citerne. Dès que Kell la vit, il ordonna à un esclave de remplir un seau d'eau chaude.

— Tu es en retard. Tu commenceras par les salles de bains. D'abord, tu frotteras les carreaux avec du savon de potasse, puis tu rinceras soigneusement avant de frotter à la peau de chamois.

— Et si je refuse ?

— On ne t'a pas présenté Sim ?

Diane comprit alors que si elle refusait de faire tout ce qu'on lui demandait, le jeune garçon serait châtié à sa place ! Elle regarda ses frêles épaules, ses grands yeux tristes.

— Vous êtes des monstres ! Il est breton ?

Kell haussa les sourcils.

— Bien sûr.

Diane prit le bol de potasse, le seau, et partit vers la pièce où on l'avait baignée la veille.

Dès qu'elle fut hors de portée de voix, Kell se pencha vers Sim et lui dit :

— Tu as été parfait. Va chercher ta récompense aux cuisines.

— Ce ne sont pas des méthodes, accusa une femme.

— Mêle-toi de tes affaires, rétorqua le chef des esclaves.

— Ce qui se passe dans la maison du général me concerne, répliqua Nola, une affranchie que Marcus avait ramenée de Gaule.

Kell et elle s'affrontaient régulièrement. Avant l'arrivée de ce dernier, c'était Nola qui avait la charge de la maison. Quand Marcus l'avait libérée pour ses bons et loyaux services, Kell avait pris sa place. Depuis, tout le monde lui obéissait sans broncher, sauf Nola. Et elle savait jouer de son ascendant sur les hommes.

— Tu n'es heureuse que lorsque tu peux mettre ton nez dans mes affaires. Vous, les femmes, que vous soyez esclaves ou non, vous n'êtes pas là pour parler !

Nola lui pouffa au visage.

— Tu es vraiment inconscient, le Breton. À ta place, je traiterais la nouvelle avec un peu plus de respect. Quand elle aura gagné les faveurs du général, elle risque de transformer ta vie en enfer !

— Tu t'en es déjà chargée, la Gauloise !

— C'est vrai ? J'ignorais que mes flèches avaient le pouvoir de percer ta peau épaisse ! Sois gentil de me faire monter mon petit déjeuner dans ma chambre.

Diane récurait avec vigueur mais une fois sa colère passée, elle se calma et prit le temps d'admirer les mosaïques. Du coup, elle prit plaisir à redonner vie à ces fresques magnifiques.

Au bout du sixième mur, elle commença à faiblir. Ses genoux et son dos lui faisaient mal et ses mains rougies lui cuisaient. S'armant de courage, elle alla changer l'eau de son seau et se dirigea vers l'atrium pour continuer sa tâche.

La pluie de la nuit luisait sur la vitre du toit. Des lueurs d'arc-en-ciel égayaient l'eau de la fontaine. Des jarres fleuries, disposées tout autour de la pièce ovale, jetaient des notes de couleurs vives. Une fresque représentant des oiseaux exotiques ornait le mur vert pâle. Diane se mit à laver le sol, déterminée à faire briller la pièce de tous ses feux.

Soudain, deux énormes chiens surgirent dans l'encadrement de la porte. Un cri échappa à la jeune fille. Sa frayeur se transforma en colère quand elle vit que les molosses avaient les pattes pleines de boue.

— Romulus, Remus… ici ! tonna une voix grave.

Immédiatement, les deux chiens coururent s'asseoir aux pieds de leur maître en le contemplant avec adoration. Diane considéra les dégâts d'un air accablé. Elle n'avait plus qu'à tout recommencer !

Les yeux du général glissèrent sur elle comme si elle n'était qu'une esclave parmi les autres. Comment pouvait-il l'ignorer à ce point après la nuit dernière ?

Elle eut envie de renverser son seau sur le carrelage souillé, de donner des coups de pied à ces chiens de malheur, de noyer ce Romain en lui tenant la tête sous la fontaine ! Au lieu de cela, elle chancela sur ses jambes et sentit les larmes lui brouiller la vue.

Une carte dans la main, Marcus poursuivit son chemin sans lui accorder un regard.

Kell avait raison. Elle s'était comportée comme une idiote. Au lieu d'utiliser la séduction irrésistible qu'elle exerçait sur lui, elle s'était refusée par fierté, et maintenant il la traitait avec la plus totale indifférence. Elle allait devoir récurer des sols le reste de sa vie !

Elle essuya ses larmes et lava la boue sur le carrelage. Mais tout le temps où elle frotta, le besoin impérieux de revoir l'arrogant Romain qui s'imaginait gouverner le monde la tenailla.

Elle était prête à faire n'importe quoi pour l'avoir à sa merci. Elle le réduirait en esclavage comme il l'avait fait avec elle. Oui, elle renverserait les rôles en devenant le maître…

La jeune fille commençait à comprendre Kell. Sa position lui permettait de contrôler tant soit peu sa vie, même s'il n'était pas là de sa propre volonté. Quand on perdait tout pouvoir sur sa destinée, la vie ne valait plus la peine d'être vécue.

Elle s'étonna alors de la similitude entre l'époque romaine et le XVIIIe siècle. Les hommes dirigeaient le monde depuis la nuit des temps. Ils contrôlaient tout : la politique, l'armée, l'économie, la vie artistique, la famille... et, bien sûr, les femmes. Combien d'épouses, de filles, de servantes se pliaient à leur loi depuis toujours ?

Pourtant, au fil des siècles, certaines avaient su s'imposer : les maîtresses, les courtisanes, les favorites. Elles avaient gouverné les hommes parce qu'ils s'étaient épris d'elles, éperdument.

Les résolutions de Diane se précisèrent. Comparée aux femmes qu'elle voyait ici, elle était belle, intelligente, cultivée. Il ne tenait qu'à elle de séduire Marcus Magnus. Il tomberait alors totalement sous son contrôle.

Un plan se dessina peu à peu dans son esprit enfiévré. Tout en frottant, elle laissa son imagination élaborer des situations, des dialogues entre eux. Tout d'abord, elle devait attirer son attention par une action d'éclat...

Elle se leva, ramassa son seau et partit en direction de la cuisine. Kell ramenait un groupe d'esclaves. Aussitôt, elle feignit de flancher sous le poids du seau. Elle porta une main à sa tête, comme prise d'un étourdissement. En même temps, elle s'arrangea pour faire tomber son fichu, sachant qu'à Aquae Sulis ses longs cheveux d'or étaient uniques. Elle n'avait rencontré aucune blonde depuis son arrivée.

Elle fit semblant de se redresser avant de flancher à nouveau.

Une main se plaqua sur sa nuque.

— Garde la tête en bas jusqu'à ce que le malaise passe, ordonna Kell.

Diane attendit quelques instants puis releva la tête en clignant des yeux.

— Tu en as eu assez ? s'enquit-il tranquillement.

— Peut-être...

— Peut-être ? Ce n'est pas une réponse. Soit tu capitules, soit tu continues à récurer.

Diane fit jouer un petit sourire énigmatique sur ses lèvres.

— Disons que je suis disposée à négocier.

Elle lui tendit le seau. Il ordonna à Sim de l'emporter. Une odeur de pain frais emplissait la cuisine. Diane s'assit sur un tabouret.

— Le pain sent divinement bon. Pourrais-je avoir un peu de miel avec le mien ?

Kell s'assit à son tour. Une esclave disposa devant eux une assiette de gâteaux, du pain frais avec du miel, une cruche de lait et un panier de fruits. Ils mangèrent en silence. Le Breton remarqua les mouvements gracieux de ses mains et sa façon délicate de mâcher. C'était la femme la plus délicieuse qu'il eût jamais vue. Il comprenait pourquoi Marcus la voulait.

Diane soupira à dessein en mordant dans une prune rouge.

— Kell, êtes-vous d'accord pour que nous jouions cartes sur table ? demanda-t-elle.

Comme il acquiesçait, elle continua :

— Vous m'avez dit que le général me désirait, que si je lui donnais ce qu'il voulait, il saurait se montrer généreux envers moi.

Kell attendit.

— Si je deviens sa concubine et s'il est content de moi, cela me donnera une certaine autorité, n'est-ce pas ?

« Elle a donc conscience de son pouvoir », pensa Kell.

— Nous serons deux à la partager, poursuivit-elle. Je crois qu'il serait ridicule d'être rivaux. Une lutte entre nous laisserait inévitablement un vaincu. En revanche, en devenant alliés, nous aurions beaucoup à gagner.

Elle savait le Breton assez perspicace pour reconnaître le bien-fondé de sa remarque.

— Mais c'est moi qui mènerai le jeu, d'accord ? Vous avez besoin de moi, Kell, mais j'ai grand besoin de vous, moi aussi, précisa-t-elle pour flatter sa vanité. Vos conseils me seront précieux désormais, tout comme votre protection.

Kell réfléchit un instant. Si cette femme devenait puissante, il préférait l'avoir dans son camp. Nola pourrait devenir sa confidente, et quoi de plus dangereux que deux femmes liguées contre lui ? Il plongea ses yeux gris dans les siens.

— D'accord.

Diane sourit et s'approcha pour lui exposer son plan. Il commençait dès ce soir. Écoutant son audacieux projet, Kell se laissa emporter par son enthousiasme. Cette femme avait du cran. Si elle réussissait, Marcus lui mangerait dans la main. Elle était aussi rusée et intelligente que lui. De plus, elle était bretonne. Comment pourraient-ils être autre chose que des alliés ?

# 11

Diane se prélassa dans l'eau chaude de son bain parfumé pendant une heure. Quand son corps endolori fut enfin soulagé, les esclaves l'enveloppèrent dans une serviette et s'occupèrent de sa coiffure.

Kell lui présenta un coffret de cèdre dans lequel se trouvaient plusieurs ornements.

— À qui cela appartient-il ?

— Tout et tout le monde appartient à Marcus Magnus dans cette villa. Mais si tu veux savoir si ces bijoux appartiennent à une femme, la réponse est non. Ce sont pour la plupart des présents des marchands d'Aquae Sulis. Le général aime les objets précieux. Lui-même possède plusieurs amulettes, certaines en ambre serti d'or ou des émeraudes serties d'argent. Il aime les bijoux celtes. Il a l'œil pour les belles choses.

Leurs regards se croisèrent et ils éclatèrent de rire.

Diane choisit une barrette en or pour relever ses cheveux afin qu'ils retombent en un dégradé de boucles. Puis elle enfila une robe de soie violette dont la couleur sombre contrastait magnifiquement avec la pâleur de sa peau. Elle rehaussa ses lèvres et ses paupières d'un mauve mélangé à une poudre argentée. Le tout lui donnait un éclat mystérieux.

Après avoir chaussé des sandales, Diane fit quelques pas pour s'exercer. La robe se terminait par une petite traîne qu'elle devait renvoyer négligemment de côté, avec le pied, quand elle s'arrêtait.

Kell revint avec un torque celtique de toute beauté, incrusté d'améthystes. Un instant, l'objet rappela à la jeune femme le collier des esclaves, mais quand elle l'eut autour du cou, elle changea d'avis aussitôt. Il allait parfaitement avec la couleur de la robe, de ses yeux, ajoutant à sa tenue une touche d'élégance raffinée.

— Je ne devrais pas te le laisser porter sans sa permission, hésita Kell.

— J'en prends la responsabilité. S'il se met en colère, dites-lui que je l'ai volé ! Vous devrez prendre de plus grands risques pour moi, Kell. J'aurai aussi besoin d'un cheval.

— Impossible.

— Je dois le rejoindre devant ses hommes, sans attendre qu'il vienne à moi.

Kell fronça les sourcils.

— Tu es belle et désirable, mais tu ne restes pas moins une esclave. Ne surestime donc pas ton pouvoir.

Une pensée s'insinua soudain dans l'esprit du Breton.

— Aurais-tu un pouvoir secret ? demanda-t-il, les yeux plissés.

Diane sourit.

— Oui, Kell, j'en ai un.

— Lequel ?

— C'est un secret.

— Marcus connaît-il ce secret ?

— Oui. Il n'a pas pu s'empêcher de venir dans ma chambre au milieu de la nuit.

Kell n'en revenait pas. Jamais il n'aurait cru que son maître quitterait sa chambre en pleine nuit pour une esclave.

— D'où vient cette irrésistible attirance que tu exerces sur lui ?

Diane hésita, mais si elle voulait cet homme de son côté, elle devait être honnête envers lui.

— Elle vient de ma virginité, Kell.

Le Breton ouvrit de grands yeux ébahis.

— Effectivement, c'est une qualité si rare, si précieuse...

— J'ai besoin d'un cheval.

— C'est impossible. Je peux te proposer un petit char, si tu veux. Je m'en sers pour transmettre les messages du général.

Diane réfléchit brièvement.

— Oui, c'est peut-être mieux, en somme. Avant de partir, pouvez-vous commander son dîner favori ?

— C'est déjà fait.

Un esclave prépara le char attelé à un poney. La jeune fille y monta ; Kell l'imita et prit les rênes.

— N'oublie pas que tu devras répondre de tes actes devant lui. Je décline toute responsabilité dans cette histoire, la prévint-il.

Diane ferma les yeux un instant. Qu'arriverait-il si elle échouait ? Si elle s'attirait ses foudres ? Elle haussa les épaules. À la grâce de Dieu !

Kell sortit lentement des jardins de la villa et descendit la colline en direction d'Aquae Sulis. Le soleil de l'après-midi brillait de tous ses feux, caressant les épaules nues de la jeune fille. Au pied de la forteresse, Diane admira les immenses remparts de pierre. Ils franchirent la grille sous l'œil étonné des gardes.

À l'intérieur des murs s'élevait une véritable cité. Au croisement de deux larges rues s'étendait le quartier général réparti dans plusieurs bâtiments disposés autour d'une cour. Kell y pénétra pour demander où se trouvait son maître. On l'informa que le Primus Pilus était à l'extérieur, dans l'annexe.

Le char passa devant des écuries, des ateliers puis une longue rangée de baraquements où les soldats romains dormaient. Au fur et à mesure, les hommes s'interrompaient dans leur travail, muets de stupeur devant cette femme debout dans un char. Puis ils lui emboîtaient le pas. Jamais ils n'avaient vu un tel spectacle.

Au centre du mur du fond, une porte ouvrait sur l'annexe. Il s'agissait d'un vaste amphithéâtre réservé à l'entraînement et aux parades. Au moins un millier de soldats en armure étaient au travail dans l'enceinte. Tout autour, les légionnaires romains étaient alignés en files, leurs casques de bronze étincelant sous le soleil.

Le combat était dangereux. Personne ne faisait semblant.

Marcus Magnus tenait à ce que chaque soldat soit imbattable au glaive quand il quitterait Aquae Sulis. Ils portaient également une dague à la ceinture. Des médecins attendaient à l'écart pour s'occuper des blessés.

Derrière Marcus se tenaient deux Celtes vêtus d'un pagne de cuir et armés d'une hache et d'un couteau. Ils portaient les cheveux longs et des tatouages destinés à effrayer l'adversaire. Ils se jetèrent sur lui dans un même élan. Le premier fut immédiatement mis hors de combat : Marcus lui planta son glaive dans le ventre. Il saisit le second par les cheveux, lui tira violemment la tête en arrière et lui trancha la gorge.

Un concert d'applaudissements s'éleva de la foule, suivis de rires gênés quand les Celtes se relevèrent. Depuis deux ans qu'ils participaient à ces démonstrations, ils n'étaient toujours pas assez lestes pour prendre Magnus de vitesse.

Lorsque Diane arriva, tous les yeux se tournèrent vers elle, d'un seul mouvement. Un murmure sourd monta de la foule des guerriers.

Ebahi, le général regarda le char de Kell qui roulait vers lui, avec à bord la belle esclave aux cheveux d'or. Furieux, il rangea son glaive dans son fourreau et il s'apprêtait à aboyer un ordre quand la jeune fille l'interrompit en levant une main apaisante.

— Aidez-moi à descendre, Marcus, sinon vos hommes vous prendront pour un être grossier.

Elle parlait bas, de façon qu'il soit le seul à l'entendre.

— Tu ne vas pas tarder à apprendre combien je peux l'être, gronda-t-il, mais elle nota que lui aussi avait baissé la voix.

— Souriez-moi. Ils doivent penser que c'est vous qui m'avez donné l'ordre de venir.

Sa beauté lui coupait le souffle. Un sourire découvrit ses dents blanches et, négligeant la main qu'elle lui tendait, il la prit par la taille et la posa près de lui. Un tonnerre d'applaudissements s'éleva des rangs.

Elle répondit à son sourire.

— Ils me prennent pour votre nouvelle concubine, murmura-t-elle, séductrice.

Cette pensée l'enflamma instantanément : ses yeux noirs brillèrent de convoitise.

— C'est cela que tu es venue me dire ?

— Bien sûr que non, espèce de brute, répliqua-t-elle d'un ton léger.

Un désir foudroyant l'électrisait. Il avait envie de la prendre tout de suite, là, par terre, devant tous les soldats romains. Il voulait la marquer de son sceau pour leur montrer que cette femme hors du commun était à lui. Et à lui seul ! Il posa des mains possessives sur ses épaules.

— Par tous les dieux, que viens-tu faire ici ?

Elle se haussa sur la pointe des pieds et laissa courir ses doigts sur sa cicatrice. Fascinés, les soldats observaient la scène en silence.

— Je suis venue pour que vous m'invitiez à dîner.

Elle incurva sa bouche en une petite moue qu'il faillit couvrir de la sienne. Il sentait le sang battre à ses tempes.

— Tu es mon esclave. Je *t'ordonne* de dîner avec moi.

Elle secoua la tête en le provoquant du regard. Il affirma la pression de ses mains.

— Si vous *m'invitez*, j'accepterai avec le plus grand plaisir. Après le dîner, j'aurais une proposition à vous soumettre.

— C'est *moi* qui te soumettrai, ne t'y trompe pas, répondit-il avec force.

— Peut-être, répliqua-t-elle en restant volontairement évasive.

La violence du désir de Marcus lui faisait mal. Il réprima un sourire. Elle avait renversé les rôles. Ce matin, il l'avait délibérément provoquée en lâchant ses chiens sur le carrelage. Mais au jeu de la provocation, elle était la plus forte.

— Va-t'en avant que je n'essaie mes armes sur toi, devant tous ces hommes. Je *t'ordonne* de dîner avec moi ce soir.

— Vous savez décidément trouver les mots qu'il faut, mon seigneur. Comment résister à une aussi touchante invitation ?

Sur ce, elle se tourna vers le char. Deux mains de fer la déposèrent près de Kell. Les hommes exprimèrent leur approbation par des sifflets admiratifs.

— Assez ! hurla Marcus, son visage d'aigle se fermant brusquement.

Le silence revint instantanément.

Sur le chemin du retour, Kell et Diane s'étonnaient encore que le plan ait réussi aussi facilement.

Dès qu'elle l'approchait, il semblait ne pas pouvoir s'empêcher de la toucher. Ce sentiment l'étourdissait.

Ce soir, elle vérifierait si elle ne s'était pas trompée. Elle l'approcherait de très près...

Elle se tourna vers Kell.

— Il ne vous a pas fait de reproches.

— Il ne m'a même pas vu, lady.

Diane se sentait de mieux en mieux avec le Breton. En l'appelant « lady », il lui montrait combien il l'admirait. Elle avait de la chance qu'il soit son allié car le général avait confiance en lui.

« Par le grand Jupiter ! » songea Petrius. Après cette scène entre son frère et son exquise esclave, il comprenait mieux pourquoi Marcus se plaisait tant à Aquae Sulis ! Si toutes ses autres esclaves étaient aussi belles que cette blonde, il devait être comblé à tous les niveaux. En tout cas, il la lui avait bien cachée, la veille...

Le soleil déclinait mais la chaleur s'intensifiait. Le général savait combien ses hommes avaient chaud sous leurs casques.

— Enlevez vos armures, ordonna-t-il au bout d'un moment.

Les hommes s'exécutèrent avec soulagement.

— Vous allez combattre sans protection. C'est excellent pour stimuler les réflexes. Attention, vous serez plus vulnérables, mais plus agiles aussi. Vous verrez combien les armures vous entravent.

Avec les Celtes, il apprit à ses hommes comment se servir de sa nouvelle arme : une longue épée utilisée essentiellement par les cavaliers.

Une fois la leçon terminée, Marcus renvoya les légionnaires en songeant combien ils devaient être épuisés. Le ciel lourd et bas annonçait un orage. S'il s'avérait suffisamment puissant pour grossir la rivière, il leur donnerait une leçon de natation dès demain. Sinon, il leur apprendrait à descendre et remonter sur leur char lancé à grande vitesse.

Devant les guerriers, il s'était appliqué à masquer sa terrible impatience de retrouver Diane. Il s'était concentré sur son travail car ses hommes prenaient des risques et il n'avait pas droit à l'erreur. Mais maintenant, il pouvait laisser ses pensées aller vers elle. Complètement.

— Va te reposer, suggéra Kell à la jeune fille en arrivant devant la villa. Tout le temps que tu veux.

Diane rougit. La journée avait été rude mais la perspective de la soirée qui l'attendait l'empêcherait certainement de trouver le sommeil.

— Tu pourrais te promener dans les jardins, glissa-t-il, perspicace. Il y fait frais. Cela te permettrait de te détendre. Mais reste à l'extérieur de la piscine privée du maître. Les esclaves n'y sont pas admises.

Les jardins étaient superbes. Chênes et noyers dominaient des bouquets d'arbres fruitiers. Des buissons abritaient de petits bancs au détour des chemins. Des écureuils sautaient parfois d'une branche à l'autre. Des poissons merveilleux ondulaient dans les mares.

Diane s'arrêta devant un immense bassin aux eaux turquoise crachées par des dauphins de pierre. Une mosaïque vert jade représentant des nénuphars le bordait. À côté se trouvait une cabine en bois où grimpait une glycine violette.

Elle s'assit sur un banc pour profiter de la sérénité des lieux. Une femme d'âge mûr s'approcha et lui tendit un rafraîchissement. Diane la remercia avec gratitude.

— Je compte m'occuper de toi, mon enfant.

Elle semblait maternelle, avec ses formes rondes et ses cheveux grisonnants. La jeune fille se sentit mal à l'aise d'accepter les services d'une esclave.

— Je peux m'occuper de moi, merci.

— Je m'appelle Nola. Je peux te faciliter la vie et toi la mienne, si tu veux bien.

— Asseyez-vous, Nola. Je ne peux accepter d'être servie par une esclave. C'est contre mes principes.

Le visage de Nola s'éclaira.

— Tu es chrétienne ! Je le savais ! Je peux prendre soin de toi, tu sais. Comme une mère. Tout le monde a besoin d'une mère. Même notre maître. Ses responsabilités l'ont endurci mais quand il abandonne son armure, il redevient un petit garçon. Il est très seul, même s'il ne s'en rend pas compte. Tu vas combler sa solitude ?

— Je... j'essaierai, balbutia Diane, troublée d'apprendre que cet homme si puissant était vulnérable. Comment pouvez-vous éprouver de l'affection pour lui alors que vous lui appartenez ?

Nola eut un petit rire.

— Il m'a affranchie il y a longtemps, mais j'ai choisi de rester. Qui d'autre le protégerait des machinations de Kell ?

Tiens, tiens... Kell et Nola étaient ennemis...

La jeune fille but une gorgée.

— Hum... c'est du cidre ? Délicieux.

Nola observait Diane avec attention.

— Tu as une nature impétueuse, dit-elle. Tu es restée en cage trop longtemps. C'est comme si tu avais dormi, attendant le jour où tu déploierais enfin tes ailes. Ce jour est arrivé.

— Comment le savez-vous ? s'étonna la jeune fille, stupéfaite de constater qu'elle avait raison.

— Je le sens. Tu as envie d'enlever tes vêtements et de plonger dans la piscine. Apprends à satisfaire tes désirs, mon enfant. Je vais chercher une serviette pour protéger tes beaux cheveux. Je garderai ta robe et j'éloignerai les esclaves pendant que tu te baignes.

— Cela me paraît divin, mais Kell m'a interdit d'utiliser la piscine.

— Ici tu es dans mon domaine. C'est moi qui t'invite.

# 12

Marcus Magnus trouva cette journée interminable. Il rentrait souvent à pied de la forteresse à la villa mais ce soir il prit l'un de ses étalons blancs et parcourut le chemin à bride abattue. Quand il arriva, le tonnerre commençait à gronder dans le ciel.

L'orage rendait le cheval agressif. Il recommanda au palefrenier de se méfier de ses morsures puis gagna l'atrium, espérant que Diane l'accueillerait. Il n'avait cessé de penser à elle.

En voyant Kell s'incliner devant lui, il s'efforça de cacher son dépit.

— La journée a-t-elle été fructueuse, général ?

— Oui, très. Je prendrai mon bain à l'intérieur, ce soir. L'orage va éclater d'une minute à l'autre.

Dans sa chambre, assise à sa coiffeuse, Diane disait à Nola :

— Je ne pense pas changer de robe. Marcus semblait apprécier la soie violette.

— C'est une couleur magique, tu ne savais pas ? La nuit, elle devient noire, et le jour elle se pare de nuances changeantes. Elle te conférera du pouvoir, tout comme l'améthyste à ton cou. Il faut aussi que tu parfumes le creux de tes seins et la base de ton dos avec un extrait de violette.

— Je ne me suis jamais parfumée de cette manière.
— Tu ne le regretteras pas.
— La nuit dernière, je portais du musc égyptien.
— Le musc est parfois écœurant, pas la violette.

On frappa un coup discret à la porte. C'était Kell. Il toisa Nola d'un air désapprobateur.

— Tu n'as pas perdu de temps pour t'attirer ses faveurs, la Gauloise. Je viens chercher la lady pour la conduire au maître.

Nola leva les sourcils.

— Ce matin, elle était une esclave, ce soir une lady. Tu suis mes conseils, c'est bien. Tes supérieurs ont beaucoup à t'apprendre.

— Un Breton vaut dix Gauloises, riposta Kell sèchement. Tu es prête ? demanda-t-il à Diane.

La jeune fille eut soudain l'impression d'être une condamnée sur le point d'être exécutée et la panique la gagna. Comment en était-elle arrivée à se laisser subjuguer par un tyran ? À s'abaisser devant un maître ? La légende de Schéhérazade lui revint alors en mémoire. Celle-ci n'avait-elle pas envoûté le sultan durant mille et une nuits ?

Un sourire mystérieux joua sur ses lèvres.

— Je suis prête, dit-elle à Kell.

Il lui offrit son bras et l'emmena vers l'escalier. Une lueur d'amusement éclaira son regard quand il vit que Marcus l'attendait déjà dans le triclinium.

— Lady Diane, annonça-t-il sur un ton cérémonieux.

Jamais on ne l'avait présentée avec autant de déférence, même à la Cour. Comme cette époque lui semblait lointaine…

Marcus vint vers elle en la caressant des yeux. Elle dégagea sa traîne sur le côté et releva fièrement la tête. Il lui prit la main.

— Tu me fais penser à une déesse qui daigne accorder une faveur.

— Parce que vous vous comportez comme un maître qui donne des ordres à son esclave.

— C'est exactement ce que je suis, rétorqua-t-il en serrant sa main dans la sienne.

— Et moi, je ne suis malheureusement qu'une simple mortelle, un être de chair et de sang.

Elle vit à son regard que cette dernière évocation attisait ses sens.

— Es-tu prête à accepter d'être mon esclave ? demanda-t-il d'une voix rauque.

Du bout des doigts, elle effleura sa joue rasée de frais.

— Je suis venue vous divertir. Si c'est le jeu du maître et de l'esclave qui vous amuse, vous devez m'en apprendre les règles.

— Ce n'est pas un jeu.

Diane passa la langue sur ses lèvres.

— Marcus, entre un homme et une femme, il s'agit toujours d'un jeu, dit-elle dans un souffle.

Il ne lui avait pas donné la permission de l'appeler par son prénom. Personne ne s'était jamais permis une telle familiarité.

— Cet après-midi, tu m'as dit que tu t'offrirais à moi, rétorqua-t-il sèchement.

Elle lui jeta une œillade malicieuse.

— Je n'ai rien dit de tel, si vous avez bonne mémoire.

— Tu l'as insinué !

Elle éclata de rire.

— Non, je vous ai simplement dit que nous dînerions ensemble et que j'aurais ensuite une proposition à vous soumettre.

— Ce à quoi j'ai répondu : « C'est moi qui te soumettrai. »

Diane posa les mains sur sa poitrine. À travers l'étoffe de la tunique, elle sentait la chaleur de son corps.

— Et moi, qu'ai-je répondu ?

— « Peut-être », voilà ce que tu as répondu, fit-il, le regard ardent.

— Un mot évocateur, plein de promesses, non ? Un « non » vous aurait mis en colère, vous incitant à m'imposer votre volonté. Un « oui » aurait gâché toute l'attente. Alors j'ai dit « peut-être » pour préserver l'incertitude, et attiser le désir.

Elle savait trouver les mots qui l'électrisaient. Incapable de se retenir plus longtemps, il plaqua ses lèvres sur les siennes, mêlant leurs langues, se délectant de sa douceur, de son goût enivrant. Lentement, avec un art consommé, il l'incita à répondre à son baiser.

Diane sentit son désir contre son ventre et elle frissonna de tout son être. Elle se recula imperceptiblement.

— Vous avez faim, Marcus ? murmura-t-elle contre ses lèvres.

— Une faim de loup !

Le tonnerre explosa au-dessus d'eux et Kell entra avec un lourd plateau. Diane en profita aussitôt pour s'écarter du Romain.

— Kell vous a préparé vos plats favoris. Vous avez beaucoup de chance de l'avoir à votre service. Il est parfait.

— Je sais.

Kell retira les couvercles en argent.

— Voulez-vous que je découpe ?

— Merci, Kell, je m'en charge.

L'esclave quitta le triclinium.

— Cette façon de dîner est très nouvelle pour moi, commenta la jeune fille.

— Laisse-moi te montrer, dit aussitôt Marcus en la soulevant dans ses bras pour l'installer sur la couche en face de lui.

Elle roula sur le ventre et il laissa une main descendre le long de son dos.

— Nola avait raison, murmura-t-elle.

— Nola ?

— Elle m'a conseillé de parfumer le bas de mon dos. Je comprends pourquoi maintenant.

Ses doigts se mirent à décrire de petits cercles jusqu'à ce qu'il trouve le point indiqué. Il respira avec délices les effluves de violette.

— Le dîner va refroidir, remarqua-t-elle doucement.

— Pas mon désir.

— Plus tôt nous aurons mangé, plus tôt nous pourrons négocier.

Dehors, les éclairs se succédaient, entrecoupés de coups de tonnerre. La pièce s'illuminait au gré de l'orage.

Marcus découpa la viande rôtie puis s'allongea en face de Diane. Il avança devant elle des plats d'artichauts et de petits pois, le pot d'huile d'olive aux herbes, un assortiment de salades, avant de se servir.

Il mangea avec appétit mais sans vraiment se rendre compte de ce qu'il avalait. Diane l'occupait tout entier. Ses yeux noirs ne la quittaient pas. Il adorait l'extrême délicatesse de ses gestes. Sa robe de soie révélait les courbes de ses hanches, les rondeurs de sa poitrine. Elle était la séduction même. Elle était faite pour l'amour.

Diane plongea ses doigts dans l'eau parfumée puis les essuya.

— Tu as fini ? s'enquit-il, impatient.

Elle prit une fraise et mordit dans le fruit avec une sensualité étudiée.

Marcus retint son souffle.

— Fini ? Je commence à peine.

Il décida qu'ils avaient assez joué.

— Je suis prêt, déclara-t-il.

— Je ne vous demanderai pas de me montrer la preuve, votre parole me suffira.

Il resta d'abord figé de stupeur puis il renversa la tête en arrière en éclatant de rire. Diane fut subjuguée par la beauté de son cou, avec ses muscles fermes et tout en longueur.

— Ainsi je vous amuse, dit-elle. J'en suis heureuse.

Il fit mine de se lever.

— Non ! s'écria-t-elle. Je tiens à ce que vous ne bougiez pas jusqu'à ce que nous ayons conclu notre marché. Restez de l'autre côté de la table.

Après une brève hésitation, il reprit sa position, refrénant l'ardeur qui bouillait dans ses veines.

— Vous voulez que j'admette être votre esclave, que je me plie à votre volonté. Vous voulez que je vous offre ma virginité.

Un silence passa, puis elle continua :

— Je suis prête à être votre esclave, à vous obéir, à me plier à votre volonté, mais seulement devant les autres. Quand nous serons seuls, je veux que vous me traitiez comme une lady.

Il la regarda comme si elle avait perdu la raison.

— En d'autres termes, tu te contenteras de *prétendre* être mon esclave ?

— Je le serai. Aux yeux de tous je me comporterai comme telle. Mais quand nous serons seuls, je veux que nous soyons… des amants.

Marcus ne voyait pas la différence. La femme devait obéir à l'homme, qu'elle soit esclave ou concubine. L'homme devait toujours prévaloir, sinon il n'était pas un homme ! Il nota qu'elle n'avait pas évoqué la question de sa virginité. C'était pourtant le plus important.

— Es-tu d'accord pour te donner à moi ?

— Seulement quand vous m'aurez fait la cour. Pas sur demande, ajouta-t-elle doucement.

— Et quand me permettras-tu de commencer cette cour, ma jolie lady ? questionna-t-il sur un ton sarcastique.

Elle lui lança un regard provocant.

— Vous savez tout comme moi que cette cour a déjà commencé… et elle me plaît excessivement !

L'orage se déchaînait. Des bruits leur parvinrent de l'atrium, puis Kell vint annoncer :

— Votre frère Petrius, général.

Le jeune et séduisant soldat apparut entre les piliers, trempé jusqu'aux os.

Jouant son rôle d'esclave, Diane alla s'agenouiller près de la couche de Marcus.

— Que t'arrive-t-il, Petrius ? demanda le général.

— Je suis venu dîner, frère. J'ai été surpris par l'orage.

Bien qu'il tombât fort mal, Marcus céda à son sens de l'hospitalité.

— Nous avons fini de manger mais tu peux aller prendre un bain et te changer, le temps que l'on te prépare un dîner.

Petrius chancela légèrement en avançant dans la pièce, laissant une mare d'eau sur son passage.

— Oublions le repas. Je me contenterai de boire un verre avec vous.

Marcus fronça les sourcils. De toute évidence, le jeune diable en avait déjà bu plus d'un.

Il se servit un verre de vin et remplit les deux autres, restés à moitié pleins.

— Bois avec moi, à moins que le général d'Aquae Sulis ne soit trop fier pour partager son vin avec un simple centurion ? lança-t-il d'un ton belliqueux.

Marcus posa une main sur l'épaule de Diane pour la rassurer.

— Mon vin est ton vin, Petrius, répondit-il. Ma table et ma villa sont à ta disposition. Assieds-toi, mets-toi à l'aise.

Petrius prit place sur la couche blanc et or, mouillant tout sur son passage.

— À Rome, la glorieuse !

Il vida son verre et attendit qu'ils en fissent autant.

— Je ne sais pas si vous aimez ce pays, mais pour moi, ce n'est qu'un trou puant !

Avisant Kell sur le seuil, Petrius cria :

— Esclave, apporte du vin !

Marcus et Kell échangèrent un regard entendu quand ce dernier revint avec une carafe et remplit le gobelet de Petrius. Tout en buvant, celui-ci laissa glisser son regard sur la femme assise aux pieds de son frère.

— Ton hospitalité n'inclut pas une esclave pour la nuit ? Si nous partagions celle-là ?

Diane esquissa un mouvement de recul mais Marcus la retint.

— Cette esclave est ma propriété privée et exclusive, Petrius, cette nuit et toutes les autres. Ta conduite d'ivrogne m'insulte et te salit. Demain tu regretteras tes excès quand tu devras apprendre à tes hommes à nager dans la rivière, chargés de leur harnachement.

Diane leva vers Marcus un regard admiratif.

— Pourrai-je venir vous voir ? lui demanda-t-elle.

Il plongea son regard dans le sien et ils demeurèrent captifs l'un de l'autre l'espace d'un instant. Elle jouait l'esclave à la perfection, se dit-il.

— Oui, tu le pourras. Le marché est conclu, ajouta-t-il dans un murmure.

Petrius bondit sur ses pieds.

— Je ne suis pas soûl ! cria-t-il en brandissant son poignard. Battons-nous pour cette fille !

Son aîné soupira et se leva.

— Monte dans ma chambre, dit-il à Diane. Je vais m'occuper de toi, ajouta-t-il à l'adresse de son frère. Tes hommes ne doivent pas te voir dans cet état.

Il le désarma sans difficulté et le soutint affectueusement. Kell accourut pour aider son maître. Comme ils emmenaient Petrius vers les bains, ce dernier tomba dans les pommes.

— Par tous les dieux, il a son compte ! remarqua Marcus.

Résigné à différer ses plaisirs, il le plongea d'abord dans l'eau froide pour le ranimer. Petrius se débattit comme un beau diable mais Marcus le contint sans peine. Il aida ensuite Kell à lui administrer un émétique. Pour finir, il emmena son frère dans un bain de vapeur.

Trois heures plus tard, Petrius était dégrisé. Une esclave le massa puis Marcus le ramena aux quartiers des officiers.

Dans la vaste chambre, Diane se réchauffait près du feu. La pluie avait rafraîchi la nuit.

Elle bâilla. Marcus avait accepté ses conditions. Il ignorait encore que l'esclave, ce serait lui...

Le torque d'améthyste lui parut soudain trop lourd. Elle l'ôta, le posa sur la table de nuit et s'assit sur les marches menant au lit pour enlever ses sandales.

Elle ne craignait plus le Romain. C'était l'homme le plus fort qu'elle eût jamais approché mais cette force ne l'effrayait pas. Au contraire. Près de lui, elle se sentait protégée. Elle posa sa tête sur la couverture en fourrure et s'endormit.

Lorsque Marcus la trouva ainsi, il n'eut pas le cœur de la réveiller. Après tout, il l'avait obligée à faire le ménage toute la matinée, et elle devait être épuisée.

Tant pis pour lui !

# 13

Diane émergea lentement des brumes du sommeil. Quand elle ouvrit les yeux, elle découvrit des piliers romains ornés de cornes de bélier. Elle se souvint alors qu'elle se trouvait dans le grand lit de Marcus Magnus.

Un frisson la parcourut et elle tourna la tête. Elle était seule. Un sentiment déroutant de soulagement et de regret mêlés l'envahit.

Que s'était-il passé ? L'avait-il réveillée ? Lui avait-il fait l'amour ? Elle se souvenait seulement avoir posé la tête sur la couverture de fourrure et s'être endormie.

Toujours vêtue de la robe violette, la jeune fille s'assit en s'étirant. Elle regarda l'endroit où il avait dormi près d'elle. Il aurait pu profiter d'elle, la violer. Il n'en avait rien fait. Cet homme si puissant, si dominateur, l'avait laissée se reposer tranquillement. Elle comprit que, sous sa carapace, il cachait une âme sensible et tendre.

Nola lui apporta son petit déjeuner.

— Puis-je me joindre à toi ?

— Bien sûr.

La femme posa sur le lit un plateau chargé de petits pains, de miel et de fruits, avant de s'installer sur les marches.

— Il ne te considère pas comme les autres.

— Comment le savez-vous ?

— C'est la première fois qu'il garde une femme auprès de lui toute la nuit. Toute la maisonnée en parle.

La jeune fille esquissa une grimace.

— Ah bon ? Je n'aime pas les bavards.

— Tu n'as qu'à demander à Marcus de leur couper la langue.

— Vous plaisantez ? s'affola Diane.

— Un peu. Quoiqu'il s'agisse d'une pratique courante dans certaines maisons romaines... Ce que je veux dire, c'est que Marcus est tellement épris que tu pourrais lui demander n'importe quoi.

Diane lécha le miel sur ses doigts.

— Dans ce cas, j'aurais dû lui demander des vêtements. Je n'en ai aucun.

— Ce matin, avant de partir, il est venu me dire de m'occuper de ta garde-robe. J'ai été très surprise qu'il manifeste un tel intérêt à habiller une femme. Il tient à ce que tu portes des robes dignes de ta beauté, susceptibles de la mettre en valeur.

Cette nouvelle irrita Diane. Voilà que l'on recommençait à choisir des vêtements à sa place !

— Je connais mieux les couleurs qui me vont, remarqua-t-elle.

— Marcus s'attache davantage aux textures et à la forme. Il exige les plus belles étoffes pour toi, mais cela te laisse le choix pour le reste. Si tu le désires, tu pourras faire tes achats à l'extérieur. C'est tellement agréable de visiter les magasins à Aquae Sulis ! On y trouve tout ce que l'on veut : parfums, bijoux, orfèvrerie, fleuristes, restaurants, stylistes...

— Stylistes ?

— Ce sont des spécialistes de la coiffure.

— L'une des esclaves s'en est occupée avec beaucoup de talent, l'autre jour.

— Oui, Sylla. Si elle te convient, elle peut devenir ta styliste personnelle. Elle s'occupera de tes cheveux autant que de ton maquillage. Ce serait une promotion pour elle. Elle serait très flattée que tu la choisisses.

— Eh bien... c'est d'accord.

— Va prendre ton bain. Tu choisiras ensuite tes nouveaux vêtements.

Comme elle se dirigeait vers la pièce réservée aux bains, Diane croisa Kell. Elle s'apprêtait à lui dire qu'elle voulait assister aux entraînements de Marcus quand il la devança :

— Le général a laissé des instructions pour que l'on te conduise sur le terrain après le déjeuner.

— J'obéirai, dit-elle doucement.

La jeune fille était ravie que Marcus n'ait pas oublié sa requête. Cela montrait combien il tenait à elle. De plus, ce besoin de la voir pendant la journée prouvait qu'elle lui manquait, qu'il trouvait trop long d'attendre le soir.

Il fallait qu'elle paraisse dans une robe lui seyant à la perfection, une robe dans laquelle il la trouverait encore plus désirable...

Après le bain, Nola l'emmena dans le solarium.

— Comment faites-vous le verre ? questionna Diane.

— Avec de la terre meuble. Cela fait partie des techniques que nous avons transmises aux Bretons.

La mosaïque du sol était spectaculaire. Dans des tons orangés, noirs et verts, elle représentait un tigre allongé dans de hautes herbes. Des étoffes brodées d'or reprenaient les couleurs de la mosaïque.

Un marchand de vêtements et un bijoutier les attendaient avec des esclaves. De grands paniers étaient posés près d'eux. Les tissus les plus divers furent disposés sur les couches. Certains venaient d'Égypte, d'autres de Chine. Tous avaient été choisis par Marcus. Il avait un goût très sûr.

— J'ai besoin d'une robe pour sortir aujourd'hui. Sera-t-elle prête à temps ?

— Bien sûr, répondit Nola. Une toge n'est qu'un tissu drapé et fixé par une broche. Une cape, même avec capuche, est presque aussi rapidement faite. Quant à la *stola*, nous avons des esclaves spécialisées dans la couture qui travaillent à une vitesse étonnante.

— J'aimerais porter une cape rouge, comme celle de Marcus. Et cette soie blanche ferait une toge magnifique. J'imagine qu'elle conviendrait à une déesse...

On ouvrit un nouveau panier, et Diane retint sa respiration devant la beauté des coloris dont elle ignorait jusqu'aux noms.

— Quelle est cette couleur extraordinaire, Nola ?

— C'est l'ultramarin. Un bleu profond provenant de la poudre de lapis-lazuli.

— Je voudrais une toge dans ce tissu, c'est possible ?

— Bien sûr.

— Oh, regardez ! s'exclama la jeune fille. Celui-ci a la couleur d'une fourrure de tigre mais il est aussi fin qu'une toile d'araignée !

Elle déploya l'étoffe diaphane sur le sol de marbre.

— C'est la dernière mode, dit fièrement le marchand. Les animaux exotiques. On nous en demande beaucoup à Rome.

Parmi les trésors du bijoutier, Nola et Diane choisirent des broches, des parures pour les cheveux, une ceinture dorée destinée à mettre en valeur la taille et la poitrine. Comme la jeune fille admirait une paire d'amulettes représentant des serpents avec des yeux de rubis, Nola fit un signe au marchand. Il ouvrit alors une boîte en bois et Diane resta subjuguée devant des bijoux de rêve. Jamais elle n'avait rien vu de semblable : des bagues reliées à une gourmette par des chaînes, des bracelets de chevilles, certains agrémentés de clochettes, des bagues pour les orteils serties de pierres précieuses !

— Le général désire que vous laissiez vos articles afin qu'il puisse faire son choix de son côté, dit Nola au marchand. Nous aurions besoin d'une *stola* et d'une cape de lainage léger d'ici deux heures.

Comme elles rentraient dans la villa, Diane se tourna vers sa compagne :

— En tant qu'esclave dans cette maison, comment dois-je occuper mon temps ?

— Ton seul devoir est d'obéir et de plaire à Marcus Magnus. Tu dois employer tes journées à te détendre afin de te ménager pour les nuits que tu passes avec lui. Il travaille beaucoup et de lourdes responsabilités pèsent sur lui. Il a besoin de se divertir...

Quand Diane prit place dans le char de Kell, elle serra la cape rouge autour d'elle. Elle remercia en pensée Nola d'avoir choisi un lainage car aujourd'hui soufflait un vent froid venu de la côte. L'automne approchait. L'orage de la veille signalait peut-être la fin de l'été. En tout cas, il marquerait la fin de son innocence... Elle ne le regrettait pas. Elle se sentait plus vivante que jamais. La vie était devenue un défi, une exaltation constante centrée sur Marcus Magnus.

— Il m'attend à la forteresse ? demanda-t-elle à Kell.

— Non, au bord de la rivière.

La jeune fille frissonna.

— Le temps s'est considérablement rafraîchi. Ils ne vont pas nager aujourd'hui, quand même ?

— Les intempéries n'ont jamais arrêté le général.

Elle l'observa un instant.

— Qu'est-ce qui pourrait l'arrêter, Kell ?

— Rien ici-bas, lady. Il attendait qu'un orage vienne alimenter les eaux de la rivière. Il sera dans son élément, ne t'inquiète pas !

Kell arrêta le char dans une prairie qui surplombait l'Avon. Plus d'un millier de légionnaires étaient alignés sur les rives, en contrebas, tous harnachés et portant un lourd paquetage. Diane repéra aussitôt la silhouette sculpturale de Marcus. Il s'apprêtait à leur montrer comment traverser. Elle retint sa respiration quand il entra dans l'eau, deux javelots dans une main, et nagea, malgré sa lourde armure et son casque de bronze.

— Pourquoi risque-t-il sa vie ? demanda-t-elle à Kell.

— Il doit montrer l'exemple.

Essayant de réprimer sa terreur, elle le regarda lutter contre le courant. Lorsqu'il fut à mi-chemin, elle comprit qu'il allait y arriver. Et avec quelle force ! Quelle détermination inébranlable ! Dès qu'il fut sur l'autre rive, un concert de cris de joie s'éleva dans les rangs. Le cœur de Diane battait à un rythme fou. C'est alors qu'à la stupeur générale il retraversa la rivière.

Il émanait de lui une puissance phénoménale. Au souvenir de ses mains sur son corps, Diane sentit ses jambes faiblir. Elle l'imagina la nuit précédente, la soulevant dans ses bras pour la coucher sur le lit puis s'allongeant à son côté, la regardant dormir. Pourquoi ne l'avait-il pas réveillée ?

Marcus réussit le retour aussi brillamment que l'aller. La jeune fille se demandait s'il savait qu'elle était là, à l'admirer. Au moment où elle se posait cette question, il se tourna vers elle. Le cœur de Diane manqua un battement. Elle enleva la capuche de sa cape, et le vent fit voler ses longues boucles blondes. Il lui adressa un signe de la main, et elle répondit en lui envoyant un baiser.

Une dizaine de centurions tentèrent le même exploit que Marcus. Il leur fallut deux fois plus de temps pour parvenir sur l'autre rive... quand ils y parvenaient. Six d'entre eux durent être secourus in extremis.

Petrius sortit de l'eau et avança vers son frère, l'air hostile.

— Se geler dans des eaux glacées ne correspond pas à ma conception de l'entraînement militaire, fit-il en crachant aux pieds de Marcus.

Son aîné le regarda droit dans les yeux.

— Ces eaux-là sont chaudes, par rapport à celles qui t'attendent dans l'Ouest. Si tu veux que tes hommes survivent, je te conseille de ne rien perdre de la leçon d'aujourd'hui.

Petrius suivit le regard de son frère et aperçut Diane, fière comme une déesse dans sa cape rouge, sa chevelure d'or fouettée par le vent.

— Combien tu veux pour elle ?

— Elle n'est pas à vendre, rétorqua sèchement Marcus.

— Dommage. Tu risques de la décevoir ce soir. Les légionnaires veulent une autre démonstration sur la façon dont tu t'y prends pour transporter ton harnachement. Tu seras épuisé.

Marcus fit un signe à Kell, et ce dernier expliqua à la jeune fille :

— Il veut que nous partions maintenant.

— Je suis contente d'être venue le voir.

Malgré cette apparente soumission, Kell savait qu'elle jouait une sorte de jeu avec le Romain, dissimulant ce qu'elle éprouvait vraiment pour lui. En tout cas, l'admiration qu'il lui inspirait était flagrante, qu'elle le veuille ou non.

La relation qui se nouait entre eux le captivait. Le pouvoir allait-il changer de mains ? Peut-être avait-il déjà commencé à glisser, subrepticement...

De retour à la villa, Diane fut surprise de constater à quel point il y faisait chaud, par rapport à l'extérieur. Après avoir retiré sa cape, elle se retrouva en *stola* de soie. Elle ne portait rien en dessous et n'avait pas froid.

— Kell, comment la villa est-elle chauffée ?

— Des tuyaux d'eau chaude passent dans le sol. Les Romains tiennent à leur confort.

Diane était impressionnée. Les maisons du XVIIIe siècle étaient humides et glaciales en hiver. Seul un petit feu de cheminée dans chaque pièce apportait un semblant de chaleur.

Impatiente de voir sa nouvelle garde-robe, elle se dirigea vers le solarium où s'affairaient les esclaves couturières. La jeune fille s'émerveilla devant la variété des couleurs et des étoffes.

— Merci, Nola, elles sont superbes. Merci à toutes pour le mal que vous vous donnez.

Elle rapporta plusieurs *stolae* dans sa chambre où Sylla lui apprit à les plier. Diane choisit de porter la blanche. Assise devant sa coiffeuse, elle s'abandonna aux mains expertes de l'esclave qui entrelaça des perles blanches dans ses cheveux. L'idée de se retrouver seule avec Marcus ce soir l'enchantait. Jamais Peter Hardwick n'avait éveillé en elle de telles sensations. Marcus Magnus l'avait littéralement ensorcelée...

Imaginer ses bras magnifiques se refermant autour d'elle la rendait fébrile. Il faudrait veiller à ce qu'aucun hôte indésirable ne vienne les déranger, cette fois-ci.

Quand Kell lui apporta une nouvelle brassée de robes, il lui apprit que Marcus était déjà rentré.

— Et moi qui voulais l'accueillir dans l'atrium à son retour ! s'écria Diane, déçue.

— Il lui fallait un bain chaud tout de suite. Il était glacé jusqu'aux os. Tiens, fit-il en lui tendant un vêtement blanc. Il veut que tu mettes cette tunique courte ce soir.

Stupéfaite, Diane nota son étrange ressemblance avec le costume qu'elle portait au bal d'ouverture du Pantheon. À un détail près…

— Je ne peux pas porter une tunique qui dénude totalement un sein.

— Elle a été créée pour toi, et le général tient à ce que tu la mettes ce soir, insista Kell.

Cette idée lui sembla grossière. N'importe qui pourrait la voir à moitié nue. Il la traitait comme une prostituée !

Furieuse, elle jeta le vêtement sur le lit.

— Je préfère cette élégante robe blanche que j'ai choisie. Pouvez-vous sortir pendant que je m'habille, Kell ?

Ils s'affrontèrent un instant du regard.

— J'ai accepté de te conseiller, Diane, alors suis mes conseils.

— Merci, Kell, mais j'expliquerai moi-même au général pourquoi j'ai refusé de lui obéir.

Kell sortit pour l'attendre hors de la chambre. Une fois prête, Diane se regarda dans le miroir. Les longs plis satinés allongeaient sa silhouette tout en soulignant sa minceur. La soie du bustier laissait entrevoir ses seins. Les rangs de perles entrelacés dans ses cheveux rehaussaient leur éclat. Elle choisit des bracelets d'or avec leurs pendants aux chevilles et orna l'un de ses orteils d'une ravissante bague. Le sol était agréablement tiède. Elle décida d'aller nu-pieds.

Kell lui offrit son bras pour l'emmener au rez-de-chaussée. Elle marchait la tête haute, consciente de sa beauté hors du commun.

Marcus l'attendait dans le triclinium. Des esclaves s'affairaient à disposer les plats sur la table.

Quand il leva la tête et découvrit la jeune fille au bras de Kell, entre deux piliers, son sourire se figea.

— Tu ne portes pas la tenue que j'avais demandée, dit-il, glacial.

Diane fit un pas vers lui.

— Je refuse de m'exhiber dans un accoutrement aussi scandaleux !

Les esclaves s'interrompirent dans leur tâche et la regardèrent avec stupeur.

— Tu refuses ? répéta Marcus d'un ton dur. Je crains d'avoir mal entendu.

Diane avala avec difficulté et releva le menton. Elle lui avait promis de se comporter comme une esclave devant les autres. En désobéissant, elle rompait sa parole, le laissant libre d'en faire autant.

— Retourne dans ta chambre et change-toi, gronda-t-il. Ensuite tu me rejoindras et tu te plieras à ton seul et unique devoir, qui est de me donner du plaisir !

# 14

Diane crispa la main sur le bras de Kell. En s'opposant à Marcus devant ses esclaves, elle risquait de perdre le peu de pouvoir qu'elle venait d'acquérir. Elle n'avait pas le choix : elle devait s'incliner.

Elle quitta la pièce. Kell eut la délicatesse de ne pas lui rappeler qu'elle aurait mieux fait de l'écouter. Sylla l'attendait. Sachant qu'elle reviendrait, car le général ne tolérait pas la moindre désobéissance, elle avait préparé la tunique blanche.

Diane n'avait plus qu'à surmonter sa pudeur naturelle. Une fois habillée, elle s'aperçut que la soie plus fine de la tunique laissait entrevoir son corps. Sylla fixa une broche de rubis sur une épaule et tourna la jeune fille face au miroir.

Celle-ci rougit. Jamais elle n'aurait imaginé qu'un jour elle oserait paraître ainsi ! Plus qu'érotique, sa tenue, elle, était décadente...

Après avoir ôté les bijoux de ses pieds, elle noua en les croisant les rubans dorés de ses sandales. Pour le haut de ses bras, elle choisit des bracelets d'or et de rubis. Une vraie Sybarite, voilà ce qu'elle était devenue. Avant de quitter sa chambre, elle mouilla une serviette avec de l'eau de rose afin de rafraîchir ses joues brûlantes.

Elle reprit le chemin du triclinium, auprès d'un Kell impassible. Marcus se comporta comme si rien ne s'était passé. Il l'accueillit avec le sourire, sans froideur ni moquerie.

— Je te salue, Diane.

— Je vous salue, Marcus, répondit-elle, les yeux baissés.

La jeune fille s'assit sur sa couche et rabattit les plis de la tunique sur ses cuisses. Comme elle ne portait pas de sous-vêtements, elle évita de s'allonger.

Deux esclaves mâles les servirent. Un turbot au fenouil suivi d'un quartier de chevreuil et d'un plat de volailles grillées composaient le menu. Ils burent du vin chaud coupé d'eau et épicé. Sans bien savoir pourquoi, Diane pensa à Peter Hardwick. Il aurait été le premier à lui faire l'amour, sans cette échappée inespérée dans le temps. L'idée la fit frémir d'horreur. Ses yeux se posèrent sur Marcus. Malgré tout ce qui les séparait, elle n'aurait pas voulu qu'un autre soit le premier.

— As-tu apprécié la traversée de la rivière, aujourd'hui ?

— Pourrai-je vous répondre quand nous serons seuls ?

— Bien sûr.

Il avait hâte de l'entendre prononcer son prénom. Il en éprouvait un plaisir indicible. Et puis, il aimait sa conversation. La veille, l'arrivée inopinée de Petrius avait tout gâché.

— Tu dormais quand j'ai regagné ma chambre la nuit dernière. T'ai-je dérangée ?

— Pourrai-je vous répondre quand nous serons seuls ? répéta-t-elle doucement.

Marcus fronça les sourcils. Elle avait décidé de le contrarier.

— Pas question. Tu répondras sans délai à chacune de mes questions.

— Suis-je autorisée à répondre franchement à vos questions ?

Encore une ruse de femme, songea Marcus, de plus en plus méfiant.

— Tu répondras à mes questions comme tu voudras, dès l'instant où tes réponses me satisferont.

Diane se mordit les lèvres.

— Je recommence : as-tu apprécié la traversée de la rivière aujourd'hui ? interrogea-t-il.

— Beaucoup, maître.

Un large sourire s'inscrivit sur les lèvres de Marcus.

— Ai-je troublé ton repos la nuit dernière ?

— Votre proximité me trouble toujours, maître.

Il perdit patience.

— Laissez-nous, ordonna-t-il aux autres. Et fermez la porte derrière vous.

Il attendit d'être seul avec Diane pour reprendre :

— Pour la troisième et dernière fois : qu'as-tu pensé de la traversée de la rivière ?

Diane s'allongea sur la couche d'une façon provocante.

— Vous avez offert aux centurions et aux cohortes une démonstration étourdissante. Pauvre Petrius, il n'a pas la moindre chance de se mesurer à vous.

— *Mea culpa*, répondit-il plaisamment. Tu es belle à couper le souffle, ce soir.

— Vous voulez dire que je suis une belle esclave ?

— Tu n'as rien d'une esclave ! Tu ressembles à une déesse. Il ne te manque qu'une flèche dans la main pour être Diane chasseresse.

— Je suis sûre que vous ne tarderez pas à remédier à ce manque, répliqua-t-elle d'un ton suggestif.

Il éclata de rire.

— Tu es délicieuse !

— Mon seul désir est de vous plaire, fit-elle avec ironie.

— Dans ce cas, viens sur ma couche. Nous la partagerons en même temps que le repas.

Le cœur de Diane s'emballa. Si elle le rejoignait, elle ne penserait plus à manger. Il lui fallait gagner du temps.

— Vous avez promis de me courtiser avant de me posséder.

— Comment mieux te faire la cour que sur ma couche ?

— Si je n'étais pas à moitié nue dans cette tunique, j'accepterais volontiers de partager votre couche. Demain soir, peut-être ?

Ses yeux noirs pétillèrent.

— Demain. Promets-le-moi.

— Je vous le promets, Marcus.

— Tu aimerais que je demande à Nola de nous servir, demain, plutôt qu'à des esclaves ?

— Oui, cela préserverait ma pudeur. Merci.

— Tu n'as pas à être pudique, Diane. Tu es la plus belle femme que j'aie jamais vue.

— J'apprécie le compliment, Marcus, mais ne pouvez-vous comprendre que je n'ai aucun plaisir à m'exhiber ?

— C'est ridicule. Les belles femmes doivent s'exhiber. Leur beauté est leur seul atout.

Il la caressait du regard pour souligner ses paroles.

— Vous vous trompez ! La beauté n'est pas tout chez une femme !

— Bien sûr que si ! Que demande un homme à une femme ? D'être belle et soumise.

— Quelle arrogance !

Diane rejeta ses cheveux en arrière. La colère rosissait ses joues, et Marcus la trouva plus attirante que jamais.

— Mais qu'avez-vous d'autre, à part la beauté ?

— L'intelligence ! La force de caractère ! Et le sens de l'humour, qu'en faites-vous ? Une femme doit être appréciée dans son entier.

— C'est ta beauté exceptionnelle qui m'intéresse, pas ton intelligence.

— Quel dommage ! Moi qui comptais me servir exclusivement de mon intelligence pour vous divertir !

— Tu aurais eu du mal.

— Vous êtes un vrai défi, Marcus.

Il lui sourit.

— Montons, maintenant. Nous poursuivrons ce petit jeu là-haut.

— Est-ce un ordre ou une invitation ?

Son sourire s'élargit.

— Puisque personne n'est là pour m'entendre, c'est une invitation.

— Je suis heureuse que vous respectiez les règles.

Il se leva et s'approcha d'elle. La jeune fille sentit aussitôt son cœur s'affoler.

Sans lui laisser le temps de réagir, il la souleva dans ses bras. Son sein nu pressé contre sa poitrine, il monta les marches. La chaleur de son bras de fer contre ses cuisses s'insinua en elle.

Il entra dans la chambre. Elle brûlait de se donner à lui, de goûter sa bouche, impérieuse et sensuelle. Mais au lieu de l'embrasser, il s'arrêta devant le miroir.

Ses jambes relevées ne cachaient rien de sa nudité. D'un mouvement des reins, il frotta son sexe contre le sien à travers la tunique.

Il eut un sourire entendu quand la respiration de Diane s'accéléra. Il la fit glisser contre lui jusqu'à ce que ses pieds touchent le sol, prenant soin de la laisser face au miroir. Elle paraissait toute petite, comparée à lui. Son teint clair contre sa peau brune formait un contraste saisissant.

Fascinée, elle vit sa main se refermer sur son sein nu, puis son pouce en effleurer le bout. Là où il la touchait s'alluma une langue de feu qui courut jusqu'au creux de son ventre. Il se mit à onduler contre elle.

Son pouce précisait ses caresses sur son sein, tandis que de l'autre main il écartait la tunique, descendait le long de son ventre pour se perdre dans les boucles blondes. Ses doigts s'insinuèrent dans sa moiteur. Paniquée par les sensations inconnues qu'il éveillait en elle, Diane cherchait son souffle. Elle couvrit sa main de la sienne mais fut incapable de l'arrêter. Il s'attardait maintenant au point le plus sensible. Ses doigts entamèrent une lente valse.

Elle gémit faiblement. Se voir ainsi dans la glace décuplait son trouble. Elle voulut lui demander d'aller plus vite mais les mots s'étranglèrent dans sa gorge. Instinctivement, elle devina que s'il accélérait le mouvement, son plaisir atteindrait aussitôt son point culminant et retomberait, alors qu'en le contenant il le prolongeait encore et encore...

Puis, renversant la tête contre sa poitrine, elle se cambra. Un cri lui échappa quand la jouissance explosa. Violente. Comme une note aiguë. Il accompagna les contractions qui la parcouraient de pressions de plus en plus douces, l'amenant jusqu'à l'apaisement.

Alors il s'empara de ses lèvres. Elle répondit éperdument à son baiser.

— Ce n'était qu'un avant-goût des délices qui nous attendent, murmura-t-il contre ses lèvres. À toi de t'occuper de moi, maintenant. D'après toi, qu'est-ce qui te sera le plus utile ? Ton intelligence ou ta beauté ?

Il la déposa sur le lit et se débarrassa de sa tunique qui vola à travers la pièce. Puis il s'allongea près d'elle. Diane le contempla, impressionnée par son corps magnifique. Une toison sombre bouclait sur sa poitrine.

Elle replia les jambes et croisa les mains sur son ventre.

— Marcus, commença-t-elle sans hâte, il faut que je vous raconte... Mon nom est Diane Davenport. Je suis née à Londres, Londinium, en 1772. Au cours d'un séjour à Aquae Sulis – que nous appelons Bath à cause des anciens thermes romains construits il y a mille sept cents ans –, je suis entrée chez un antiquaire où j'ai trouvé un casque romain en bronze. Il m'a intriguée, et je n'ai pas pu m'empêcher de l'essayer. Je me suis alors sentie bizarre et j'ai été prise de vertige, comme si je chutais dans le vide.

« C'est seulement plus tard que j'ai compris : j'ai été transportée à travers le temps. Sur le moment, j'ai cru avoir perdu connaissance, mais quand je me suis réveillée, j'étais ici, à Aquae Sulis, à deux doigts de passer sous les roues de votre chariot ! Au début, j'ai cru que des hommes de mon époque s'étaient déguisés en Romains et jouaient à des jeux stupides. Mais quand je me suis retrouvée enchaînée comme une esclave, j'ai compris qu'il ne s'agissait pas d'un jeu.

Marcus admirait les mouvements de sa bouche ravissante lorsqu'elle parlait. Il était l'homme le plus heureux du monde. Il possédait une esclave d'une beauté exquise, douée d'intelligence et d'humour, capable de le surprendre en lui racontant des histoires extraordinaires. Et ce n'était pas tout : aucun homme ne l'avait touchée avant lui. Aucun... Ses yeux commençaient à se fermer. Sa voix continuait à le bercer. La fatigue de cette dure journée prit le dessus et il s'endormit.

Quand elle se tourna vers lui pour voir quelle réaction son récit avait provoquée, elle demeura interdite. Il avait sombré dans le sommeil ! Le regardant de plus près, elle s'aperçut que dans le repos son visage de rapace semblait plus juvénile, sans rien perdre de sa virilité. Son corps abandonné restait aussi impressionnant de force et de beauté. Des hommes bâtis comme lui n'existaient pas à son époque. Il ressemblait à un vrai colosse.

Elle contempla ses mains, larges, robustes et marquées par la vie. Ces mains qui lui avaient procuré un plaisir indicible avec une douceur surprenante…

Elle se demanda alors pourquoi le destin l'avait propulsée aux côtés d'un homme comme lui. La question demeura sans réponse. Elle remercia simplement la Providence de lui permettre de vivre cette incroyable aventure.

Tout à coup, l'idée qu'on pourrait brusquement l'arracher à cet homme l'effraya. Ses émotions la désarmaient, mais la perspective de ne plus le revoir lui parut… insupportable.

S'il se réveillait, elle se donnerait à lui, corps et âme.

Non, ce n'était pas le moment. Il avait eu une journée épuisante et il devait se lever à cinq heures. Elle quitta la pièce à pas de loup.

# 15

— C'est honteux ! Jamais je ne porterai ça ! Je reste ici !

— Le général m'avait prévenu que tu te montrerais rétive, répondit Kell. Dois-je te rappeler la promesse que tu lui as faite ?

Aveuglée par la colère, Diane mit quelques instants à comprendre le sens de ces paroles. Puis elle se souvint :

— Si je n'étais pas à moitié nue dans cette tunique, j'accepterais volontiers de partager votre couche, avait-elle dit la veille. Demain soir, peut-être ?

— Demain. Promets-le-moi ! avait-il rétorqué.

— Je vous le promets, Marcus...

Le piège se refermait sur elle ! Le goujat jouait sur les mots. La tenue qu'il lui proposait ce soir ne la dénudait pas « à moitié » : elle laissait son buste entièrement nu !

— Dites-lui que ma promesse ne tient plus, décréta-t-elle. Notre marché est rompu !

— Tu veux dire celui où tu acceptais de te conduire comme son esclave seulement devant autrui ?

— Comment savez-vous cela ?

— Les murs ont des oreilles.

— Ô mon Dieu ! s'exclama Diane, rouge d'embarras. Allez chercher Nola !

— Une esclave n'a pas d'ordres à donner.

— Je n'en suis pas une. Faites venir Nola avant que je ne m'empare de votre fouet !

— Attention, Breton, ça fait mal, intervint Nola depuis le seuil.

— Tiens, la Gauloise ! Tu tombes bien.

— Nola, est-ce que tout le monde ici connaît mes secrets ? questionna la jeune fille.

— Non, seul Kell est au courant. Marcus tient à son intimité, et Kell est chargé de la défendre.

— Merci de reconnaître mon autorité, rétorqua le Breton. Tu saurais peut-être persuader la lady d'accepter de s'habiller et de descendre dîner ?

— Regardez ça ! s'écria Diane en déployant la jupe rouge sang.

— C'est une jupe à la taille haute. Elle t'ira à merveille.

— Jamais je ne me pavanerai à moitié nue ! L'un de vous deux doit aller lui dire que je refuse de la porter.

— Voilà qui demande une certaine diplomatie, étrangère au Breton, répliqua Nola. Laisse-moi faire.

Elle partit vers le triclinium où elle trouva le maître qui attendait la jeune fille.

— La jupe que vous avez choisie lui sied à merveille, général, commença-t-elle. Mais vous oubliez combien elle est pudique. Elle n'a jamais vu pareille tenue jusqu'ici.

— Elle a promis d'obéir à mes ordres. Est-ce qu'elle refuse de les suivre ?

— Non, non. Je pense toutefois qu'il serait avisé de votre part d'éloigner tous les esclaves mâles. Elle se sentira beaucoup plus à l'aise si vous êtes le seul à admirer ses charmes.

— Que Kell s'en charge... Vous nous servirez ce soir, Nola ?

La femme s'inclina avec respect.

— Alors, madame la diplomate, fit Kell en l'accueillant. Tu lui as annoncé que la lady refusait ?

— Je lui ai rappelé combien elle est pudique.

— Et ?

— Et il veut que tous les esclaves mâles débarrassent les lieux. Toi y compris, le Breton !

Kell poussa un soupir de soulagement exagéré.

— Les dieux sont avec moi, ce soir. Je vais m'empresser de respecter les consignes tandis que toi, ma chère Nola, tu t'es mise dans une situation bien délicate !

— Il faudra qu'un jour je lui fasse perdre de sa superbe, marmonna Nola dès qu'il eut tourné le dos.

— Vous n'avez rien dit à Marcus, n'est-ce pas ? devina la jeune fille.

— Il t'accorde une immense faveur en acceptant que les hommes se retirent.

— Il s'attend donc que je porte ça ! Enfin, Nola, regardez ! C'est une tenue scandaleuse !

— Disons qu'elle est... découverte. Les Romains honorent et vénèrent le corps. Quoi de plus beau que le corps d'une femme ? Le trouver impudique, c'est le salir. Essaie la jupe, tu verras combien elle révèle ta beauté.

Diane se résigna, et la Gauloise fixa le drapé avec une broche perlée fermée sur le bas-ventre. En se regardant dans le miroir, la jeune fille ne put s'empêcher de penser à Prudence. Si elle l'avait vue ainsi, elle serait morte sous le choc !

Une voix profonde s'éleva soudain. Marcus se tenait sur le seuil.

— Tu t'es suffisamment admirée. C'est mon tour.

— Marcus ! Je ne peux pas marcher dans cette tenue !

— Eh bien alors, je vais te porter !

Joignant le geste à la parole, il la souleva dans ses bras et partit vers le triclinium. Diane se tourna contre lui de façon à cacher sa poitrine. Cette précaution ne resta pas sans effet. Les pointes de ses seins frottaient contre Marcus à chacun de ses pas. Elle devinait la chaleur de sa peau, son odeur masculine.

Il la déposa sur la couche en face de lui. Décidément, quand il voulait quelque chose, rien ne lui résistait. Elle n'avait d'autre choix que d'accepter sa toute-puissance. Secrètement, cette situation ne lui déplaisait pas. Au contraire... elle se sentait flattée qu'il la trouve irrésistible.

Une attirance réciproque les unissait. La seule pensée qu'ils allaient se voir, se toucher, s'embrasser les mettait en feu. Diane savait qu'il lui ferait l'amour, c'était inévitable, et cette perspective l'enchantait et la terrorisait en même temps.

Nola les suivit dans le triclinium.

— Dois-je vous servir séparément ? demanda-t-elle, sachant très bien que Marcus voulait avoir Diane sur sa couche, contre lui.

— Servez les plats principaux séparément, Nola, et ensuite retirez-vous.

Elle disposa sur la table un assortiment de crevettes avec des coquilles Saint-Jacques et une sauce au beurre, une oie lardée fourrée aux noisettes, une salade composée de petits pois, de concombres et de betteraves. Les Romains étaient de fins gourmets.

— M'as-tu pardonné de m'être endormi, hier soir ? murmura-t-il.

— C'est ma faute. Je vous ai ennuyé.

— Non, au contraire. Tu as une imagination fertile.

— Je n'ai rien imaginé, Marcus. Tout s'est réellement passé.

— Je veux que tu continues l'histoire. Toute l'histoire, mais... après.

— Après ? répéta-t-elle dans un souffle.

— Oui. Tes histoires me plaisent.

— Après quoi ? insista-t-elle, la gorge sèche.

— Après que nous aurons apaisé la faim de nos corps. Quand nous aurons mangé et que nous serons rassasiés d'amour, nous parlerons.

Diane baissa les yeux, impatiente que Nola s'en aille. Être allongée en face de ce splendide Romain, dans une robe découvrant entièrement ses seins, s'avérait irrésistiblement érotique…

Quand ils arrivèrent au dessert, Nola déposa un plateau de fruits sur la table et sortit enfin.

Les yeux de Marcus étincelèrent.

— Viens ici. Voyons si quelque chose te tente.

Diane se leva et marcha vers lui voluptueusement.

— Je vois beaucoup de choses qui me tentent, murmura-t-elle. Choisissez votre dessert, je vous le servirai.

— C'est toi que je choisis, fit-il d'une voix rauque.

Il se tenait sur la couche, allongé, en appui sur un coude. Diane s'assit gracieusement près de lui et s'adossa contre ses jambes repliées.

Dans cette position, sa poitrine qu'il avait caressée du regard durant tout le dîner était à sa portée. Mais le besoin de goûter ses lèvres l'emporta. Il glissa un bras autour de sa taille, l'attira contre lui et s'empara de sa bouche en un baiser possessif. Dévastateur.

Elle frémissait de le sentir ainsi, se délectant de son goût, de son odeur, même si sa langue exigeante semblait vouloir la soumettre. D'ailleurs, elle ne demandait que cela. Éperdue, elle enfonça les ongles dans sa chair sans même s'en rendre compte.

Peu à peu, son baiser perdit de sa vigueur pour se transformer en une lente caresse. Marcus s'attarda, s'interrompit, reprit ses lèvres.

Puis il s'écarta, et son regard descendit lentement vers ses seins durcis par tant de volupté. Il baissa la tête et referma sa bouche sur une aréole rose dont il aspira la saveur. Diane s'arc-bouta pour s'offrir davantage à ces lèvres divines.

Glissant une main sous sa tunique, elle caressa son corps tendu.

— Enlevez-la, implora-t-elle.

Il obéit aussitôt, et elle se blottit contre lui. Cherchant le bout de ses seins à travers la toison de sa poitrine, elle les pinça entre ses dents, les léchant, les suçant. Elle fut parcourue d'un désir brûlant, sans limites. Elle était impatiente de sentir ses doigts sur elle, en elle ! Son envie de lui la dévorait.

Marcus, en revanche, semblait d'humeur ludique. Il trempa un doigt dans son verre de vin et le passa sur le bout de son sein. Ensuite, sa langue cueillit le goût du vin sur sa peau soyeuse, avant de se perdre à nouveau dans sa bouche.

— Oh, Marcus ! Marcus ! fit-elle dans un souffle.

Il comprit qu'elle était prête à se donner à lui. Plus rien d'autre n'existait.

— Viens, dit-il en se levant.

Il lui prit la main et l'entraîna avec lui. Ses jambes ne la portaient plus. Avec l'impression de marcher au-dessus du sol, elle le suivit.

Au bas des marches menant au lit, il la fit monter de deux degrés avant de dégrafer la broche qui retenait la jupe.

— Accroche-toi à moi.

Elle noua les bras autour de son cou, les jambes autour de son buste. La jupe tomba au sol, et il continua à monter. Leur désir devenait insupportable, incontrôlable, tel un incendie. Elle s'empara de sa bouche avec ivresse.

Il se dirigea vers le pied du lit et la posa debout sur les couvertures, la maintenant de ses mains puissantes. Sa bouche à hauteur de ses genoux, il les embrassa.

— Marcus, je veux vous toucher, vous sentir en moi...

— Laisse-moi te savourer. J'ai décidé de te garder vierge un moment.

— Non !

— Mets-toi à genoux.

Il referma les mains sur ses cuisses et l'obligea à obéir. Son souffle brûlant l'effleura au plus secret d'elle-même. Puis il se mit à l'embrasser, saisissant ses hanches pour mieux la guider au rythme de sa langue qui allait et venait.

D'abord, Diane fut choquée par ces gestes intimes. Mais très vite le plaisir l'emporta, et elle se tendit au-devant de ses lèvres magiques.

Grisée par le feu qu'il entretenait savamment, elle renversa la tête en arrière. Elle s'abandonna, gémissant, criant. Quand le volcan explosa, elle retomba sur les couvertures, anéantie.

Marcus s'allongea alors sur elle. Il brûlait de désir. Pourtant, il ne voulait pas la faire sienne. Pas encore. Se lovant sur elle, il nicha son sexe entre ses seins. Son plaisir jaillit avec violence, accompagné d'un cri rauque.

Une fois revenu à lui, il alla chercher de l'eau parfumée et lui lava les seins avec tendresse. Puis il l'installa sous les couvertures où il la rejoignit et la prit dans ses bras.

— D'où viens-tu, Diane ?

— Je viens du futur, Marcus.

— Et que faisais-tu dans le Londinium du futur ?

— Je vivais avec mon oncle et ma tante, après la mort de mon père. Il m'a légué sa maison et son extraordinaire bibliothèque. Je passais mon temps à lire, notamment des ouvrages sur l'époque des Romains. Dans les temps modernes, la reine Boadicée de Bretagne passe pour une figure héroïque.

— C'était une sauvage qui a poussé son peuple à la révolte dès la mort de son mari.

Diane haussa les sourcils.

— Ce sont les Romains qui sont responsables, non ?

— Dis-moi ce que tu sais, je te dirai ce qui est vraiment arrivé, proposa-t-il.

— Bien. Elle était reine des Icènes, une riche tribu celte. Elle voulut se révolter contre le procurateur Catus qui convoitait leur or et leur argent. Il la fit fouetter en public. Les Romains enlevèrent ses deux filles et réduisirent son peuple en esclavage. Mais les Icènes finirent par se rebeller et incendièrent Londres. Vaincue par Paulinus, Boadicée s'empoisonna.

— D'abord, Boadicée n'était pas reine. Elle était simplement l'épouse du roi des Icènes. Quand l'empereur Claude vint en Bretagne, il conclut un pacte avec le roi qui permit aux Romains d'établir des camps militaires et d'y vivre. Seize années de bonne entente et de prospérité s'écoulèrent. Nous construisîmes des routes, des villes. À notre contact, les Bretons se civilisèrent. Le roi survécut à Claude et conclut le même arrangement avec Néron. Les échanges avec le reste du monde prirent ainsi de l'essor.

« À sa mort, selon les vœux du roi, la moitié de son domaine alla à ses filles et l'autre à Néron. Par jalousie, la monstrueuse Boadicée fit tuer ses filles, se proclama reine et incita les Celtes à se révolter contre la présence romaine. Mes légionnaires participèrent aux combats, sous le commandement du gouverneur

Paulinus. Les Icènes massacrèrent des milliers d'innocents sans défense. Ivres de sang, ils s'attaquèrent aux villes les plus riches. Inquiet pour Londinium, Paulinus battit en retraite. Heureusement, nous fîmes évacuer la population. Boadicée et ses forcenés mirent le feu à tout ce qu'ils trouvèrent, la basilique, le forum, les bains, les temples. Chasse de ton esprit cette fausse vision de Boadicée, Diane. Elle était terrifiante, un vrai colosse à la voix rauque, affublée d'une crinière rouge.

Elle s'accrocha à lui.

— Quand cela s'est-il passé, Marcus ?

— Il y a presque un an. Certaines tribus celtes se sont retranchées à l'ouest du pays. Nous entraînons nos légionnaires ici avant de les envoyer les soumettre.

— Marcus, j'ai peur...

Il l'embrassa avec douceur.

— Comment peux-tu avoir peur quand je suis près de toi ?

— J'ai peur pour toi, avoua-t-elle en se blottissant contre lui.

— Allons, ma petite lady, tu sais bien que je suis invincible ! plaisanta-t-il.

# 16

Lorsque Diane se réveilla, elle chercha immédiatement Marcus. Il était assis à son bureau.

— Oh, j'ai cru que tu m'avais abandonnée.

Il se leva et s'assit près d'elle en lui prenant la main.

— Je n'ai pas voulu te réveiller et je n'ai pas pu me résoudre à partir sans te dire au revoir.

— C'est merveilleux d'ouvrir les yeux et de te trouver là.

Il referma les bras autour d'elle et l'embrassa.

— La barbe, fit-il en regardant sa cuirasse. Je ne peux même pas sentir ta peau contre la mienne. Comment vais-je supporter une journée entière sans te voir ?

Il enleva sa chaîne en or et la glissa autour du cou de Diane. La pièce à l'effigie de César tombait juste au creux de ses seins. Cette vision l'enchanta. Il se souvint de leur douceur, de leur chaleur.

— Je veux qu'aujourd'hui, ce bijou que je porte d'habitude sur mon cœur soit contre le tien.

— Marcus, si j'avais un cheval je pourrais te rejoindre de temps en temps.

— Tu sais monter ? s'étonna-t-il, n'ayant jamais vu une femme à cheval. Ce sont des animaux puissants,

Diane. Ils peuvent être dangereux. Dis à Kell de t'emmener dans le char. Je dois y aller maintenant.

Kell fut très étonné de trouver la tunique de son maître dans le triclinium. Jamais il ne s'était déshabillé ailleurs que dans sa chambre ou pour son bain. Puis il croisa Nola, qui tenait la jupe rouge ramassée sur les marches du piédestal. Ils en tirèrent des conclusions différentes.

« Elle le tient au creux de sa main », songea Nola.

« Il a obtenu son dû », pensa Kell.

Et ils avaient tous deux raison !

Diane venait de finir son petit déjeuner après s'être baignée quand Marcus revint, contre toute attente.

— Mets ton manteau et viens dans la cour. J'ai une surprise pour toi.

Diane gagna le péristyle, drapée de laine rouge. Marcus tenait une jument blanche par la bride. La selle comportait quatre pommeaux. Deux devant, deux derrière.

— Elle est très douce, lui dit-il. Crois-tu pouvoir en venir à bout ?

— Oh, Marcus ! Elle est magnifique ! s'écria-t-elle en caressant l'animal. Je vais te montrer tout de suite comment je m'y prends.

Il l'aida à se mettre en selle. À la grande surprise de Marcus, elle s'installa en amazone et trotta dans la cour avec aisance. Quand elle revint, il la prit dans ses bras pour la faire descendre et la garda un instant contre lui.

— Je ne t'ai pas donné un étalon parce que je veux être le seul mâle que tu montes, lui murmura-t-il à l'oreille.

Diane devint presque aussi rouge que sa cape.

— Merci pour ce cadeau magnifique, Marcus.

— Un garçon d'écurie chevauchera à tes côtés chaque fois que tu sortiras. Tu viendras me voir cet après-midi ? Nous nous entraînons sur la piste de chars.

Elle se haussa sur la pointe des pieds et lui offrit ses lèvres. Quand enfin il trouva la force de mettre un terme à ce baiser, il avoua avec douceur :

— Je ne peux rester loin de toi une journée entière.

Sur ce, il grimpa en selle et lança son étalon au triple galop. Il émanait de lui une telle force qu'elle se demanda soudain si elle serait à la hauteur de cet homme. Il semblait épris d'elle pour le moment, mais n'était-ce pas à cause de sa virginité ? Peut-être perdrait-elle ensuite tout intérêt pour lui ?

Elle souhaitait de tout son être qu'il continue son éducation amoureuse. Au XVIII$^{e}$ siècle, les jeunes filles se mariaient dans l'ignorance totale de ce qui les attendait. Peut-être cela expliquait-il pourquoi tant de mariages tournaient à l'échec. La plupart des hommes avaient une maîtresse. Il y avait les femmes « bien » et les autres. Cette distinction imposée par la société engendrait beaucoup de malheur. Si les épouses s'étaient davantage comportées comme des amantes, peut-être leurs maris auraient-ils été fidèles ?

— Nola, j'ai un problème. J'aimerais monter la jument que Marcus m'a offerte, mais toutes mes *stolae* sont trop étroites. Je peux remonter les jupes, bien sûr, mais j'aurai froid aux jambes.

— En hiver, certains légionnaires portent des culottes en cuir, mais la plupart préfèrent les tuniques avec de hautes bottes de fourrure. Marcus aussi. Les femmes ne montent pas à cheval, Diane.

— Moi, si. Les culottes de cuir m'iront très bien. Il faut en commander aux couturières... mais cela ne règle pas mon problème pour aujourd'hui.

Nola réfléchit un instant.

— Nous avons bien des bas de laine, suggéra-t-elle.

— Voilà ! Je les mettrai avec une tunique courte et des bottes, si vous pouvez en trouver à ma taille.

Nola alla chercher les bas et confia le problème des bottes à Kell.

— Quelle tenue choquante ! s'exclama-t-il.

Nola leva les yeux au ciel.

— Il n'y a qu'un homme pour désapprouver ce genre de tenue et estimer tout à fait correcte une robe dénudant la poitrine !

— Tu ne devrais pas l'encourager à monter comme un homme.

— Que se passe-t-il, Breton ? Tu as peur que cette jeune esclave n'usurpe ton pouvoir ?

— Je sais ce que valent la plupart des femmes, la Gauloise, mais la lady est différente.

Kell prit un air supérieur et ajouta :

— Il se trouve qu'elle est vierge.

— Après avoir ramassé leurs vêtements éparpillés dans toute la villa, j'en doute !

Kell se contenta de sourire. Il avait soigneusement examiné les draps de son maître en les changeant, ce matin...

Pendant ce temps, Diane enfilait la tunique et les bas de laine. Kell lui apporta des bottes de cuir courtes, nouées par des lacets sur le mollet. Il avait aussi trouvé des jambières en cuir qu'elle fixa de la même manière.

Quand Diane se vit dans la glace, elle éclata de rire.

— Je ressemble à un Viking !

— Un Viking plutôt séduisant, concéda Nola.

— Tu veux dire répugnant ! corrigea Kell. Je vais en toucher deux mots à l'esclave chargé de t'escorter, lady.

Diane s'enveloppa dans sa cape et suivit Kell en essayant de ne pas rire des grimaces que faisait Nola derrière le dos de son ennemi. Lorsqu'elle découvrit le garçon d'écurie chargé de l'escorter, elle fut subjuguée par sa beauté. Il avait un visage avenant, des yeux rieurs et de longs cheveux bruns noués sur la nuque.

— Tor ! rugit Kell. Cesse de sourire d'un air béat ! Elle est la favorite du général. S'il lui arrive quelque chose, je te castre !

Le jeune esclave blêmit.

— Ne la quitte pas des yeux, mais détourne-les si le vent venait à soulever sa cape !

Le jeune homme avait l'air si confus que Diane eut pitié de lui.

— Kell, tout se passera très bien. Je suis touchée que vous vous inquiétiez pour moi.

— Si je m'inquiète, c'est parce que tu appartiens au général, précisa-t-il, maussade.

Une fois sur sa jument, en route vers la piste de chars où son incroyable aventure avait commencé, la jeune fille reconnut les sites où l'architecte John Wood avait construit le Royal Crescent et le Cirque, versions modernes du style romain classique. Plus loin, au sud, les vignes offraient des raisins prêts à être cueillis.

Sur la piste, les chars s'entraînaient au combat. Diane trouva les cohortes de légionnaires très impressionnantes. Elle porta soudain une main à sa bouche ; Marcus se dressait sur son char, sans armure, pour lancer son javelot. S'il perdait l'équilibre, il serait écrasé !

— Je ne veux pas voir ça !

— Tout va bien, lady, la rassura Tor. Le général a sauté du char sans problème.

Marcus s'adressait à présent à ses officiers :

— Les Celtes combinent la mobilité de la cavalerie à celle de l'infanterie. Ils sont capables de contrôler leurs chevaux à pleine vitesse, sautant à terre, remontant sur leur char au gré de la bataille. Avant ce soir, vous devrez les surpasser à ce jeu.

À cet instant, il s'aperçut de la présence de Diane. Il donna ses dernières recommandations puis la rejoignit. Ils se sourirent, les yeux dans les yeux. Tout le monde pouvait deviner à quel point ils étaient amoureux.

Il haussa un sourcil en détaillant sa tenue.

— Tu es belle.

Elle se pencha en se tenant au pommeau de la selle et lui murmura à l'oreille :

— C'est à cause de tes caresses.

Une lueur pétilla dans ses yeux noirs.

— Nous aurons un invité à dîner, ce soir. Un messager est venu m'informer que le procurateur était à Aquae Sulis. C'est une personnalité éminente. Il est chargé de l'administration financière de la Bretagne. Je ne veux pas qu'il sache que tu es une esclave. Nous inventerons une histoire.

— Nous n'aurons pas besoin d'inventer. Je ne suis pas ton esclave, le taquina-t-elle.

Il posa une main possessive sur sa cuisse.

— Tu veux que je reste dans ma chambre, Marcus ? ajouta-t-elle sérieusement.

— Non, je veux que tu sois près de moi. Tu ne te retireras que si la conversation devient confidentielle. J'ai déjà prévenu Kell pour qu'il s'occupe de tout.

Lorsque Diane regagna la villa, tout le personnel était dans l'effervescence des préparatifs. Elle informa Kell des dispositions la concernant, pour le dîner.

— Je vois, dit-il.

— Le procurateur Julius Classicianus fait figure d'empereur ici, expliqua Nola. Il détient tous les pouvoirs. S'il savait que tu es une esclave, il pourrait te demander pour la nuit, ou de façon permanente, et Marcus serait contraint d'accepter.

— Le procurateur n'a rien d'un chaud lapin, glissa Kell. Il n'a jamais eu recours à l'une de nos esclaves.

— Quoi qu'il en soit, c'est un homme. Marcus a conscience de la tentation que représente Diane, mais cela semble t'échapper, le Breton, rétorqua sèchement Nola.

Kell l'ignora.

— Le dîner sera servi plus tard, lady. Ils devront d'abord passer par le rituel du bain. Je viendrai te chercher dans ta chambre quand il sera l'heure de descendre.

— Que devrai-je faire ? s'enquit la jeune fille.

— Tu te contenteras de te fondre au décor, résuma Kell, trop occupé pour s'étendre sur le sujet.

Nola dut intervenir de nouveau.

— Montons, dit-elle à Diane. Je répondrai à toutes tes questions.

— Connaissant ta subtilité de Gauloise, je crains le pire ! persifla le chef des esclaves.

— Connaissant ton arrogance de Breton, moi aussi !

— Je suis breton, parfaitement, et j'ai des raisons d'être arrogant ! C'est pas comme certaines…

Sur ce, il s'éloigna et Nola poussa un soupir exaspéré.

— Pas moyen d'avoir le dernier mot avec lui !

Diane éclata de rire. Ces deux-là étaient comme chien et chat !

Marcus et le procurateur arrivèrent ensemble. Un esclave les attendait avec une torche. Pour l'occasion, l'atrium avait été décoré d'urnes et de fleurs du jardin. Les deux hommes accomplirent l'offrande du feu à Vesta, déesse du foyer, puis Marcus emmena son hôte dans ses bains privés.

La nuit étant fraîche, ils décidèrent de se baigner à l'intérieur. Ils commencèrent par un bain de vapeur.

— Londinium a été reconstruite, expliqua Julius. Le forum et le temple de Jupiter sont déjà finis. Cette fois, la ville devra être pourvue d'un mur d'enceinte de dix pieds de haut, avec des parapets crénelés et des tours protégées par des grilles.

— Londinium était notre plus grand port de commerce et le redeviendra. Quand elle sera entièrement rebâtie, elle sera plus belle que jamais.

— Marcus, j'ai reçu un message de l'empereur Néron. Il est en train de réévaluer l'importance de la Bretagne dans l'Empire. Il envisage de rapatrier tous les Romains et de laisser la Bretagne aux Celtes, dont il craint de ne jamais pouvoir venir à bout.

— Ce serait une terrible erreur, répondit Marcus, consterné.

— C'est bien mon avis ! Ne serait-ce que sur un plan financier ! Les profits tirés des mines d'argent et du commerce des esclaves nous permettraient de bâtir de nouvelles cités. Il faut que je convainque Néron de son erreur. Il perdrait même l'or avec lequel nous faisons notre monnaie ! La terre est tellement fertile qu'elle permet de nourrir la population, les légions, et de plus l'excédent sert à l'exportation. Sans parler de la pêche.

— Ce pays est prospère. L'avez-vous dit à Néron dans vos rapports ?

— Je n'ai fait que ça !

— Peut-être a-t-il eu entre les mains des rapports négatifs, par d'autres sources ?

— J'ai bien peur que vous n'ayez raison.

Des esclaves commençaient à les enduire d'huile après les avoir nettoyés avec le strigile.

— J'ai confiance en vous, Marcus, continua le procurateur. Nos points de vue se rejoignent souvent... Je crois que c'est Paulinus. Nous n'avons pas mis le meilleur homme à la tête de l'armée. Oh, il est déterminé à réprimer la moindre insurrection des Celtes, je sais ! Non content d'avoir exterminé les Silures, il a massacré les Icènes au lieu de les envoyer à Rome comme esclaves.

— Lorsque nous détruisons les sites sacrés des druides et que nous profanons leurs lieux de prière, cela ne fait qu'engendrer de nouvelles insurrections, je l'ai compris depuis longtemps.

— Exactement. Quand Claude était à la tête de l'armée, nous avions la paix. Les Bretons voulaient devenir citoyens romains. Ils adoptaient nos habitudes, parlaient latin. Nous vivions en bonne entente, dans la prospérité.

— Aquae Sulis a été épargnée mais le reste du pays a souffert sous Paulinus.

Ils quittèrent le bain de vapeur pour le bain d'eau chaude.

— Vous avez combattu sous ses ordres, Marcus. À quoi ressemble-t-il ?

— C'est un homme dangereux, assoiffé de sang. Il massacre femmes et enfants, et même les animaux, quand la folie le prend. Il pratique la *decimatio* pour punir ses légionnaires, c'est-à-dire qu'il en tue un sur dix lorsque l'un d'eux a désobéi.

— Pas étonnant que personne n'ose s'en prendre à lui...

Après un plongeon dans l'eau froide, ils s'enveloppèrent dans de grandes serviettes et entrèrent dans le vestiaire.

— Bon, reprit Julius. Je procéderai pas à pas. D'abord, je m'efforcerai de convaincre Néron de garder la Bretagne dans l'Empire. J'accompagnerai mon prochain rapport d'une cargaison de lingots d'argent et de liquidités. J'aimerais que, de votre côté, vous lui envoyiez un rapport sur Aquae Sulis, pas seulement sur l'entraînement des légionnaires mais aussi sur la ville.

— Je m'y mettrai dès demain, Julius.

— Je savais que je pouvais compter sur vous, cher Marcus. Maintenant, si nous dînions ? J'ai l'estomac dans les talons !

Diane décida de porter l'élégante *stola* de soie blanche agrémentée d'une ceinture dorée. Pour sa coiffure, Nola avait choisi un torque d'or serti d'émeraudes, et Sylla noua ses cheveux d'or en un lourd chignon sur la nuque.

Kell l'escorta jusqu'au triclinium où elle arriva en même temps que Marcus et son invité.

— Julius, puis-je vous présenter Diane, une habituée de ma table ?

Diane tendit la main au procurateur, et il s'inclina pour l'effleurer de ses lèvres.

— Pardonnez le vieil homme que je suis de vous contempler ainsi, ma chère, mais votre beauté est hors du commun.

— Le père de Diane travaillait comme scribe pour le gouvernement, expliqua Marcus. Il a épousé une Bretonne.

Diane s'efforça de ne pas rougir en entendant ce mensonge. Le procurateur portait une toge blanche bordée de violet et une couronne de lauriers sur ses cheveux grisonnants. Intimidée, elle baissa les yeux. Dîner avec un aussi haut dignitaire romain lui semblait irréel.

Dans le triclinium, leurs couches étaient disposées autour de la table.

— Si vous avez invité Diane, ce n'est pas seulement pour sa beauté, n'est-ce pas, Marcus ? N'illustre-t-elle pas superbement le mélange de nos deux civilisations ? Et je suis sûre qu'elle est aussi cultivée que belle.

— Merci, procurateur.

— Oh, je vous en prie, appelez-moi Julius.

Diane le gratifia de son plus beau sourire et s'allongea sur sa couche.

# 17

Marcus raccompagna son invité jusqu'à son char. Julius dormait au *praetorium*, une spacieuse résidence située dans le fort, et repartait dès l'aube pour Glevum, où vivaient la plupart des légionnaires en retraite.

— Vous êtes un petit cachottier, Marcus. Où l'avez-vous trouvée ?

— Je crois qu'elle est un cadeau des dieux.

— Ne la laissez pas échapper.

— Ne vous inquiétez pas pour ça ! répondit-il en riant.

Quand il rentra, Diane l'attendait, nonchalamment appuyée à un pilier. Il referma ses mains sur sa taille et la plaqua contre le marbre.

— Tu as été une hôtesse charmante, mon amour.

Elle lui tendit ses lèvres, ravie de l'entendre prononcer ces mots.

— Et Julius a été un invité charmant, répondit-elle. Mais vous n'avez pas parlé affaires.

— Si, dans les bains. Cela délie les langues, tu sais. Quand on se retrouve nu, les barrières tombent, les réticences s'évanouissent.

— Oui, je m'en suis rendu compte, murmura-t-elle, se lovant contre lui en essayant de dégrafer sa toge.

Il plaqua sa bouche sur la sienne, et le baiser qu'ils échangèrent fit courir du feu dans leurs veines.

— Crois-tu que nous saurons garder nos vêtements le temps de monter ? demanda-t-il d'une voix rauque.

— J'en doute.

Il la souleva dans ses bras et ponctua chacun de ses pas d'un baiser, jusqu'à la chambre.

— Je veux t'emmener dans mon lit chaque soir, pour le reste de ma vie, lui dit-il à l'oreille.

Il semblait tellement sérieux qu'elle en fut émue. Mais elle refusait d'envisager l'avenir. Rien ne devait gâcher cette nuit qui leur ouvrait les bras...

Kell avait allumé un feu dans la cheminée. Ils ôtèrent leurs vêtements à la chaleur des flammes. Il prit un grand plaisir à dénouer ses cheveux, les laissant couler entre ses doigts.

Il disposa ensuite des coussins de velours devant le feu et s'assit en attirant Diane sur ses genoux. Il lui caressa le visage.

— J'ai attendu ce moment toute la journée.

La jeune fille s'accrocha à lui tandis qu'il l'embrassait. Puis elle fit glisser la chaîne de Marcus de son cou jusqu'au sien.

— De mon cœur à ton cœur, dit-elle dans un souffle.

Il continua de caresser sa peau à la lueur des flammes.

— Diane... aujourd'hui, en te voyant sur la jument, je me suis dit que je t'avais donné le moyen de t'échapper...

— Jamais je ne voudrais te fuir, Marcus. Je n'en ai pas la moindre envie.

Il resserra ses bras autour d'elle dans un geste protecteur.

— Peut-être qu'après cette nuit tu changeras d'avis. Je risque de te faire mal, tu sais.

— Mon désir est trop fort. Je veux que nos corps soient unis. J'ai tellement envie de toi que j'en ai mal, et je sais que c'est pareil pour toi. Il nous faut apaiser cette douleur.

— Je serai doux, tu verras... Tu pourras m'arrêter quand tu le voudras.

Diane le poussa contre les coussins.

— Pas question !

Elle s'allongea sur lui, frotta ses seins contre son buste. Des flammes ardentes les électrisaient. Ils s'embrassèrent à perdre haleine.

Puis elle prit une mèche de ses propres cheveux et en effleura les lèvres de Marcus. Il sourit. Elle la fit descendre le long de sa gorge et suivit ce parcours de sa langue. Assise sur ses cuisses, elle continua ce petit jeu jusqu'à ce qu'il ferme les yeux.

Quand il sentit sa bouche sur son ventre, il retint sa respiration.

Diane aimait le savoir ainsi abandonné. Elle caressa son sexe de ses cheveux tout en le regardant. Il semblait grave. Attendait-il que sa bouche suive le même chemin ? Oserait-elle une caresse aussi intime ?

Marcus respirait d'une manière saccadée. Elle comprit ce qu'il attendait et, lentement, elle posa les lèvres sur son sexe. Ses cheveux retombèrent, formant un rideau qu'il écarta aussitôt.

Elle commença avec sa langue, la promenant jusqu'à éveiller en lui une succession d'ondes électriques, puis elle s'enhardit, précisa sa caresse, refermant ses lèvres autour de lui. Quand elle se redressa pour voir l'effet du plaisir sur son visage, il glissa une main au creux de son ventre. À sa moiteur, il sut combien ce qu'elle venait de faire l'avait excitée.

— Es-tu prête à m'accueillir en toi ? demanda-t-il, le souffle court.

— Je n'en ai jamais eu aussi envie.

Alors, lentement, il se glissa en elle. Jamais elle n'avait rien éprouvé de semblable. C'était tellement doux, tellement ardent…

Rien n'aurait pu arrêter Marcus, désormais. Il fallait qu'il la possède, totalement. Quand il sentit la résistance, il passa à travers d'un seul coup. Autant être brutal que de faire durer la douleur.

Diane cria mais il continua à plonger en elle.

— Mon amour, ça va ? murmura-t-il.

Elle essaya de parler mais les mots moururent dans sa gorge. Il émit un gémissement rauque. S'enhardissant, elle noua les jambes autour de son dos et, d'un coup de reins, l'attira plus profondément.

Marcus entama alors un lent mouvement de va-et-vient. Peu à peu, elle eut l'impression d'être submergée par une vague brûlante. Elle perdit la notion de tout. Sa vue se brouilla. Seul existait l'incroyable plaisir, de plus en plus fort. Il accéléra le rythme jusqu'à onduler avec violence. Le plaisir monta, monta… Arrivé au sommet, il la rejoignit, haletant. Une nouvelle pression les fit basculer dans un déferlement de lave en fusion…

Épuisés, ils retombèrent l'un contre l'autre. Il reprit peu à peu ses esprits et se souvint de la douleur qu'il lui avait infligée. Il se retira d'elle doucement.

— Je suis désolé, murmura-t-il.

— Non, non… C'était… extraordinaire.

— Je t'aime, dit-il dans un souffle.

Le cœur de Diane manqua un battement. Elle l'aimait elle aussi, de tout son être !

Il alla chercher de l'eau parfumée et la lava tendrement. Ensuite il la souleva dans ses bras et l'emporta jusqu'au lit où elle se lova contre lui. Leurs corps s'épousaient à la perfection. Ils étaient faits l'un pour l'autre. Une jambe glissée entre les siennes, elle enfouit son visage dans la toison de sa poitrine, écoutant battre son cœur.

Harassée, elle se sentit bientôt sombrer dans le sommeil.

Quand elle ouvrit les yeux, elle rencontra un regard noir, tout près du sien.

— Tu n'as pas bougé de toute la nuit.

Elle lui sourit.

— Peut-être parce que j'étais là où je voulais être ?

Il posa les lèvres sur ses tempes, sur ses yeux.

— Ne devrais-tu pas déjà être parti ? demanda-t-elle paresseusement.

— Nous ne quitterons pas cette chambre de la journée.

Elle le dévisagea, étonnée.

— Et l'entraînement ?

— J'ai des leçons plus importantes à donner ici.

Il s'écarta et l'incita à se mettre sur le ventre. Puis il se jucha sur elle, souleva les cheveux et déposa des baisers dans sa nuque. Aussitôt, des frissons coururent le long du dos de la jeune femme. Ses sens s'éveillaient. Elle se redressa pour le laisser glisser une main entre elle et le lit. Il la referma sur un sein dont il taquina la pointe.

Le désir montait. Elle sentit soudain son autre main s'aventurer jusqu'à ses reins, entre ses fesses, jusqu'à son sexe moite. Il commença un lent mouvement de va-et-vient tout en continuant de caresser son sein, le pinçant, le pressant. Ces nouvelles sensations émerveillèrent Diane. Un plaisir aigu la transperçait.

Quand il la sentit enfiévrée, il murmura contre son oreille :

— Mets-toi à genoux.

Il aurait pu lui demander n'importe quoi. Elle lui obéit avec ferveur.

S'arc-boutant contre elle, il la pénétra et commença à onduler. La sensation était entièrement différente pour elle. Plus profonde. Plus intense. Elle se mit à gémir de plaisir.

Dans cette position, il la dominait de toute sa force, de toute sa puissance, et elle trouvait cela divin. Elle se cambra pour aller au-devant de lui, se pliant à son rythme. L'excitation montait jusqu'à l'insoutenable. Le souffle brûlant de Marcus lui balaya la nuque, qu'il mordit dans un cri.

Son plaisir explosa tel un feu d'artifice. Alors, Marcus se laissa aller à son tour, exhalant un râle animal.

Il roula ensuite sur le côté, sans se séparer d'elle, et la garda tendrement lovée contre lui.

Un peu plus tard, quand elle parvint à rassembler ses pensées, elle lui demanda :

— Marcus, on ne t'attend pas à la forteresse, aujourd'hui ?

— J'ai envoyé un message disant que je faisais un rapport pour le procurateur.

Lorsque Kell entra dans la chambre avec le plateau du petit déjeuner, il se garda bien de tourner les yeux vers le lit où Diane était allongée, les draps remontés jusqu'aux yeux. Il s'éclipsa aussi discrètement que possible.

Marcus installa le plateau sur le lit, entre lui et la jeune femme, puis il lui fit goûter tout ce qu'il contenait.

— Je n'ai jamais aussi bien mangé qu'ici, murmura-t-elle. Le prince de Galles donnerait n'importe quoi pour avoir tes cuisiniers.

— Le prince de Galles ?

— Le fils de notre roi. L'héritier du trône porte toujours ce titre. Le pays de Galles est la partie ouest de notre pays, celle qui vous donne tant de mal. Elle finira par se soumettre, mais pas avant des siècles.

Marcus leva un sourcil ironique.

— Tes histoires sont captivantes. J'aimerais presque croire que tu es celle que tu prétends.

— Presque, pas vraiment, le taquina-t-elle en prenant son gobelet et en buvant là où il venait de poser ses lèvres.

— À quoi ressemble-t-il, ce prince ?

Diane se mit à rire.

— Il est gros et se pavane dans des costumes militaires pour compenser sa frustration de n'avoir jamais été autorisé à combattre. Le roi son père est fou, et son fils est impatient de prendre sa place. Il se pare de dentelles et de satin, se poudre le visage, envoie des lettres idiotes à ses maîtresses et joue à des jeux ridicules avec des amis tout aussi grotesques que lui.

— Les hommes qui portent des dentelles et se maquillent ne sont pas des hommes, Diane. Ce sont des marionnettes, des débauchés. Il y en a beaucoup à la cour de Rome… À quoi ressemblent les hommes normaux, chez toi ?

— Les jeunes copient servilement le style du prince. Ils portent des culottes en satin et des perruques poudrées. Inutile de préciser qu'ils sont très efféminés.

Il l'attira vers lui.

— Tu me dis tout cela pour que je ne sois pas jaloux des hommes que tu connais ?

Elle effleura la cicatrice qui lui barrait la joue.

— Non. C'est la vérité. Je passais ma vie à rêver d'hommes d'une autre époque.

— Comme les Romains ? fit-il en promenant un doigt sur son sein.

— Eh bien non, je n'en rêvais jamais. C'est justement ce qui m'a surprise lorsque j'ai été transportée à cette période de l'histoire. J'aurais adoré revenir à l'époque élisabéthaine ou au Moyen Âge.

— Parle-moi de ces hommes du Moyen Age dont tu rêves, fit-il d'un ton faussement menaçant.

— Oh, c'est une longue histoire... Si nous remettions cette conversation à... plus tard ?

— Plus tard ? répéta-t-il d'une voix rauque. À quoi songes-tu ?

— Devine...

# 18

Quand Diane ouvrit les volets, le soleil entra à flots dans la chambre.

— Oh, quelle belle journée d'automne !

Marcus vint derrière elle, l'entoura de ses bras et embrassa ses cheveux.

— Et au lieu d'en profiter, nous perdons notre temps au lit, plaisanta-t-il.

— Tu as besoin de te reposer. Tu travailles trop.

— Oui, tu m'épuises.

— Je faisais allusion à ton travail avec les légionnaires !

— Ne devais-tu pas me parler de ces hommes du Moyen Age ?

Elle s'adossa contre lui.

— Ils étaient de grands guerriers, comme vous. Ils envahirent ce pays en 1066, venant de France, que vous appelez la Gaule. Ce fut la dernière conquête que connut notre île.

— Alors, tu as été capturée par les Gaulois ?

— Non, ils ne nous ont pas réduits à l'esclavage. La dynastie des Plantagenêts a gouverné notre pays durant trois siècles.

— Si vous n'étiez pas leurs esclaves, sur qui régnaient-ils ?

— Sur la classe paysanne. C'est le système féodal. Les nobles vont à la guerre, et les paysans cultivent la terre.

— C'est une autre forme d'esclavage, en somme.

— Dans un sens, oui.

— Et ce sont ces hommes que tu admires ?

— J'ai lu beaucoup de contes et de légendes du Moyen Âge. C'était une époque très riche, très romanesque. Les chevaliers passaient la plus grande partie de leur vie à la guerre mais ils revenaient toujours vers la dame de leur cœur, à qui ils juraient fidélité.

— Peut-être, mais ils devaient sauter sur la première femelle qu'ils rencontraient !

Diane ignora ce commentaire grossier.

— Ils portaient des casques fort différents des vôtres, continua-t-elle en touchant sa cicatrice.

— Elle te gêne ?

— Oh non, Marcus ! Au contraire, elle ajoute à ton charme… Je voulais simplement dire que leurs casques comportaient une visière qui protégeait leur visage.

— Ils ne se battaient pas avec des boucliers et des épées ?

— Si, mais ils avaient aussi des archers. Et les chevaliers portaient des armures qui les protégeaient de la tête aux pieds.

— Comment pouvaient-ils se battre au corps à corps ?

— Mal, j'en ai peur. La cotte de mailles a remplacé l'armure, puis le casque s'est paré d'un nez fixe.

— Tiens, ce n'est pas une mauvaise idée, reconnut-il.

— Ils étaient aussi des architectes de talent. Ils ont changé la face de l'Angleterre, et leurs châteaux sont toujours debout aujourd'hui.

— Des châteaux ?

— Je vais te montrer.

Elle alla chercher des feuilles de parchemin sur son bureau, s'installa sur les marches du piédestal et dessina un château tout en lui expliquant l'utilité des pierres épaisses, des tours à chaque coin, des douves...

— C'est là que vivaient le roi et les nobles, d'accord. Mais les autres citoyens ?

— Eh bien, les paysans occupaient des huttes en chaume et, lorsque l'ennemi menaçait, ils se réfugiaient dans l'enceinte du château. Quant aux marchands et aux artisans, ils vivaient dans des villes, un peu comme celle d'Aquae Sulis.

— Ils ont copié sur nous, constata-t-il avec satisfaction. Nos temples et nos forums seront sans doute debout dans deux mille ans.

Elle le regarda, indécise. Devait-elle lui dire la vérité ?

— Non, Marcus, murmura-t-elle, ils ne le sont plus.

— Allons ! Tu veux me faire croire qu'il ne reste rien des constructions romaines dans ta Bretagne ?

— Vos routes subsistent, et les bains. Des archéologues ont exhumé des ruines sur lesquelles se sont édifiées les villes modernes, telles que Londres sur Londinium, Bath sur Aquae Sulis.

— C'est tout ce qui subsiste de la plus grande civilisation du monde ? demanda-t-il avec arrogance.

— Bien sûr que non ! Votre langue, votre système juridique, votre architecture, votre littérature, votre art ont passé les siècles. Ce qui épate le plus les hommes des temps modernes, c'est votre technologie : vos aqueducs, vos techniques de chauffage, de drainage des terres. En fait, nous les avons en partie gardées.

Marcus laissa errer une main le long de ses jambes.

— Et à propos de l'amour ? Les Romains sont des amants bien supérieurs aux hommes de ton temps, tu l'as toi-même reconnu.

— Je venais justement de finir un livre d'Ovide sur la question. Il ne m'a pas impressionnée.

— Ovide n'est pas notre meilleur poète, fit-il en désignant ses étagères chargées de rouleaux de parchemin. Connais-tu Horace, notre plus grand philosophe ?

— Bien sûr.

— Son style satirique est inimitable… mais sais-tu ce que veut dire « satirique » ?

— Qu'est-ce que tu crois ? C'est un style littéraire qui met en scène les vices et les travers humains pour s'en moquer ou les dénoncer.

— Bien ! Je suis impressionné.

Il s'approcha d'elle et lui prit le menton.

— Dis-moi, si je te démontrais maintenant que ces hommes du Moyen Âge dont tu rêves n'arrivent pas à la cheville des Romains ?

— Hum… Que me réserves-tu ?

— Il est temps que je te fasse découvrir *tantra*.

Diane sembla troublée par ce mot inconnu.

— Ma chérie, n'aie pas peur. Je ne te ferai jamais de mal. *Tantra* est une manière très lente et sensuelle de faire l'amour. Ton corps tout entier éprouvera du plaisir et je ne t'écraserai plus sous mon poids.

— J'aime ton poids sur moi, Marcus.

Il cueillit son visage entre ses mains et s'empara de ses lèvres, comme s'il buvait le plus divin des élixirs.

— Pour *tantra*, tu dois t'asseoir sur moi, face à moi.

Diane s'assit sur ses cuisses et tendit ses jambes derrière lui. Puis ils s'étreignirent. Quand il la sentit suffisamment excitée, il la souleva légèrement et la pénétra. Le rythme de leurs langues s'accorda à celui de leurs corps dans une danse lascive dont il accéléra la cadence, de plus en plus vite, de plus en plus fort.

Soudain il s'arrêta, haletant, tout comme elle. Il leur fallut un certain temps avant de reprendre leur souffle.

Ils en profitèrent pour se caresser, de la tête aux pieds. Peu à peu, il recommença à se mouvoir en elle, réveillant le plaisir qui couvait sous le feu. À quatre reprises, il se démena jusqu'au bord de l'extase, puis s'arrêta pour continuer sur le mode paisible des caresses et des baisers. À la fin, ils ne purent résister au torrent de délices qui se répandit en eux.

Un peu plus tard, il lui dit d'un ton plaisant :

— Maintenant que je t'ai prouvé que les Romains étaient des amants incomparables, à quel autre de tes rêves pourrais-je me mesurer ?

Debout devant la fenêtre, Diane contemplait la forêt sous les lueurs chaudes du soleil couchant. Les feuilles commençaient à peine à roussir.

— J'aurais aimé participer à une chasse royale, au Moyen Age.

— On ne chasse pas à ton époque ?

Il s'approcha et posa les mains sur ses épaules.

— Nos chasses sont pitoyables, répondit-elle. Des douzaines d'hommes armés, avec des meutes de chiens, s'acharnent sur un pauvre renard affolé... Je préfère les chasses au sanglier, où l'animal et l'homme ont chacun leur chance..

Il déposa un baiser sur son épaule.

— Je t'emmènerai chasser le sanglier.

Elle se tourna vers lui.

— C'est vrai, Marcus ?

— Je suis très sérieux. Mais il te faudra attendre que Paulinus Suetonius emmène nos légionnaires en campagne. Il rentre demain de l'Ouest, mais il reste rarement plus d'une semaine ici.

— Oh, Marcus ! J'aimerais cela par-dessus tout !

— Par-dessus tout, vraiment ?

— Suffit ! J'ai besoin d'un bain. Assez d'amour pour aujourd'hui.

— Erreur, lady. Plus on fait l'amour, plus on a envie de le faire. Cela devient une vraie drogue. Allons nager dans la piscine du jardin, ajouta-t-il plus bas. Nous profiterons en même temps de ce merveilleux coucher de soleil.

— Je ne sais pas nager, dit-elle, déçue.

— Je t'apprendrai ! Tu verras ! C'est merveilleux de nager nu. Viens !

— Marcus ! Nous ne pouvons sortir comme ça !

— Pourquoi pas ? Et pourquoi perdre du temps à nous habiller pour nous déshabiller aussitôt ?

— Laisse-moi faire, dit-elle en s'enveloppant dans sa cape rouge.

Il l'imita et ils quittèrent la chambre, main dans la main.

Il faisait bien plus chaud dans l'eau du superbe bassin que dehors. Ils passèrent deux heures à jouer, crier, rire et s'embrasser. Marcus ayant décidé que Diane ne sortirait pas de la piscine tant qu'elle ne saurait pas nager, il arriva à ses fins.

Ils firent tant de bruit que toute la maisonnée vint voir ce qui se passait. Depuis l'arrivée de la nouvelle esclave, Marcus était transfiguré. Seule Nola ne s'étonnait pas de ce changement dont elle connaissait le responsable : l'amour…

Quand Diane sortit de l'eau, elle distingua des yeux qui l'observaient entre les feuillages. Répugnant à ce que quelqu'un soit puni par sa faute, elle n'en dit rien à Marcus mais lorsqu'il voulut la prendre dans ses bras, elle saisit sa cape et courut vers la maison.

Il s'élança aussitôt à sa poursuite.

— Si je t'attrape...

Il n'eut aucun mal à la rejoindre. Elle se retourna et posa une main sur ses lèvres.

— Tais-toi, mon chéri... Ils sont tous en train de nous épier...

Il sourit.

— Tu crois que je m'en soucie ?

La cape de Diane glissa au sol, et soudain elle s'aperçut qu'elle non plus ne s'en souciait guère. Il n'y avait rien de honteux à s'aimer. Au contraire !

Kell avait changé les draps et rangé la chambre. La jeune femme frissonna. Aussitôt, Marcus s'agenouilla devant l'âtre et alluma un feu.

— Je ferais mieux de me couvrir, dit-elle, pour le simple plaisir de le taquiner.

Il se retourna et contempla la splendeur de son corps nu.

— Si tu enfilais ces jambières en fourrure ? Elles t'iront à merveille...

Cette suggestion éveilla le désir de Diane. Chaque fois qu'ils s'aimaient, elle sentait grandir son pouvoir sur lui. Mais il ne s'agissait plus d'un jeu. Elle était amoureuse...

Ils dînèrent au lit puis ils firent l'amour avec fougue. Elle s'endormit blottie dans ses bras.

Quand elle se réveilla, à l'aube, il était déjà parti. Elle s'étira langoureusement, se consolant avec les deux choses qu'il lui avait laissées : sa chaîne qu'il avait enfilée autour de son cou et sa grisante odeur d'homme.

Dans la matinée, Diane et Nola se rendirent à Aquae Sulis pour faire les magasins. La jeune femme revint chargée : parfums, maquillage, un jeu d'échecs en ivoire, des poteries de terre cuite, une écritoire en bois et un stylet.

Les jambières en cuir qu'elle avait commandées pour monter à cheval étaient prêtes. Elle décida de les étrenner l'après-midi même pour aller voir Marcus.

Arrivée à la forteresse, elle laissa Tor à la grille. Son rôle d'escorte s'arrêtait là. Les gardes ne devaient pas le laisser entrer, bien qu'il appartînt à Marcus. De plus, le gouverneur Paulinus était de retour, et sa haine envers les Bretons n'était un secret pour personne.

Diane lui laissa la jument et continua à pied. Il y avait beaucoup plus de monde à l'intérieur de l'enceinte. Paulinus avait dû ramener ses légionnaires de Galles. Des dizaines d'inconnus la dévisagèrent avec surprise, aussi se sentit-elle soulagée d'apercevoir une personne de connaissance. Dès que Petrius la vit, il alla vers elle en souriant.

— Mon frère a beaucoup de chance, Diane.

Elle lui sourit à son tour.

— Savez-vous où il est ?

— Je crains qu'il ne soit très occupé. Paulinus est rentré avec son armée. Marcus est dans le *valetudinorium* avec les légionnaires blessés. Je vais t'escorter.

— S'il est occupé, je ferais mieux de rentrer.

— Surtout pas ! Marcus serait furieux si je ne te prenais pas sous mon aile en son absence.

Un peu gênée, Diane réfléchit. Elle ne tenait pas à créer un différend entre les deux frères. De plus, le brave Petrius allait partir se battre au pays de Galles à la fin de la semaine. Elle n'eut pas le cœur de l'éconduire.

— Qu'est-ce qui t'intéresserait ? Le temple, peut-être ?

— Je n'ai jamais visité de temple romain.

— Comme tous les Bretons, tu adores Sul, la déesse du Soleil, n'est-ce pas ?

— Oh, non ! Je suis chrétienne.

— Chrétienne ? répéta-t-il, interdit.

Il s'agissait de cette secte bizarre de fauteurs de troubles que Néron se plaisait à persécuter. Rome s'acharnait sur tout ce qui, de près ou de loin, s'attachait aux chrétiens. Généralement, ils finissaient dans la fosse aux lions !

— La forteresse abrite plusieurs temples, expliqua-t-il en l'entraînant vers une enceinte où donnaient différentes portes. Marcus vénère Jupiter, mais la plupart des militaires préfèrent Mithra. Il personnifie le courage.

Ils entrèrent dans le temple. Plusieurs hommes étaient rassemblés devant l'autel. Petrius désigna l'un d'eux, un officier au corps massif.

— C'est Paulinus Suetonius. Il est venu remercier Mithra pour sa victoire sur les Celtes.

Tout à coup, une sorte de rugissement se fit entendre. Un énorme taureau blanc fut lâché vers l'autel, sur lequel un jeune homme vêtu d'un pagne et armé d'une épée venait de monter. Au moment où la bête arrivait sur lui, il abaissa son arme qui pénétra profondément dans le cou du taureau. Ce dernier tomba sur les genoux. Paulinus approcha un bol pour recueillir le sang qui giclait partout et le porta à ses lèvres.

Au bord de l'évanouissement, Diane se détourna.

— Emmenez-moi loin d'ici, dit-elle à Petrius, blanche comme la craie.

La vue du sang excitait les appétits sexuels du jeune homme. Il avait espéré que ce spectacle produirait le même effet sur Diane. La voir aussi vulnérable, aussi fragile, ne fit qu'attiser sa faim. Il la souleva dans ses bras et la porta jusqu'au temple de Fortuna, déesse de la Chance.

Il la fit asseoir au pied d'un pilier et lui ôta son manteau.

— Je n'aurais pas dû t'emmener là-bas. J'aurais dû venir ici directement. Fortuna exauce tous nos désirs.

Un minuscule agneau blanc arriva en trottinant vers Diane. Il portait une guirlande de fleurs autour du cou.

— Oh, il est adorable ! s'exclama-t-elle en tendant une main pour le caresser.

Sans lui laisser le temps d'intervenir, Petrius brandit un couteau et ouvrit le ventre de l'innocent animal. Il en sortit les entrailles et les posa, toutes palpitantes, dans les mains de Diane.

La vision de la jeune fille se brouilla. Juste avant de sombrer dans l'inconscience, elle réalisa que Petrius avait l'intention de la violer.

# 19

Diane refusa de s'évanouir. Elle s'accrocha à la conscience comme une noyée s'agrippe au rocher qui la maintient à la surface.

Elle lui jeta les entrailles sanglantes à la figure. Hélas, cela ne découragea pas Petrius. Il fondit sur elle et lui arracha sa tunique de soie.

Ce furent les jambières de cuir qui la sauvèrent. Profitant de ses efforts éperdus pour l'en débarrasser, elle parvint à lui donner un coup de pied dans le bas-ventre. Sa botte tapa juste où il fallait. Petrius se courba en deux, terrassé par la douleur, et Diane en profita pour s'échapper.

Elle courut à perdre haleine jusqu'à la grille. Heureusement, le sang du mouton qui la maculait se confondait avec le rouge de sa cape.

La jeune femme fut en selle avant que Tor ne pût faire un geste pour l'aider.

— Que se passe-t-il, lady ? s'inquiéta-t-il.

— Ramène-moi à la maison, ordonna-t-elle d'un ton sans réplique.

Croyant que le général l'avait congédiée, il n'insista pas.

À son arrivée, elle se dirigea directement vers les bains. Après s'être lavée, elle revêtit une robe de laine couleur crème et gagna sa propre chambre.

Elle fixa la barre qui condamnait la porte et se mit à déambuler dans la pièce, en proie à la détresse la plus totale.

Dans un premier temps, elle essaya de chasser de son esprit la scène horrible qu'elle avait vécue. Comme ses efforts demeuraient vains, elle se laissa tomber sur une chaise et se remémora ces images de cauchemar dans leurs moindres détails.

Jamais elle n'oublierait l'odeur métallique du sang mêlée à celle de l'encens. Le moment le plus terrible n'était pas celui où Petrius avait tenté de la violer, mais celui où il avait éventré le mouton avant de l'associer à ce sacrifice sauvage. Ses yeux se remplirent de larmes...

Lorsqu'elle leva la tête, un peu plus tard, la nuit était tombée.

Marcus revint très tard. Il avait passé l'après-midi à l'hôpital, essayant de réconforter les blessés. Leur nombre anormalement élevé l'avait étonné. Et atterré.

Il espérait de tout cœur que Diane l'avait attendu. Plus que tous les vins, elle avait le pouvoir de dissiper les ombres qui pesaient sur son cœur. Elle était plus qu'une femme divinement belle. Il appréciait son intelligence, son humour et... quelque chose d'autre. Une qualité indéfinissable. Il y avait en elle une douceur et une innocence qu'il ne fallait surtout pas abîmer. Et s'il se sentait possessif à son égard, il voulait aussi la protéger. Par-dessus tout.

Il fut déçu de ne pas la trouver dans l'atrium. Bien sûr, il était tard. Peut-être avait-elle commencé à dîner ?

Mais Kell était seul dans le triclinium. Après cette nouvelle déception, l'espoir revint : elle devait l'attendre dans sa chambre.

— Kell, que l'on apporte mon dîner dans ma chambre.

Il grimpa l'escalier quatre à quatre. La pièce était vide. Où diable était-elle ?

Marcus gagna la chambre rose qui lui avait été attribuée. La porte était fermée. Quand il voulut l'ouvrir, elle résista.

— Diane, je suis rentré ! lança-t-il.

N'obtenant pas de réponse, il s'énerva.

— Diane !

— Va-t'en ! répondit-elle vivement.

— Quoi ? Ouvre cette porte ! cria-t-il, hors de lui.

Lorsqu'il constata qu'elle n'était pas décidée à lui obéir, sa colère se transforma en fureur. Il enfonça la porte à coups d'épaule. La barre céda, et il se retrouva propulsé à l'intérieur.

Son calme et sa pâleur lui firent comprendre que quelque chose n'allait pas. Il se précipita vers elle et posa un genou à terre.

— Qu'y a-t-il, Diane ? Tu es malade ?

— Je... j'ai été malade, oui. Je vais mieux.

L'espace d'un instant, il sentit son cœur bondir dans sa poitrine à l'idée qu'elle pût être enceinte. Mais non, il était trop tôt... Il lui prit tendrement la main.

Elle s'écarta.

— Ne me touche pas !

— Que je ne te touche pas ? répéta-t-il d'une voix blanche, menaçante.

Elle ignora le danger.

— Il y a trop de différences entre nous ! s'écria-t-elle. Je déteste Rome. Je déteste les Romains !

— Quelle mouche t'a piquée ? Rome est le centre du monde. Notre gouvernement, notre enseignement, notre culture, notre philosophie sont autant d'exemples incontestés ! Il n'existe pas d'hommes plus civilisés que nous !

— Vous n'êtes que des primitifs dégénérés !

Sans crier gare, Marcus la souleva dans ses bras.

— Lâche-moi, sale brute !

Elle lutta en vain. Ses bras d'acier, son poitrail de marbre semblaient inébranlables. Plus elle résistait, plus elle attisait sa colère... et son désir. Il la rejeta sur le lit et écarta les pans de sa robe. Puis il fit voler sa tunique par-dessus sa tête.

Diane tremblait de tout son être mais elle soutint vaillamment son regard.

— Si tu me soumets, comme un maître son esclave, tu tueras tout l'amour que j'ai pour toi. Tu me prouveras que tu es bien une brute dégénérée. Nous deviendrons alors des ennemis, pour toujours.

Elle s'était exprimée d'une voix si basse, si intense, qu'il arrêta. Il passa une main dans ses cheveux, dans un geste d'impuissance.

— Que s'est-il passé aujourd'hui ? Qu'est-ce qui a provoqué ce changement en toi ? Dis-le-moi !

Diane ramena les pans de la robe sur elle et s'assit. Elle choisit ses mots avec soin.

— Quand je suis arrivée au fort, tu étais occupé, alors je suis allée au temple. J'ai assisté à un sacrifice qui m'a rendue malade.

Marcus se laissa tomber sur le lit, infiniment soulagé.

— C'est tout ? Diane, tu n'aurais pas dû aller là-bas. Tu es trop tendre, trop douce pour voir cela. Pourquoi ne t'ai-je jamais emmenée dans aucun temple, d'après toi ?

Elle secoua la tête.

— Il n'y a pas que le sacrifice. Tant de choses nous séparent ! Je ne pourrai jamais adopter votre mode de vie, accepter vos croyances, vos pratiques. Votre empire s'appuie sur l'oppression. Vous êtes cruels. Un abîme nous sépare, trop profond pour être comblé.

— La seule différence qui compte entre nous, c'est que je suis un homme et toi une femme ! Nos corps s'accordent à la perfection, nous ne formons qu'un lorsque nous faisons l'amour. Vraiment. Dès le moment où nous nous sommes fondus l'un dans l'autre, nos différences se sont évanouies, Diane.

— Non, Marcus. Tu refuses de les voir pour assouvir tes désirs.

— Mais c'est de l'amour que je ressens pour toi. De l'amour !

— Tu ne me désires pas ?

— Bien sûr que si. Je te désire *et* je t'aime. La plupart des gens vendraient leur âme pour vivre ce que nous vivons !

— Je crois que c'est ce que j'ai fait, murmura-t-elle pensivement. Reprends ça, ajouta-t-elle en lui rendant la chaîne.

— Jules César fut le plus grand homme d'État que la terre ait porté.

— Un conquérant qui s'est approprié des terres, réduisant des hommes en esclavage, par milliers !

Marcus remit sa chaîne à contrecœur. À travers César, c'était lui qu'elle accusait.

Il releva la tête, fier comme un aigle. Réunissant tout son courage, il demanda :

— Est-ce que tu m'aimes ?

Éperdue, elle plongea son regard dans le sien. Des larmes lui brouillèrent la vue. Elle se mit à genoux devant lui et noua les bras autour de son cou.

— Marcus, je t'aime à en pleurer.

Il la serra contre lui.

— Ne pleure pas, mon amour, je ne peux le supporter.

Dans le cercle protecteur de ses bras, les horreurs de l'après-midi s'estompèrent. Elle préféra ne pas lui parler de son frère : cela ne servirait à rien, et de toute façon Petrius n'allait pas tarder à partir.

— Je me moque que tu sois chrétienne, bretonne ou celte. Pour moi tu es Diane, mon cœur, ma vie. Cela importe-t-il vraiment que je sois romain ? Ne puis-je être simplement Marcus ?

Avant qu'elle ne puisse répondre, une petite toux s'éleva. Kell se tenait sur le seuil, un plateau sur les bras.

Diane comprit alors que Marcus n'avait pas dîné.

— Oh, c'est ma faute ! Il est très tard. Tu dois être épuisé !

Marcus posa le plateau sur le lit.

— Partage-le avec moi. Ce sera bien meilleur.

Diane sécha ses yeux. Il lui donna quelques bouchées. Il brûlait de lui faire l'amour mais se retint. Il ne voulait pas détruire le lien fragile qu'il avait rétabli entre eux.

Après avoir mangé, il lui raconta sa journée, évitant les détails les plus douloureux, et elle lui montra ses achats. Il promit de lui apprendre à écrire avec un stylet puis il la mit au lit tendrement.

— Tu es pâle. Dors, ma chérie. Je dois parler à Kell.

Depuis quelques jours, Marcus retournait un problème dans sa tête sans parvenir à le résoudre. Il alla chercher le chef des esclaves et ils s'installèrent dans le solarium. Kell servit un verre de vin à son maître et ce dernier arpenta nerveusement le sol de mosaïque.

— La fête que je dois donner pour Paulinus me tourmente, Kell.

— Ah ? Pourquoi ?

— Eh bien, au sujet de Diane.

— Ah oui, je comprends...

Oui, Kell comprenait. Le terme de « fête » était un euphémisme pour désigner les bacchanales du général, devenues une tradition. Les officiers rentrés victorieux se joindraient à ceux qui allaient repartir pour une orgie gigantesque.

— Il faudra l'enfermer dans sa chambre afin de la mettre à l'abri. Je posterai deux gardes devant sa porte, pour plus de sûreté.

— Ce n'est pas cela qui m'inquiète, Kell. Je suis capable de la protéger, répondit Marcus qui continuait son va-et-vient sur la mosaïque. Mais j'ai peur qu'elle n'apprécie pas du tout ces réjouissances.

Kell esquissa une grimace. En effet... Elle qui rougissait devant un corps nu, que dirait-elle si elle voyait à quelles perversités se livraient les prostituées de Julia Allegra avec les légionnaires romains ?

Quoi qu'il en soit, la réaction de Marcus le surprenait. Pourquoi se souciait-il de l'opinion d'une esclave ? N'était-il plus maître chez lui ? L'amour le rendait-il timide et faible ?

L'idéal aurait été d'annuler cette fête, mais c'était impossible. Le cruel Paulinus tenait à ces débordements.

— Nous pourrions peut-être éloigner Diane de la villa, pour l'occasion ? suggéra Marcus. Mais pour l'envoyer où et sous quel prétexte ? Je n'en ai pas la moindre idée.

Kell se servit un verre de vin pour se donner du courage.

— Général, il me semble que vous vous alarmez inutilement. Vous devriez la laisser à sa place. Si vous permettez à une femme de prendre le dessus, elle en profitera à vos dépens, n'en doutez pas.

Regardez Nola, la vie qu'elle me fait mener ! Et pourquoi ? Parce qu'elle sait que j'ai un faible pour elle.

Marcus n'en fut pas étonné. Il avait remarqué le petit jeu de ces deux-là.

— Tu as raison, Kell. Ou l'homme mène, ou il est mené. Il doit rester le maître en toute circonstance, mais... Diane n'a rien à voir avec cette fête. Je ne veux pas qu'elle y soit mêlée, de près ou de loin. Merci, Kell, ajouta-t-il en finissant son vin.

En se mettant au lit, peu après, Marcus décida de se montrer plus ferme avec Diane. Peut-être aurait-il dû la corriger quand elle l'avait éconduit, ce soir ? Au lieu de cela, il l'avait consolée, nourrie puis bordée ! Il était trop indulgent.

Il l'attira vers lui sans douceur et s'empara sauvagement de sa bouche. S'il ne l'obligeait pas sur-le-champ à lui céder, il perdrait toute autorité sur elle.

Diane se blottit plaisamment dans ses bras. Il sentit ses seins contre son torse, son ventre qu'elle frottait contre le sien. Elle répondit à son baiser avec une ardeur délicieuse.

Incapable de résister, il plongea la langue dans sa bouche et quand il voulut s'écarter, elle le retint en murmurant :

— Marc... Marc... Marcus...

Son souffle l'enflamma comme une braise. Elle effleura la cicatrice sur sa joue. Dès qu'elle le touchait, il brûlait de désir. Elle était aussi douce que la soie. Il avait envie d'elle comme un fou. Il sourit dans l'obscurité, se demandant lequel des deux était l'esclave de l'autre.

# 20

Obnubilé par les préparatifs de la fête, Marcus n'aborda la question qui l'embarrassait que le jour même. Avant de partir pour la forteresse, ce matin-là, il s'assit sur le lit et s'éclaircit la gorge.

Diane adorait le voir dans son armure lustrée. Quand, harnaché de la sorte, il la touchait, elle devenait toute faible…

— Paulinus Suetonius et ses légionnaires s'en vont demain. La coutume veut qu'il dîne chez moi avec ses officiers, la veille du départ.

Diane s'alarma aussitôt.

— Ils vont venir ici ? Oh, Marcus, je n'ai aucune envie de les voir.

Marcus cacha son soulagement. Elle ne lui créerait pas de difficultés.

— Paulinus déteste les Bretons. Même Kell s'éclipse, quand il vient. Si vous alliez au théâtre, tous les deux ? À ton retour, tu monteras directement ici et tu mettras la barre à la porte. Tu as vu mon frère lorsqu'il est soûl ? J'ai peur qu'il n'y ait plus d'un ivrogne dans la maison, ce soir.

— Le théâtre est une idée formidable. Paulinus me répugne, dit Diane en frissonnant de dégoût.

Marcus l'embrassa.

— Je ne te verrai pas, aujourd'hui, et tu dormiras quand je te rejoindrai cette nuit. Mais à partir de demain, j'aurai plus de temps à te consacrer. Les légionnaires seront partis. Je t'emmènerai à la chasse au sanglier.

Il se leva et noua sa ceinture de cuir.

— Amuse-toi bien au théâtre.

— Et toi à ton dîner, répondit-elle innocemment.

Vêtue de la *stola* ultramarine et d'un manteau assorti, Diane obtint plus de succès que les acteurs. Ses longues boucles blondes attiraient autant les regards masculins que féminins. La même question murmurée parcourait tous les rangs :

— Qui est-ce ? Qui est-ce ?

Seuls de rares privilégiés savaient qu'elle était la concubine du général Magnus. Les hommes enviaient Marcus et les femmes pâlissaient de jalousie : nombre d'entre elles auraient donné cher pour être à sa place.

Diane s'amusa de voir Kell garder la main sur son fouet afin de dissuader les curieux de trop s'approcher. Ils assistèrent à un spectacle musical qui se termina par un ballet des plus extravagants. Les costumes et les masques étaient magnifiques.

Après la représentation, qui se termina fort tard, Kell emmena la jeune femme dans un bar à vin où les spectateurs avaient coutume de se retrouver. Diane choisit un vin chaud et épicé, son compagnon préféra un vin vieux importé d'Italie. Il fut obligé d'admettre que le vin fabriqué sur ces terres gorgées de soleil était meilleur que celui de Bretagne !

Ils rentrèrent sans se hâter, commentant leur soirée.

— Merci de m'avoir escortée, Kell, dit-elle, en approchant de la villa. J'ai passé un excellent moment.

Je n'oublierai pas de décrire à Marcus le spectacle d'acrobatie qu'il a manqué !

Le pauvre, songea-t-elle. Contraint d'endurer la compagnie de tous ces militaires...

Aux nombreux chars rangés devant la villa, elle constata que les invités étaient toujours là.

— Passons par les jardins du péristyle plutôt que par-devant, suggéra Kell. Ils doivent discuter de... hum... d'affaires militaires.

Quand Diane franchit la grille, elle resta figée sur place, comme frappée par la foudre. Des hommes nus couraient partout avec des femmes tout aussi nues, à califourchon sur leur dos ! D'autres silhouettes les poursuivaient avec des torches et des fouets destinés à flageller ceux qui ne couraient pas assez vite...

— Affaires militaires, hein ?

Kell lui prit le bras et l'entraîna vers un escalier dérobé menant à l'étage. Au même moment, Marcus en descendait, une femme nue accrochée à son bras. Avec ses cheveux noirs comme le jais et ses formes opulentes, elle était la réplique exacte d'Allegra ! Diane n'en croyait pas ses yeux.

— Que diable faites-vous, ici ? demanda-t-elle à la femme, ses yeux d'améthyste étincelant de rage.

— Elle est ici parce que je l'ai invitée, rétorqua Marcus. Monte ! ordonna-t-il avant de se tourner vers Kell. Par Jupiter, qu'est-ce qui t'a pris de la ramener si tôt ?

Les poings sur les hanches, Diane leva la tête avec son air le plus méprisant.

— Tu veux vraiment que je monte ? Tu es sûr de ne pas avoir besoin de ta chambre à coucher, pour toi et ta catin ?

Marcus la gifla avant de la soulever dans ses bras pour l'emmener de force. La jeune femme se débattit avec l'énergie du désespoir, à coups de pied et d'insultes, mais rien n'y fit. Il s'engouffra dans la chambre dont il claqua la porte à toute volée.

— Tais-toi ! cria-t-il. N'importe qui t'entendant jurer ainsi te prendrait pour l'une de ces prostituées !

— Eh bien, il aurait raison ! C'est tout ce que je suis pour toi ! Une prostituée parmi d'autres ! Et si je mettais ma jupe à taille haute pour me joindre à vos jeux ?

Marcus serra les dents mais se contint. Il ouvrit la porte. Kell faisait les cent pas sur le palier.

— Viens ici, et assure-toi qu'elle ne quitte pas cette chambre de la nuit. Compris ?

Il se tourna vers Diane, le regard mauvais.

— Si tu as fini de te donner en spectacle, je vais rejoindre ma catin !

Diane saisit une lampe en argent et la lui lança de toutes ses forces. Elle se brisa sur la porte. Incapable de retenir ses larmes plus longtemps, elle se jeta sur le lit en sanglotant.

Kell se gratta la tête, embarrassé.

— Pleurer est une perte de temps, lady. Garde tes larmes pour le général.

— Oh, taisez-vous ! Vous étiez dans le coup. Vous m'avez emmenée au théâtre dans le seul but de le laisser organiser son orgie !

Le chef des esclaves crut plus sage d'essayer de l'adoucir. Il opta pour la franchise.

— Le général a voulu t'épargner. Ses invités se comportent toujours comme des animaux en rut.

— Tu veux dire que ce n'est pas la première fois ?

— C'est à cause de ce sauvage, Paulinus. Si le général lui fermait sa porte en refusant d'organiser ces petites fêtes dont il raffole, il deviendrait son ennemi, et les ennemis du gouverneur ne font pas de vieux os. Marcus a invité Julia Allegra et ses filles uniquement pour que les légionnaires n'abusent pas des esclaves de la villa.

— Allegra... Elle me rappelle quelqu'un qui se faisait aussi appeler Allegra...

Quand ce n'était pas dame Lightfoot !

Elle poussa un gémissement.

— Oh, Kell, que vais-je faire ?

— Cesser d'être ridicule, bien sûr.

— Que voulez-vous dire ?

— Viens ici, devant le miroir.

Diane le rejoignit. La psyché lui renvoyait l'image de deux grands yeux tristes.

— Regarde-toi, enfin ! Tu es l'une des plus belles femmes que j'aie jamais vues, et c'est la même chose pour le général. Il lui a suffi de poser les yeux sur toi pour être frappé par la foudre. Maintenant qu'il t'a, comment voudrais-tu qu'il regarde une autre femme ?

Diane renifla.

— Et cette Julia Allegra ?

— Pour rien au monde il ne la toucherait !

— Vous êtes sûr ? demanda-t-elle d'une toute petite voix.

— Même en lui mettant un sac sur la tête, il n'y parviendrait pas !

Diane éclata de rire.

Elle devait convenir qu'il était honorable, de la part de Marcus, d'avoir recours à des prostituées pour épargner ses esclaves. En même temps, la seule pensée des femmes qu'il avait connues avant elle la rendait folle de jalousie...

Cette nuit-là, Marcus ne la rejoignit pas dans son lit. Il ne se montra pas avant le lendemain soir. Diane resta seule pendant la journée, tandis que la maisonnée s'activait à nettoyer la villa souillée par la fête. Tout y passa : sols, murs, tapis. Toutes les couches, sans exception, durent être retapissées.

La jeune femme luttait contre la colère et la jalousie. Marcus l'avait humiliée. À la tombée du jour, elle décida de feindre l'indifférence. Elle l'accueillerait comme si rien ne s'était passé.

Quand Marcus rentra chez lui, il fut déçu de ne pas trouver Diane dans l'atrium. Sans aucun doute, elle lui en voulait et il présageait des retrouvailles houleuses.

Des voix féminines lui parvinrent depuis le solarium. Il reconnut sans peine le rire cristallin de Diane. Cédant aussitôt à l'attirance qu'elle exerçait sur lui, il la rejoignit.

Lorsqu'il la vit dans une exquise tenue évoquant le tigre de la mosaïque, il en resta le souffle coupé. Qu'elle était belle !

— Oh, Marcus ! Tu rentres tôt... Tu tombes bien, j'ai justement besoin de l'avis d'un homme.

Ces heures passées loin d'elle lui avaient semblé interminables. Mais où étaient les reproches, les larmes, la colère qu'il s'attendait à devoir affronter ? Elle le gratifia au contraire d'un sourire d'adoration.

— C'est au sujet d'un manteau pour l'hiver. Je n'arrive pas à trancher entre une doublure en renard roux ou noir, fit-elle en montrant deux échantillons de fourrure. Nola penche pour le roux, à cause de l'éclat, mais je préfère le noir, pour le contraste avec mes cheveux.

Complètement désorienté par cet accueil inattendu, Marcus hésita un instant.

— Pourquoi ne pas prendre les deux ? suggéra-t-il, demeurant toutefois sur le qui-vive.

— Ne vous avais-je pas dit qu'il trouverait une solution ? dit Diane à sa compagne.

Elle s'approcha et lui tendit les lèvres.

D'un regard, Marcus intima à Nola l'ordre de se retirer. Incapable de différer l'inévitable explication, il demanda :

— C'était bien, le théâtre ?

— Formidable ! Merci d'avoir eu cette idée.

Elle était tout sourire. Un peu trop, peut-être.

— Tu es magnifique, ce soir. Une vraie tigresse.

Elle s'écarta de lui et se mit à tournoyer afin qu'il profite pleinement de l'effet diaphane de l'étoffe, à travers laquelle son corps nu se dessinait dans les moindres détails. Elle s'arrêta à quelques centimètres de Marcus, sachant qu'il n'aurait qu'un geste à faire pour l'attirer contre lui. Et il le fit.

— Je m'attendais à une crise de jalousie à propos d'hier soir, avoua-t-il.

Elle eut un petit rire mutin.

— Jalouse ? Moi ? J'ignore ce que ce mot veut dire !

Il la serra contre lui.

— À quoi joues-tu, Diane ? Ce rôle ne te va pas.

Il écrasa sa bouche sur la sienne.

— Va au diable ! cria-t-elle en lui tirant les cheveux pour se dégager.

Comme il insistait, elle lui mordit la lèvre jusqu'au sang.

— J'aurais voulu te tuer ! ajouta-t-elle, furieuse.

Un sourire de satisfaction apparut sur le visage de Marcus.

— Petite sorcière ! Je t'aime tellement que je me demande si tu ne m'as pas envoûté. Je suis totalement incapable de m'intéresser à une autre femme… Par Jupiter ! Je ne devrais pas te dire ça !

Elle s'accrocha à lui.

— Oh, si ! Non seulement je veux que tu me le dises chaque jour et chaque nuit, mais que tu me le prouves !

Marcus l'entraîna par terre et l'allongea sur le tigre de mosaïque. Ses cheveux se répandirent sur les herbes hautes entourant l'animal.

Il lui donna alors la preuve qu'elle exigeait.

Le départ de Paulinus et de ses légionnaires laissait à Marcus deux semaines de répit. Ses propres hommes stationnés de façon permanente à Aquae Sulis étaient relevés de leurs devoirs militaires et retournaient construire routes, aqueducs et bains publics, là où des sources chaudes jaillissaient naturellement de la terre.

Un matin, Marcus réveilla Diane aux aurores en l'embrassant doucement. Elle lui ouvrit les bras, provocante.

— Tu ne penses qu'à ça ! la taquina-t-il.

— Serais-je trop femme pour toi, Marcus chéri ? gémit-elle en s'étirant sensuellement contre lui.

— Si tu veux que nous allions à la chasse au sanglier, dépêche-toi de t'habiller...

Diane bondit aussitôt du lit.

— C'est vrai ? Aujourd'hui ?

Ravie, la jeune femme courut chercher son pourpoint. Elle l'avait fait réaliser dans le style moyenâgeux. Vert émeraude, il était brodé d'un grand aigle d'or. Elle l'enfila par-dessus ses jambières de cuir, sans oublier la corne de chasse en or qu'elle avait achetée en prévision de cette journée.

Sylla façonna ses cheveux en une épaisse tresse qu'elle enroula en couronne autour de sa tête, après y avoir entrelacé des rubans assortis à sa tenue.

Quand elle arriva aux écuries, Tor avait déjà sellé sa jument. Marcus l'attendait dans la cour, près de Trajan et de Romulus et Remus qui aboyaient furieusement.

— Diane chasseresse, tu es une vraie déesse aujourd'hui !

— Où sont les autres ?

— Quels autres ?

— Tu comptes chasser seul ? C'est trop dangereux !

— J'ai mes chiens et des chevaux de rechange. Cela suffit pour chasser le sanglier. N'aie pas peur, mon amour. Je te protégerai.

Diane se reprit.

— Je n'ai pas peur ; je sais bien que je ne risque rien avec toi !

Sur ce, elle s'élança vers la forêt. Il n'eut aucun mal à la rattraper. Une fois sous le couvert des arbres, ils ralentirent l'allure. Le soleil se faufilait entre les feuilles rougeoyantes. Par endroits, là où ses rayons ne passaient pas, il faisait presque noir.

Pas vraiment rassurée, Diane se rapprocha de son compagnon. De temps à autre, il lançait un ordre à ses chiens, qui lui obéissaient sans faillir.

Les pins et la fougère embaumaient. Ils parvinrent à une clairière entourée de chênes immenses. Là se trouvait un sanglier énorme, occupé à manger des glands.

L'animal ne les avait pas encore vus. Marcus arrêta ses chiens d'un geste de la main, puis leur donna un autre signal. Diane retint son souffle. Terrifiée, elle regrettait soudain d'être venue.

Les chiens prirent le sanglier en chasse sans hésiter. L'animal courait vite, malgré son gros ventre et ses pattes courtes. Quand il se retourna pour attaquer ses assaillants, Diane tressaillit. Marcus sauta à terre et se lança dans la bagarre. Une lutte sans merci s'engagea entre l'homme et la bête...

Diane ne pouvait plus respirer. Lorsqu'elle vit les bras et les jambes de l'homme qu'elle aimait en sang, elle crut défaillir.

# 21

Marcus lutta vaillamment contre le sanglier. À tel point que celui-ci commença bientôt à montrer des signes de faiblesse. Vif comme l'éclair, Marcus lui lia les pattes arrière avec une corde qu'il sortit de sa ceinture. Il le musela de la même manière après avoir attaché ses pattes avant. S'étant assuré qu'il était à présent inoffensif, il le laissa et se dirigea vers Diane, l'air satisfait.

— Tu ne l'as pas ? s'étonna-t-elle.

Le sourire du Romain mourut sur ses lèvres.

— Tu es déçue ?

— Bien sûr que non, Marcus ! Tu es l'homme le plus courageux que j'aie jamais connu.

Elle lui tendit les bras et il la fit descendre de la jument.

— Je ne sens pas très bon. Les sangliers ont une odeur très forte.

— Peu importe. J'ai eu si peur pour toi, si tu savais !

Il laissa ses chiens courir derrière un lièvre et s'assit sur un tronc d'arbre pour reprendre son souffle. Diane l'imita.

— Je ne pourrais rien sans eux, expliqua-t-il. Je les ai dressés à intimider l'animal sans le blesser. Je vais ramener le sanglier à la forteresse où nous les gardons dans un enclos pour la reproduction. Celui-ci est une petite femelle.

— Petite ? répéta Diane, incrédule.

— Les mâles sont beaucoup plus gros, mais ils sont plus faciles à attraper.

Elle ouvrit de grands yeux.

— Ai-je bien entendu, Marcus Magnus ? Viens-tu vraiment d'admettre la supériorité d'une femelle sur un mâle ?

Il lui sourit, rabattant une mèche blonde derrière son oreille.

— Nous gardons seulement un ou deux mâles. Cela suffit aux saillies.

— Que faites-vous des autres ?

— Nous les mangeons, bien sûr.

Il détacha sa hache de sa selle et se mit à couper des branches.

— Je vais construire un enclos de fortune pour la protéger des loups, expliqua-t-il. Le temps d'en capturer d'autres.

— Des loups ! s'écria Diane, espérant qu'il plaisantait.

Non, il semblait sérieux... !

— Pourquoi ne pas rentrer avec ce sanglier ? Mon envie de chasser a été largement comblée.

— Crois-tu que tes hommes du Moyen Âge se contentaient d'une seule prise ?

— Bien sûr !

— Raison de plus pour que je continue.

Diane se rendit compte qu'il faisait tout cela dans le seul but de l'impressionner. Il était jaloux de ses « hommes du Moyen Âge » ! Pourtant, il n'avait rien à craindre. Il les surpassait tous de loin, et même ceux des autres époques...

À la fin de la chasse, ils émergèrent de la forêt avec trois sangliers. Les deux femelles furent chargées sur le cheval de somme, et le mâle sur les épaules de Marcus. Fatigués par leurs courses, Romulus et Remus les suivirent à distance.

À l'approche de la ville, Diane souffla dans sa corne avec entrain. Jamais elle n'aurait pu assister à plus belle partie de chasse. Son général romain avait été magnifique.

Durant la semaine qui suivit, Marcus emmena la jeune femme sur les chantiers d'Aquae Sulis, pour vérifier la progression des travaux.

Ce jour-là, ils prirent la route menant à la côte. Bristol n'était pas loin de Bath, ainsi que le canal de Bristol que Marcus appelait le Sabrinae Aestuario. Ils parvinrent à un croisement et s'arrêtèrent.

— Je suis très fier de cette route, avoua-t-il. Mes propres ingénieurs l'ont dessinée et mes esclaves l'ont construite. Elle mène à Lindum.

Lindum... cela ressemblait à Lincoln. Mais oui, cette route existait toujours à son époque ! Elle descendit de cheval.

— Oh, Marcus. C'est la grande Fosse Way, l'une des routes les plus célèbres d'Angleterre. Deux jours avant mon incroyable voyage, je m'y trouvais justement.

Marcus se sentit mal à l'aise, comme toujours lorsqu'elle lui racontait ses histoires invraisemblables. Jusqu'ici, il n'avait jamais cru à ces choses, mais tout à coup il eut peur qu'elle ne disparaisse aussi étrangement qu'elle était apparue.

— Ces pierres sont magnifiques, dit-elle. Elles sont de Bath, je veux dire, d'Aquae Sulis.

Il la regarda en riant.

— Je sais. Je possède la plupart des carrières de la région.

Diane se releva lentement et le dévisagea comme si elle venait de voir un fantôme. Le terme *carrière* avait provoqué un déclic. Était-il possible que Marcus Magnus soit le comte de Bath ?

— Que se passe-t-il ?

— Rien. Rien du tout…

Comment lui expliquer une idée aussi saugrenue ? Elle voulut la chasser de son esprit, mais chaque fois qu'elle regardait son profil sombre et fier, l'impression revenait. C'est alors qu'elle se souvint de leur première rencontre, lors de la course de chars. Elle l'avait tout d'abord pris pour le comte de Bath. Marc Hardwick… Marc… Marcus…

Il l'emmena au bord de la rivière.

— Mon prochain projet est un pont, ici même, fit-il en dépliant un parchemin. Tu veux voir mes plans ?

— Non ! Ne me les montre pas ! Il commencera ici, au niveau du barrage. Ce sera un très haut pont de pierre, monté sur des arches. Je peux t'en citer le nombre précis, si tu veux.

— Tu as vu mes croquis ! l'accusa-t-il.

— Marcus, je te jure que je n'ai pas vu tes croquis. Ton pont est toujours debout, à mon époque. Il s'appelle Pulteney Bridge, du nom d'un architecte qui se l'est attribué sans vergogne.

— C'est cela, les temps modernes ?

Diane le contempla et comprit sa répugnance à croire ce qu'elle lui disait. Ils s'aimaient tellement que l'idée que quelque chose puisse les séparer les effrayait…

C'était une superbe journée d'automne, sans doute l'une des dernières de la saison. Ils continuèrent leur promenade au bord de l'eau, jusqu'à un site où le paysage se déployait dans toute sa splendeur.

Marcus s'arrêta.

— J'ai apporté de quoi manger, confessa-t-il.

— Et moi, une tablette de plomb avec un stylet !

Il poussa un grognement.

— Ce n'est pas exactement ce que j'avais en tête.

Ils attachèrent leurs chevaux, Marcus déplia une nappe de gros lin et y disposa du chevreuil froid, des pigeons rôtis, du pain, du fromage et des olives. Comme ils n'avaient pas de verres, il apprit à Diane comment boire à une outre à vin. Ils rirent beaucoup, et bientôt leur gaieté se transforma en désir. Ils firent l'amour avec fougue...

Un peu plus tard, elle s'assit entre ses jambes, et il lui montra comme manier le stylet. Elle prit une feuille de plomb vierge.

— Je vais y graver nos noms et l'enterrer. De cette façon, ce moment sera inscrit à jamais.

— C'est une pratique commune, fit-il en riant, mais les gens y gravent généralement des insultes.

— Quel genre d'insultes ?

— Par exemple, des femmes trompées maudissent leur mari et enterrent leur œuvre en croyant que leur malédiction se réalisera.

— Que se passe-t-il quand c'est la femme qui est infidèle ?

— Le mari enterre sa femme, pas la tablette !

Ces mots sonnèrent comme une menace.

— J'ai de la chance de ne pas avoir de mari ! lança-t-elle plaisamment.

Il la contempla avec une intensité empreinte de gravité mais, concentrée sur le maniement du stylet, Diane ne vit pas son regard.

*Marcus Magnus,*
*Primus Pilus*
*et général à Aquae Sulis,*
*et Diane Davenport*
*s'aiment pour toujours. 61 après J.-C.*

Il effleura les chiffres.

— Qu'est-ce que c'est ?

— L'année où nous sommes.

— Mais non, nous sommes à la huitième année du règne de Néron.

— Je sais, mon amour, mais les générations futures dateront l'histoire à partir de la naissance de Jésus-Christ. Avant l'an 1, on parle d'années avant J.-C. ; à partir de l'an 1, après J.-C.

Même s'il parut dubitatif, il ne protesta pas.

Ils enterrèrent la plaquette au pied d'un hêtre rouge, tels deux enfants enfouissant un trésor.

Quand ils rentrèrent à la villa, Kell présenta à son maître un message de Julius Classicianus lui annonçant son arrivée le lendemain. Marcus dut repartir aussitôt à la forteresse afin de mettre les choses en ordre en vue de la visite du procurateur…

Dans le lit à piédestal, Diane se reposait en songeant à l'époque d'où elle venait. Elle pensa au comte de Bath. Ses nombreux points communs avec Marcus l'intriguaient. Serait-il possible qu'ils ne soient qu'un seul et même homme ? Maintenant qu'elle était devenue femme, au plein sens du terme, elle comprenait combien Marc Hardwick, cet homme altier et ténébreux, l'attirait. Un courant était né entre eux dès l'instant où ils s'étaient rencontrés.

Un sourire aux lèvres, elle se laissa glisser dans le sommeil. Cela la réconfortait de croire que Marcus pouvait vivre à travers les âges, dans cet endroit qu'il aimait. En tout cas, si c'était vrai, mille sept cents années de civilisation n'avaient pas altéré son arrogance dominatrice. Dieu merci, Marcus restait Marcus à jamais !

— C'est officiel, annonça Julius à Marcus, Néron a décidé de garder la Bretagne dans l'Empire.

Ils étaient assis dans la salle des cartes de la forteresse.

— Je pense que votre cargaison d'or a convaincu l'empereur et le sénat de ne pas renoncer à de telles richesses.

Julius alla droit au but de sa visite :

— Je souhaiterais faire remplacer Paulinus. Nous avons besoin d'un gouverneur, pas d'un fou qui s'acharne à massacrer les peuples occupés.

— Oui. Pour exister et prospérer ici, il nous faut le soutien des Bretons, admit Marcus.

— Et Paulinus engendre la haine partout où il passe. Son obstination à éliminer les Icènes et les Trinobantes aggrave la rébellion.

— Vous allez devoir retourner à Rome pour soumettre cette idée. Les messages sont trop facilement interceptés, perdus ou ignorés.

— Nous partageons le même point de vue, Marcus. Je veux que vous veniez à Rome avec moi. Deux avis valent mieux qu'un. Je verrai Néron personnellement mais j'aimerais que vous parliez devant le sénat. Vous êtes notre meilleur avocat.

Marcus fronça les sourcils. Bien sûr, il aimerait revoir son père, la villa et les terres dont il hériterait, mais aujourd'hui, son foyer était ici, et il ne pouvait concevoir de laisser Diane. D'un autre côté, il était un homme d'honneur, et son devoir passait avant ces considérations personnelles.

— Julius, vous me mettez devant un dilemme.

— Réfléchissez, mon ami. Il me faut votre réponse dans deux jours. Je compte partir dès la semaine prochaine. Les Gallois ne vont pas tarder à reconstruire leur flotte et à rendre ce genre de traversée hasardeuse.

— Venez dîner à la villa, ce soir. Il y a une chose que je souhaiterais vous demander. Ce sera plus facile quand j'aurai l'estomac bien rempli !

— Si votre lady Diane est là, je me ferai un plaisir d'accepter votre invitation.

— Sachant que vous êtes mon hôte, elle acceptera avec joie de se joindre à nous.

Avant de dîner, les deux hommes se détendirent dans un bain, comme le voulait la tradition. Le massage eut pour effet de délier la langue de Marcus :

— Julius, vous savez que je suis militaire de carrière, n'est-ce pas ? J'ai signé pour vingt-six ans et j'en ai accompli seize. Il est admis que les soldats ne se marient pas, n'est-ce pas ?

Le procurateur comprit immédiatement de quoi il retournait.

— Cette règle s'est assouplie depuis deux ans. Vous devrez demander une autorisation spéciale mais si je vous recommande, on vous l'accordera sans problème. Si vous venez à Rome, cela accélérera les choses.

— Sans doute, admit Marcus.

— C'est donc sérieux, entre la lady et vous ?

— Oui, j'aimerais avoir un fils et je ne suis plus si jeune. Jusqu'ici, je m'estimais heureux avec mon frère pour héritier mais, à trente ans, j'ai soudain envie de me marier et d'avoir un héritier légitime.

— Voilà une sage décision, Marcus. Nul n'est immortel, et quand le bonheur passe à notre portée, il faut le saisir.

Les deux hommes accueillirent chaleureusement Diane lorsqu'elle les rejoignit dans le triclinium. Elle portait une *stola* bleu lavande assortie d'une *palla* violette drapée en travers et fixée à l'épaule par une broche. Ses cheveux relevés dégageaient son long cou, révélant le torque d'améthystes.

Pendant que les esclaves servaient, ils discutèrent de choses et d'autres mais dès qu'ils se retirèrent, Julius aborda le sujet de son prochain voyage à Rome. Il s'adressa directement à Diane, lui expliquant sa mission.

— Votre but est noble, Julius. Je vous souhaite de réussir.

— Si Marcus ajoutait son éloquence à la mienne, je suis sûr que nous les convaincrions. Mais c'est à lui de décider.

La panique envahit la jeune femme. Elle ne voulait pas être séparée de Marcus ! Il était son sang, sa vie, sa raison d'être. La nourriture dans sa bouche prit un goût de cendres.

Julius trempa ses mains dans de l'eau parfumée et s'essuya avec une serviette.

— Diane aimerait peut-être voir Rome, glissa-t-il.

Quelle habileté ! songea Marcus. Le procurateur le mettait dans l'impossibilité de refuser. Bien sûr, il ignorait que Diane était une esclave et qu'elle n'avait pas son mot à dire. En aucun cas il ne devait l'apprendre, d'ailleurs : les Romains n'épousaient pas leurs esclaves...

La conversation se poursuivit. Ils parlèrent du père de Marcus, de l'héritage qu'il lui léguerait, mais Diane écoutait d'une oreille distraite. La suggestion de ce voyage à Rome, cette cité légendaire et prestigieuse, la prenait au dépourvu. Et les Romains de Rome lui faisaient peur. Néron était réputé pour avoir été un empereur dégénéré et cruel. Un fou sanguinaire... Les livres d'histoire lui avaient appris ce qu'il faisait aux chrétiens. Mais Marcus était un homme d'honneur, il estimerait de son devoir d'aller là-bas. Et s'il y allait, reviendrait-il jamais ?

Elle l'observa un instant, admirant son profil noble, son torse large et musclé, ses mains puissantes qui s'animaient lorsqu'il parlait.

Si elle avait sur lui l'influence que Julius lui prêtait, elle en userait pour le dissuader d'aller à Rome. Elle le garderait près d'elle. Et si les discours ne suffisaient pas, elle se servirait d'autres armes pour le persuader. Oui, elle préserverait par tous les moyens ce qui était né entre eux ici, à Aquae Sulis.

# 22

Diane monta dans la chambre pendant que Marcus raccompagnait le procurateur. Elle ôta la broche qui maintenait la *palla*, sans pour autant se déshabiller. Elle laisserait ce soin à Marcus...

— Je vous ferai connaître ma réponse demain, Julius, dit le général devant le char de son invité.

En regagnant la villa, Marcus était pensif. Jamais il n'avait connu les affres de l'hésitation. Mais aujourd'hui, c'était différent. En entrant dans sa vie, Diane avait tout bouleversé.

Il s'arrêta au bas de l'escalier. Un terrible dilemme se posait à lui. Pour épouser la jeune femme, il devait l'affranchir, mais alors elle serait libre de ne pas le suivre à Rome.

Au fond de lui, il se reprochait de ne pas l'avoir déjà libérée. Seule la peur qu'elle en profite pour le quitter l'avait retenu. Or, dans le mariage, la confiance était indispensable. Une confiance partagée. Carrant les épaules, il gravit les marches.

Pourquoi se tourmentait-il autant ? En tant qu'esclave, elle lui devait obéissance. En tant qu'épouse ou concubine aussi ! Si elle se montrait rétive, il saurait la dompter. Elle n'était qu'une femme, après tout, et elle devait apprendre à rester à sa place, c'est-à-dire à ses côtés.

Dès qu'il la vit dans la chambre, assise devant le miroir, son cœur battit plus fort, son sang courut plus vite dans ses veines. Tous ses sens étaient en alerte. Une évidence lui apparut alors : Diane n'était pas une femme ordinaire.

Son intelligence le séduisait tout autant que ses charmes. Quand il ne lui faisait pas l'amour, il adorait parler avec elle. Parfois lui venait l'étrange impression que leurs esprits se rejoignaient. Marcus n'imaginait plus sa vie avec une autre. Il avait pour elle un cadeau en réserve, mais il attendrait le bon moment pour le lui donner.

Lui ôtant sa robe, il posa une main sur son épaule nue. Elle frissonna aussitôt, comme chaque fois qu'il la touchait. Tout en commençant à retirer les épingles qui retenaient ses cheveux, il murmura :

— J'aurais préféré que Julius me laisse te parler de Rome en premier.

— Marcus, je...

Ses doigts se posèrent sur ses lèvres.

— Laisse-moi parler. J'ai beaucoup de choses à te dire ce soir.

Le cœur de Diane fit un bond. « Au revoir. Voilà ce qu'il va me dire ! »

Comme sa proximité embrouillait ses pensées, il alla remuer le feu dans la cheminée. Tout en fixant les flammes, il commença :

— J'ai l'intention de t'affranchir, Diane, mais avant cela je veux compter sur une franchise totale entre nous.

— Je pensais que nos rapports avaient toujours été francs.

Il se retourna et posa sur elle un regard intense.

— Le moment est venu de dire la vérité. Fais-moi confiance, je ne te punirai pas.

— Me punir ? répéta-t-elle, furieuse. Tu estimes que nous avons des relations de maître à esclave ! Laisse-moi t'apprendre quelques petites choses. Là d'où je viens, l'esclavage n'existe pas. Tu ne peux m'affranchir, car je n'ai jamais été ton esclave. Et crois-moi, je n'ai pas l'intention de le devenir !

En deux enjambées, il fut sur elle. Il plaqua les mains sur ses épaules et la secoua sans ménagement.

— Puisque tu t'entêtes à ne pas me dire la vérité, je vais te la dire, moi ! Tu as été envoyée ici par les druides pour nous espionner. Alors écoute-moi bien : ce ne sont pas vos rites secrets qui m'effraient. C'est votre contrôle sur l'aristocratie celte qu'il faut briser. Je sais que vous constituez la plus grande force bretonne, parce que vous êtes unis. Je sais que ce sont des druides qui éduquent les enfants des rois celtes et des nobles, et que vous êtes viscéralement contre les Romains et l'influence de Rome. Ils t'ont envoyée parce que tu es très belle. Ta mission était de me séduire.

Cramoisie, Diane en resta bouche bée.

— N'as-tu pas compris que j'ai fait de toi mon esclave pour te protéger ? continua-t-il. Si Paulinus avait eu le moindre soupçon à ton sujet, il t'aurait condamnée à mort. As-tu déjà assisté à une exécution publique ? Un ennemi de Rome n'est pas simplement exécuté. La mort est un soulagement qui lui est refusé, dans un premier temps. D'abord, on le torture. J'ai vu des prisonniers flagellés jusqu'aux os avant d'être attachés à un bûcher et brûlés vifs.

Il ajouta plus bas :

— As-tu déjà assisté à une crucifixion ?

— Arrête ! s'écria-t-elle en s'écartant de lui. Je suis chrétienne. Alors je connais les crucifixions. Les Romains ont crucifié le Christ !

— Le christianisme est un culte mineur. Tu es trop intelligente pour être chrétienne.

Diane le considéra avec effarement. Elle prit son temps avant de répondre.

— Le gouffre qui nous sépare est trop profond pour être comblé. Il y a des siècles entre nous, Marcus. Entre ton époque et la mienne, le christianisme s'est tellement étendu que la plupart des autres religions ont disparu. Le plus drôle, c'est que Rome est devenue le centre du christianisme !

— Rome est trop cultivée, trop civilisée pour qu'une chose pareille puisse arriver.

— Vous, les Romains, n'êtes pas plus civilisés que des cochons sauvages, pas plus intelligents que des oies ! Et vous êtes têtus comme des mulets !

Sa poitrine magnifique se souleva quand elle reprit sa respiration.

— Jamais je n'irai à Rome avec toi !

Marcus recula. Elle méritait une bonne correction mais, dans l'état où il était, il préféra ne pas la toucher.

— Je ne te le demanderai jamais, rétorqua-t-il.

Diane saisit sa robe et passa devant lui la tête haute, telle une reine offensée.

Kell renvoya les esclaves du triclinium avant de le remettre en ordre. Il ne voulait pas qu'ils entendent Diane vociférer contre le général.

— Ils se sont encore disputés, annonça Nola en le rejoignant.

— On écoute aux portes, la Gauloise ?

Elle ignora cette pique.

— Je la rejoins. Toi, va près de lui.

Au moment où Kell s'apprêtait à frapper à la porte de la chambre, celle-ci s'ouvrit avec une telle violence qu'il sursauta. Marcus apparut.

— Je lui ai offert la liberté, et elle me l'a jetée à la face. Par Mithra, mais qu'est-ce qu'elle a ?

— C'est ma faute, général. J'aurais dû la fouetter dès le premier jour, et j'ai eu la faiblesse de renoncer à ce châtiment qu'elle méritait. Je n'ai pas voulu porter atteinte à sa beauté.

— Elle est exceptionnellement belle, n'est-ce pas ?

— Oui, mais elle est aussi volontaire et emportée.

— Que me suggères-tu ? De la remettre à récurer les sols ?

— Je crois que l'indifférence lui infligerait une leçon plus décisive. En cessant de la regarder, de lui parler, en agissant comme si elle n'existait plus, vous atteindrez davantage sa vanité. Elle vous reviendra contrite et repentante.

Marcus arpentait la chambre, la mine sombre.

— Emballe ses affaires et apporte-les-lui.

Dans la chambre rose, la jeune femme exposait à Nola ses griefs contre Marcus.

— Il me prend pour une espionne envoyée par les druides pour le séduire. Il refuse de croire que je suis chrétienne. S'il m'aimait, il me croirait !

— Que voulait le procurateur ?

— Il voulait que Marcus aille à Rome. Eh bien, bon voyage ! J'espère que je lui manquerai !

La nouvelle surprit Nola. Pourquoi Kell ne lui avait-il pas parlé de ce voyage à Rome ?

— Reste dans ta chambre. Si tu l'ignores, il reviendra, contrit et repentant...

À cet instant, on frappa à la porte. C'était Kell.

— Merci de m'avoir dit que le général comptait aller à Rome ! lança aussitôt Nola.

Le chef des esclaves arborait son masque impassible. Il posa les robes et les atours de Diane sur le lit.

— Le général t'interdit l'accès à sa chambre. Il m'a prié de te rendre tes affaires.

Voyant le visage outragé de la jeune femme, Nola glissa :

— Ah, les hommes ! Quand ils sont jeunes, ils sont pleins de fougue mais ils manquent de jugeote. A l'âge de Kell, ils réfléchissent davantage mais leur fougue se ramollit.

— Pour les ramollir, tu t'y entends, la Gauloise, quel que soit leur âge !

— Qu'est-ce que tu en sais, Breton ? Si je voulais, je...

— Oh, assez, vous deux ! s'interposa Diane. C'est moi qui ai un problème, il me semble, alors si vous êtes incapables d'oublier le vôtre une minute, allez donc le résoudre ailleurs ! Dans un lit, par exemple ! Ça aide à clarifier les choses !

Nola et Kell se dévisagèrent avec stupeur.

Durant les deux heures suivantes, Marcus ne cessa d'arpenter sa chambre. S'il s'était montré plus ferme dès le début, il n'en serait pas là aujourd'hui.

*Jamais je n'irai à Rome avec toi !...* Par le grand Jupiter, Kell avait raison ! Elle avait besoin d'une bonne correction, et il se sentait d'humeur à la lui donner sans délai !

Non. S'il la punissait maintenant, dans l'état de rage où il était, il ne se contrôlerait pas. Elle était si fine, si délicate...

Il se mit alors à réfléchir. D'où diable venait-elle donc ? De quelle contrée inconnue ? Elle était si différente de tout ce qu'il connaissait. Avait-elle réellement voyagé à travers le temps, comme elle le prétendait ? Et l'aimait-il assez pour accepter cette idée saugrenue ? Il comprit soudain qu'il n'avait pas le choix. Il n'existerait de vérité entre eux que s'il commençait par admettre sa vérité à elle.

Pour essayer de se calmer, Marcus s'installa à son bureau et étala des cartes devant lui afin d'étudier la route de son voyage. La pensée de revoir son père lui faisait plaisir. Malgré son âge honorable, Titus Magnus continuait ses activités. Ses champs d'oliviers suffisaient à lui assurer des revenus confortables. Il avait toujours été un homme d'affaires avisé.

Marcus serait fier de présenter sa superbe fiancée à son père et, s'il n'avait plus besoin de son autorisation pour l'épouser, il tenait malgré tout à sa bénédiction.

Le jeune homme se leva et s'étira. Il parcourut la chambre du regard. Elle lui parut soudain bien inhospitalière. Rabattant les couvertures de fourrure, il glissa une petite boîte en ivoire sous l'oreiller de Diane.

Il l'attendit en vain, et la fatigue aiguisa sa colère. Sa patience avait des limites ! Le semblant de calme qu'il était parvenu à retrouver menaçait déjà de le quitter. Il jura en se dirigeant vers la porte à grandes enjambées...

Étendue sur son lit, Diane se sentait affreusement seule. Tout d'abord, elle avait craint que Marcus ne veuille la punir de l'avoir insulté. Non seulement il n'était pas venu se venger, mais il n'était pas non plus venu faire la paix...

Tout à coup, elle l'entendit entrer dans la chambre. Elle ferma les yeux, feignant de dormir.

Marcus pensa qu'elle s'était assoupie en oubliant d'éteindre la lampe. Il en baissa l'intensité et la contempla, le cœur serré de voir ses paupières rougies par les pleurs. Aux yeux d'une femme délicate comme Diane, il devait passer pour une vraie brute. Et pourtant...

avec quelle vaillance elle lui avait fait face ! Sans ôter sa tunique, il se glissa dans le lit et l'attira contre lui.

— Je ne peux pas dormir sans toi, lui murmura-t-il à l'oreille.

Comme émergeant du pays des songes, Diane se retourna dans ses bras, ouvrit les yeux et le regarda.

Son visage sombre s'adoucit. La contemplant avec adoration, il essuya du bout des doigts les larmes qui s'attardaient sur ses cils, écarta doucement les boucles de son front et couvrit de baisers légers ses sourcils, ses paupières, ses joues, le coin de ses lèvres. Il prit son visage entre ses mains avec d'infinies précautions, comme si elle était en porcelaine.

La jeune femme retenait son souffle. Le contraste entre sa force terrible et sa tendresse sans limites la touchait profondément.

Il l'emprisonna dans ses bras tout en lui murmurant des mots d'amour.

— Je t'aime plus que ma vie, Diane...

Elle noua les bras autour de son cou.

— Quand tu t'accroches à moi comme ça, je me sens invincible, reprit-il. Tu veux bien que je te ramène dans notre chambre ? Je refuse de passer une seule nuit loin de toi, aussi longtemps que je vivrai.

À l'intensité vibrante de sa voix, elle comprit que jamais il n'avait dit de telles choses à aucune autre. En ce moment, ils étaient seuls au monde.

— Emmène-moi, Marcus. Je veux rester dans tes bras.

Il la souleva du lit et l'emporta, étroitement blottie contre son cœur.

Avec les couvertures rabattues, le grand lit semblait les attendre. Marcus gravit les marches et l'étendit doucement sur la couche avant de s'asseoir près d'elle. Il lui prit les mains qu'il porta à ses lèvres.

— À partir de maintenant, je croirai tout ce que tu me diras, Diane. Je t'aime et je te fais confiance.

— Moi aussi, je t'aime. Je suis désespérée quand nous nous disputons.

Il plongea son regard dans le sien.

— Épouse-moi, Diane. Je souhaiterais t'emmener à Rome et te présenter à mon père. Quand j'aurai obtenu l'autorisation militaire de me marier et convaincu le sénat de remplacer Paulinus, nous reviendrons à Aquae Sulis où nous sommes heureux.

Submergée d'amour, éblouie que cet homme veuille faire d'elle la compagne de sa vie, elle songea qu'elle ne pouvait refuser d'accomplir ce voyage, malgré sa peur.

Un sourire trembla sur ses lèvres.

— Je suis d'accord pour t'épouser et pour aller à Rome avec toi.

Il l'amena sur ses genoux et l'étreignit tendrement.

— Je suis l'homme le plus heureux du monde !

Ses lèvres, tout contre son oreille, descendirent le long de son cou et trouvèrent sa bouche. Au lieu de s'en emparer, elles l'effleurèrent avec une douceur émouvante. Bouleversante.

Elle lui caressa la nuque et posa le visage contre sa poitrine. La pièce de monnaie était contre sa joue mais…

— Qu'est-il arrivé à César ? s'étonna-t-elle.

— Je l'ai coupé en deux.

Il prit l'écrin en ivoire sous l'oreiller et le lui tendit. Diane l'ouvrit lentement, y découvrant l'autre moitié de la pièce soudée à une chaîne en or.

— Oh, Marcus… fit-elle, incapable de retenir ses larmes.

— Ne pleure pas, mon amour, je t'en supplie !

— Ce sont des larmes de bonheur. Je la porterai sur mon cœur, pour te garder toujours contre moi.

Avec un soupir de soulagement plus éloquent que tous les serments, il lui attacha la chaîne autour du cou. La moitié de pièce se nicha entre ses seins.

— Porte-le comme le symbole de mon amour éternel.

Elle prit l'autre moitié au cou de Marcus et reconstitua la pièce en l'ajustant à la sienne.

— Nous ne formons plus qu'un, désormais.

# 23

Le lendemain, Diane s'efforça d'ignorer son appréhension tandis qu'elle emballait ses affaires pour le voyage. Elle sourit au souvenir des horribles carcans imposés aux femmes du XVIIIe siècle. Aujourd'hui, elle portait les dessous les plus érotiques, des robes conçues pour sublimer la beauté féminine. Quel plaisir d'utiliser le pouvoir que la nature avait donné aux femmes pour séduire les hommes !

Marcus préféra laisser Kell à Aquae Sulis, afin qu'il veille en son absence à la bonne marche de la maison. Quand Diane l'apprit, elle décida de se passer des services de Nola. Les deux tourtereaux auraient ainsi le loisir de régler leurs différends.

Ayant deviné les craintes de Diane, Marcus délégua Tor auprès d'elle pour veiller sur sa sécurité pendant le voyage et une fois à Rome, quand lui-même ne pourrait s'en charger. Le garçon reçut cette promotion comme un grand honneur. Il fut très envié des autres esclaves. Être garde du corps de la femme du général n'était pas donné à tout le monde ! Kell lui offrit son fouet, lui conseillant de ne pas hésiter à s'en servir contre quiconque menacerait la lady, d'une manière ou d'une autre.

Pris par l'effervescence du départ et toutes les questions à régler, Marcus ne put dîner avec Diane, ce soir-là. Quand il regagna enfin le triclinium, épuisé, il trouva la pièce plongée dans l'obscurité. Il se rendit aux bains pour se laver rapidement et eut l'agréable surprise de découvrir qu'elle l'attendait dans l'eau.

— Les dieux m'auraient-ils envoyé un petit génie des eaux ? plaisanta-t-il.

— Je t'ai si peu vu ces deux derniers jours ! Ce soir, j'ai décidé d'être ton esclave.

L'intonation suggestive de sa voix fit sourire Marcus.

— Tu ne sais pas à quoi tu t'exposes !

— Oh non, maître ! Ne vous déshabillez pas ! Laissez-moi faire !

Elle sortit de l'eau et dénoua son plastron en le touchant à dessein.

— Les femmes sont vraiment des êtres surprenants. Tu as toujours refusé le rôle d'esclave, et maintenant que je t'ai libérée, tu t'amuses à l'être !

— Je m'amuse tout en éveillant ton désir, maître, fit-elle en laissant courir ses mains sur la large poitrine.

Il ôta lui-même le reste de sa cuirasse, et elle se chargea de lui enlever ses sous-vêtements.

— Je suis une esclave ignorante, maître. À vous de m'apprendre mes devoirs.

— Mets-toi au service de mes désirs.

— Comment ?

— Touche-moi.

— Comme ça ? demanda-t-elle en glissant une main entre ses jambes. Et… comme ça ?

Marcus gémit sous l'intensité du désir qu'éveillait en lui cette caresse.

— Que dois-faire à présent, maître ?

— Viens ici !

Il attrapa ses hanches et voulut l'attirer contre lui mais elle s'esquiva.

— Est-ce ainsi que vous vous conduisez avec toutes les esclaves chargées de vos ablutions ? Un bon bain froid, voilà ce qu'il vous faut !

Et elle plongea dans l'eau. Il la suivit aussitôt et la ramena contre lui. Ses bras l'encerclèrent et il s'insinua en elle. Elle aurait voulu le taquiner plus longtemps mais elle était prisonnière.

Un petit sourire se dessina sur ses lèvres. Glissant une main sur son sexe, elle suivit ses mouvements, l'encerclant étroitement. Marcus crut devenir fou.

— On peut jouer à deux à ce jeu, murmura-t-il contre son oreille.

D'un bras, il la maintint contre lui. Sa main libre trouva le point le plus sensible de son sexe. Tout en continuant d'aller et venir en elle, il la caressa du bout du doigt. Diane se mit à onduler, à se tordre, à se tendre. Tout à coup, il arrêta sa caresse.

— Continue ! supplia-t-elle.

La bouche contre son oreille, il murmura :

— C'est moi le maître. Je continuerai quand je serai prêt.

Il la souleva et l'entraîna hors de l'eau, ramassa une grande serviette et un flacon d'huile d'amandes douces et l'emporta dans leur chambre, où il étendit la serviette devant le feu. D'un geste, il intima à Diane de s'y installer, puis il versa de l'huile dans ses paumes qu'il réchauffa devant les flammes avant de commencer à la masser.

— Ta peau est tellement fine, tellement douce... j'espère que le vent de la mer ne la desséchera pas.

Diane s'étira comme un félin.

— Tu me masseras chaque soir, en prévention.

Il éclata de rire.

— Un bateau n'est pas approprié pour de longs ébats amoureux. Nous devrons nous contenter de brèves étreintes contre le mur de la cabine, j'en ai peur.

— Mmm... intéressant aussi, non ?

— Cela nous réchauffera, en tout cas, le temps d'atteindre les climats plus cléments de la Mare Nostrum. Là-bas, le soleil brille tous les jours.

— Tu parles de la Méditerranée ?

— Cela veut dire la même chose : mer intérieure, fit-il en glissant les doigts au creux de son ventre.

Il en effleura chaque repli avec délicatesse. L'odeur d'amande devenait entêtante à la chaleur du feu. Diane haletait. Tout son corps s'embrasait.

— Pourquoi as-tu choisi l'huile d'amandes douces ?

— J'aime son parfum, fit-il d'une voix rauque en se penchant sur elle.

Sa bouche se referma sur un sein. Il les suça l'un après l'autre jusqu'à les sentir durcis, tendus dans sa bouche. Puis sa langue s'aventura plus bas, traçant un chemin brûlant jusqu'à son ventre avant de se perdre dans la moiteur de sa féminité. Diane réprima un cri.

— Marc... Marcus, supplia-t-elle.

Il plongea sa langue plus avant, s'attardant sur le point qui provoquait en elle des explosions de plaisir étourdissantes. Les doigts dans ses cheveux, elle le guidait, haletant de plus belle. Quand elle entrouvrit les yeux et vit ses boucles brunes entre ses jambes, son excitation s'amplifia encore. C'était la caresse la plus intime qu'un homme pouvait faire à une femme. La jouissance explosa tandis qu'un cri lui échappait.

Marcus s'allongea aussitôt sur elle et captura son cri contre sa bouche. Elle retrouva son propre goût sur ses lèvres, et le plaisir se transforma en une nouvelle montée de désir, plus profond et plus intense encore.

Il la pénétra avec une telle violence qu'elle se retrouva dangereusement près des flammes. Mue par une force instinctive, elle se cambra pour l'amener plus loin en elle.

Ils plongèrent dans une spirale de plaisir pur, comme sous l'effet d'une ivresse inconnue, merveilleuse, dévorante…

Le lendemain matin, ils se réveillèrent devant le feu, dans les bras l'un de l'autre. Diane rougit au souvenir de leurs ébats et il sourit, attendri.

— Je t'adore, fit-il en lui embrassant le bout du nez.

Un messager arriva peu après. Marcus était demandé au fort de toute urgence. Voyant la mine inquiète de la jeune femme, il tenta de la rassurer :

— C'est notre dernier jour. Je réglerai ce problème, ne t'inquiète pas.

Une fois à l'intérieur de la forteresse, il rencontra son premier centurion :

— Général, votre frère est arrivé très tôt ce matin, et il est tombé de son cheval, inconscient.

Marcus se précipita à l'hôpital, craignant le pire. En fait, Petrius n'était pas si gravement blessé. Un bras cassé, une épaule démise, des blessures à la tête, mais rien qui mît sa vie en danger. Le procurateur était à son chevet.

— Mais pourquoi es-tu revenu ? demanda Marcus à son frère.

— C'est un outrage, intervint Julius. Votre frère a été laissé pour mort sur le champ de bataille. Quand il a repris connaissance, l'armée était repartie depuis longtemps. Paulinus est indigne d'être à la tête d'une armée !

Marcus fronça les sourcils.

— Tes hommes ne t'ont pas aidé ?

— Paulinus a donné l'ordre d'achever les légionnaires blessés afin qu'ils ne ralentissent pas la progression de l'armée ! rétorqua Petrius.

Marcus avait déjà servi sous Paulinus. Il ne l'aimait pas, certes, mais il le connaissait assez pour savoir que son frère mentait. Paulinus n'aurait achevé un légionnaire que pour mettre un terme à ses souffrances, après s'être assuré qu'il était perdu. Abandonner un soldat, cela ne lui ressemblait pas, surtout quand ce soldat était centurion. Petrius avait déserté, purement et simplement. Cependant, la sanction pour une telle infamie étant la peine de mort, il se tut.

Lorsque le médecin eut réduit la fracture, Julius s'enquit :

— Si nous l'emmenions à Rome avec nous ? Il nous aiderait à plaider notre cause.

Le jeune homme releva la tête, les yeux brillants.

— Rome ? Vous allez à Rome ? C'est magnifique !

Marcus poussa un soupir, puis il acquiesça.

— Puisque le procurateur pense que tu peux nous aider, je vais signer une permission pour cause de blessures, décida-t-il. Repose-toi, nous partons à l'aube demain matin.

En se rendant à la rivière pour s'assurer de l'avancée de travaux du pont, il se reprocha d'avoir soupçonné son frère. Pourquoi l'accuser du pire ? Petrius ne méritait pas un tel déshonneur… S'efforçant de chasser ses doutes, il pensa combien leur père serait heureux de les avoir tous les deux sous son toit.

De retour à la villa, dans l'après-midi, Marcus fit charger les malles par les dix gardes qu'il emmenait à Rome. Il répugnait à informer Diane du retour de son frère. Bien qu'elle ne lui ait jamais rien dit, il savait qu'elle ne l'aimait pas. Mais s'il attendait le soir pour la mettre au courant, leur nuit serait gâchée... Il la prit par l'épaule et l'emmena au jardin.

— Diane, mon frère Petrius est rentré avec un bras cassé. Comme il ne pourra plus combattre avant longtemps, Julius lui a demandé de nous accompagner à Rome.

Il la vit blêmir.

— Ma chérie, je sais qu'il t'a manqué de respect l'autre soir, alors qu'il était ivre, mais quand je lui dirai que tu vas devenir ma femme, je t'assure qu'il te traitera avec les honneurs qui te reviennent. Il se tiendra comme il faut, je te le promets.

« Sinon, je l'étrangle de mes mains ! » ajouta-t-il pour lui-même.

Diane s'efforça de sourire mais lorsque Marcus repartit pour le fort, la nausée la prit. Elle s'était crue débarrassée de Petrius, et voilà qu'il réapparaissait ! Fallait-il y voir un mauvais présage ? Ce voyage allait-il tourner à la catastrophe ? Elle se demanda si elle n'avait pas eu tort de cacher à Marcus ce qui s'était passé au temple. Mais elle ne voulait pas semer la zizanie entre les deux frères.

Se confier à Kell ne lui parut pas une bonne idée. Lui et Marcus avaient peu de secrets l'un pour l'autre. Elle crut plus avisé de prévenir Tor, puisqu'il était chargé de sa sécurité. Elle le trouva en compagnie de Kell, écoutant patiemment ses instructions de dernière minute.

— Le moment est venu de faire plus ample connaissance, Tor, lui dit-elle. Accompagne-moi au jardin, nous serons tranquilles pour parler.

Le jeune homme lança un regard hésitant à son chef.

— Règle numéro 1 : obéir à la lady en priorité, décréta celui-ci. Même moi, je passe en deuxième !

— Je crains de n'être pas à la hauteur de ma tâche, lady, lui confia tristement Tor en la suivant.

Diane ne s'attendait pas à cet aveu.

— Tor, personne d'autre que toi n'aurait été à la hauteur. C'est moi qui t'ai choisi. Écoute, je veux que nous soyons amis. J'aimerais pouvoir me confier à toi.

Le visage du garçon s'éclaira comme par magie.

— Vous le pouvez, lady. Je vous servirai de mon mieux.

— Appelle-moi Diane. Allons nous asseoir au bord du bassin. Quelque chose m'inquiète, il faut que je t'en parle.

Ils s'installèrent sur le banc, et elle se pencha vers lui.

— Marcus _va demander l'autorisation de m'épouser mais j'ai un affreux pressentiment. J'ai l'impression qu'un désastre va s'abattre sur nous si je vais à Rome.

— Je ne laisserai personne vous faire de mal, lady Diane, comptez sur moi.

— Je suis chrétienne mais je préfère le cacher, le temps que je serai à Rome. Les Romains persécutent les chrétiens, tu comprends ? D'autre part, Marcus veut que ma condition d'esclave soit tenue secrète.

— Je suis breton, comme vous, lady Diane. Vos secrets sont sacrés pour moi.

— Merci, Tor. Il y a autre chose. Je n'en ai jamais parlé à personne... Petrius a été blessé. Il va venir avec nous à Rome. Mais il a essayé de me violer dans un temple, il y a quelque temps.

Le jeune homme saisit la poignée de son glaive.

— Je vous protégerai, lady, soyez sans crainte. Je suis de taille à soulever un cheval. Tâtez mes muscles ! ajouta-t-il pour plaisanter.

Elle éclata de rire et posait une main sur son biceps quand un bruit lui fit lever les yeux. Petrius était là, les yeux fixés sur la main féminine qui touchait le jeune homme...

# 24

Les deux hommes se dévisagèrent d'un air haineux.

— Tu outrepasses tes droits, esclave !

— Non, Petrius, intervint Diane. Il exécute les ordres de Marcus. Il doit me protéger de tout ce qui pourrait me menacer.

Petrius changea aussitôt d'attitude. Il ajusta l'écharpe qui soutenait son bras et lui adressa un sourire désarmant.

— Marcus m'a confié combien il était un homme heureux. Bienvenue dans notre famille, Diane.

Il porta sa main à ses lèvres avec une telle galanterie qu'elle eut du mal à croire que c'était le même homme qui s'était comporté comme une bête, la dernière fois.

— Merci, Petrius. Désolée que vous ayez été blessé.

— Ce sont des choses qui arrivent. Sais-tu où je pourrais trouver Kell ? Je dois emprunter quelques vêtements à Marcus. Je n'ai rien à me mettre sur le dos.

— Bien sûr, je vais te conduire jusqu'à lui.

Elle se tourna vers Tor avec un sourire.

— À demain matin, Tor.

— Je serai prêt, lady Diane.

À l'aube, une barge surchargée quitta Aquae Sulis. À l'embouchure de la rivière, ils s'embarquèrent sur un vaisseau. Une minuscule cabine fut attribuée à Diane et Marcus, située entre celle de Julius et un réduit encore plus minuscule pour Petrius. La garde du général dormait dans la cale, dans des hamacs, ainsi que la vingtaine d'hommes du procurateur. Quant à Tor, il décida que le seul endroit où il pouvait dormir était devant la porte de Diane, et nulle part ailleurs.

Un vent vif balayait la mer. La jeune femme se félicita d'avoir une cape doublée de fourrure et pourvue d'une grande capuche. Toutefois, quand ils abordèrent le golfe de Gascogne, il faisait trop froid pour rester sur le pont. Elle connut alors les affres du mal de mer dans sa petite cabine.

Marcus la soigna tendrement. Elle commença à aller mieux à l'approche de l'Espagne. Grâce au soleil méditerranéen, elle put remonter sur le pont, Marcus toujours à ses côtés. Jamais elle n'aurait cru pouvoir l'aimer davantage, et pourtant...

Dès qu'il s'absentait, Tor était près d'elle. Tous deux eurent la surprise de constater que Petrius la traitait comme une princesse mais il passait la plupart de son temps auprès du procurateur, et Diane le soupçonnait de tramer quelque bassesse.

Un jour où la mer était calme comme un lac, la jeune femme décida d'explorer le vaisseau. Il ressemblait à un navire grec, à part une longue pointe métallique à la proue. Tor lui apprit qu'elle servait à défoncer les bateaux ennemis. Diane frissonna.

Quand elle pénétra dans la salle où des rangées de galériens, torse nu et en sueur, actionnaient d'énormes rames, elle ne put supporter cette vision. Tor la ramena immédiatement sur le pont où il la soutint tandis qu'elle respirait d'immenses bouffées d'air.

Se demandant pourquoi Diane se trouvait dans les bras du garçon, Marcus les rejoignit aussitôt. Il attira la jeune femme contre lui.

— Qu'est-ce qui ne va pas ?

— Des galériens ! jeta-t-elle avec mépris.

Il l'emmena dans leur cabine et s'assit près d'elle.

— Tant de naïveté me dépasse, Diane. Comment ce vaisseau pourrait-il avancer autrement ? Ces galériens ne sont pas tous bretons. Il y a des Gaulois, des Nubiens...

— Ce sont des hommes, Marcus, quel que soit leur pays. Les Romains sont indifférents à la misère humaine ! Comment pouvez-vous condamner ces malheureux à une vie entière d'esclavage dans les galères ?

— Ils n'y passent que dix ans, Diane. Ils doivent être jeunes pour ramer.

Voyant qu'elle ne trouvait pas les choses plus acceptables pour autant, il s'agenouilla à ses pieds et lui prit la main.

— Ma bien-aimée, si je pouvais réduire les injustices de ce monde pour toi, je le ferais. Il n'y a peut-être pas d'esclave, là d'où tu viens, mais peux-tu dire honnêtement qu'il n'y a aucune souffrance ? En échange de leur travail, nos esclaves sont logés et très bien nourris.

Diane songea à Londres, où la disparité entre les riches et les pauvres était profonde. Les privilégiés se vautraient dans le luxe, tandis que des misérables allaient pieds nus dans les rues et que des enfants travaillaient parfois jusqu'à l'épuisement. Au fond, elle n'avait pas le droit de blâmer Marcus pour la condition des hommes de son temps.

Elle caressa son visage qu'elle aimait tant.

— Tu vas à Rome pour améliorer la vie des Bretons. Je ne peux rien te demander de plus.
— Nous arrivons demain… Viens sur le pont. Il faut profiter du soleil, il est magnifique…

Cette nuit-là, blottie dans les bras de Marcus, Diane lui raconta comment l'Histoire avait jugé Néron.
— Évite-le autant que possible. Son règne a dégénéré dans la cruauté et la tyrannie.
— Il a tué sa propre mère, Diane, je le sais.
— Dans trois ans, il mettra le feu à Rome pour rebâtir une nouvelle capitale sur ses ruines.
— Quoi ?
— C'est la stricte vérité. La nouvelle cité sera magnifique. Elle subsistera au-delà des siècles. Mais il commettra l'erreur de vouloir faire porter aux chrétiens la responsabilité de cet incendie. Une révolte se lèvera et il se suicidera avant d'atteindre l'âge de trente-deux ans.
Stupéfait, Marcus se demandait si la jeune femme venait du futur ou si elle avait simplement des visions prophétiques. Il la serra contre lui. Aussi longtemps qu'ils seraient ensemble, ni le passé ni le futur n'avaient d'importance. Seul comptait le présent.
Maintenant qu'ils approchaient du but de leur voyage, Diane décida de refouler ses appréhensions. Sa place était aux côtés de Marcus, où qu'il aille. Et avoir la possibilité de connaître la Rome antique – la vraie, pas celle des livres – était un véritable miracle.

Ils débarquèrent à Ostie, à l'embouchure du Tibre, où ils empruntèrent une barge qui remonta vers la grande Rome les eaux jaunes du célèbre fleuve.

Comme elle l'avait lu, Diane constata que la ville était construite sur sept collines. D'immenses monuments se dressaient, des constructions aux toits dorés, des dômes, des colonnes de marbre et des habitations coiffées de tuiles rouges. Marcus lui montra des forums, des amphithéâtres, le Circus Maximus.

— Les oliveraies de mon père sont là-bas, ajouta-t-il en désignant les monts Sabins. Nos carrières de marbre sont au nord, dans les Apennins où le Tibre prend naissance. Le commerce du marbre constitue l'une des plus importantes activités commerciales.

— La villa de ton père est dans Rome ?

— Oui, sur les pentes de l'Esquilin. Mes messagers sont déjà partis l'informer de notre arrivée. Des porteurs nous attendront.

— Je pensais que nous irions à pied à travers la cité, dit Diane déçue.

— Ma chérie, plus d'un million de personnes vivent ici. Il y a tellement de monde dans les rues qu'il nous faudrait un temps fou pour arriver. Nous devrions passer dans des quartiers sordides avant d'atteindre l'Esquilin, où se situent les villas des patriciens. Rome est une ville de contrastes. On y rencontre le pire et le meilleur. Ne te laisse pas trop impressionner.

Elle sourit et il lui embrassa tendrement le front avant de se tourner vers Tor :

— Trouve-lui un siège à l'ombre, sur le quai. Il nous faudra du temps pour tout décharger. Le procurateur rentrera directement chez lui. J'ai des choses à voir avec lui avant de le quitter…

Bien que Marcus l'eût prévenue, la jeune femme fut frappée par la foule qui encombrait les rues. Elle prit place sur une litière capitonnée de soie portée par quatre esclaves en livrée jaune. Des centaines d'échoppes se pressaient les unes contre les autres. On y vendait de tout : viande, légumes, vin, poteries, tissus... À chaque carrefour se trouvait un autel, et des fontaines crachaient de l'eau du bec d'un aigle, de la bouche d'un veau ou du sein d'une déesse.

Des devises et inscriptions diverses couvraient les murs. Mercure, le dieu du Commerce, était représenté sur la façade d'une boutique. Des messages d'amour, des vers, ou des informations de toute sorte étaient écrits à la craie. Visiblement, les murs remplaçaient les journaux, ici. Si un esclave était à vendre, on inscrivait ses références sur la pierre.

Diane fut surtout choquée par le bruit. Les gens s'interpellaient, les marteaux cognaient, les marchands ambulants vantaient leur marchandise à tue-tête.

À ce tintamarre assourdissant se mêlèrent soudain les cris des soldats de la garde prétorienne.

— Laissez passer ! Laissez passer ! hurlaient-ils en poussant esclaves et colporteurs du bout de leurs lances.

Même Marcus et sa garde durent s'arrêter au passage du prêteur, magistrat du peuple.

Ils croisèrent ensuite une procession de prêtres et de prêtresses syriennes. Cheveux au vent, les femmes à la peau sombre dansaient au son de tambours et de trompettes en direction du temple de Cybèle, où une journée d'orgie les attendait.

Une autre procession arrêta les porteurs de Diane un peu plus loin. Marcus la rejoignit.

— Ce doit être quelqu'un d'important, dit-elle.

— C'est une femme qui se croit importante parce que son vieux mari est très riche, répondit-il avec dédain. Cela devrait être interdit, de se pavaner ainsi.

Fascinée, Diane regarda défiler une dizaine d'esclaves tous plus beaux les uns que les autres, les épaules chargées de bagages. Ensuite venaient un groupe de femmes ravissantes, vêtues de couleurs éclatantes et un jeune Égyptien tenant un petit singe dans ses bras. Des musiciens richement vêtus entouraient la litière de la dame portée par des Nubiens.

Enfin, Sa Magnificence apparut. Allongée sur des coussins, elle affichait un air d'ennui profond tout en s'éventant d'une main chargée de bagues. De la poudre d'or recouvrait ses cheveux noirs. À sa grande stupeur, Diane s'aperçut qu'elle ne portait qu'une jupe à taille basse, avec des rangs de perles autour des reins.

— Elle doit quitter son palais pour l'une de ses villas à la campagne, dit Marcus. Même le prêteur est descendu de sa litière pour la saluer. Comme quoi, les plus grands se soumettent au pouvoir de l'argent.

Il fulminait d'être obligé d'attendre ainsi. Diane lui sourit.

— Cela me permet d'admirer le spectacle. Regarde, les gens jouent aux dés sur le trottoir.

— L'argent, toujours l'argent ! pesta Marcus, peiné de voir combien Rome avait sombré dans la décadence. On dirait que ce sont tous des esclaves !

Ils quittèrent les quartiers commerciaux pour commencer l'ascension des collines. Sur leurs pentes s'étageaient d'imposants édifices, des thermes, des temples, des arcs de triomphe. D'inspiration grecque, l'architecture s'alourdissait de tant d'ornements qu'elle parut finalement vulgaire aux yeux de Diane.

En comparaison, la villa de Titus Magnus détonnait par sa beauté irréprochable. D'imposantes colonnes ioniques s'élevaient de part et d'autre de la grille d'entrée. La sobriété des façades ne laissait pas deviner le luxe incroyable qu'elles protégeaient des curieux. La jeune femme entrevit un alignement de cours et de jardins où donnaient une multitude de pièces. La lumière du soleil entrait à profusion. Un balcon courait sur tout le premier étage.

Des douzaines d'esclaves les accueillirent. On leur offrit aussitôt des rafraîchissements et des sucreries. Marcus et Petrius pénétrèrent dans la première cour pour saluer ceux qui étaient au service de la famille depuis des années.

— Combien y a-t-il d'esclaves ? demanda Diane à son compagnon, quand il la rejoignit.

— Lorsque je suis parti, ils étaient cent cinquante. Mais ne te laisse pas impressionner...

Il l'entraîna vers une autre cour encore plus grande, qui donnait accès à des chambres indépendantes. Des mosaïques recouvraient les sols. Les murs et les colonnes étaient en marbre blanc. Au centre, des nymphes versaient une eau cristalline dans un bassin entouré de plantes luxuriantes. De magnifiques sculptures et objets d'art décoraient l'ensemble.

Lucas, le majordome, accueillit Marcus avec chaleur.

— Votre père vous attend dans sa chambre. Il n'est plus aussi jeune et vigoureux, le prévint-il. Il me prie de transmettre son bonjour à votre fiancée, qu'il verra au dîner.

Lucas tapa dans ses mains, et une douzaine d'esclaves à la peau olivâtre accoururent.

— Je les ai choisies pour servir votre fiancée, dit-il à Marcus. Elles n'auront rien d'autre à faire que de la satisfaire. J'ai pris la liberté de l'installer dans la suite donnant sur les jardins du péristyle. Elle ne sera pas loin de vous, général.

Marcus haussa les sourcils d'un air amusé.

— Tout cela me paraît très guindé, Lucas.

— Maintenant que vous êtes général, l'usage veut que vous occupiez des appartements particuliers. Après le mariage, vous et votre fiancée disposerez d'une plus grande suite.

Marcus sourit, songeant qu'il lui faudrait se montrer patient avant de pouvoir partager ouvertement le lit de Diane.

— Je te laisse entre leurs mains, lui dit-il. Tu dois avoir envie de prendre un bain et de te changer.

Les filles emmenèrent leur nouvelle maîtresse, suivies de Tor qui marchait dignement, une main sur son fouet. Dès qu'elles furent dans la chambre, les esclaves entourèrent le beau jeune homme, le caressèrent, tâtèrent ses muscles en gloussant. Tor semblait aux anges.

L'une d'elles se tourna vers Diane.

— Je m'appelle Livi. Nous permettez-vous de veiller aux besoins de votre garde en plus des vôtres ?

Tor tourna des yeux suppliants vers la jeune femme qui eut un sourire mutin.

— Je veux que vous le rendiez heureux.

— Oh, merci, lady Diane ! lui dit Tor avec ferveur.

— Mais reste vigilant, Tor. À toute heure du jour et de la nuit !

— Comptez sur moi, lady. Comptez sur moi...

# 25

Petrius convoitait la fortune de son père. Il avait toujours été jaloux que Marcus fût l'aîné. Jusqu'à présent, il s'était consolé en songeant qu'il était au moins l'unique héritier de son frère. Mais maintenant que celui-ci allait se marier, ses enfants hériteraient légalement, tandis que lui, Petrius, devrait se contenter des miettes...

Durant le voyage, il s'était évertué à sous-entendre que les femmes n'étaient que des êtres sans scrupules, prêtes à se vendre au plus offrant, arguant qu'une concubine était moins encombrante qu'une épouse, qu'on la contrôlait mieux. Mais lorsqu'il avait insinué que Diane avait peut-être des rapports coupables avec son jeune garde du corps, Marcus s'était fâché :

— Je me crois tout à fait capable de contrôler ma femme, Petrius. Garde tes viles insinuations pour toi si tu veux rester entier.

— Marcus, ne te méprends pas ! avait-il répliqué. Je te mets en garde contre les chaînes du mariage, pas contre Diane. Je m'inquiète simplement que tu aies choisi une femme aussi belle.

Aujourd'hui, Petrius n'avait plus qu'une solution avant d'être obligé de recourir à un moyen plus radical. Quand il vit son père, il fut soulagé de constater que la vieillesse n'avait pas altéré ses facultés intellectuelles.

— Je dois te parler d'une chose de la plus haute importance, papa. Cette femme a ensorcelé Marcus. Il est fou amoureux, incapable de voir qu'elle ne l'épouse que pour sa richesse. Elle était son esclave, tu comprends ? Tes petits-enfants seront les descendants d'une esclave, tu te rends compte ?

Titus ferma les yeux un instant.

— Tu penses que je devrais modifier mon testament, n'est-ce pas.

C'était un constat plus qu'une question.

— Oui, papa. L'honneur de la famille est en jeu. Cette femme n'est qu'une catin. Elle fornique avec son garde du corps ! Elle a même accepté mes avances !

— Elle est sûrement très belle, si elle t'a tenté, Petrius.

— Oui, elle est très belle. Il suffit qu'un homme la regarde pour qu'il tombe sous le charme.

— La beauté est parfois une malédiction. La tienne l'est, en tout cas. Je vais changer mon testament, mais pas en ta faveur. Je te déshérite. Tu vois, moi aussi je suis maudit, Petrius. Maudit par l'un de mes fils ! J'espérais qu'une carrière militaire te guérirait au moins de ta lâcheté. Encore un espoir déçu. Sors d'ici !

Petrius s'élança hors de la chambre puis de la villa. Soit ! Il n'avait plus qu'à agir, et vite, avant que son père n'ait le temps de modifier son testament...

Bien qu'il fût très malade, Titus Magnus demanda à l'un de ses esclaves de le lever et de l'asseoir dans un fauteuil. Il était trop fier pour recevoir son fils aîné au lit. Malgré cela, ce dernier comprit la gravité de son état en constatant combien il avait maigri.

Il le trouva considérablement vieilli, mais la vivacité intacte de ses yeux sombres le rassura. Il se mit à genoux et les deux hommes s'étreignirent.

— J'ai perdu l'usage de mes jambes, mon fils, mais en revanche mon esprit est deux fois plus en alerte.

Marcus lui sourit.

— Tu es l'homme le plus intelligent que j'aie jamais connu. Je suis heureux de voir que le temps n'a pas altéré ces facultés.

— Alors tu as emmené ta fiancée ? Je commençais à désespérer d'avoir des petits-enfants. Elle doit être très spéciale pour correspondre à ton idéal.

— Pourquoi dis-tu cela ? s'étonna Marcus.

— Tu es comme moi, mon fils. Tu as de grands principes. Tu places le devoir avant le plaisir, la mort avant le déshonneur. Tes dieux sont la vérité et la justice.

— À t'écouter, je suis insupportable !

— Nous le sommes tous les deux. Où as-tu donc trouvé ce parangon digne de toi ? ajouta le vieil homme avec un sourire amusé.

— Elle est bretonne. Aussi intelligente que belle. J'espère qu'elle obtiendra ta bénédiction.

Titus plongea son regard dans celui de son fils bien-aimé.

— Marcus, ton choix est le mien.

Le lien qui unissait les deux hommes était profond, à l'épreuve de toutes les menaces extérieures.

— Maintenant, parle-moi de votre mission, à toi et à Julius Classicianus. Si vous comptez persuader Néron de quoi que ce soit, vous risquez d'avoir besoin de mon aide...

Quand Marcus monta chercher Diane, un peu plus tard, il admira la tenue qu'elle avait choisie : une élégante *stola* vert jade agrémentée d'une cape dorée et de sandales. Ses cheveux étaient plus beaux que jamais. Ils déployaient une cascade de boucles jusqu'au creux de ses reins, rehaussés çà et là de rubans verts et de rangs de perles.

Lorsqu'ils entrèrent dans le triclinium, Titus Magnus était déjà allongé sur sa couche. Marcus se félicita de n'avoir pas mentionné son infirmité à Diane. Telle qu'il la connaissait, elle aurait aussitôt entouré le vieil homme d'attentions particulières alors que Titus préférait être traité comme un homme à part entière.

Il présenta la jeune femme avec une telle fierté que son père comprit combien ses sentiments étaient profonds. Titus l'aima immédiatement. Non seulement elle était belle à couper le souffle, mais la transparence de son teint d'albâtre lui évoqua celui d'une déesse.

— Soyez la bienvenue, Diane. Puisse mon fils vous rendre heureuse.

— Il l'a déjà fait, mon seigneur.

— Venez vous installer près de moi. Votre beauté illuminera mon repas.

La nourriture autant que le service furent irréprochables. Seules les grandes maisons pouvaient s'offrir pareil luxe.

— Vous avez une demeure magnifique, dit Diane à son futur beau-père à la fin du dîner. Merci d'avoir fait en sorte que je m'y sente bien.

— Marcus devrait vous la faire visiter dans son entier. Va, mon fils. Montre-lui comment on peut manger dans les bassins sans se mouiller. Montre-lui les oiseaux, les poissons. Tout !

Peu après, Marcus invitait Diane à prendre place sur une couche de marbre blanc ménagée dans un bassin. Des jets d'eau jaillissaient au-dessous, donnant l'illusion qu'on y flottait.

Tout autour s'épanouissaient des buissons taillés en forme d'animaux, et des rosiers fleurissaient à profusion.

— Une suite est construite autour de ce jardin. Quand nous serons mariés, nous nous y installerons, si tu veux.

— D'ici là, nous devrons occuper des chambres séparées et nous montrer discrets, n'est-ce pas, Marcus ?

— Mon père tient à ce que je te traite comme une vierge intouchable... Je te ferai découvrir la fresque incrustée de joyaux, le temple de la famille et la bibliothèque plus tard. Ce soir, j'aimerais te montrer autre chose.

— Où m'emmènes-tu ? s'enquit-elle en le suivant dans un escalier de marbre et d'ivoire.

— Visiter ma chambre.

La splendeur de la suite impressionna la jeune femme. Des peintures représentant les campagnes d'Alexandre le Grand ornaient les murs. Des cornes de bélier étaient gravées sur un immense lit.

— Elle te va bien. Elle est masculine... Je ne devrais peut-être pas être ici, Marcus.

— Mon père ne m'a-t-il pas recommandé de tout te montrer ?

— Oui, c'est vrai, mais... que fais-tu ? s'exclama-t-elle quand il commença à ôter ses vêtements.

— Je m'apprête à tout te montrer.

— Marcus, tu sais bien que nous ne devons pas dormir ensemble !

Il renversa la tête en arrière et éclata de rire.

— Aucune puissance sur terre ne saurait m'empêcher de t'avoir dans mon lit ce soir. Je vais bientôt devoir m'absenter avec Julius, durant une semaine ou deux, le temps de parler aux sénateurs. Il peut me faire convoquer dès demain.

Elle s'approcha timidement de lui. Il était assis sur le lit, entièrement nu.

— Tu penses obtenir la permission de m'épouser ? questionna-t-elle.

— Selon Julius, ce n'est qu'une formalité. Si les démarches administratives s'avèrent trop lentes, je les ferai accélérer avec des pots-de-vin, ne t'inquiète pas... Je suis désolé de devoir t'abandonner, ma chérie, mais il nous faudra du temps pour les préparatifs du mariage, de toute façon, et pour faire coudre ta robe. J'ai trouvé une magnifique alliance et mon père t'offrira les bijoux qu'il convient.

Elle ôta les rubans de ses cheveux.

— Serais-tu en train d'acheter ma complaisance pour les bacchanales auxquelles tu comptes participer durant ces quelques jours ?

Il l'attira contre lui.

— Sans parler des orgies, la taquina-t-il.

Il se reprit dès qu'il vit son regard vulnérable.

— Les seules distractions que je me permettrai seront des sorties au Circus Maximus, corrigea-t-il. Les Romains adorent les courses qui s'y déroulent...

— Profite de ta ville sans te sentir coupable, Marcus.

Il lui ôta sa *stola* et la jeta par terre. Elle se tint devant lui, avec pour seuls atours ses sandales et la moitié du César d'or. Quand il ouvrit la chaîne pour la fixer autour de sa taille, Diane frissonna.

— Ce soir, nous nous consacrerons à ces caresses que tu aimes passionnément...

En arrivant chez le procurateur, Marcus apprit que ce dernier avait invité une demi-douzaine de sénateurs pour les jeux de gladiateurs de l'après-midi, ainsi qu'un administrateur militaire susceptible de lui accorder la permission de se marier.

— Désolé de ne pas avoir amené mon frère, Julius. Le jeune diable a disparu dans les bas-fonds de Rome dès notre arrivée. Une fois rassasié, il ne tardera pas à réapparaître.

— C'est déjà fait, mon ami. Je l'ai emmené à la cour hier soir, pour le présenter à l'empereur. Néron et lui se sont plu immédiatement. La beauté de votre frère y est pour beaucoup mais je le crois assez malin pour s'en servir à notre bénéfice. Nous avons de la chance de l'avoir de notre côté.

Marcus l'espérait aussi, mais il craignait que Petrius ne souhaite surtout servir ses intérêts personnels...

Quand ils arrivèrent à l'amphithéâtre, Marcus vit son frère assis auprès de l'empereur et de ses amis, riant et parlant comme s'il avait appartenu à ce cercle fermé depuis toujours.

Julius présenta Marcus à Néron.

— Un autre frère Magnus, mais pas du même gabarit. Bienvenue à Rome, lui dit Néron. Demain se tiendra une *venatio* à l'amphithéâtre Flavien. Je compte sur votre présence et sur celle de Julius. Vous n'avez jamais rien vu de tel, je vous le garantis. Il y aura des lions, des léopards, mais aussi des ours. Voilà des semaines que j'ai fait recréer des montagnes, des grottes et même des forêts pour l'occasion.

— Voilà qui nous promet un spectacle grandiose, Majesté, commenta Julius avec l'enthousiasme qui convenait.

Petrius salua son frère d'un geste insolent de la main et darda sur lui un regard signifiant clairement qu'il avait le pouvoir d'influencer Néron en sa faveur.

Les gladiateurs offrirent un spectacle varié. Des milliers de Romains occupaient les bancs de l'amphithéâtre. Le peuple adorait les jeux, qui étaient gratuits. Ils applaudissaient le courage, sifflaient la lâcheté et pariaient allégrement. Les plus appréciés des gladiateurs étaient les *retiaris* qui se battaient avec des fouets et des tridents, et les *secutores* qui combattaient avec le casque traditionnel, l'épée et le bouclier.

De temps à autre, Marcus regardait son frère qui ne cessait de chuchoter avec Néron. Que pouvaient-ils bien se dire ?

S'il l'avait su, il en aurait eu froid dans le dos...

— Vous aimez les jeux ? demandait Néron en faisant tourner ses bagues autour de ses doigts bouffis.

— Je préfère le sang qui coule, répondit Petrius avec une lueur perverse dans le regard. Quand un gladiateur réclame la vie sauve, la foule la lui accorde toujours. Ce n'est pas drôle !

— Moi aussi, j'aime voir les gens mourir. Mais je ne peux m'élever contre les masses.

— Vous n'exercez donc pas vos pleins pouvoirs, Majesté. Si vous baissez votre pouce à l'issue du combat, vous verrez que les milliers d'hommes rassemblés ici hésiteront.

Deux gladiateurs luttaient vaillamment. Le plus grand finit par l'emporter et posa le pied sur la poitrine de son adversaire cloué au sol. La foule hurlait, applaudissait. Les parieurs collectaient leurs gains. Quand l'homme à terre brandit le bras pour réclamer grâce, Néron leva une main, le pouce vers le sol. La foule protesta, et le bras de l'empereur flancha.

— Courage ! le pressa Petrius en levant sa propre main, pouce vers le bas.

Le vainqueur enfonça alors son glaive dans le cœur du vaincu. La foule resta sans voix mais lorsque le gladiateur montra son arme ensanglantée, les applaudissements crépitèrent.

Néron adressa à Petrius un sourire satisfait. Dès le combat suivant, tous les pouces se baissèrent vers le sol. Le vaincu eut la gorge tranchée.

— J'aime l'odeur de la mort, soupira Néron, ravi.

— Elle est encore plus délectable quand vous la donnez de votre propre main.

— Vous êtes un centurion, Petrius. C'est facile pour vous, mais difficile pour moi, remarqua le monarque en posant une main sur le bras du jeune homme.

— Difficile mais pas impossible, Majesté. Si nous nous retirions dans un endroit plus intime où je pourrais vous montrer certaines choses susceptibles d'attiser vos appétits ?

La main de Néron pressa le genou de son nouveau favori.

— Avec plaisir, mon ami.

Marcus observait son frère avec une grande tristesse. Il voulait le protéger du pervers Néron mais il était trop tard. C'était lui qui prenait les devants en entraînant l'empereur vers de nouvelles dépravations…

# 26

Marcus reçut l'autorisation de se marier avant la fin de la journée. Le soir même, il écrivit à Diane pour lui annoncer la bonne nouvelle. Hélas, un sombre pressentiment altérait son bonheur, comme si Diane était sur le point de lui échapper. Dès qu'elle serait sa femme, elle ne le quitterait plus, décida-t-il.

Il n'avait jamais écrit de lettre d'amour et il se trouva bien maladroit en se relisant :

*Chaque jour loin de toi me paraît interminable, chaque nuit, une éternité. Que tout soit prêt pour notre mariage dès mon retour. Tu es la gardienne de mon cœur.*

*Ton mari, Marcus.*

Avec Julius, il avait passé la soirée à rallier certains sénateurs, et le lendemain ils recommenceraient. Fatigué, Marcus trouvait sa mission plus épuisante que l'entraînement des légionnaires…

Petrius, quant à lui, avait décidé d'entraîner Néron dans l'une de ses passions diaboliques. Les rues de Rome, n'étant pas éclairées, n'étaient pas sûres, la nuit. Voleurs et assassins y rôdaient. Les riches s'y aventuraient sous bonne garde, avec des esclaves portant des torches. Les moins riches restaient chez eux ou sortaient à leurs risques et périls.

Une nouvelle mode faisait fureur chez les jeunes nobles : s'attaquer aux citoyens mal protégés.

Petrius, Néron et quelques-uns de ses intimes s'y promenèrent, masqués et armés jusqu'aux dents. Petrius avait assuré à l'empereur que lorsqu'il enfoncerait son glaive dans un corps vivant, la volupté du meurtre serait telle qu'il connaîtrait un plaisir divin. Pour ajouter du sel à ce jeu, il proposait qu'à l'aube chacun exhibe un souvenir de ses victimes et qu'un vainqueur soit désigné. Des points seraient attribués pour les oreilles, les doigts, le nez... ou autre chose de plus intime !

Livi et d'autres esclaves expliquaient à Diane comment se déroulerait son mariage. Elle revêtirait une *tunica recta*, une robe d'une seule pièce destinée à lui porter bonheur, avec une ceinture d'étoffe fermée par un nœud que son mari déferait. Un voile retenu par une couronne de fleurs recouvrirait ses cheveux. Elle devrait la tresser elle-même avec des branches de verveine, la plante sacrée.

La cérémonie elle-même ne comportait pas de rites religieux. Il y aurait toutefois un sacrifice où un prophète examinerait des entrailles pour y lire les signes favorables.

Le marié lui poserait la question rituelle : « Veux-tu être ma *mater familias* ? » À son tour elle demanderait : « Veux-tu être mon *pater familias* ? » Ensuite, ils placeraient du gâteau et du vin sur l'autel, en offrande à Jupiter et à Junon. Une procession conduite par le marié les amènerait enfin dans leur chambre.

Titus Magnus demanda à Diane comment elle voyait sa robe, la laissant libre de choisir la couleur de son voile. Lucas se chargea de tout et, quand la tenue arriva, la jeune femme dut retenir des larmes d'émotion devant sa beauté. Elle avait opté pour un voile rouge, par opposition aux convenances de son siècle. En soie diaphane importée de Chine, il valait à lui seul une fortune. De couleur crème, la tunique était finement brodée de petites roses ton sur ton. De minuscules cristaux sur les pétales donnaient l'impression que la rosée du matin s'y était attardée. Des mules de cuir incrustées de perles parachevaient le tout.

Diane rejoignit Titus dans la bibliothèque. Devant son enthousiasme, il se sentit impatient de lui offrir les bijoux qu'il avait commandés. Le plus célèbre joaillier de Rome lui avait rendu visite ce matin, et Titus s'était décidé pour de l'or, avec une grosse améthyste montée au centre du collier, afin de rappeler la couleur extraordinaire de ses yeux.

La jeune femme et le vieil homme s'entendaient à merveille. La bibliothèque était leur retraite favorite. Quand il lui avait demandé de lui faire la lecture, Diane s'était sentie infiniment honorée. Elle lui servait elle-même un verre de son vin préféré chaque après-midi, avant de commencer à lire. Ces heures privilégiées lui rappelaient celles qu'elle partageait autrefois avec son père.

— Livi m'a décrit la cérémonie du mariage, expliqua-t-elle cet après-midi-là. Titus, le sacrifice est-il vraiment obligatoire ?

— C'est une coutume. Si nous ne la respectons pas, les invités seront déçus, et les esclaves croiront à un mauvais présage.

— La vie est précieuse. Je ne veux pas qu'on en sacrifie une pour moi.

— Tu ne manges pas de viande, Diane ? Tu ne portes pas de chaussures en cuir ?

— Si, mais...

— Alors ne t'inquiète pas. Si les esclaves souhaitent examiner les entrailles, ils le feront sur un animal abattu pour la fête et destiné à être mangé. Je ne veux pas te voir malheureuse le jour de ton mariage.

— Et cette procession ? Elle est obligatoire ?

— Bien sûr. Elle passera à travers toute la villa. Les piliers de l'entrée seront recouverts de laine et la porte huilée, afin de symboliser l'abondance. Marcus te portera dans ses bras pour franchir le seuil : cela éloignera le mal. Ensuite il te présentera une coupelle d'eau et une torche allumée pour montrer que tu deviens la protégée des dieux de sa famille…

L'amphithéâtre Flavien était tel que Néron l'avait décrit, avec des montagnes reconstituées, des grottes et des forêts. On entendait rugir les fauves qui attendaient d'être lâchés dans l'arène.

Julius et Marcus étaient assis entre des sénateurs influents. La garde prétorienne entourait la loge de l'empereur mais lui et ses intimes étaient en retard.

Les gladiateurs chasseurs de fauves étaient postés autour de l'arène, certains armés de glaives, d'autres d'arcs et de flèches, de filets ou de tridents. Les paris fusaient.

Enfin, Néron arriva. Quand il se dressa dans sa loge, les bras levés, la foule exulta. Petrius s'assit derrière Marcus et se pencha pour lui murmurer à l'oreille :

— L'empereur s'imagine qu'ils le vénèrent, alors que c'est l'ouverture de cette chasse sanglante qu'ils ovationnent.

Marcus se retourna. Dès qu'il vit les pupilles de son frère, il comprit qu'il avait pris une drogue et se demanda si c'était pour calmer la douleur de sa fracture.

— Comment va ton bras ?

Petrius ferma le poing.

— Je ne sens rien. N'aie pas l'air si soucieux !

Il ajouta en parlant de l'empereur :

— Il mange dans le creux de ma main.

C'était justement ce qui inquiétait Marcus.

Tout à coup, une salve d'applaudissements retentit tout autour de l'arène. On venait de lâcher les fauves. Un vacarme assourdissant s'éleva. Les gladiateurs virent leur tâche facilitée car les animaux – des lions, des léopards et des ours – se battaient entre eux. La bagarre tourna très vite au carnage.

Marcus était écœuré. Il s'attendait à un combat loyal, nécessitant des qualités telles que la ruse, le courage, la vitesse, l'intelligence. Quand il s'aperçut que Julius et les sénateurs partageaient son dégoût, il se leva.

— Je crois que nous en avons assez vu, dit-il à Julius.

— Vous partez déjà ? s'étonna l'empereur, contrarié. Les exécutions auront lieu à midi. J'ai imaginé des tortures spectaculaires pour les ennemis de Rome.

L'un des sénateurs, issu d'une très ancienne famille patricienne, prit la parole :

— Le sénat se réunit cet après-midi, Majesté. Nous devons passer à la curie.

Néron s'inclina devant le vénérable sénateur. Bien qu'il fût empereur, le sénat jouissait d'une telle puissance qu'il avait le pouvoir de le destituer. Néron n'était pas assez fou pour l'ignorer.

Quand Marcus s'aperçut que son frère restait avec le monarque, il le fixa avec autorité en lui intimant de le suivre d'un signe de tête. Petrius se leva immédiatement et le rejoignit.

— J'ai couvert ta désertion de l'armée, Petrius, et si tu as décidé de te prostituer à Néron, c'est ton affaire. Mais ne t'avise pas de déshonorer la maison des Magnus en t'affichant dans l'état où tu es en ce moment. Ne remets pas les pieds chez nous avant d'être parfaitement sobre !

Lorsque Petrius retourna vers Néron, ce dernier remarqua son air sombre.

— Que se passe-t-il, amour ? Raconte à Néron ce qui ne va pas, il se chargera d'y remédier.

— Mon frère Marcus et moi sommes très proches. Il va bientôt se marier à une Bretonne mais il craint qu'elle ne l'ait trahi. On dit que c'est une espionne envoyée pour le séduire. Il s'inquiète pour notre père, en son absence, et il me demande de retourner à la villa afin de surveiller la traîtresse.

— Reste là. J'envoie un garde pour l'arrêter immédiatement.

— Non, Marcus n'a pas encore la preuve formelle de sa perfidie. Mais c'est réconfortant de savoir que vous êtes prêt à nous aider.

— Reste au moins pour les exécutions. J'ai prévu au programme la torture de la « torche vivante ». Tout à fait spectaculaire, crois-moi !

Diane avait passé la matinée à apprendre à tresser une couronne de mariée. Après un délicieux déjeuner au jardin, elle se dirigeait vers la bibliothèque pour sa séance de lecture quand elle croisa Tor.

— Lady Diane, je vous en prie, trouvez-leur quelque chose à faire. Elles ne me laissent pas une minute de répit.

La jeune femme esquissa un sourire.

— Mon pauvre, tu sembles épuisé. N'as-tu pas dormi cette nuit ?

Tor secoua la tête.

— Dès que vous êtes dans la bibliothèque avec le père du général, je me retrouve à leur merci.

— Il y a un office à côté de la bibliothèque. Je leur dirai que tu dois rédiger du courrier pour moi.

— Lady, je ne sais ni lire ni écrire...

— Mais elles ne le savent pas.

Diane informa immédiatement Livi de ces nouvelles dispositions puis rejoignit Titus. Il lui parla longuement de sa famille, du jour de son propre mariage, de Marcus enfant.

La jeune femme lui servit son verre de vin et s'assit à son côté.

Elle portait une robe d'un rouge magenta profond. Par contraste, sa peau semblait plus transparente que jamais, ses yeux plus violets, ses cheveux plus dorés. Le vieillard lui sourit et la complimenta pour sa beauté.

Mais tout à coup, la gorge lui brûla comme du feu. Il y porta la main. Son verre tomba et se brisa.

Horrifiée, Diane poussa un cri tandis qu'il se mettait à râler. Malgré la terreur qui la tétanisait, elle se précipita vers la porte pour appeler de l'aide. Au moment où elle allait crier le nom de Lucas, Petrius se dressa devant elle.

— Tu as empoisonné mon père !

— Non ! hurla-t-elle en se retournant vers Titus, plié en deux sur sa couche, une affreuse grimace de douleur lui déformant le visage.

Petrius sortit sa dague et s'avança vers elle.

— Tor ! s'exclama-t-elle.

Il apparut aussitôt à la porte. Mais le temps de saisir son épée, Petrius lui avait déjà transpercé le ventre.

Horrifiée, Diane se mit à hurler. Quand Tor s'écroula au sol, Petrius lui trancha la gorge.

Lucas et une douzaine d'esclaves apparurent alors.

— Elle a empoisonné mon père ! lança froidement Petrius. Et son esclave a essayé de me tuer.

— Non ! cria Diane dans un sanglot. C'est lui !

Lucas savait combien la jeune femme et Titus s'appréciaient.

— Ce n'est pas vrai ! la défendit-il. Elle ne lui aurait jamais fait le moindre mal !

Petrius garda un calme olympien et plissa les yeux.

— Si ce n'est pas elle qui a mis le poison dans le vin, c'est un de ses esclaves. Tu sais ce qui arrive quand un esclave assassine son maître... tout le personnel de la maison est condamné à mort.

Lucas recula, épouvanté. Le mois précédent, les deux cents esclaves d'une maison avaient été crucifiés pour une affaire semblable.

— Lucas, cours prévenir les autorités, ordonna Petrius. Je vais l'enfermer dans la cave en attendant.

Diane songeait à Marcus. Il serait tellement peiné par la mort de son père !

Petrius la saisit par les cheveux en brandissant la dague encore luisante du sang de Tor.

— Quand mon frère apprendra ce que tu as fait, il aura le cœur brisé, dit-il en souriant.

— Marcus ne croira jamais que j'aie pu commettre un crime aussi monstrueux !

Petrius la traîna jusqu'à la cellule destinée aux esclaves désobéissants et l'enchaîna.

— Toi et Marcus projetiez de me déposséder des terres de mon père et de sa fortune, mais c'est moi qui vais récolter le butin, ma belle petite traînée ! Moi !

Diane sentit une sueur glaciale couler dans son dos. Il avait empoisonné son propre père pour de l'argent ! En revoyant Tor égorgé pour avoir voulu la sauver, elle éprouva la morsure de la culpabilité.

Elle devait se reprendre, se rassurer d'une manière ou d'une autre. Marcus ne croirait jamais son frère. Il la savait incapable d'une telle horreur. Les larmes l'aveuglèrent.

Marcus ! Il fallait qu'il vienne ! Elle avait besoin de lui !

# 27

Tremblant de tous ses membres, Diane avait la gorge sèche à force de crier son innocence. Petrius ayant dit qu'elle était l'esclave de son frère, elle fut transportée à l'*ergastulum*, une sordide prison souterraine. C'était là que l'on entassait les esclaves accusés de meurtre, tels des chiens.

L'air était fétide. Parmi la centaine de prisonniers, nombre d'entre eux étaient des enfants. Les plus vieux étaient condamnés aux travaux forcés ou à la peine de mort. Quand elle arriva dans son élégante *stola*, avec ses longs cheveux d'or, ils la regardèrent comme si elle était une vision. Elle se félicita qu'ils soient tous enchaînés, car elle n'osait imaginer son sort dans le cas contraire...

En quittant la prison où l'on venait d'enfermer Diane, Petrius rejoignit directement Néron. Cette journée était la plus belle de sa vie ! Et ce n'était pas fini. À l'idée de ce qui se passerait le lendemain, le sang courut plus vite dans ses veines.

Il se jeta dans les bras de l'empereur en faisant semblant de pleurer. Il joua si bien la comédie que Néron fondit comme du miel.

— Comment vais-je annoncer à Marcus le meurtre de notre père... Comment ?

— Elle sera condamnée à mort, et je te promets qu'elle souffrira, Petrius. Si tu veux, je peux te la faire amener ce soir. Tu la tortureras toi-même et tu procéderas à l'exécution. Cela devrait te soulager.

Petrius faillit se laisser tenter mais la mort de Diane n'était pas son seul but. Il voulait aussi se venger de Marcus, le faire souffrir jusqu'à l'intolérable.

— Non, ce qui compte, ce n'est pas ma douleur. C'est celle de mon frère que je trouve insupportable. Il doit assister aux courses du Circus Maximus, demain. Il attend ce jour depuis des années. Je ne pourrai jamais me résoudre à lui apprendre la terrible nouvelle, sauf si en même temps je trouve un moyen de l'en soulager... Je crois que j'ai ce moyen, Néron. Il assistera à la mise à mort de celle qui a tué son père. C'est le plus beau cadeau que je puisse lui offrir, après tout ce qu'il a fait pour moi.

— Oui, Petrius, voilà une excellente suggestion. Je la transformerai en torche vivante !

— J'aimerais aussi des lions, qu'en pensez-vous ?

Néron commençait à s'exciter.

— Formidable ! Ce sera un spectacle inoubliable.

— Comment puis-je vous remercier, Majesté ?

— Comment ? Tu me le demandes ? rétorqua l'empereur, l'œil lubrique.

Marcus ne parvenait pas à s'endormir. Un peu plus tôt, il avait parlé aux sénateurs, à la curie. Comme chaque fois qu'il évoquait la Bretagne et Aquae Sulis, ses mots venaient du cœur et chacun l'avait senti. Julius Classicianus avait abondé dans son sens. Le nom de Petronius Turpilianus, pour remplacer Paulinus, était souvent revenu sur les lèvres des sénateurs. Ancien gouverneur de Nemausus, en Gaule, celui-ci possédait une grande expérience militaire.

— Je pense que les choses sont en bonne voie, Marcus, avait dit Julius, visiblement satisfait de leur prestation. J'ai vraiment apprécié votre aide. Comment vous remercier ?

— En venant à mon mariage. Vous serez l'un des rares invités que Diane connaîtra.

— Je suppose que vous êtes impatient de retrouver votre ravissante fiancée.

« Impatient est un faible mot pour décrire ce que je ressens, avait-il songé. Sans elle, je me sens vide. »

— Je compte rentrer demain, tout de suite après les courses. Je ne peux attendre plus longtemps pour me marier.

— Vous avez raison ! L'amour est tellement éphémère. Il faut le saisir quand il passe et le savourer tant qu'il dure...

En se remémorant ces paroles de Julius, Marcus se dit qu'il n'était pas d'accord. « Le véritable amour est éternel, pensa-t-il. J'aimerai Diane toute ma vie, et au-delà. » Il s'étira. Le lit était tellement froid sans elle, tout comme son cœur...

Il ferma les yeux et revit son visage. La douleur de la séparation le torturait. Comme il aurait aimé être avec elle, ce soir ! Il finit par sombrer dans le sommeil avec l'impression qu'elle l'appelait.

— Bientôt, mon amour, bientôt... murmura-t-il.

Recroquevillée sur elle-même, Diane émergea lentement de sa torpeur. Les voix des esclaves lui parvenaient. Ils parlaient de coups de fouet, de fer rouge. Elle remarqua en effet que plusieurs d'entre eux portaient sur le front des brûlures représentant des lettres. À l'aube, on venait les chercher pour les emmener aux champs, sur les chantiers, dans les carrières. Enchaînés les uns aux autres, ils marchaient courbés, prêts à peiner sans même la récompense d'un bon repas. Certains avaient évoqué une révolte. Celle de Spartacus, conduite une centaine d'années plus tôt, était déjà oubliée.

Pourquoi les Romains s'obstinaient-ils à traiter leurs esclaves avec une telle sauvagerie ?

— Marcus... Marcus... murmurait-elle sans cesse, s'efforçant de garder espoir.

À l'aube, il ne restait dans la cellule que les esclaves devant être exécutés le jour même. Quand deux gardes prétoriens vinrent enfin la chercher, Diane leur rappela qu'elle devait épouser Marcus Magnus, et elle les supplia de l'amener jusqu'à lui.

— Oui, oui, tu es une prisonnière spéciale, on le sait. L'empereur lui-même nous a donné des ordres te concernant.

Ils l'emmenèrent aux bains de la prison, où elle put se laver et brosser ses cheveux. Elle remit la *stola* magenta et ils la firent monter dans une litière.

— Où m'emmenez-vous ?

— Au Circus Maximus.

— Comment ? C'est une erreur ! Vous devez me conduire à la villa de Titus Magnus.

— Nous avons des ordres de l'empereur.

Peut-être Marcus était-il allé voir Néron au Circus Maximus afin qu'on la relâche, se dit-elle pour se rassurer. Mais quand on la jeta dans une cellule, sous le cirque, elle perdit tout espoir.

Marcus arriva au Circus Maximus de bonne heure. Les plus fameux conducteurs de chars concouraient aujourd'hui. Sachant combien il était difficile de contrôler de tels équipages, il appréciait ce spectacle à sa juste valeur.

Les premiers concurrents entrèrent dans l'arène. Malgré l'heure matinale, la journée s'annonçait magnifique. Marcus comptait rejoindre Diane tout de suite après les courses. Il se sentait le cœur léger. Le bonheur leur ouvrait les bras...

Diane eut un choc devant la taille impressionnante du garde qui ouvrit la porte de la cellule. Seulement vêtu d'un pagne, il tenait une torche. Ses muscles badigeonnés d'huile luisaient, et elle eut un sursaut quand elle vit son visage. Un visage froid, dur, totalement dénué d'émotion. Son regard semblait mort, insensible. Il ressemblait à... un bourreau !

Elle comprit alors que le cauchemar ne faisait que commencer. Pour éviter qu'il ne la touche, elle le suivit sans protester mais lorsqu'elle entra derrière lui dans l'arène, un frisson la pétrifia.

Une foule nombreuse applaudit. Le bruit l'assourdit mais peu à peu, les battements de son propre cœur dominèrent tous les autres sons.

Elle se mit à avancer comme dans un état second. Que pouvait-elle faire d'autre ? Si elle criait, personne ne l'entendrait. Si elle courait, elle serait immédiatement rattrapée. Implorer, supplier, ne servirait à rien. Il ne lui restait que sa dignité, aussi releva-t-elle fièrement la tête lorsque le garde lui attacha poignets et chevilles à un bûcher...

Dans la loge impériale, Néron, qui avait retenu Marcus quand celui-ci avait voulu s'éclipser après les courses, prit la parole :

— Nous sommes désolés de vous annoncer une aussi tragique nouvelle, général, mais votre père est mort, empoisonné par la femme qui vous a trahi.

Ce fut comme si une main glacée agrippait le cœur de Marcus.

Il tourna un regard accusateur vers Petrius. Son frère lui indiqua le centre de l'arène.

— C'est mon cadeau pour toi, Marcus.

Marcus fit volte-face, et alors il la vit, reconnaissable entre toutes, avec ses magnifiques cheveux blonds.

— Non ! hurla-t-il.

Il bondit au bord de la loge et sauta dans l'arène. Au même moment, une grille s'ouvrit et deux lions affamés surgirent. Ils n'avaient pas mangé depuis une semaine. Les spectateurs s'étaient levés, l'encourageant à pleine voix. Quel spectacle ! songeaient-ils, ravis. Qui allait atteindre la femme en premier ? Le guerrier, les lions ou les flammes que l'on venait d'allumer ?

Marcus avait une volonté de fer. Il n'admettait jamais la défaite. Il sortit son glaive et courut à une vitesse folle.

Il atteignit le bûcher en même temps que les lions. L'un des deux fauves sauta sur lui tandis que l'autre se jetait sur Diane. Son arme frappa le premier, lui infligeant un coup mortel, mais le hurlement de Diane le glaça d'effroi.

Il se précipita sur l'autre bête qu'il tua en quelques secondes. L'énorme animal tomba, mais il avait eu le temps de blesser Diane à la gorge, à l'épaule et à la poitrine.

— Marcus...

Horrifié, il s'aperçut que ses cheveux prenaient feu. Il était trop tard. Il capta son regard suppliant.

— Je t'aime pour toujours, et au-delà !

Et il planta son glaive dans le cœur de sa bien-aimée.

# 28

Diane eut l'impression d'être frappée par la foudre. Elle se sentit tout d'abord étouffer, puis balayée par une tourmente glaciale. Ses oreilles menaçaient d'éclater, et elle tomba dans un gouffre sans fond, à une vitesse vertigineuse. Elle se réveilla en hurlant de terreur, prise de tremblements incontrôlables.

Tout d'abord, elle vit les couvertures roses du lit dans lequel elle reposait. Elle se crut revenue dans sa chambre d'Aquae Sulis. Oui, elle était entre les bras de Marcus, saine et sauve ! Quel soulagement !

— Marc... Marc... Marcus... balbutia-t-elle en sanglotant. J'ai fait un cauchemar terrible. J'ai rêvé que... que j'étais mise à mort au Circus Maximus... Dieu soit loué, je me suis réveillée !

— Voyons, voyons, lui répondit une voix profonde et apaisante.

— Mon Dieu, j'ai vraiment cru que c'était réel... Tiens-moi, Marcus. Je me sens tellement en sécurité dans tes bras !

Comme il resserrait son étreinte, elle frotta sa joue contre sa poitrine en s'accrochant désespérément à lui. L'odeur familière de son corps la réconforta. Il lui caressa les cheveux jusqu'à ce qu'elle cesse de trembler.

— Mon chéri, fit-elle dans un sanglot, je ne peux aller à Rome avec toi. Je t'en prie, ne me demande pas ça, Marcus !

— Lady Davenport, savez-vous où vous êtes, et qui je suis ?

Les yeux de Diane s'agrandirent démesurément. Elle parcourut du regard la pièce où elle se trouvait. L'évidence prit corps peu à peu : elle était dans la chambre de style élisabethain qu'elle occupait chez les Hardwick. Elle ferma les yeux pour se reprendre, mais quand elle les rouvrit elle était toujours dans la chambre couleur pêche.

— Seigneur, je suis de retour… murmura-t-elle.

L'homme qui la tenait desserra son étreinte et s'écarta pour la regarder. Ses yeux noirs la scrutèrent intensément, comme s'ils cherchaient à lire ses pensées.

— Oui, vous êtes revenue, en effet. La question est d'où ? se moqua le comte de Bath.

Diane ne voulait pas retrouver son époque mais en même temps, pour rien au monde elle ne serait retournée à Rome. Quelle aventure effroyable ! Pourtant, pourrait-elle supporter d'être séparée de Marcus ? Mais… elle n'en était pas séparée. Il était là. Marc Hardwick était Marcus Magnus, elle le savait aussi sûrement qu'elle était Diane Davenport. Le seul problème était que lui ne le savait pas !

À son tour, elle scruta son visage. À part la cicatrice, c'était exactement le même. Elle prit une longue inspiration et raconta :

— Tout a commencé le jour où je suis entrée dans ce magasin d'antiquités. J'y ai trouvé un casque de l'époque romaine et je l'ai mis. Aussitôt, j'ai été projetée au temps où les Romains occupaient Bath, qui s'appelait alors Aquae Sulis…

— Je sais que Bath s'appelait Aquae Sulis, la coupa-t-il sèchement.

Elle lui sourit.

— Vous viviez à Aquae Sulis. Vous vous appeliez Marcus Magnus. Vous étiez général, chargé d'entraîner les légionnaires avant de les envoyer se battre au pays de Galles.

Le comte la dévisageait avec stupéfaction, comme si elle avait l'esprit dérangé. Il se leva et la domina de sa taille imposante, presque menaçant.

— Vous êtes partie pendant des mois. Avez-vous la moindre idée du scandale et des problèmes que votre disparition a causés ? Quand vous serez disposée à me dire la vérité, je vous écouterai, ajouta-t-il froidement en se dirigeant vers la porte.

— Espèce d'ours mal léché, pédant, mal élevé et antipathique ! Vous allez m'écouter au lieu de me prendre pour une folle ? Où allez-vous ?

— Appeler le docteur afin qu'il vous examine. Vous avez été inconsciente toute la nuit.

Diane enfouit son visage dans l'oreiller. Le choc de tout ce qu'elle avait vécu ces dernières heures était plus qu'elle n'en pouvait supporter. Les larmes se mirent à couler sur ses joues.

— Marcus... Marcus... gémit-elle.

Comme le comte de Bath atteignait la porte, les plaintes de Diane l'arrêtèrent. Le chagrin et le désespoir qui perçaient dans sa voix le troublèrent. Il se souvint de son enfance. Sa grand-mère l'appelait Marcus...

Le docteur arriva tout de suite. Il avait fréquenté l'université avec Marc Hardwick, et les deux hommes se connaissaient très bien.

— Charles, elle a repris connaissance, expliqua Marc avant d'ouvrir la porte de la chambre. C'est arrivé brusquement. Elle était étendue, comme morte, puis une sorte de convulsion l'a secouée. Je ne savais plus quoi faire. Quand elle s'est calmée, je lui ai demandé d'où elle venait, et elle m'a raconté une histoire ridicule. Elle prétend avoir été transportée dans le passé.

— Vraiment ? fit Charles Wentworth avec un réel intérêt.

— Elle pleure après un certain Marcus.

— N'est-ce pas ton nom, mon vieux ?

— Oui, mais ce n'est pas après moi qu'elle pleure. Chaque fois que nous nous rencontrons, cela fait des étincelles !

— Bon, je vais l'examiner. Laisse-nous seuls, tu veux bien ? Il est inutile de la bouleverser davantage.

Marc acquiesça.

— Je t'attends en bas.

Quand Charles entra dans la chambre, il sourit à la magnifique jeune femme étendue sur le lit.

— Bonjour. Je suis le Dr Wentworth. Ne vous inquiétez pas, je viens juste m'assurer que vous allez bien après l'épreuve que vous avez subie.

S'il voulait apprendre ce qui lui était arrivé, il devait d'abord la mettre en confiance. Il l'avait trouvée belle en l'examinant cette nuit, mais maintenant qu'il voyait la couleur de ses yeux, elle lui parut superbe. À couper le souffle.

Elle fronça les sourcils.

— De quelle épreuve parlez-vous ?

— Marc est allé chez un antiquaire, hier soir, chercher un casque romain qu'il avait commandé. Lui et le propriétaire vous ont trouvée sans connaissance, par terre. Comme vous êtes fiancée à son frère, le comte vous a emmenée ici. Il m'a fait appeler immédiatement. N'ayant rien décelé d'anormal, je lui ai conseillé de vous garder au chaud et de me prévenir dès que vous seriez réveillée.

Comme elle gardait le silence, il lui posa sa première question avec une grande douceur :

— Vous rappelez-vous ce que vous faisiez avant de perdre connaissance ?

— Oui, docteur.

Diane lui raconta l'histoire du casque romain qui l'avait propulsée dans l'Antiquité. Elle tenta de lui décrire les sensations étonnantes qu'elle avait éprouvées en remontant le temps. Il l'écouta sans se moquer.

— Êtes-vous allée dans le magasin d'antiquités hier ?

— Non, docteur Wentworth, répondit-elle avec un petit sourire. C'était en été, il y a plusieurs mois, à en juger par les flocons de neige que je vois tomber par la fenêtre. Nous sommes en hiver, j'imagine ?

— Au début du printemps. Les gelées s'attardent cette année. Vous vous êtes donc évanouie chez l'antiquaire cet été et Marc vous a retrouvée inconsciente le printemps suivant. Vous ne vous rappelez pas ce qui s'est passé entretemps ?

— Oh, si, docteur ! Je me rappelle chaque moment ! Je suis retournée au temps des Romains. Je vivais dans la villa de Marcus Magnus, général de la légion.

Elle s'arrêta juste avant de lui révéler que Marcus Magnus et Marc Hardwick étaient une seule et même personne.

— Vous devez me prendre pour une folle, ajouta-t-elle en grimaçant. Tout cela n'a aucun sens pour vous.

— Non, lady Davenport. Je ne vous crois pas folle. Je pense que vous avez subi un traumatisme. Vous sentez-vous souffrante ?

— Non, je me sens très bien. Un peu faible, peut-être. Et mes cheveux ? s'inquiéta-t-elle soudain en portant la main à sa tête. Sont-ils brûlés… roussis ?

— Pas du tout ! Vos cheveux sont magnifiques. J'aimerais ausculter votre cœur, dit-il en déboutonnant sa chemise de nuit blanche à col montant.

Diane regarda sa peau intacte. Elle toucha son épaule où le lion avait planté ses crocs, son cou, sa poitrine où Marcus avait enfoncé son glaive.

— Je suis entière, on dirait.

— Tout à fait entière, confirma Wentworth. Votre pouls est un peu rapide, mais je pense qu'il se calmera si vous vous reposez.

Il referma sa sacoche de cuir noir et sourit à Diane.

— Je reviendrai vous voir demain.

En descendant, le docteur trouva Marc qui arpentait le vestibule.

— Tout me paraît normal, annonça-t-il, mais elle a été profondément traumatisée.

— T'a-t-elle expliqué où diable elle avait disparu depuis l'été dernier ?

— Selon elle, elle est restée ici, à Bath… mais à l'époque des Romains.

— Seigneur Dieu ! Elle t'a aussi servi cette fable ridicule ?

— Marc, je sais que cela paraît impossible, mais pour elle c'est très réel. Peut-être est-ce sa façon d'échapper à une situation insupportable. Encourage-la à t'en parler, dans les moindres détails. Quand elle se sera débarrassée de ce poids, j'espère que la mémoire lui reviendra.

— Je suis content que ma passion soit l'archéologie. Je n'aurais jamais eu la patience d'être médecin !

— Eh bien, c'est justement de patience que tu vas devoir faire preuve avec lady Diane, Marc. Il faut que tu cesses d'être tyrannique et brutal.

— Brutal, moi ? Je suis la gentillesse même !

Charles leva les yeux au ciel.

— Je repasserai demain.

En revenant vers l'escalier, Marc rencontra sa cuisinière les bras chargés d'un plateau.

— Pourquoi ne m'avez-vous pas dit que la jeune lady était réveillée ? grogna celle-ci. Elle n'a pas mangé, monsieur le comte. Les hommes ne pensent à rien.

— Pas de leçons, Nora, ce n'est pas le moment. Le Dr Wentworth vient de m'en infliger une. Donnez-moi ce plateau, je vais le lui monter moi-même. Merci d'avoir pensé à *tout* !

Diane souffrait tellement d'avoir perdu Marcus qul'elle regrettait presque de ne pas avoir été dévorée par les lions ! Dès que Marc Hardwick entra dans sa chambre, elle sentit son cœur battre plus vite. Pourquoi ne se souvenait-il pas qu'autrefois, dans un passé lointain, il était Marcus Magnus ? *Autrefois*... cela sonnait comme un conte de fées. Non, un conte de fées relevait de l'imaginaire alors que Marcus était réel. Et il était aussi Marc. Sans aucun doute possible. À elle de l'amener à s'en souvenir mais... le voulait-elle vraiment ?

Elle aimait Marcus Magnus de toute son âme, de tout son être. Elle n'aimait pas Marc Hardwick. Lui plaisait-il seulement ? Mille sept cents ans de civilisation avaient masqué ses qualités de cœur et accentué ses défauts.

— Vous devez avoir faim, dit-il en posant le plateau près d'elle.

— J'ai très soif, surtout. Merci.

Il approcha une chaise du lit et s'assit, étendant ses longues jambes devant lui. Diane désigna la chemise de nuit qu'elle portait et le regarda droit dans les yeux :

— C'est vous qui m'avez déshabillée ?

Le comte se racla la gorge.

— Non, Nora s'en est chargée. C'est ma cuisinière.

Diane but quelques gorgées de potage.

— C'est elle qui a préparé ça ? Délicieux !

— Elle est française. J'ai de la chance de l'avoir.

En la regardant manger, il se rappela la veille au soir, quand il l'avait trouvée sans connaissance. Au moment où il l'avait soulevée dans ses bras, une frayeur incompréhensible, glacée, avait étreint son cœur. Il avait éprouvé le besoin de la protéger, irrésistiblement. Sans doute était-ce sa vulnérabilité qui l'avait ému ?

Il se remémora la première fois qu'il l'avait vue, déguisée en déesse. Cette toute jeune fille l'avait aussitôt attiré, alors qu'il préférait en général les femmes plus mûres. Il est vrai qu'elle portait ce costume romain. Tout ce qui concernait Rome le passionnait inexplicablement depuis toujours…

Quoi qu'il en soit, elle avait éveillé en lui un violent désir mais quand il avait essayé de la séduire, elle lui avait jeté son champagne à la figure. Un sourire amer joua sur ses lèvres. Comment avait-il pu la prendre pour une prostituée ? L'attirance insensée qu'elle exerçait sur lui l'avait aveuglé au point qu'il n'avait pas compris à qui il avait affaire. Les mots qu'elle lui avait jetés à la figure lui revinrent :

— *Vous êtes trop arrogant, trop sûr de vous et beaucoup, mais beaucoup trop vieux pour moi, lord Bath…*

Puis il se souvint de sa rage quand il l'avait surprise dans les bras de Peter. En apprenant qu'ils allaient se fiancer, il s'était demandé s'il n'était pas tombé amoureux d'elle, tant cette nouvelle l'affectait.

Aujourd'hui, le problème demeurait entier. Il convoitait toujours Diane. Secrètement, il avait espéré que son frère rejetterait cette fiancée qui s'était volatilisée pendant des mois. Hélas, ravi de ce retour inespéré, Peter s'était précipité à Londres pour prévenir son oncle et sa tante...

À part Nora, personne ne savait qu'il avait veillé la jeune fille toute la nuit. Envoûté par sa beauté, il l'avait contemplée sans se lasser. La savoir si proche avait porté son désir à son paroxysme. A sa grande honte, il s'était approché du lit pour la toucher, comme poussé par une force irrésistible. Il avait repoussé les boucles égarées sur son front. À ce contact, il s'était cru perdu. L'esprit embrumé, tremblant de désir, il avait retiré sa main comme s'il s'était brûlé et avait repris sa place en reculant le fauteuil du lit. Mais la frustration l'avait torturé jusqu'au petit jour.

D'étranges impressions lui venaient. Il se sentait protecteur à son égard, comme si elle lui avait appartenu dans le passé. Durant cette nuit de veille, il avait eu des visions furtives, imprécises... De quoi ? D'un autre temps ? D'un autre lieu ? Cela ressemblait à des sensations de déjà-vu, très éphémères...

Où diable était-elle partie durant ces neuf mois ? La jalousie le dévorait. Il n'avait pourtant aucun droit d'être jaloux. Lady Davenport était la promise de son frère.

Et si elle s'était sauvée parce qu'elle ne voulait pas épouser Peter ? Il se surprit à l'espérer.

Diane termina son potage, but un grand verre d'eau et prit la théière. Marc Hardwick s'éclaircit la gorge.

— Je suis désolé d'avoir été aussi brusque.

La jeune femme tourna les yeux vers lui.

— C'est presque choquant de vous entendre vous excuser, vous savez ?

Elle le sentit frémir : le coup avait porté. Mais il se reprit.

— Parlez-moi de ce qui vous est arrivé. Cela vous fera du bien. Vous avez besoin de vous confier à quelqu'un.

— Et ce quelqu'un, c'est vous ? Vous voilà bien amical, tout à coup ! Et je suppose que lorsque j'aurai terminé mon histoire, vous vous empresserez d'aller tout répéter à votre ami Charles Wentworth. Je vous vois d'ici, riant à vous taper sur les cuisses !

— Mon Dieu, Diane, pourquoi tant de méfiance ? Je suis capable d'avoir l'esprit ouvert ! C'est étrange, vous avez changé. Vous avez perdu votre air d'innocence.

Diane se mit à rire.

— L'innocence ? C'est la première chose que j'ai perdue. J'ai vécu chez les Romains en pleine décadence. J'ai été capturée par le général Marcus Magnus. Quand il m'a vue nue, il a ordonné que l'on me baigne, que l'on m'habille et qu'on m'emmène dans son lit. Je suis devenue son esclave !

# 29

Marc Hardwick en resta ébahi.

Elle affirmait ouvertement qu'elle avait eu un amant ? Non, c'était impensable. Diane était une vraie lady.

— Essayez-vous de me dire que vous avez été enlevée, Diane ?

— Pas exactement… Mais il avait tout pouvoir sur moi.

Marc enfonça les mains dans ses poches pour cacher ses poings serrés.

— Et vous vous êtes offerte à lui ?

— Non ! J'ai refusé d'obéir à ses ordres. Tu étais livide !… Oh, pardon, je veux dire… Marcus Magnus était livide.

— Vous a-t-il battue ?

— Marcus ? Jamais, mon Dieu ! Le chef des esclaves était chargé de fouetter ceux qui ne se pliaient pas à ses commandements.

« Elle invente au gré de son imagination et s'amuse comme une folle… », pensa-t-il, contrarié.

— Il m'a condamnée à récurer les carrelages jusqu'à ce que je sois disposée à me soumettre.

— Et vous vous êtes soumise ?

— Non ! J'ai récuré le carrelage.

— Mais vous m'avez dit avoir perdu votre innocence. Je suppose que vous vouliez parler de votre virginité ?

— Je lui appartenais, il avait les pleins pouvoirs sur moi. Je savais qu'un jour ou l'autre je lui obéirais.

— Alors vous vous êtes soumise.

— Non ! J'ai négocié, comme vous m'avez appris à le faire, si j'ai bonne mémoire.

Il se souvint de la nuit où il l'avait emmenée chez lui pour « négocier ».

— J'ai compris beaucoup de choses ce soir-là, continua-t-elle. Par exemple, qu'un homme est prêt à accepter n'importe quoi quand il veut charnellement une femme.

Marc Hardwick sentit la colère l'envahir. Diane avait refusé ses propositions mais elle avait accepté celles d'un autre !

Elle passa les doigts dans ses cheveux emmêlés et les rejeta en arrière. Il serra les dents, mourant d'envie d'enfouir son visage dans cette masse soyeuse.

— J'ai dit à Marcus Magnus que je feindrais d'être son esclave devant les autres s'il me permettait de me comporter comme une femme libre dans l'intimité.

— En échange de quoi ?

— De ma virginité, bien sûr.

— Donc il vous a violée ?

— Mais non ! Je me suis offerte à lui, mais pas tout de suite. Il a dû le mériter, me courtiser.

— Vous voulez me faire croire qu'un barbare de Romain aurait courtisé une femme ?

— Marcus n'était pas un barbare mais un patricien. C'était un militaire qui travaillait beaucoup. Il lui restait peu de temps pour les femmes. Il n'avait rien d'un dépravé. Il m'a courtisée comme aucune femme ne l'a jamais été. Il était magnifique, immense, athlétique : un dieu antique dans toute sa splendeur. Le voir dans son armure était pour moi comme un aphrodisiaque. Je serais incapable de décrire ce que nous ressentions quand nous faisions l'amour. C'est trop précieux, trop intime. Nous étions éblouis l'un par l'autre...

Jamais Marc Hardwick n'avait éprouvé une telle fureur... ni un tel désir.

— Et vous croyez que j'étais Marcus Magnus ? demanda-t-il d'une voix rauque.

— J'en suis sûre, répliqua-t-elle en le détaillant lentement, de haut en bas, s'attardant sur sa bouche, la courbe de ses épaules, la forme de ses hanches. Les années ne vous ont pas épargné, lord Bath.

Il frémit sous l'insulte.

— Que diable voulez-vous dire ?

— Que vous êtes aussi arrogant que Marcus, aussi autoritaire, mais que mille sept cents ans de civilisation vous ont ravi votre pouvoir de séduction. Vous êtes sophistiqué, cynique et égoïste. De plus, vous êtes un débauché. En d'autres termes, lord Bath, vous n'avez plus aucun charme.

— Dans ce cas, je vais vous soulager de ma présence odieuse !

— À la bonne heure ! D'ailleurs, j'aimerais m'habiller maintenant.

— Pas question. Vous devez rester au lit si vous voulez récupérer. Vous êtes toujours...

— Victime d'hallucinations ? le coupa-t-elle d'une voix doucereuse.

— Oui, et je n'ai pas l'intention de vous ménager. Vous allez rester couchée, sinon...

— Sinon quoi ?

— Je n'appellerai pas le chef des esclaves, moi. Je vous infligerai personnellement la correction que vous méritez.

Il la fixa avec une détermination éloquente : il ne plaisantait pas. Elle se réfugia sous les couvertures, plus amusée que fâchée.

Marc se dirigea vers la porte. Au moment de l'ouvrir, il se retourna.

— Vous ne m'avez pas demandé de nouvelles de Peter.

— Peter ?

— Votre fiancé, Peter Hardwick. Vous vous souvenez de lui ?

Elle crut percevoir une pointe de sarcasme dans sa voix.

— Malheureusement, répondit-elle sans détour.

Il réprima un soupir de soulagement.

— Vous avez mis mon frère dans une situation très délicate quand vous avez disparu. Tous les journaux en ont parlé. Il vous a fait rechercher assidûment. Il était fou de joie quand je vous ai retrouvée. Ses sentiments pour vous n'ont pas changé.

— Il n'y a jamais rien eu entre votre frère et moi.

— Vous n'êtes pas amoureuse de lui ?

Diane se mit à rire.

— Peter est un petit garçon. J'ai connu une vraie passion, je ne suis plus la fillette naïve que j'étais. J'ai aimé un homme, Marc, corps et âme. Un homme, pas un gamin.

Marc Hardwick revint vers le lit.

— Peter est parti pour Londres ce matin, malgré la neige, afin de prévenir votre tante et votre oncle de votre retour. Bien sûr, il les ramènera. Je les attends demain soir, bien que les routes soient mauvaises.

— Oh... Prudence ! murmura la jeune femme en frissonnant.

— Vous avez peur d'elle ?

Diane réfléchit brièvement.

— J'avais peur d'elle, oui. Elle me dominait totalement. Dès que je me rebellais, elle jouait sur la pitié. Elle faisait tout pour que je me sente coupable et me plie à sa volonté. Mais elle va s'apercevoir que je ne suis plus une enfant que l'on manipule à sa guise.

— Les bavardages que votre disparition a provoqués ne l'ont pas épargnée.

— Prudence n'a qu'un dieu : la respectabilité. Je suis ravie d'avoir bousculé son petit confort.

— Votre tante et votre oncle sont toujours vos tuteurs légaux.

Diane s'assombrit soudain. Ce détail risquait de lui créer quelques difficultés. Bah ! Elle réussirait bien à se débrouiller pour neutraliser Prudence...

— Bon. Reposez-vous, dit-il soudain avant de sortir.

Elle le fascinait, beaucoup plus que par le passé. Un voile de mystère l'entourait, et ce qu'elle lui racontait l'attirait comme un aimant.

Apparemment, elle comptait rompre ses fiançailles. Marc s'en trouva soulagé. Une femme exquise comme elle méritait mieux qu'un jeune dépravé sans foi ni loi.

À mi-chemin, la neige se transforma en pluie, mais le mauvais temps ne risquait pas d'assombrir l'humeur joyeuse de Peter Hardwick. Endetté jusqu'au cou, il vivait comme un homme traqué. S'il n'était pas en prison, c'était uniquement parce que son frère était le comte de Bath.

Et voilà qu'un miracle s'était produit. Au moment où il s'y attendait le moins, Diane Davenport avait ressurgi aussi mystérieusement qu'elle avait disparu. Il se moquait éperdument de savoir où elle était partie. La seule chose qui importait aujourd'hui était de l'épouser.

Il était tard quand il arriva à Grosvenor Square.

— Vous me pardonnerez l'heure indue de cette visite quand vous saurez ce qui m'amène, dit-il aux Davenport. Diane a été retrouvée !

Aucune joie n'apparut sur le visage de l'oncle et de la tante, assis près du feu, dans le salon.

— Vivante ? demanda Richard, qui paraissait seulement stupéfait.

— Oui, grâce à Dieu ! Elle est chez nous, à Hardwick Hall.

— Mais nous la croyions morte ! lança Prudence en échangeant avec son mari un regard consterné.

Étant lui-même une canaille de la pire espèce, Peter devina aussitôt qu'ils avaient retourné la situation en leur faveur.

— Il faut que le mariage ait lieu au plus vite, décréta-t-il.

— Comme vous y allez ! protesta Richard. Nos arrangements ne tiennent plus.

Diane était présumée morte, et Richard n'avait pas attendu que s'écoulent le nombre d'années requises pour qu'elle soit légalement déclarée décédée. Libre de disposer de la fortune, il se l'était ni plus ni moins appropriée.

Peter comprit aussitôt ce qu'il en était. Mais les deux vautours ne s'en tireraient pas aussi facilement. Il sourit.

— Je crois que je vais suggérer à ma fiancée de regarder de près comment son tuteur gère ses biens. Mon frère connaît les plus grands avocats de Londres, voyez-vous...

— Je dirai à Diane que vous n'êtes intéressé que par sa fortune, le menaça Prudence. Elle rompra votre engagement immédiatement !

Le sourire de Peter s'élargit.

— Cela ne change rien pour vous. Dans seulement deux mois, elle sera en âge d'hériter. Cela vous laisse-t-il le temps de rendre tout l'argent qui manque ?

Prudence et son mari se regardèrent à nouveau.

— Je vois que non, glissa Peter. Notre arrangement était un moindre mal, finalement.

Richard et Prudence ne purent qu'acquiescer.

— Nous partons pour Bath immédiatement, dit Richard. A-t-elle dit où elle avait disparu ?

— Pas encore. Mon frère l'a trouvée inconsciente chez un antiquaire. Il l'a ramenée à la maison et a appelé le docteur. Elle ne devrait pas tarder à se remettre.

— Pourquoi ne m'avez-vous pas dit qu'elle était souffrante ? s'enquit Prudence, reprenant hypocritement son rôle de tante attentionnée.

— Vous ne vous êtes pas souciée de me poser la question, rétorqua sèchement Peter.

Dès que le jeune homme fut reparti, Prudence se tourna vers son époux :

— Je n'ai aucune confiance en lui.

— Nom d'un chien ! Pourquoi a-t-il fallu qu'elle réapparaisse ? Tout allait si bien ! Trop bien, apparemment... Prudence, vous avez raison de ne pas faire confiance à Peter. Il pourrait nous nuire.

— Il a dit qu'on l'avait retrouvée sans connaissance. Elle ne se remettra peut-être pas ?

— Ne rêvez pas, ma chère. Ce serait trop beau ! Apparemment, vous aviez raison. Elle a dû partir avec un amant et nous revient maintenant qu'il l'a rejetée.

— Quelle honte ! Elle mériterait la maison de redressement. En somme, nous devrions nous réjouir que Hardwick veuille encore d'elle.

— Nous réfléchirons à la situation une fois à Bath. Nous restons ses tuteurs légaux pendant encore deux mois, et c'est grandement suffisant pour organiser un mariage...

# 30

À Hardwick Hall, une femme de chambre changeait les draps de Diane pendant que Nora lui préparait un bain.

— Laissez, Nora, protesta la jeune femme. Ce n'est pas votre travail. Je vais m'en occuper.

— Allons, ce n'est pas à vous de le faire ! Et ce n'est pas M. Burke qui vous serait utile. Il aime à croire qu'il dirige toute la maisonnée, mais c'est un incapable.

— Je suis désolée de vous ennuyer.

— Vous ne m'ennuyez pas du tout. Je vais vous apporter une chemise de nuit propre et vous allez retourner vous coucher.

— À qui appartiennent-elles ? questionna Diane, curieuse.

— À moi, bien sûr. Elles viennent de France. Elles sont jolies, n'est-ce pas ? J'ai choisi ce modèle tout simple parce que le docteur venait mais j'en ai d'autres, agrémentées de dentelles, d'une finesse admirable. Je vais vous trouver quelque chose de joli, fit-elle en s'éclipsant.

Dès qu'elle fut partie, M. Burke apparut. Il apportait un plateau avec une carafe de vin et des verres.

— Si je peux faire quoi que ce soit pour vous être agréable, lady Diane, n'hésitez pas. Je regrette de n'avoir personne à mettre à votre service.

— Nora est parfaite.

M. Burke se raidit imperceptiblement.

— Nora ? C'est une incapable.

Les yeux de Diane s'agrandirent… M. Burke lui rappelait Kell. Soudain, la correspondance la frappa. Nora évoquait Nola, la Gauloise… !

La jeune femme frissonna. Tout cela était surnaturel, elle en avait la chair de poule.

Nora revint avec une chemise de nuit au moment où M. Burke quittait la pièce. Ils échangèrent un regard glacial.

— Cette couleur rehaussera celle de vos yeux, dit la cuisinière à Diane, lorsque le majordome se fut éclipsé.

— Oh, elle est ravissante !

Ornée de dentelles autour du col montant et des poignets, d'un bleu lavande pâle, la chemise de nuit était à la fois stricte et seyante.

— Je pense bien qu'elle est ravissante ! Les Français ont du goût. Bon, remettez-vous au lit. Je vous apporterai un plateau dès que le dîner sera prêt.

Diane s'aperçut que la compagnie de Marc Hardwick lui manquait. Elle espérait qu'il partagerait son repas.

— Est-ce que monsieur le comte sera là ce soir ? demanda-t-elle à Nora.

— Il est parti se promener à cheval, malgré le temps. Il galope à travers champs, parfois pendant des heures, du côté des fouilles archéologiques dont s'occupe sa société. Mais il m'a dit qu'il serait rentré pour dîner.

Quand le comte entra dans la chambre, Diane sentit son sang courir plus vite dans ses veines. Bien sûr, elle feignit la plus parfaite indifférence. Elle avait presque terminé de dîner.

— Jouez-vous aux échecs ? s'enquit-il poliment.

— Oui, je jouais avec mon père.

Marc s'assit et posa l'échiquier entre eux.

— La dernière fois que j'ai fait des courses à Aquae Sulis, j'ai acheté un jeu appelé *robbers*, expliqua-t-elle.

Marc parut aussitôt intéressé.

— J'en ai entendu parler, mais je n'ai jamais pu savoir comment on y jouait.

— Eh bien, cela ressemble aux échecs mais avec des tactiques plus élaborées. Les hommes sont « soldats » ou « officiers ».

— Je me demande...

— Oui ?

— Nous avons découvert un ou deux soldats en argent, durant nos fouilles, mais j'ai pensé qu'il s'agissait de jouets...

— Nora m'a parlé d'un chantier archéologique dans votre propriété ?

— Oui, et il y en a d'autres aux alentours. Nous trouvons tellement de vestiges que je compte ouvrir un musée pour les exposer.

— C'est une bonne idée. J'aimerais visiter vos fouilles.

— J'y suis allé à cheval, cet après-midi. Cela m'a permis de faire courir les chiens. Un ami m'a donné deux jeunes dogues il y a une semaine.

— Oh ! s'écria Diane en s'agenouillant pour poser une main sur les lèvres de Marc. Attendez ! Ne me dites pas leurs noms, je vais vous les dire. Romulus et Remus !

Marc fronça les sourcils.

— Comment le savez-vous ?... Marcus avait des chiens qui s'appelaient Romulus et Remus ?

Diane retourna sous ses couvertures, ravie.

— Exactement !

Il la considéra d'un œil sceptique.

— M. Burke a pu vous parler d'eux. Il adore ces chiens.

— Mais il n'en a rien fait. Et il y a autre chose : je suis sûre que M. Burke était le chef des esclaves, Kell.

— Celui au fouet ? demanda-t-il, amusé.

— Celui-là même. J'en ris, maintenant, mais il me terrifiait au début.

— Burke a ce pouvoir : il me terrifie parfois.

Diane éclata de rire.

— Je doute que quiconque puisse vous terrifier !

Il ne semblait pas penser au jeu, pourtant il en profita pour prendre sa tour.

— Quand vous êtes partie dans le passé, en quelle année vous êtes-vous retrouvée ?

— En 61 après J.-C. Boadicée avait mené la révolte des tribus celtes et brûlé Londres moins d'un an auparavant. En réaction, Paulinus Suetonius, alors en charge de l'armée romaine, exterminait peu à peu les Bretons.

Ils oublièrent les échecs. Marc se mit à l'écouter avec attention. Elle lui raconta comment Julius Classicianus avait convaincu Marcus de l'accompagner à Rome. Un sourire de tristesse se dessina sur ses lèvres.

— J'aurais dû l'en empêcher.

Il ne voulait pas la voir pleurer, aussi choisit-il de la provoquer :

— Vous finissez presque par rendre votre histoire crédible !

Diane esquissa un nouveau sourire, puis elle revint au jeu d'échecs. Elle n'avait pas la moindre chance de gagner, se dit-elle. D'un mouvement des jambes, elle fit tomber tous les pions.

Les yeux plissés, Marc contempla le désordre.

— Vous aimez vous amuser mais vous n'aimez pas perdre.

— Je vous dis la vérité, je ne m'amuse pas !

— Entre un homme et une femme, Diane, il s'agit toujours d'un jeu.

Elle poussa un petit cri de surprise.

— Mon Dieu ! C'est moi qui vous disais cela. Mille sept cents ans plus tard, vous me répétez les mêmes mots !

L'espace d'un instant, il éprouva l'étrange sensation d'avoir déjà vécu cette scène mais il repoussa cette idée. Il refusait de la croire. En revanche, il voulait bien admettre qu'ils avaient été amants. S'il avait attendu mille sept cents ans, elle n'allait pas être déçue ! Il faillit la prendre dans ses bras. Son odeur lui parvenait, grisante, étrangement familière. Il avait envie de la respirer, d'éveiller la passion volcanique qu'il devinait assoupie en elle.

« Arrête ! se dit-il. Elle t'a ensorcelé ! »

Il l'observa longuement.

— Une chose m'intrigue. Comment ce Marcus Magnus vous a-t-il accueillie quand il vous a vue pour la première fois ? A-t-il cru que vous veniez du futur ?

— Bien sûr que non. Je portais une de ces hideuses robes à paniers avec une perruque poudrée. Il m'a prise pour une vieille femme en haillons jusqu'à ce que...

« Jusqu'à ce qu'il l'ait vue nue », ajouta Marc pour lui-même.

— Il a longtemps cru que j'étais une espionne envoyée par les druides.

— Ce qui expliquait vos étranges vêtements.

— Ce qui expliquait le niveau de mon intelligence !

— Vous êtes très cultivée, je vous le concède.

Diane haussa les épaules.

— Vous avez vu la bibliothèque de mon père... Vous la convoitiez, d'ailleurs.

— Entre autres choses, murmura-t-il sans détour.

Diane rougit, comprenant très bien son allusion. Il poursuivit :

— Vous avez étudié à fond l'époque romaine, n'est-ce pas ? Comme moi.

— Non, justement, c'est bien ce qui m'étonne. Je n'ai jamais été particulièrement intéressée par cette période de l'histoire. Je préférais l'époque élisabéthaine, ou le Moyen Âge.

— Pourquoi ?

— Vous ne vous rendez pas compte de l'oppression qui pèse sur les jeunes filles de notre époque. Je n'avais pas le droit de choisir mes vêtements, pas le droit de parler, ni même de penser en présence de Prudence.

Il acquiesça d'un signe de tête. Il comprenait très bien son besoin de liberté : il éprouvait le même.

— Et puis, regardez nos dandys efféminés, continua-t-elle. Comparés aux chevaliers du Moyen Âge, ils sont ridicules !

— Merci !

— Oh, vous n'êtes pas comme eux ! Si tous les hommes vous ressemblaient...

« Tiens, tiens, songea-t-il. Elle ne me trouve pas totalement repoussant. »

— Dites-moi, comment parvenez-vous à être dans une telle condition physique ? demanda-t-elle.

Flatté, il sourit.

— Je nage, je monte à cheval et je casse parfois des pierres dans les carrières. Rien de tel que le travail physique. C'est aussi bon pour le corps que pour l'esprit.

Elle lui lança un regard provocateur.

— En tout cas, cela semble vous réussir.

— Vous parlez d'une façon bien peu conventionnelle... ce qui n'est pas pour me déplaire.

— Je ne me contente pas de parler ainsi... Je pourrais vous apprendre des choses dont vous n'avez jamais rêvé.

Il ouvrit de grands yeux.

— Mais vous essayez de me séduire, on dirait !

— Cela fait partie du jeu, fit-elle avec un sourire énigmatique.

— Quand je joue, c'est *moi* qui dicte les règles.

Elle éclata d'un rire moqueur.

— Lord Bath, j'ai bien peur que vous ne connaissiez pas les femmes autant que vous le croyez.

« Seigneur Dieu, le plaisir que je vais avoir à la dompter... », pensa-t-il.

Diane remarqua l'ombre soudaine dans son regard et craignit d'avoir été trop loin.

— J'ai l'intention de me lever dès demain. Je ferais mieux de me reposer...

— Vous ne vous lèverez qu'avec l'accord du Dr Wentworth et le mien.

— Nous verrons, répliqua-t-elle gaiement en l'escortant jusqu'à la porte.

— Si vous imaginez que je vous laisserai faire ce qui vous plaît, vous ne me connaissez pas.

— Je vous connais plus qu'aucune autre femme, murmura-t-elle avec douceur... avant de lui refermer la porte au nez !

Une fois seule, Diane s'approcha de la fenêtre et écarta les lourdes tentures pour regarder le paysage. Une fine pellicule de neige luisait sous la lune. La nuit était belle, bleue et glacée, propice à la nostalgie. Elle n'avait pas eu le temps de voir Aquae Sulis en hiver. Ils étaient partis pour Rome juste avant, bien qu'il fît déjà froid. Elle se souvint des jambières de fourrure. Marcus les trouvait très sensuelles...

Marcus... Marcus... Comment allait-elle continuer à vivre sans lui ? Elle écrivit son nom sur la buée du carreau. Et les nuits sans lui... ? Frissonnant, elle courut se réfugier sous les couvertures.

Étendu sur son lit, les mains croisées derrière la tête, Marc essayait en vain de se détendre. Diane l'avait mis dans un tel état d'excitation qu'il ne parvenait pas à retrouver son calme.

Dès qu'il avait regagné sa chambre, il avait cherché dans des livres d'histoire la période qui correspondait à celle dont elle parlait. Tout était vrai, Paulinus Suetonius, Julius Classicianus, Boadicée... En revanche, l'encyclopédie ne lui avait rien appris sur le *robbers*. Il découvrit seulement une note succincte dans un livre : « jeu de société romain dont les règles précises n'ont pas été découvertes ».

Comme il ne trouvait pas le sommeil, il finit par se lever et s'asseoir à son bureau. Il écrivait un livre sur l'histoire de Bath, qui commençait à l'époque où Claude avait envahi la Bretagne.

Travailler sur les Romains avait le pouvoir de le détendre. Il se concentra sur sa tâche et, peu à peu, des questions restées jusqu'ici sans réponse lui revinrent. Pourquoi tout ce qui touchait à cette époque le passionnait-il à ce point ? Aurait-il vécu au temps où les Romains occupaient l'Angleterre ? C'était surnaturel, mais pourquoi ne pas l'envisager ?

Avait-il été un général romain appelé Marcus Magnus ? Ce nom lui plaisait. Il lui allait bien. Il jeta sa plume et passa une main dans ses cheveux. Il était prêt à se laisser emporter par son imagination uniquement parce que Diane en faisait partie, prêt à croire qu'ils s'étaient aimés dans une époque lointaine et qu'ils pouvaient s'aimer de nouveau aujourd'hui. Il admettrait n'importe quoi pour la tenir dans ses bras !

Il la désirait comme un fou ! Il l'imagina étendue sur son lit, abandonnée, puis nue dans son bain, avec ses longs cheveux flottant sur ses épaules tandis qu'elle passait le savon sur ses seins...

Diane se réchauffa peu à peu sous ses couvertures. Elle envisageait avec appréhension la longue nuit de solitude qui l'attendait. Puis une idée lui vint qui la réconforta. Si elle rêvait de Marcus, la nuit serait tout à fait agréable. Rassurée, elle glissa dans le sommeil et dormit paisiblement jusqu'à minuit. C'est alors qu'elle se sentit tout à coup secouée, ballottée.

Où était-elle ? Dieu du ciel, voilà qu'elle se retrouvait dans la cellule des esclaves, enchaînée, alors que les autres prisonniers ne l'étaient pas ! Ils voulaient la toucher, avec leurs mains noires de crasse... Elle tentait désespérément d'éviter leur contact. Hélas, dès qu'elle parvenait à se dégager de l'un d'eux, un autre l'attrapait.

— Non ! Non ! gémissait-elle en se débattant.

Quand l'énorme garde vint la chercher pour l'emmener dans l'arène, elle tremblait de tous ses membres. « Seigneur, pensa-t-elle, faites que ce ne soit pas vrai ! Pourquoi suis-je retournée dans le passé ? » Elle n'aurait pas la force de vivre un tel calvaire une deuxième fois, d'autant qu'elle savait à présent ce qui l'attendait ! Folle de terreur, elle poussa un hurlement. Comme par miracle, elle échappa à son bourreau et se mit à courir, courir...

Marc entendit son cri. Il bondit hors de sa chambre. Diane courait dans le couloir qui menait chez lui et se précipita dans ses bras.

— Je suis repartie, je suis repartie ! balbutia-t-elle en tremblant.

Elle était gelée. Il le sentait à travers la fine étoffe de sa chemise de nuit. Il referma ses bras puissants autour de la jeune femme qui s'accrocha à lui.

— Diane, tout va bien. C'était un cauchemar.

Il aurait donné sa vie pour la protéger.

# 31

Il la souleva dans ses bras et l'emmena dans sa chambre, près du feu.

— Marcus, aide-moi !

— Je suis Marc, dit-il fermement en s'asseyant dans un fauteuil sans la lâcher.

Frissonnant de terreur, elle enfouit le visage au creux de son cou. Il tapota son dos où coulaient ses longs cheveux de soie.

— Diane, savez-vous où vous êtes ?

Il s'exprimait d'une voix décidée, presque dure. Instinctivement, il savait qu'elle avait besoin de sa force, pas de sa douceur. Elle secoua imperceptiblement la tête. Il l'obligea à dénouer ses mains de son cou et les garda dans les siennes. Les yeux agrandis de frayeur, elle respirait avec peine, comme après une course éperdue.

— Répondez-moi !

— Oui, dit-elle dans un souffle.

— Qui suis-je ?

— M… Marc.

— Vous savez donc que vous êtes en sécurité. Je ne permettrais à personne de vous faire du mal.

Elle posa les mains sur sa poitrine.

— J'ai besoin que vous me gardiez contre vous.

— Aussi longtemps qu'il le faudra, promit-il.

Elle s'accrocha à lui. Comme si elle puisait sa force dans la chaleur de son corps, elle s'apaisa peu à peu. Tant qu'il la tenait ainsi, rien ne pouvait lui arriver. Confiante, elle finit par se détendre complètement.

De son côté, il s'émerveillait que la séductrice se fût transformée en une petite fille perdue. Jamais il n'avait joué ce rôle protecteur auprès d'une femme, et il se surprenait à apprécier cette nouvelle expérience.

Il la sentait totalement abandonnée. Le moment était propice aux confidences.

— Parlez-moi... Dites-moi ce qui vous est arrivé.

— Dans le cauchemar ?

— Non, Diane. À Aquae Sulis.

Elle se nicha contre lui.

— Marcus et moi sommes tombés amoureux l'un de l'autre. Tout nous séparait, nos cultures, nos religions, nos façons d'être, de vivre, notre époque... mais notre amour a transcendé tous ces obstacles. Nous ne formions plus qu'un.

Ému, il songea que jamais il n'avait connu de semblables sentiments. Elle poursuivit son histoire :

— Il ne voulait pas aller à Rome mais ce voyage était indispensable. Marcus était un homme d'honneur. De plus, il voulait m'épouser et il lui fallait demander la permission au sénat. Il était militaire de carrière et avait signé pour vingt-six ans.

Elle déplaça légèrement son oreille de façon à entendre battre le cœur de Marc.

— Rome me terrifiait, reprit-elle. J'avais lu des ouvrages sur Néron. Mais j'aimais trop Marcus pour me séparer de lui. J'ai surmonté ma peur et je l'ai accompagné. Son père Titus m'a accueillie comme sa propre fille. Nous sommes devenus amis, tous les deux. Marcus m'a laissée à la villa de son père le temps d'accomplir sa mission concernant Paulinus...

Sa voix flancha. Marc posa les lèvres sur sa tempe.

— Quoi que vous ayez vécu, il faut l'affronter.

Elle s'écarta un peu pour le regarder dans les yeux.

— J'avais entièrement confiance en Marcus. Il était d'une force phénoménale, mais cela n'a pas suffi...

— Continuez, Diane !

— Titus a été empoisonné et on m'a accusée. Je... J'ai été jetée dans la prison des esclaves. C'était... un cauchemar mais je gardais l'espoir que Marcus viendrait me délivrer. On m'a emmenée au Circus Maximus pour être exécutée sous les yeux de Néron. Marcus était dans sa loge. Je crois qu'on lui a appris le meurtre de son père au moment où il m'a vue dans l'arène.

Elle se mit à pleurer et s'accrocha à lui désespérément.

— Tout est arrivé en même temps : les lions, les flammes... et Marcus, pour me sauver. Il m'aimait tellement qu'il a plongé son glaive dans mon cœur pour mettre fin à mon agonie.

Marc ferma les yeux, ému.

— Marcus vous a sauvée, observa-t-il. Quand il a transpercé votre cœur de son glaive, vous êtes revenue à votre époque.

— Oui.

Elle effleura son visage si familier.

— Merci, murmura-t-elle en se blottissant à nouveau dans le cercle de ses bras.

Ils restèrent ainsi serrés l'un contre l'autre, silencieux, désireux de ne pas briser la magie de l'instant.

Marc ne bougea pas jusqu'à ce qu'il fût sûr qu'elle s'était endormie. Alors, avec d'infinies précautions, il la souleva dans ses bras et la coucha sur son propre lit. Il la contempla longuement, perplexe. Son histoire l'avait touché, presque convaincu. Beaucoup de questions demeuraient sans réponse, mais une chose était sûre : leurs vies étaient imbriquées.

Quand M. Burke entra dans la chambre de son maître pour y déposer l'eau nécessaire à sa toilette, Marc Hardwick ouvrit les yeux, l'air coupable.

— Burke, vous n'avez rien vu, dit-il en désignant la magnifique créature qui dormait dans ses bras.

— Bien sûr que non, monsieur le comte.

Comme chaque matin, il déposa l'eau sur la table de toilette puis se retira.

Diane se redressa légèrement et rougit.

— Je suis désolée, monsieur le comte...

— Pas moi. Ce fut un plaisir, répliqua-t-il, ses yeux noirs pétillant d'amusement. Maintenant que nous avons dormi ensemble, vous pouvez peut-être cesser de m'appeler monsieur le comte !

— Je vous remercie de m'avoir réconfortée. Je... j'étais terrifiée, fit-elle, embarrassée.

Il s'étira nonchalamment.

— Si je suis Marcus Magnus, je ne vois pas pourquoi vous êtes gênée. Vous réveiller dans mes bras ne doit pas être nouveau pour vous.

La colère chassa aussitôt la confusion : il se moquait d'elle !

— Mais pour vous, si ! rétorqua-t-elle. Vous ne vous souvenez de rien !

— Je me souviens de la nuit dernière, fit-il d'une voix suggestive. Peut-être pourriez-vous me rafraîchir la mémoire ? Voyons, quand vous vous réveilliez dans les bras de Marcus, vos corps enchevêtrés, il vous faisait sûrement l'amour, non ?

— Allez au diable ! s'exclama-t-elle en se levant brusquement.

Marc réprima un juron. Il faillit lui reprocher d'avoir prétexté ce cauchemar pour courir dans ses bras, la nuit dernière. Mais il savait qu'elle avait été réellement terrifiée. Cependant, à présent que le jour s'était levé, chassant les ombres, elle redevenait la jeune femme insupportable qu'il connaissait.

Lorsqu'il se leva à son tour, elle examinait la carte étendue sur le bureau.

— Elle est fausse, décréta-t-elle.

— Fausse ! Vous plaisantez ?

— Cette carte d'Aquae Sulis est fausse. Qui l'a dessinée ?

— Moi ! répliqua-t-il, sur la défensive.

Elle le considéra d'un air affligé.

— Mon cher, votre mémoire vous joue des tours.

Il la rejoignit en deux enjambées.

— Je ne l'ai pas dessinée de mémoire, elle est le fruit de mes recherches.

— Eh bien, vos recherches comportent autant de failles que votre mémoire. La forteresse couvrait une surface beaucoup plus grande. Les bains se trouvaient à l'intérieur de l'enceinte. Ils avaient été construits pour les légionnaires.

Il s'apprêtait à la contredire quand, tout à coup, il réalisa que ses propos étaient parfaitement cohérents. Mieux : c'était l'évidence même !

— En plus des baraquements pour les soldats, la forteresse abritait ceux des esclaves, ajouta-t-elle.

— Des esclaves ?

— Qui construisait les routes et les ponts, à votre avis ? Et tout le reste, d'ailleurs ?

Ils étaient si proches l'un de l'autre que leurs cuisses s'effleuraient. Diane prit soudain conscience de sa tenue légère.

— Mon Dieu, j'oubliais que le docteur allait passer... murmura-t-elle en s'éclipsant.

Elle venait de regagner la chambre rose quand Nora entrouvrit la porte :

— Votre bain est prêt, et je vous ai préparé une chemise plus convenable, pour la visite du docteur.

Baigné et rasé de près, impeccable dans sa veste vert bouteille, Marc Hardwick accueillit son ami Charles Wentworth.

— Alors, Marc, tu l'as encouragée à parler ?

— Oui, et elle m'a parlé.

— De son plein gré, j'espère ?

— Bon sang, Charles ! À t'entendre, je suis un rustre avec les femmes !

— Mmm... tu ne l'es pas toujours, admettons... Son histoire a-t-elle changé ?

— Non. Elle est absolument convaincue qu'elle a voyagé à travers le temps.

Comme ils s'engageaient dans le grand escalier incurvé, Marc demanda à son ami :

— N'as-tu jamais eu l'impression d'avoir déjà vécu à une autre époque ?

Charles scruta le visage de Marc. Il semblait sérieux. Le médecin éclata de rire.

— Pour être franc, oui. Après mon diplôme à l'université, je suis parti pour l'Égypte. Étrangement, ce pays m'a paru familier, plus familier que Londres. Ce n'était pas la première fois que j'allais là-bas, j'en étais certain. Mais j'ai gardé ces impressions pour moi. Je serais passé pour un fou si j'avais prétendu avoir été médecin des pharaons dans une vie antérieure !

Pensif, Marc haussa les épaules.

— Bon, je te laisse avec ta patiente. À tout à l'heure...

— Bonjour, lady Diane, dit Charles en entrant dans la chambre de la jeune femme. Mais vous êtes radieuse, ce matin !

— Merci, docteur Wentworth. Je me sens reposée. Pourrai-je me lever aujourd'hui ?

— Pas si vite. J'ai quelques questions à vous poser, d'abord. Avez-vous eu mal quelque part ?

— Non, docteur.

— Bien. Avez-vous eu des malaises, des étourdissements ?

— Non.

La porte s'ouvrit, et Marc apparut.

— T'a-t-elle dit qu'elle a fait un terrible cauchemar cette nuit ?

Charles scruta le regard de sa patiente.

— Un cauchemar tellement réel qu'elle s'est crue à nouveau propulsée dans le passé, précisa Marc.

La jeune femme le fusilla du regard.

— Intéressant, murmura le médecin. Et pas si terrible, à mon sens. Je veux dire, c'est préférable à un refoulement total.

Il les considéra tous les deux avant d'ajouter :

— Apparemment, cela vous a fait du bien de parler à Marc. Je ne vois pas meilleure thérapie...

— Si vous aviez gardé cela pour vous, le docteur m'aurait laissée me lever aujourd'hui ! lança Diane, exaspérée.

Le comte s'approcha d'elle, la dominant de toute sa taille.

— Je ne m'oppose pas à ce que vous vous leviez. À force de vous voir au lit, je vais finir par croire que vous avez vraiment été ma maîtresse.

Un large sourire s'épanouit sur les lèvres de Charles.

— Mon Dieu, il semble que la communication passe bien entre vous, vous n'avez pas besoin de moi.

Diane s'empourpra.

— Je suis confuse, docteur Wentworth, mais le comte de Bath est tellement arrogant.

— Vous trouvez, vous aussi ? Il semble que vous le connaissiez depuis un certain temps.

*Seulement mille sept cents ans.*

— Vous pouvez vous habiller, ajouta-t-il, mais ne vous surmenez pas et promettez-moi de vous reposer cet après-midi. Même chose demain.

— Mon oncle et ma tante ne devraient pas tarder, docteur. Je ne me sens pas la force de subir leur interrogatoire.

— Je leur parlerai, lady Diane.

— Merci.

— Peter ne devrait pas tarder lui non plus, glissa le médecin, lançant à Marc un regard éloquent.

Celui-ci le raccompagna jusqu'à la porte d'entrée avant de répondre.

— Charles ?

— Oui, Marc ?

— Mêle-toi de tes affaires.

Nullement offensé, Charles sourit joyeusement.

Dès qu'elle se retrouva seule dans la chambre, Diane se leva et ouvrit la porte de la garde-robe. Seule la hideuse robe beige à paniers y était suspendue, avec son corset démodé. Elle aperçut alors la malle qu'elle avait apportée pour son séjour, neuf mois auparavant, et elle se souvint des nouveaux vêtements qu'elle avait achetés, juste avant d'être propulsée dans le passé.

Elle sortit le bustier de guipure rouge et la robe vert jade qu'elle secoua avant de la suspendre. Elle en fit autant avec ses autres robes, afin de les défroisser un peu, puis elle enfila le bustier rouge sous son élégant costume d'équitation noir. Ce n'était pas aussi exotique que ses tenues romaines, mais au moins ces vêtements ne l'étouffaient pas comme ceux que Prudence lui imposait !

Après avoir noué ses cheveux en chignon sur la nuque, elle rejoignit le comte dehors, aux écuries. Il sellait un cheval. Quand elle lui demanda d'en seller un pour elle, il grimaça.

— Le temps ne se prête pas à une promenade, lady Diane.

— Je m'en moque. Avec les Romains, je montais par tous les temps.

— Le docteur vous a conseillé de ne pas vous surmener.

Elle releva la tête d'un air hautain.

— Garder la chambre ne me vaut rien. J'ai besoin de me balader.

Bon gré, mal gré, il lui sella un cheval.

Il l'emmena vers le site des fouilles qu'elle découvrit avec un vif intérêt, descendant de cheval sans se soucier de la boue. Ils se rendirent ensuite à une carrière d'extraction de pierre. Les questions judicieuses qu'elle posa aux hommes ne laissèrent pas Marc indifférent. Contrairement aux autres femmes qui auraient feint un intérêt de circonstance, dans le seul but de le flatter, Diane était vraiment curieuse.

Ils déjeunèrent dans une auberge charmante. Ils discutèrent de tout sauf de questions personnelles et ne firent aucune allusion à la nuit précédente.

Quand ils regagnèrent le manoir, ils avaient réussi à instaurer entre eux une certaine harmonie. Ils ne s'étaient pas disputés une seule fois…

Diane choisit la robe vert jade pour la soirée. Elle ôta sa tenue d'équitation.

Tout à coup, la porte de sa chambre s'ouvrit.

— Diane, je…

Marc s'arrêta net. Ses yeux noirs s'attardèrent sur ses longues jambes fuselées, le renflement de ses seins rehaussés par le délicieux bustier rouge. Le contraste avec la sévérité de son costume d'équitation était tel qu'il perdit tout contrôle.

Il attira la jeune femme contre lui, referma les mains autour de sa taille et s'empara de ses lèvres.

— Ô mon Dieu, ne m'embrassez pas... parce que si nous commençons... nous ne pourrons jamais nous arrêter, fit-elle dans un souffle.

# 32

La tenir dans ses bras provoquait des sensations tellement étourdissantes que de toute façon, Marc Hardwick n'aurait jamais pu s'arrêter, même s'il l'avait voulu. La nuit précédente, avec Diane contre lui, son instinct protecteur avait tempéré son désir. À présent, elle n'avait peur de rien. Elle répondait à ses lèvres exigeantes avec une faim insatiable.

Un baiser ne pouvait suffire. Le comte embrassa ses paupières, ses tempes, ses joues, avant de revenir avec fougue à ses lèvres. Leurs langues se caressèrent, doucement d'abord, puis sans retenue.

Ils s'embrassèrent jusqu'à perdre haleine. Leur désir l'un de l'autre était un feu incandescent. Il la souleva dans ses bras et elle s'accrocha à lui de toutes ses forces. Elle semblait si fine par rapport à lui, si menue. Elle ne lui refuserait rien, il le savait. Elle se livrerait à son pouvoir, au brasier de son corps, libre et consentante…

Sans lâcher ses lèvres, il l'emmena dans sa chambre dont il referma la porte d'un coup de pied.

Elle brûlait de le voir nu, de faire courir ses mains sur son torse, de sentir sa peau d'homme contre la sienne.

Quand elle voulut déboutonner sa chemise, il la précéda d'une main impatiente. Le vêtement vola dans la pièce. C'est alors que Diane découvrit le demi-César d'or sur sa large poitrine. Elle le prit entre ses doigts tremblants.

— Marc... ce César... Marcus le portait toujours !

Les yeux dilatés par le désir, il ne saisit pas le sens de ses paroles. Il se pencha vers elle mais elle l'arrêta.

— Où avez-vous eu cette pièce ?

— Je l'ai depuis toujours.

Il referma une main sur son sein et se pencha pour l'embrasser.

— Attendez ! insista-t-elle. J'ai quelque chose à vous montrer !

Il grogna en fermant les yeux. Attendre était au-dessus de ses forces. Comme elle se dérobait, il en profita pour se débarrasser de son pantalon qu'il lança à travers la pièce.

Diane sentit son cœur s'emballer. Nu, il n'était plus Marc, mais Marcus... Elle ne l'avait pas perdu. Il était là, devant elle. À elle d'éveiller sa mémoire.

Un sourire énigmatique joua sur ses lèvres. Marc Hardwick tenait à sa liberté. Il serait facile à séduire mais plus difficile à épouser. Tout l'enjeu était là. Elle l'aurait. Aucune force du ciel ou de l'enfer ne les séparerait une seconde fois !

Avec une lenteur étudiée, elle délaça le bustier et l'enleva. Le regard noir de Marc s'assombrit. Il contempla la peau soyeuse de ses seins, les boucles blondes au bas de son ventre plat. Autour de la taille, elle portait une chaîne en or qui ajoutait à sa sensualité. Elle glissa les doigts sous le demi-César et le lui montra.

— C'est l'autre moitié de votre pièce. Elles devraient s'emboîter l'une dans l'autre.

Sous le regard intrigué de Marc, Diane détacha la chaîne et la lui tendit. Il reconstitua un visage de Jules César parfait. Comme étourdi, il tomba assis sur le lit.

— Je l'ai cherchée toute ma vie ! J'ai cette moitié de pièce depuis mon plus jeune âge. J'ignore de qui je la tiens... d'un aïeul, sans doute. Comment avez-vous eu la vôtre ?

Diane s'agenouilla près de lui et rougit légèrement en s'en souvenant.

— Cette pièce appartenait à Marcus. Il la portait entière. Après notre première nuit, il me l'a mise autour du cou, pour que je pense à lui quand il s'absenterait.

— Il vous l'a donnée après vous avoir fait l'amour ?

Elle baissa les yeux.

— Non. Les premières nuits, il a voulu garder intacte ma virginité.

— Il devait être fou, fit-il d'une voix rauque.

Elle esquissa un sourire.

— Ensuite, quand il m'a demandée en mariage, il m'a offert la moitié de sa pièce, pour que je la porte à jamais.

Marc prit la chaîne et la lui attacha autour du cou. Le demi-César se nicha juste entre les seins de la jeune femme.

— Êtes-vous enfin prêt à croire que vous avez été Marcus ?

— Je commence à l'être, oui, admit-il d'une voix de velours.

Il effleura la poitrine de la jeune femme d'un doigt léger. Diane frémit.

— Je ne crois pas avoir la force de préserver votre virginité plus longtemps.

— Mais je ne suis pas vierge. Vous m'avez fait l'amour nuit après nuit.

Elle ne protesta pas lorsqu'il la renversa sur le lit. Il plongea son regard dans le sien tandis que l'une de ses mains descendait vers son ventre... entre ses cuisses. Au lieu de résister, elle ouvrit les jambes, se cambrant vers ses caresses. Alors il glissa un doigt dans sa moiteur et la caressa doucement. Diane se cambra davantage, émerveillée.

Elle prit son autre main, l'embrassa et la lécha de façon suggestive. Marc se sentit comme transpercé par la foudre. Il imagina sa douceur, sa chaleur quand il la pénétrerait, et son doigt s'enhardit. Le problème, c'est qu'il sentait son hymen chaque fois qu'il avançait.

Lentement, il retira sa main. Il ne voulait pas lui dire qu'elle était toujours vierge puisqu'elle était persuadée du contraire. Elle brûlait de se donner à lui. Pour rien au monde il ne voulait voir la peur dans ses beaux yeux améthyste voilés par la passion.

Il s'agenouilla et enfouit le visage entre ses jambes. Ses lèvres et sa langue sauraient la combler sans la brusquer.

Diane ferma les paupières. Il lui faisait l'amour comme Marcus. Elle s'offrit à ses lèvres et agrippa ses cheveux pour le presser contre elle, lui insuffler le rythme qui convenait.

Elle atteignit la jouissance très vite, mais c'était loin de lui suffire. Elle avait besoin de le sentir sur elle, de s'ouvrir à lui totalement.

Marc s'étendit à son côté.

— Vous êtes vraiment ravissante, murmura-t-il, maîtrisant son désir pour la savourer comme elle le méritait.

Il enfouit une main dans sa chevelure de soie. Il avait envie de s'en envelopper, il avait envie de se fondre en elle. Jamais il n'avait éprouvé un désir aussi violent. Aussi total. Il souhaitait lui faire l'amour dans toutes les positions imaginables, mais pas la première fois, non. Elle était menue, délicate. Il devait se montrer prudent.

Incapable de résister plus longtemps à l'appel de ses lèvres, il roula sur elle et s'empara de sa bouche.

Leur baiser s'intensifia peu à peu jusqu'à devenir exigeant, sauvage. Puis il s'égara le long de sa gorge, vers ses seins tendus, impatients.

Diane referma une main autour de son sexe. Elle avait oublié combien il était doux et dur à la fois.

— Viens sur moi, fit-il dans une sorte de grognement.

Diane n'avait pas besoin d'explication. Elle se hissa sur lui et il la pénétra profondément.

La douleur fut vive mais brève. Une sensation de plénitude la remplaça très vite. Il se mouvait avec une exquise lenteur. Puis il la fit basculer sur le dos. Des sensations étourdissantes jaillissaient, comme des éclairs venus du plus profond d'elle-même. Parfois il accélérait la cadence, l'amenant au bord de l'explosion, parfois il ralentissait. Accrochée à lui, elle lui caressait le dos tandis qu'il murmurait des mots d'amour que jamais encore elle n'avait entendus. Elle s'arc-bouta et s'abandonna au torrent de plaisir...

Ils reprirent lentement leur souffle, puis il roula sur le côté en l'emmenant avec lui. Ils demeurèrent ainsi, étroitement enlacés. Ils avaient oublié le reste du monde. La nuit n'était pas encore tombée mais elle leur appartenait...

Heureusement pour eux, Peter passa celle-ci dans une maison de jeu avec son ami Barrymore. Quant à Prudence et Richard, ils furent contraints de dormir dans une auberge, à une vingtaine de miles de Bath, à cause d'une terrible averse qui rendit la circulation impossible...

Cette halte forcée mit Prudence de fort mauvaise humeur. Et quand elle apprit que non seulement elle devrait partager la même chambre que son mari mais le même lit, elle devint acariâtre.

— Le retour de votre nièce de malheur nous tombe dessus comme une calamité !

— C'est grâce à ma nièce de malheur que nous habitons Grosvenor Square, et grâce à son argent que nous vivons dans le luxe, rétorqua Richard.

— Si vous n'étiez pas qu'un petit avocat sans envergure, nous n'en serions pas là !

— Vous n'êtes qu'une vieille punaise, Prudence !

Celle-ci faillit s'étouffer d'indignation. Comment un homme pouvait-il injurier de la sorte une femme respectable ?

— Je me demande comment je vous supporte ! J'aurais dû divorcer depuis longtemps ! ajouta Richard.

Cette fois, Prudence frémit. Un divorce ? Quel scandale ! Elle en mourrait !

— Vous n'oseriez pas ! Vous êtes trop lâche !

Richard sourit.

— C'est ce que nous verrons, ma chère.

Il fixa sa poitrine opulente et ordonna :

— Pour l'instant, couchez-vous et surtout, surtout, taisez-vous.

Prudence éteignit les bougies avant de se déshabiller. Les hommes étaient tous les mêmes, des obsédés qui exigeaient tôt ou tard la satisfaction de leurs droits conjugaux...

Après deux jours de voyage éprouvants, ils arrivèrent enfin à Bath, où ils louèrent une maison plutôt que d'accepter l'hospitalité des Hardwick. L'après-midi commençait, quand ils se présentèrent chez le comte.

M. Burke emmena les Davenport dans le salon, où Diane les attendait nerveusement. Prudence examina sa nièce d'un regard dur, repérant les changements. Et il y en avait, des changements ! Dans sa robe vert jade, elle lui parut plus âgée, plus posée.

La jeune femme leur sourit.

— Je suis désolée pour tout le souci que je vous ai causé, mais je n'ai pas disparu délibérément, croyez-moi. Merci de m'avoir fait rechercher. D'ici deux mois, vous serez soulagés de ma responsabilité.

Elle leur rappelait que leur autorité sur elle allait bientôt s'achever... Quel toupet ! Prudence et Richard échangèrent un regard entendu.

— Comme vous pouvez le voir, vous n'avez plus à vous inquiéter pour moi, je vais très bien, ajouta Diane gaiement.

Prudence l'observa en plissant les yeux. Sa nièce lui semblait fatiguée. Une sorte de langueur planait dans son regard. Mon Dieu...

— Où étiez-vous pendant tout ce temps ?

Diane s'était longuement interrogée pour savoir si elle devait leur dire la vérité. Finalement, elle avait opté pour cette solution. Certes, ils ne la croiraient pas, mais c'était le dernier de ses soucis.

— En quittant cette maison, ce matin-là, je me posais des questions sur mon mariage avec Peter. Je suis partie me promener et je suis entrée chez un antiquaire où un casque romain m'a intriguée. Je l'ai essayé, et une chose très étrange s'est produite. J'ai perdu connaissance. Quand je me suis réveillée, j'étais au même endroit, mais à l'époque où les Romains occupaient le pays.

— Ridicule ! s'exclama Prudence.

Diane s'était sauvée avec un homme. Il suffisait de la regarder pour comprendre qu'elle avait perdu son innocence.

— Richard, j'aimerais parler à notre nièce en privé, si vous le permettez.

Certain lui aussi que Diane était partie avec un amant et qu'elle n'osait pas l'avouer devant lui, il se retira.

— Votre conduite est scandaleuse ! s'écria Prudence dès qu'elles furent seules.

Diane esquissa une grimace.

— Totalement, Prudence. J'ai porté des vêtements scandaleux, j'ai dit des choses scandaleuses, et j'ai commis des actes inconvenants. Délicieusement *inconvenants* !

Prudence devint violette.

— Vous êtes partie pendant *neuf mois*. Vous avez eu un enfant illégitime, c'est cela ?

— Mon Dieu, Prudence, comment votre esprit *convenable* peut-il suspecter une chose pareille ? Non, désolée, je n'ai pas eu d'enfant et je le regrette !

— Oh ! Dois-je vous rappeler que vous me devez le respect, même si vous n'en avez plus aucun pour vous-même !

Prudence fit volte-face et ouvrit la porte.

— Richard ! cria-t-elle. Je refuse de discuter avec votre pupille. Elle n'a plus tous ses esprits.

À la mine choquée de sa femme, il comprit ce qu'il en était.

— Dès que Peter arrivera, nous organiserons le mariage, déclara-t-il.

La jeune femme se leva. Elle voulait les détromper mais elle crut préférable de parler d'abord à Peter, c'était la moindre des choses.

— Que Peter et moi décidions de nous marier ou pas, cela ne vous regarde en rien.

— Vous vous trompez, ma chère, rétorqua Prudence, mielleuse. Vous êtes sous notre contrôle pendant encore deux mois. Dites-le-lui, Richard !

— C'est vrai, Diane, que cela vous plaise ou non.

— Je suis sous votre *responsabilité*, pas sous votre *contrôle*, rectifia la jeune femme sans ciller.

Dans le vestibule, Charles Wentworth et Marc Hardwick se regardaient avec anxiété.

— Qu'attendons-nous pour intervenir ? demanda Charles.

— Allons-y.

# 33

Dès que les deux hommes entrèrent dans le salon, le silence se fit. Puis Marc prit la parole :

— Je vous présente le Dr Wentworth, qui suit Diane depuis que je l'ai retrouvée inconsciente. Charles, voici Prudence et Richard Davenport, les tuteurs de Diane.

Richard serra la main du médecin. Prudence lui adressa un bref signe de tête.

— Je suis très satisfait des progrès de Diane, mais je dois vous prévenir qu'elle n'est pas complètement remise, expliqua le docteur.

— C'est-à-dire ? demanda Prudence.

— Elle a vécu un traumatisme. Heureusement, elle a récupéré sur le plan physique.

— Mais pas mentalement ?

— Sa santé mentale n'est pas atteinte, rétorqua fermement Charles. C'est sur le plan émotionnel qu'il lui faudra du temps pour récupérer.

— Que faites-vous des mensonges qu'elle invente au sujet de ces neuf mois ?

— On ne peut parler de mensonges, car elle croit vraiment ce qu'elle dit.

Ils parlaient d'elle comme si elle n'était pas là ! La jeune femme ouvrit la bouche pour intervenir mais Marc lui fit signe de se taire.

— Balivernes ! jeta Prudence d'un ton hargneux.

Charles Wentworth s'efforça de rester patient.

— Avec du temps et de la compréhension, lady Diane se rétablira complètement. C'est ce que nous désirons tous, n'est-ce pas ?

— Faites vos bagages, ordonna Prudence à Diane. Nous avons loué une maison à Queen Square.

Marc vrilla son regard dans celui de la tante.

— C'est inutile. Lady Diane restera ici jusqu'à ce que le Dr Wentworth estime qu'elle est guérie.

Prudence prit un air outragé.

— Ce ne serait pas convenable ! Ma nièce est une jeune fille, lord Bath.

— Suggérez-vous que je pourrais la compromettre, madame Davenport ? rétorqua Marc avec une froide arrogance.

La jeune femme se leva, soudain lasse de cet affrontement.

— Je vous rejoindrai à Queen Square dès que j'aurai parlé à Peter.

Afin de détendre l'atmosphère, Charles proposa :

— Je passerai à Queen Square pour suivre les progrès de Diane.

— Docteur Wentworth, vos services ne sont plus…

— Prudence, ça suffit ! l'interrompit Richard. Le Dr Wentworth nous a été d'une aide précieuse… Nous avons une dette envers vous, docteur, et nous serons heureux que vous continuiez à veiller sur notre nièce tant que nous serons à Bath.

Sur ce, les Davenport prirent congé, suivis par Charles.

— Mais pourquoi diable t'es-tu laissé intimider ? s'exclama Marc dès qu'ils furent partis.

— Je n'ai pas la moindre intention d'aller à Queen Square. J'ai dit cela pour me débarrasser d'eux. Il fallait éviter que les choses s'enveniment.

— C'est la femme la plus odieuse que j'aie jamais rencontrée ! Une vieille toupie !

Diane se mit à rire.

— Quand je pense qu'elle a insinué que tu allais me compromettre !

Il la rejoignit en deux enjambées, referma les bras autour de sa taille et la souleva.

— Laisse-moi te compromettre immédiatement.

— Sûrement pas !

Il fronça les sourcils, stupéfait. Alors elle posa un baiser sur son front et précisa :

— C'est mon tour de te compromettre !

Il faisait nuit depuis longtemps quand Peter Hardwick arriva enfin. Ayant réussi à convaincre Marc de la laisser seule pour parler à son frère, elle l'attendait dans la bibliothèque, avec un livre.

Lorsque M. Burke ouvrit la porte, Peter se précipita auprès d'elle, tel un prétendant empressé.

— Chérie, quel bonheur de vous voir rétablie !

Il voulut l'attirer dans ses bras mais Diane recula.

— Peter, il faut que je vous parle...

— Non, Diane, je ne vous demande rien. Ce qui est fait est fait. La seule chose qui importe est que vous me soyez revenue.

Sa gentillesse embarrassa la jeune femme.

— Écoutez-moi. Je ne vous épouserai pas.

Le sourire de Peter disparut.

— Comment ?

— Je ne peux pas vous épouser.

Comme s'il étouffait, il défit d'un geste brusque le col du manteau qui lui serrait la gorge.

— Il y a quelqu'un d'autre ?

— Oui, répondit-elle tranquillement. Il y a quelqu'un d'autre.

Il contracta les mâchoires.

— J'ai signé un engagement envers vos tuteurs, et je ne peux le rompre !

— Un engagement ? Je l'ignorais.

— Vous ignoriez aussi qu'ils veulent votre argent. Ils ont essayé de vous faire déclarer morte !

Le livre qu'elle tenait tomba sur le tapis.

— Qu'est-ce que vous dites ?

— Je dis que ce sont deux vautours qui ont déjà profité de votre fortune. En m'épousant, vous vous libéreriez de leur mainmise.

Diane ouvrit de grands yeux.

— Vous vouliez m'épouser pour mon argent ! s'exclama-t-elle, atterrée de constater à quel point elle s'était montrée naïve. Grâce à Dieu, je n'ai aucun besoin de ce mariage. Dans deux mois, je serai libre de leur tutelle !

— Mais vous n'aurez plus rien ! Richard Davenport vous aura saignée à blanc !

— Taisez-vous ! Je vais les voir immédiatement !

— Vous êtes en sécurité ici, et m'épouser vous sortirait d'affaire. Ne tombez pas entre leurs mains, Diane…

— Laissez-moi.

— Oh, je vous laisse pour le moment, mais je reviendrai ! jeta Peter avant de sortir.

Diane s'appuya au bureau. Elle ne parvenait pas à croire à tant d'infamie ! Elle se souvint alors de l'insistance de Prudence pour qu'elle épouse Peter… Mais en quoi ce mariage leur bénéficiait-il, à elle et à son oncle ?

Une chape de glace se refermait autour de son cœur. Sans doute l'engagement écrit était-il destiné à la destituer de sa fortune… Tous ces gens qui prétendaient l'aimer n'étaient que des crapules ! Richard avait essayé de vendre la bibliothèque de son père, Marc avait voulu l'acheter…

Seigneur ! Marc faisait-il aussi partie du complot ?

Peter entra sans frapper dans la chambre de son frère. Assis à son bureau, Marc essayait vainement de travailler à son livre sur Aquae Sulis. L'esprit ailleurs, il regrettait de ne pas être auprès de Diane.

Il se leva et désigna un fauteuil devant le feu de cheminée.

— Assieds-toi, Peter.

Celui-ci poussa un soupir puis raconta :

— Quand je suis arrivé à Grosvenor Square pour annoncer aux Davenport la bonne nouvelle à propos de Diane, j'ai cru qu'ils allaient me tuer ! Richard avait adressé une requête afin que sa mort soit officiellement reconnue. Je crains qu'il n'ait déjà détourné toute sa fortune à son profit.

— C'est une grave accusation, Peter. Qu'est-ce qui te fait penser une chose pareille ?

— Il a décrété que l'accord que nous avions conclu pour que j'épouse Diane était rompu. Seule la perspective de s'attribuer tout son argent a pu motiver une telle décision.

— Es-tu en train de me dire que tu as été payé pour épouser Diane ?

Peter bondit de son fauteuil.

— À t'entendre, ce serait un crime ! Marc, pour l'amour de Dieu, je suis couvert de dettes ! J'ai tous mes créanciers sur le dos et je finirai en prison sans ce mariage providentiel.

Le poing de Marc s'abattit sur la figure de Peter qui se retrouva au sol.

— Tu n'es qu'un vaurien ! Un scélérat ! jeta le comte, se retenant pour ne pas corriger son débauché de frère comme il le méritait.

Peter se releva tant bien que mal en se tenant la mâchoire.

— Sous prétexte que tu es l'aîné, tout t'est servi sur un plateau : les terres, le titre, l'argent... C'est facile de me regarder de haut !

Marc passa une main dans ses cheveux.

— Je te rappelle que tu jouis d'une rente plus que substantielle. Si tu ne menais pas cette vie dépravée, cela te suffirait amplement pour vivre. Je vais payer tes dettes une dernière fois, la *dernière*, tu m'entends ? Si tu recommences, tu iras en prison. Maintenant, hors de ma vue avant que je ne te tue !

Les murs épais du manoir épargnèrent à Diane les échos de la dispute, mais quand Peter dévala l'escalier et claqua violemment la porte d'entrée, elle sortit de la bibliothèque pour voir de qui il s'agissait. Par la fenêtre, elle aperçut un attelage descendant l'allée à toute vitesse.

Marc se tenait en haut de l'escalier. Malgré la faible lumière, elle remarqua qu'il était fou de rage.

— C'était Peter ?

— Viens, répondit-il.

Au son de sa voix, elle sut qu'il était bouleversé. Elle releva la tête.

— Je ne lui ai pas brisé le cœur, si c'est cela qui te tracasse. Il m'épousait pour mon argent, mais tu le savais... Tout le monde le savait sauf moi.

Il dévala l'escalier tel un félin se jetant sur sa proie. Diane resta clouée sur place, tétanisée par la force extraordinaire de cet homme.

Sans hésiter, il la souleva dans ses bras et l'emporta en haut des marches. Ses efforts pour lui échapper s'avérèrent inutiles. Il entra dans sa chambre et referma derrière lui.

— Marc ! Non !

— Tu as peur de moi ? s'exclama-t-il, incrédule.

— Je... C'est ta colère qui m'effraie.

Il s'assit devant le feu et l'embrassa.

— Je ne suis pas en colère contre toi, mais contre ce qu'ils t'ont fait !

Diane se blottit aussitôt dans ses bras, infiniment soulagée.

— Comment pourrais-tu faire confiance à qui que ce soit, maintenant ? continua-t-il, furieux. Même moi je te fais peur ! Ils mériteraient que...

Elle prit son poing serré et le porta contre sa joue. La main de Marc se détendit aussitôt et se referma en coupe autour de son visage.

Des siècles avaient passé. Marcus les aurait tués. Mais Marc, lui, se contrôla.

— Qu'est-ce que Peter t'a dit ? questionna-t-il.

— Il m'a dit que Richard et Prudence avaient détourné mon argent à leur bénéfice. Que ma seule chance de leur échapper était de l'épouser. Ils ont conclu une sorte d'accord entre eux pour me déposséder de mes biens. J'ai dit à Peter que j'allais leur parler.

— Non, Diane. Je préfère mettre mes avocats sur l'affaire immédiatement.

— Que s'est-il passé entre toi et Peter ?

— Quand il m'a dit pourquoi il voulait t'épouser, je lui ai envoyé mon poing dans la figure.

— Pauvre Peter...

— Ce jeune voyou te fait pitié ?

— Dans un sens, oui. Il n'est pas de taille à se mesurer à toi. Tu es un être exceptionnel.

— Tu exagères mais cela me plaît, murmura-t-il tout contre son oreille. Dis-le-moi encore...

— Tu es noble, honorable et...

— Et bête comme mes pieds ! Je lui ai promis de payer ses dettes. Il faudra que j'aille à Londres dès demain pour régler ses créanciers moi-même. Si je lui avais confié l'argent, il l'aurait dépensé sans l'ombre d'un remords !

Il raffermit son étreinte.

— Tu m'accompagnes ? demanda-t-il, sachant très bien que c'était impossible.

L'emmener avec lui achèverait de la compromettre. C'en serait irrémédiablement fini de sa réputation.

— Je vais rester ici, murmura-t-elle.

Dès qu'il serait parti, elle irait à Queen Square régler ses comptes avec son oncle et sa tante. Ce n'était pas à Marc de se battre pour elle, et puis, cette confrontation avec Prudence n'était pas pour lui déplaire.

— C'est peut-être mieux ainsi, répliqua-t-il. Tu ne risques rien ici. Peter n'est pas près de se montrer et si jamais il lui prenait la fantaisie de revenir, M. Burke se chargerait de le mettre à la porte.

— Je n'ai pas peur de Peter.

Marc referma ses lèvres sur les siennes d'une manière possessive.

Elle était la femme la plus fascinante, la moins conventionnelle qu'il ait jamais connue et il l'aimait plus que tout. Il regrettait de devoir partir mais cette nuit, il saurait se rendre inoubliable.

Le lendemain matin, Charles Wentworth eut la surprise d'être appelé à Queen Square. Prudence Davenport lui avait manifesté une telle défiance qu'il s'étonnait que l'on réclame ses services. Sans doute Richard était-il à l'origine de cette initiative...

— Merci d'être venu, docteur Wentworth, lui dit ce dernier.

Prudence était assise dans un fauteuil, silencieuse. Le médecin devina que son époux avait dû la sermonner.

— Nous souhaiterions savoir plus précisément ce qui est arrivé à Diane et si elle a une chance de se rétablir, continua Davenport.

— Eh bien, le cas de Diane est troublant. Elle pense qu'elle a été propulsée dans le temps, dans le passé, à l'époque où les Romains occupaient l'Angleterre. C'est sans aucun doute une forme d'amnésie avec substitution d'événements plausibles.

— Plausibles ? releva Prudence, incapable de tenir sa langue.

— Plausibles pour Diane. Si on la laisse en parler librement, elle parviendra à s'en libérer et la vérité affleurera à sa conscience.

— Est-il possible que cela ne se produise jamais, qu'elle reste avec ses chimères ?

— J'aimerais pouvoir vous répondre non, mais il n'y a aucune certitude en ce domaine. Par ailleurs, son esprit fonctionne normalement. Après tout, nous avons chacun nos excentricités... Puis-je voir ma patiente ?

— Désolé, docteur, mais elle n'est pas encore rentrée de chez le comte de Bath. Je voulais simplement clarifier certains points avec vous avant son retour.

— Docteur Wentworth, je vous serais reconnaissante de garder tout cela pour vous, intervint Prudence.

— Madame Davenport, sachez que jamais je ne discuterais le cas de ma patiente avec quiconque. Seule votre qualité de tuteurs m'autorise à vous en parler.

Dès que Richard eut refermé la porte de la maison, Prudence ouvrit celle de la salle à manger. Un homme de forte corpulence en sortit.

— Avez-vous tout entendu, docteur ?

— Oui, madame. Vos inquiétudes me semblent justifiées.

Lorsque Richard les rejoignit, il eut la surprise de se voir gratifier d'un sourire de la part de sa femme. L'idée venait de lui. Pourquoi se contenteraient-ils d'une partie de la fortune de leur nièce quand ils pouvaient l'en déposséder totalement ? Il paierait ce médecin pour avoir un certificat de convenance établissant que Diane était incapable de gérer ses biens.

— Quelle idée de génie ! s'était exclamée Prudence quand il lui avait exposé son plan. De plus, nous aurons la conscience tranquille puisqu'elle est vraiment dérangée. Dans son intérêt, il faut qu'elle soit mise sous bonne garde. Dieu sait ce qui pourrait lui arriver si elle était libre de ses allées et venues...

Revenant au présent, Richard regarda le médecin d'un air grave.

— Docteur Bognor, je suis sûr que lorsque vous la verrez, vous tomberez d'accord avec nous pour reconnaître que notre nièce ne retrouvera jamais la raison.

Prudence mit son chapeau.

— Il est possible que nous rencontrions quelque résistance quand nous essaierons de l'emmener de chez les Hardwick.

— Ne craignez rien, chère madame, répliqua le praticien. Nous avons la loi avec nous.

À ce moment-là, on frappa à la porte d'entrée. Prudence regarda par la fenêtre.

— C'est Diane, annonça-t-elle à Richard.

— Quel heureux hasard !

— Je ferais peut-être bien de rester caché, suggéra le docteur. Elle se méfiera moins.

# 34

Diane entra chez les Davenport avec autorité.

— Où sont vos serviteurs ? s'étonna-t-elle. Ne me dites pas que vous n'en avez pas, c'est moi qui les paie. Prudence ne peut se passer d'au moins douze laquais à ses ordres.

Sa tante s'empourpra violemment.

— Je ne vous permets pas de me parler sur ce ton ! Vous me devez le respect, ma petite !

— Le respect se mérite, Prudence. Tout ce que Richard et vous avez gagné, c'est ma suspicion, ma colère et mon mépris.

— Vous n'avez pas toute votre raison, Diane, intervint Richard. Vous n'êtes plus la même.

— C'est vrai, je ne suis plus la jeune fille crédule et naïve que j'étais. Peter Hardwick est venu me voir hier soir. Quand je lui ai dit que je ne comptais pas l'épouser, il m'a révélé l'accord secret qu'il avait passé avec vous.

Richard fronça les sourcils.

— Nous n'avons aucun accord secret avec Hardwick. C'est un menteur !

— Dans ce cas, vous ne vous opposerez pas à ce que soit établi un état de mes finances ?

— Pas du tout. D'ici deux mois, vous entrerez en totale possession de vos biens. Je serai enfin déchargé de cette lourde responsabilité !

Sachant qu'elle avait intérêt à l'amener sur un terrain délicat, Prudence glissa :

— Diane, vous rappelez-vous où vous étiez durant tout ce temps, ou persistez-vous à affirmer que vous étiez chez les Romains ?

Diane se tourna vers sa tante et poussa un soupir.

— Je vous l'ai dit. J'étais vraiment à Aquae Sulis, au temps de l'invasion romaine. Marcus Magnus, le général qui m'a prise comme esclave, n'était autre que Marc Hardwick, le comte de Bath. Et, oui, nous étions amants !

À ce moment-là, Richard ouvrit la porte qui donnait dans la salle à manger.

— En avez-vous assez entendu, docteur ?

— Délire hallucinatoire, décréta ce dernier. Je suis prêt à signer les papiers.

— Qu'est-ce que cela veut dire ? s'écria la jeune femme, furieuse de s'apercevoir qu'on avait écouté leur conversation.

— Voici le Dr Clayton Bognor. Il va s'occuper de votre cas.

— Je suis suivie par Charles Wentworth. Vous n'imaginez tout de même pas que j'accepterai un médecin de votre choix ?

— Vous êtes mineure, ma chère, vous n'avez pas votre mot à dire.

— Ne m'approchez pas !

Richard lui saisit les bras, aidé par le docteur. Diane se débattit farouchement.

— Ne me touchez pas, espèce de porc !

Mais le docteur plaqua sur son visage un mouchoir imbibé d'opium, et la jeune femme s'évanouit dans les bras de son oncle.

Elle sentit qu'on la soulevait. Elle leva des paupières lourdes et s'aperçut qu'on la transportait vers une sorte de manoir, percé de fenêtres armées de barreaux. Les deux hommes qui la portaient n'étaient autres que le Dr Bognor et son oncle. Dieu du ciel ! Il s'agissait d'un nouveau cauchemar. Est-ce qu'elle perdait l'esprit ?

Non, elle ne rêvait pas. La pression des doigts du docteur était affreusement douloureuse. L'horrible produit qu'elle avait respiré lui donnait la nausée. Prudence n'était pas en vue, mais Diane savait qu'elle approuvait cet enlèvement.

Quand ils pénétrèrent dans la demeure, elle trouva la force de murmurer :

— Où suis-je ?

— Dans un hôpital, répondit doucement Richard, comme s'il s'adressait à un enfant récalcitrant.

— Je n'ai rien à faire ici !

Elle essaya de se dégager, mais le docteur la tenait d'une main de fer.

— Bien sûr que si. Dès que vous irez mieux, vous rentrerez à la maison.

Une frayeur terrible s'insinua en elle. Ils l'internaient, purement et simplement ! Ils pourraient ainsi disposer de son argent. La panique la prit. Elle devait s'échapper ! Elle mordit la main du docteur refermée sur son bras.

Le médecin lâcha prise en criant. Elle esquiva Richard qui voulait l'attraper et se réfugia derrière un bureau en acajou. La matrone qui y était assise sauta sur ses pieds. Diane saisit aussitôt la chaise qu'elle venait de quitter et la lança de toutes ses forces sur le docteur. Hélas, elle manqua sa cible, et la chaise s'écrasa contre le mur, endommageant le plâtre au passage. Elle prit alors une lampe à huile.

— Si vous ne me laissez pas partir immédiatement, je détruis tout ici !

Elle avait déjà été jetée en prison. Il n'était pas question qu'elle y retourne !

— Elle est folle. Appelez des infirmiers, ordonna le Dr Bognor à la matrone.

Diane brisa la lampe sur la table. Aussitôt, les papiers prirent feu, et les trois autres reculèrent. Elle se précipita vers la porte. À son grand désarroi, celle-ci était fermée à clé.

Deux femmes en blanc apparurent alors. C'étaient de véritables colosses.

— Nous n'avons pas le choix, déclara Bognor. Mettez-lui la camisole de force !

— Non !

Les deux géantes eurent tôt fait de vaincre ses résistances. Elles l'emmenèrent dans une petite pièce vide. Une fenêtre haute, armée de barreaux, dispensait une faible lumière. Diane s'efforçait de reprendre son souffle et de se calmer. Il fallait qu'elle s'évade mais ce n'était pas par la force qu'elle réussirait. Elle devait se servir de son intelligence.

Les harpies commençaient à la déshabiller. Quand la jeune femme vit l'affreuse veste avec ses courroies, elle fut parcourue d'un frisson glacé.

— Non, ne me mettez pas ça ! Je resterai calme. Je ne vous causerai plus de problèmes.

Sourdes à ses promesses, elles finirent de la dévêtir. Diane se retrouva nue, avec pour seul atour la chaîne avec le demi-César. Une idée germa alors dans son esprit.

— Écoutez-moi, toutes les deux. Cette moitié de pièce est en or massif. Elle date de l'Antiquité, sa valeur est inestimable. C'est un César de l'époque romaine, authentique. Ne le donnez pas au docteur. Personne ne sait que je le porte !

Les géantes se regardèrent. Elles mordaient à l'hameçon.

— N'essayez pas de le vendre, vous en tireriez une misère, même chez un antiquaire. Mais le comte de Bath m'en avait offert un demi-million de livres. Vous pourriez le lui proposer.

Les deux femmes échangèrent un nouveau regard. Diane craignit d'avoir visé trop haut, elles semblaient la prendre pour une excentrique. L'une des deux infirmières lui enleva le bijou et le mit dans sa poche, avant de lui croiser les bras pour enfiler la camisole de force.

— Combien vous paient-ils, ici ? insista la jeune femme. Une livre par semaine ? Si vous vendez cette pièce au comte de Bath, vous n'aurez plus besoin de travailler !

Elles sortirent et verrouillèrent la porte derrière elles. Il n'y avait pas de lit dans la cellule, pas même une chaise. Diane s'appuya contre le mur et se laissa glisser par terre. Pourquoi n'était-elle pas partie à Londres avec Marc ? En retournant dans son époque, elle s'était crue à l'abri. Mais en fait, le diable n'avait pas d'âge. Depuis la nuit des temps, la cupidité poussait les êtres humains aux plus viles manœuvres.

Diane ferma les yeux et tenta de refouler ses larmes. « Ne perds pas espoir, se disait-elle. Sinon ils auront gagné. »

Luttant contre le sommeil par peur des cauchemars, elle se raccrocha à l'idée que Marc viendrait la délivrer.

— Marc... murmura-t-elle. Viens... je t'en prie...

Le comte de Bath fit le tour des clubs les plus connus de Londres, payant les dettes de son frère. La première journée lui parut interminable, en l'absence de Diane. Sans elle, Londres perdait tout son charme.

Il se coucha à l'aube mais ne trouva pas pour autant le sommeil. Diane lui manquait terriblement. Son cœur était vide sans elle. Et puis il s'inquiétait. Peut-être avait-elle besoin de lui ? Si elle faisait un cauchemar, qui la protégerait dans l'écrin de ses bras ?...

Le lendemain matin, il se leva très tôt. La nuit n'avait pas entièrement dissipé son angoisse à propos de Diane. Il décida de rentrer à Bath tout de suite après avoir vu ses avocats. Il les chargea de s'occuper des autres dettes de son frère et de l'informer sur l'héritage de Diane Davenport.

— C'est délicat, monsieur le comte. Cette jeune fille est mineure. Pour intenter une action, il faut attendre qu'elle entre en possession de ses biens, dans deux mois. Afin de procéder aux premières investigations, j'ai besoin d'une signature du plaignant, et d'une autre de vous, en tant que témoin...

Muni des papiers en question, Marc quitta Londres vers le milieu de la matinée. Au lieu de s'arrêter pour se reposer, il poursuivit sa route. Il savait qu'il ne pourrait arriver chez lui avant minuit, mais la perspective de surprendre Diane dans son sommeil lui donnait des ailes...

Quand il aperçut enfin le manoir, toutes les lumières étaient allumées. Il comprit aussitôt que quelque chose n'allait pas. Laissant ses chevaux aux écuries, il courut chez lui.

M. Burke n'était pas couché. Il l'attendait.

— Monsieur le comte, j'étais fou d'inquiétude... Je ne savais pas quoi faire.

— C'est Diane, n'est-ce pas ? fit Marc en jetant son manteau et en se précipitant vers l'escalier.

— Lady Diane n'est pas là.

— Où est-elle, alors ?

— Voilà le problème, Monsieur. Nous n'en avons pas la moindre idée. Le cocher l'a accompagnée en ville. Elle lui a donné rendez-vous à l'abbaye mais il l'a attendue en vain.

— Peter est-il revenu ?

— Non, Monsieur. Je ne l'ai pas vu.

— Son oncle et sa tante sont à Bath. Elle est probablement avec eux, expliqua Marc qui s'en voulait de l'avoir laissée toute seule.

— J'ai pris la liberté de me renseigner à Queen Square ce matin, Monsieur. Personne n'a répondu.

Marc monta l'escalier quatre à quatre. La chambre de la jeune femme était parfaitement rangée. Il ouvrit la garde-robe, constatant avec soulagement que ses robes étaient toujours là. Diane avait l'intention de revenir. Mais son soulagement fut de courte durée. Qu'est-ce qui l'avait empêchée de rentrer, justement ?

Il glissa une main sous l'oreiller et trouva la chemise de nuit pliée. Il respira son odeur avec ivresse. Il n'y avait qu'une solution : Prudence et Richard la retenaient de force.

— Burke, mon pardessus ! cria-t-il en courant dans le hall. Je vais à Queen Square.

Le majordome crut bon de rappeler à son maître qu'il était trois heures du matin, mais Marc balaya cette objection d'un geste agacé.

La voiture traversa Pulteney Bridge puis s'engagea dans Bridge Street. Au détour de Barton, le cocher arrêta l'équipage, afin de se repérer dans l'obscurité. Le veilleur de nuit s'approcha et leva sa lanterne pour voir qui conduisait.

— Cette partie de la ville est interdite aux véhicules. Qu'est-ce qui vous amène à cette heure de la nuit ?

— Hors du chemin ! répliqua le cocher. Savez-vous à qui est cette voiture ?

— Elle pourrait être au comte de Bath en personne que ça ne changerait rien. Les voitures sont interdites, un point c'est tout.

Il dirigea sa lanterne vers l'intérieur de l'habitacle et sursauta violemment.

— Oh ! Désolé, milord. Ce... c'était juste une façon de parler, voyez... ?

— Pas de problème, mon brave. Au contraire, je vous félicite de faire votre travail aussi consciencieusement.

Il donna un souverain au veilleur puis ordonna à son cocher de continuer.

À Queen Square, il actionna vainement le marteau de la porte. Personne. Déçu, il décida de revenir au petit matin et de questionner les voisins. En attendant, il pria son cocher de le conduire chez Charles Wentworth.

Heureusement, le bon docteur était habitué à être réveillé à des heures indues. Dès que Charles découvrit son ami en train d'arpenter le vestibule comme un ours en cage, il demanda :

— C'est lady Diane, n'est-ce pas ?

— Elle est partie, Charles. J'espérais que tu l'avais vue.

— Viens dans la bibliothèque. Je vais te servir un brandy. On dirait que tu en as besoin.

— Tu dois bien savoir quelque chose ! insista Marc avec espoir.

— Pas vraiment. Il y a deux jours, j'ai été appelé à Queen Square. J'y suis allé immédiatement, pensant voir Diane, mais elle n'était pas là. Les Davenport m'ont reçu dans le salon. Ils voulaient savoir en détail ce qui lui était arrivé et si elle allait se rétablir. Je leur ai répété brièvement que Diane croyait avoir été transportée dans le passé et qu'il convenait maintenant de l'encourager à s'exprimer librement, pour ne pas refouler ses souvenirs. Quand j'ai demandé à la voir, ils m'ont répondu qu'elle était toujours à Hardwick Hall.

— C'est tout ?

— Prudence m'a prié de garder tout cela pour moi, afin d'éviter qu'un scandale ne vienne souiller sa réputation.

— Je crois plutôt qu'ils mijotent quelque chose !

Marc but son brandy d'un trait et ajouta :

— Je la trouverai, dit-il avec une telle détermination que Charles n'en douta pas un instant.

À cinq heures et demie, Marc frappait chez les voisins de Queen Square. Il apprit seulement que les Davenport n'avaient ni emmené leur personnel ni engagé de serviteurs sur place. Personne n'avait vu la jeune femme.

Marc se rendit ensuite au bureau de location. Devant la réticence du gérant à donner des renseignements sur ses clients, le comte loua lui-même la maison pour un mois, afin d'obtenir les clés. Il retourna à Queen Square et fouilla les lieux de fond en comble, espérant trouver un indice du passage de Diane.

Rien. Seule une odeur bizarre flottant dans les pièces du bas l'intrigua. Il l'avait déjà sentie auparavant mais ne parvenait pas à l'identifier. C'était une odeur de médicament, écœurante.

Qu'était devenue la jeune femme ? Il voulait la retrouver, de tout son être. Elle était une part de lui-même, indispensable à sa vie. Il était convaincu qu'elle n'était pas partie de son plein gré. Si elle s'était sauvée, ce n'était pas à cause de lui mais de ses tuteurs, ou de Peter…

Il fit ensuite la tournée de tous les relais de louage de Bath. Si Diane avait pris un billet pour n'importe quelle destination, il le saurait. Une fois de plus, ses recherches demeurèrent vaines.

Découragé, il passa une main fébrile dans ses cheveux. C'est alors que la mémoire lui revint. L'opium. L'odeur qui régnait à Queen Square était celle de l'opium. Mon Dieu, que lui avaient-ils fait ?

# 35

Diane passa la nuit recroquevillée contre le mur. Au matin, elle respirait avec difficulté tant la camisole comprimait son buste.

Les deux géantes de la veille finirent par ouvrir sa porte. Elles apportaient de l'eau pour sa toilette, avec une éponge. Après l'avoir débarrassée de la camisole, elles s'éclipsèrent, la laissant nue. Si elles agissaient à dessein pour l'humilier, elles faisaient fausse route. Diane avait appris que la nudité n'était pas humiliante. Elle priait seulement pour ne plus se retrouver dans cette odieuse camisole !

Les infirmières revinrent avec une longue chemise brune et des chaussures en toile.

— Quel est cet endroit ? demanda Diane d'une voix calme.

— Vous êtes dans un asile privé, répondit l'une des deux harpies après une hésitation.

Un asile ? Dieu du ciel ! Une maison de fous !

— Combien d'autres patients se trouvent ici ? reprit la jeune femme tout aussi tranquillement.

— Une cinquantaine. Mais vous ne les côtoierez pas tant que vous ne saurez pas vous dominer. Vous serez gardée en réclusion durant les premières semaines.

Glacée d'effroi, Diane fut conduite dans une autre cellule, au bout d'un long couloir. Sommairement meublée d'une paillasse, d'une commode, d'une table et d'une chaise, la pièce était à peine plus accueillante que la première, et tout aussi verrouillée.

Quand elle vit le plateau sur la table, elle s'aperçut qu'elle avait les jambes faibles. Elle mourait de faim et de soif. Dès que la clé tourna dans la serrure, elle se jeta sur la nourriture. Elle mangea tout le gruau, léchant l'assiette et la cuillère pour ne rien laisser, dévora la tranche de pain et but toute l'eau de la cruche.

Elle se sentit alors envahie par une étrange léthargie. Elle ne parvenait plus à penser de manière cohérente. Se traînant sur la couche où elle s'étendit, elle comprit qu'ils avaient drogué sa nourriture.

— Marc... je t'en prie, viens me chercher. Toi seul peux m'aider, murmura-t-elle.

Elle tenta en vain de lutter contre le sommeil, mais la bataille était perdue d'avance...

De son côté, Marc Hardwick ne songeait pas à dormir. M. Burke fit ses valises tandis qu'il se changeait, pressé de regagner Londres.

Il se rendit directement à Grosvenor Square. En attendant les Davenport dans la bibliothèque, il songea à la fois où il avait vu Diane dans cette même pièce. Des étincelles avaient immédiatement jailli entre eux...

L'entrée des Davenport mit un terme à sa rêverie.

— En quoi puis-je vous être utile, monsieur le comte ? demanda poliment Richard.

— Je souhaiterais voir lady Diane, déclara Marc en se retenant pour ne pas empoigner Davenport par le collet.

Richard échangea un bref regard avec sa femme avant de répondre :

— Je crains qu'elle ne soit pas ici. Elle n'est pas rentrée à Londres avec nous.

— Puis-je savoir où elle est ?

— Lord Bath, intervint Prudence de sa petite voix aigrelette, ceci doit rester strictement entre nous... mais Diane est repartie.

— Où, madame ?

— Eh bien, où elle était lorsqu'elle a disparu la première fois, je présume. C'est vous dire que j'ignore où.

Elle mentait. Diane ne l'aurait jamais quitté. Il n'avait pas l'intention de jouer au chat et à la souris avec ces escrocs.

— Je crois que vous la cachez, lança-t-il.

— Ce n'est pas vrai ! cria Prudence. Cette fille me fait mener une vie impossible depuis la mort de son père. J'essaie de surmonter le scandale de sa première fugue. Pourquoi l'aurais-je fait disparaître une seconde fois ?

— Si elle n'est pas là, vous ne verrez aucune objection à une perquisition, je suppose ?

Richard carra les épaules.

— Lord Bath, je suis un homme de loi. Dans ce comté, on ne viole pas sans raison l'intimité d'une maison.

— Mais cette maison n'est pas à vous, monsieur. Elle appartient à lady Diane, c'est justement ce qui motive vos actes !

— Mes actes ? répéta Richard, l'air choqué. Attention, je pourrais vous poursuivre pour diffamation...

— Et comment expliqueriez-vous aux juges d'où provenait cette odeur d'opium dans le salon de Queen Square ?

— De l'opium ! s'écria Prudence, au bord de l'évanouissement. Comme vous y allez ! C'est pour soigner ma hanche que je suis allée à Bath, la première fois. Je souffre tellement ! Cette odeur, monsieur, était celle du laudanum. Je ne peux pas dormir sans.

« Bon sang, songea Marc. Cette vieille chipie a réponse à tout ! »

Comprenant l'inutilité de poursuivre cet interrogatoire, il prit congé mais continua son enquête en questionnant les voisins. Tous déclarèrent qu'ils n'avaient pas vu Diane depuis presque un an.

Marc passa ensuite sa journée à attendre la sortie des serviteurs des Davenport. Il finit par tomber sur James, le cocher. Il l'emmena dans un pub de Shepherd's Market où ils prirent une bière.

James esquissa une moue ennuyée.

— Je travaille à l'extérieur, voyez, alors je ne suis pas très au courant de ce qui se dit. Quand le jeune Peter est venu annoncer que lady Diane était retrouvée, je les ai emmenés à Bath. Il pleuvait des cordes, et on s'est arrêtés dans une auberge de Chippenham.

— Et vous les avez conduits à Hardwick Hall, le lendemain ?

— Oui, monsieur le comte. Ils venaient de louer la maison de Queen Square, et d'après ce que j'ai compris, ils comptaient y ramener Diane. Ils étaient comme fous d'être obligés de partir sans elle.

— Quand lady Diane est venue les voir le jour suivant, les avez-vous conduits quelque part ?

— Si la jeune lady est venue, je ne l'ai pas vue.

— Alors elle n'est pas rentrée à Londres avec vous ?

James secoua la tête.

— Non, milord...

— La femme de chambre de Diane pourrait peut-être me renseigner ?

James se pencha vers Marc et baissa le ton :

— Biddy a été congédiée quand lady Diane a disparu, la première fois.

Comprenant que ces investigations ne le mèneraient à rien, Marc Hardwick glissa une pièce à James et partit chez Allegra.

Le comte approchait de la demeure quand dame Lightfoot déboucha en sens inverse. Ils se retrouvèrent ensemble devant la porte. Marc ôta son chapeau.

— Je viens voir Allegra. Savez-vous si elle habite toujours ici ?

— Je suis dame Lightfoot. Entrez, monsieur, et asseyez-vous. La personne que vous cherchez sera là dans un instant.

Marc se dit que cette femme aux cheveux gris avec une canne devait être une parente d'Allegra. Quelle étrange ressemblance... Il attendit dix minutes qui lui parurent interminables. Ne comprenait-elle pas qu'il n'avait pas de temps à perdre ?

Enfin, Allegra apparut dans une robe rouge profondément décolletée.

— Marc chéri, on ne te voit plus à Londres !

— Allegra, je ne sais plus à quel saint me vouer. Je cherche lady Diane Davenport. Elle a disparu.

— Cela fait au moins dix mois.

— Non, je l'ai retrouvée mais elle a disparu de nouveau. Aurais-tu la moindre idée de l'endroit où elle pourrait être ?

Allegra lui sourit.

— Une délicieuse créature, cette petite Diane. Apparemment, je ne suis pas la seule à la trouver charmante... Imprévisible, déjouant les conventions, d'une spontanéité attendrissante... Tu es accroché, on dirait.

— Allegra, je suis très inquiet. J'ai peur qu'il ne lui soit arrivé quelque chose.

Elle haussa les sourcils.

— Elle n'est pas du genre à s'en laisser conter. C'était une élève de dame Lightfoot, tu sais. Même elle ne parvenait pas à l'intimider.

— Je pourrais peut-être parler à cette dame ?

Allegra se mit à rire.

— Marc, tu n'as donc pas compris ?

— Quoi donc ? s'impatienta-t-il.

— Dame Lightfoot et moi sommes la même personne.

Il la considéra avec stupeur et elle expliqua :

— En tant que dame Lightfoot, j'ai mes entrées chez les jeunes filles de bonne famille. En tant qu'Allegra, j'ai les gentlemen dans ma poche.

Marc Hardwick se rembrunit ; il ne goûtait pas la plaisanterie. Son amie prit pitié de lui.

— Écoute. Je te promets que dame Lightfoot et moi ouvrirons grands nos yeux et nos oreilles, chéri. Deux personnes valent mieux qu'une !

Le comte de Bath n'avait plus qu'à rentrer chez lui à Jermyn Street. Il n'avait pas dormi depuis trente-six heures. Il ouvrit avec sa clé et tomba sur le majordome qui vivait là en permanence.

— Bonsoir, monsieur le comte.

Il semblait soulagé de voir son maître.

— Quelque chose ne va pas, Jefferson ?

— C'est Peter, monsieur. Il est ici.

Marc n'était vraiment pas d'humeur à affronter son frère. Il allait se réfugier dans la bibliothèque quand un gémissement venu de l'étage l'arrêta net. Une pensée insupportable lui vint. Et si ce jeune détraqué avait violé Diane pour la forcer à l'épouser ?

À cet instant, des sanglots de femme lui parvinrent, cette fois distinctement…

Il se rua dans l'escalier et ouvrit la porte de la chambre à toute volée. Le spectacle qu'il surprit lui souleva le cœur. Une jeune prostituée était attachée au montant du lit, et Peter fouettait son corps nu avec sa cravache. Le comte ne dit rien. Il se contenta de poser sur son frère un regard tellement méprisant que toute phrase s'avérait superflue. Il ne bougea pas jusqu'à ce que Peter la détache. La pauvre fille commença aussitôt à se rhabiller.

Essayant de dominer sa fureur, Marc regagna sa propre chambre. Il prit la carafe de brandy et s'assit dans un fauteuil de cuir. L'alcool lui brûla la gorge. Il savait depuis toujours que Peter cachait une nature perverse sous des airs angéliques, mais surprendre cette scène l'avait bouleversé. Il se demanda si tout le monde n'avait pas un côté sombre... Peter, Allegra... Diane ?

Le lendemain matin, la tête un peu lourde, il signait des chèques à son bureau quand Peter entra avec sa nonchalance habituelle.

— Épargne-moi tes reproches, attaqua-t-il. Cette fille était grassement payée pour ses services.

— J'ai fait irruption dans la chambre parce que je croyais que c'était Diane.

Peter ouvrit de grands yeux.

— Diane ?... Ne me dis pas qu'elle a encore disparu ! Attends une minute... ajouta-t-il, remarquant l'air désespéré de son frère. Aurait-elle fait une nouvelle victime chez les Hardwick ? Nom d'un chien !

Peter s'assit sur le bord du bureau et poursuivit :

— Si cela peut te consoler, tu ne perds rien. Elle est belle comme une déesse mais froide comme la banquise. Une vraie reine de glace. Elle m'a toujours tenu à distance, de peur que je ne menace sa précieuse virginité.

Marc se sentit plus léger tout à coup. Il scruta le jeune homme un instant puis changea de sujet :

— N'as-tu jamais songé à gagner de l'argent ?

— Non, jamais.

— Tu pourrais travailler aux carrières, ou sur l'une de mes barges.

Peter afficha une moue de dégoût.

— Non merci, monsieur le comte. Ce soir, je suis attendu à l'Almack où un bal est donné en l'honneur de lady Edwina Farnsworth-Peniston, héritière des chemins de fer Peniston. J'espère me remplumer très vite !

Quand Peter s'éclipsa, Marc était convaincu que Diane ne l'intéressait plus. La journée s'annonçait interminable et vide. À part suivre Richard Davenport, il ne voyait pas comment occuper son temps.

Et si Diane avait simplement décidé de partir ? Belle et intelligente comme elle l'était, elle n'aurait aucun mal à survivre en attendant sa majorité. Elle ressurgirait alors pour prendre possession de son héritage, se moquant de ce que pourrait penser le reste du monde...

Marc souffrait comme un damné. Il prit le *Times* et essaya de se concentrer sur sa lecture. Il apprit ainsi que l'on venait de découvrir un grand mur d'origine romaine sous les caves de Bush Lane. Il se rendit aussitôt sur place et retrouva nombre de ses amis de la Société archéologique.

En temps normal, cette découverte l'aurait passionné mais sans Diane, plus rien n'avait de saveur...

Il passa les trois jours suivants à espionner Richard Davenport. Celui-ci se rendait à son bureau pendant la journée et le soir, il fréquentait une maison close. Il finit par conclure que Davenport ne l'amènerait pas à Diane et, le quatrième jour, il repartit pour Bath.

Allongée sur sa paillasse, Diane fixait le plafond, profondément déprimée. Sans liberté et sans rien pour s'occuper l'esprit, les journées étaient interminables, et les nuits sans fin. Si elle n'était pas folle en arrivant, elle risquait fort de le devenir...

Elle avait demandé aux infirmières de lui donner quelque chose à faire, ne serait-ce que du ménage, mais les harpies étaient restées sourdes à ses requêtes. Elle avait réclamé des livres, sans plus de succès. En désespoir de cause, elle se réfugiait en elle-même, rêvant de Marcus, d'Aquae Sulis, mais surtout de Marc et de Bath.

La jeune femme finit par perdre la notion du temps. Comme sa nourriture était droguée, elle mangeait à peine, maigrissait de jour en jour.

Malgré tout, elle s'accrochait à l'espoir. C'était le seul moyen de ne pas se laisser mourir. Marc viendrait la chercher. Elle l'aimait comme jamais elle n'avait aimé. Il était l'homme de ses rêves, il serait son sauveur.

Hélas, le temps passait, et il n'arrivait pas...

Elle finit par sombrer dans une prostration quasi totale, puis elle se mit à vomir. L'infirmière attendit trois jours avant de se décider à prévenir le Dr Bognor.

Celui-ci se montra très inquiet. Les sédatifs qui lui avaient été prescrits l'empoisonnaient. Il avait déjà vu des effets semblables sur des femmes de petit gabarit. Il ordonna l'arrêt immédiat des tranquillisants. Bognor savait que les tuteurs de la jeune fille se moquaient de la voir mourir, mais lui aurait des comptes à rendre au conseil de l'ordre du Wiltshire et à la police.

Peu à peu, les vomissements de Diane s'espacèrent. Elle comprit qu'ils avaient cessé de la droguer, et l'appétit lui revint lentement. Pourtant, elle continuait à souffrir de nausées chaque matin, et un soupçon d'un autre ordre se précisa...

# 36

Pour tromper son angoisse, Marc Hardwick se réfugia dans le travail. En tant que comte de Bath, il présidait aux décisions concernant tous les grands travaux susceptibles d'embellir la ville ou de la transformer. Cela suffisait à occuper ses journées, mais les nuits lui semblaient vides et interminables.

Sa superbe chambre où la reine Élisabeth avait dormi n'évoquait plus la mémoire de l'illustre souveraine mais celle de Diane. Partout elle avait laissé des traces de son passage, jusque dans l'air qu'il respirait.

Dans l'obscurité, il passait de longues heures à penser à elle, et quand il finissait par s'endormir, épuisé, des rêves érotiques peuplaient son sommeil. Il ne cessait de songer à sa disparition, se demandant s'il n'avait pas négligé un détail susceptible de le mettre sur sa trace, un indice, quelqu'un à questionner. Cela tournait à l'obsession. Tant qu'il ne l'aurait pas retrouvée, il ne connaîtrait pas la paix...

De son côté, Diane avait elle aussi focalisé ses pensées sur une chose : elle était enfermée depuis plus d'un mois et elle était enceinte. En temps normal, elle aurait été infiniment heureuse de porter l'enfant de Marc, mais elle vivait dans l'angoisse que ses geôliers ne découvrent son état. Cela n'avait rien à voir avec la honte et la réprobation qu'elle risquait d'encourir. Elle savait simplement que si le Dr Bognor apprenait l'existence du bébé, il le supprimerait. Il était hors de question qu'un enfant soit mis au monde dans l'enceinte d'un asile...

Après une matinée passée à vérifier ses livres de comptes, Marc se sentait ankylosé. Songeant qu'un peu d'exercice lui ferait du bien, il sella Trajan, son étalon favori, et chevaucha sur ses terres. Le printemps était arrivé, constata-t-il avec stupéfaction. Ses soucis lui avaient fait perdre la notion du temps. La vie continuait, envers et contre tout...

Il se dirigea vers la rivière et s'arrêta près d'un bosquet de hêtres rouges qui bourgeonnaient. Il descendit, saisi par la beauté de l'endroit. Une curieuse sensation de déjà-vu l'envahit. Ce lieu lui rappelait quelque chose, mais quoi ?

Un objet, au bord de l'eau, attira soudain son attention. Il s'approcha. Son cœur se mit à battre plus vite : il s'agissait d'un vestige romain, l'une de ces tablettes sur lesquelles ils avaient coutume d'écrire avant de les enterrer. Il dégagea l'objet. La feuille de plomb était intacte.

Il l'essuya. Un nom apparut : *Marcus*. De la même manière, il dégagea plusieurs mots avec une fébrilité croissante. *Aquae Sulis... Diane... s'aiment...* Puis une date : *61 après J.-C.*

Il comprit que cette tablette, c'était lui et Diane qui l'avaient enterrée lors de leur vie première.

Et alors, il se rappela. C'était un merveilleux après-midi, après qu'ils eurent fait l'amour, ici, au bord de la rivière... Il en ressentit une douleur presque intolérable.

Il serra les poings. Diane et lui étaient amants des siècles auparavant, et il se jura qu'ils le seraient à nouveau…

Quand il rentra au manoir, M. Burke l'informa qu'un visiteur l'attendait dans la bibliothèque depuis plus d'une heure. Il s'agissait de M. Dearden, propriétaire d'un magasin d'antiquités.

— Bonjour, monsieur le comte. Voilà ce qui m'amène. Hier, une femme est venue au magasin. Elle était en possession d'un demi-César en or.

Marc sentit son cœur manquer un battement.

— Seigneur, est-ce qu'elle était jeune ? Blonde ?

— Ah, j'étais sûr que cela vous intéresserait. J'ai examiné l'objet. Il est authentique, monsieur le comte.

— Oui, oui, mais la femme ? Qui est-elle ? Où habite-t-elle ? Je dois lui parler immédiatement.

— J'ai bien peur de ne pouvoir vous renseigner, milord. Elle était grande, forte et pas jeune, non. Pas vieille non plus, notez. Je lui en ai offert une centaine de livres, mais elle a fait la grimace, alors je lui ai dit que j'avais peut-être un client pour elle. Bien sûr, c'est à vous que je pensais, monsieur le comte.

— Vous l'avez laissée partir ?

— Elle m'a dit qu'elle reviendrait. Je suis désolé, milord. Je n'aurais pas dû venir vous déranger avant d'avoir quelque chose de sûr à vous offrir.

— Au contraire ! Vous avez fait exactement ce qu'il fallait.

Marc passa une main dans ses cheveux, comme chaque fois qu'il était énervé. Terriblement déçu, il se dit qu'au moins c'était la première piste qui s'offrait depuis plus d'un mois.

— Si elle revient, je dois savoir qui elle est. Envoyez-moi chercher immédiatement ou suivez-la vous-même, si nécessaire. C'est de la plus haute importance, monsieur Dearden. Je vous paierai comme il se doit pour ce service.

Une semaine s'écoula sans qu'il eût d'autres nouvelles. Il ne tenait plus en place. Il fit le tour de toutes les auberges et de tous les relais de poste de la ville mais personne ne se souvenait d'une femme correspondant à sa description. Il visita les autres magasins d'antiquités. Sans succès.

De l'extérieur, le comte de Bath semblait normal. À l'intérieur, cependant, un véritable volcan bouillonnait. Il recommençait à perdre espoir lorsque enfin le destin daigna lui sourire.

Une femme étrange se présenta à Hardwick Hall et demanda à lui parler. M. Burke la fit entrer dans un petit salon où le soleil pénétrait à flots par les larges fenêtres, puis il alla chercher son maître.

Marc Hardwick respira profondément avant de la rejoindre. Il avait songé à accueillir la dame en lui mettant le canon de son pistolet sur la tempe. Mais l'intimidation n'était certainement pas la meilleure tactique.

— Bonjour, madame… ?

— Mon nom ne vous dira rien, monsieur le comte. On m'a dit que vous collectionniez les objets romains ?

— Oui, c'est vrai.

— Je connais quelqu'un qui possède une moitié de pièce romaine et qui voudrait la vendre. Je crois qu'il s'agit d'un César.

Marc sentit son cœur se serrer. Il prit le bijou qu'il portait au cou et le lui montra.

— Est-ce qu'elle ressemble à celle-ci ?

La femme parut stupéfaite.

— Oui, absolument !

— Eh bien, comme vous pouvez le constater, j'en ai déjà une. Je n'ai pas besoin d'en avoir une autre, je regrette. En ville, il y a un marchand qui vous en donnera bien une centaine de livres.

La femme sembla très déçue. Sans un mot, elle se leva. Tout ce chemin pour rien ! Et maintenant, elle devait rejoindre sa sœur en ville...

— Faites préparer la voiture ! ordonna Marc à M. Burke dès qu'il eut refermé la porte sur sa visiteuse. Celle qui n'a pas d'armoiries !

Le comte de Bath ne savait pas où il allait mais il était prêt à tout. Il prit de l'argent et deux pistolets au manche d'onyx noir...

Quand le coupé dépassa la femme, quinze minutes plus tard, Marc s'étonna qu'elle eût déjà parcouru deux miles à pied. Elle était taillée comme une athlète et il se demanda ce qu'elle faisait dans la vie.

Il s'arrêta chez l'antiquaire Dearden et lui raconta la visite de l'inconnue qu'il avait éconduite.

— Je suis sûr qu'elle va revenir vous voir et qu'elle acceptera les cent livres que vous lui avez proposées.

Il compta deux cents livres qu'il donna à Dearden.

— Les cent livres supplémentaires vous dédommageront pour votre dérangement.

Après avoir demandé à son cocher de l'attendre à l'Angel, à l'angle de Westgate Street, le comte s'installa chez le marchand de tabac, en face de l'antiquaire. Ignorant combien de temps il devrait rester là à surveiller l'entrée de Dearden, il choisit un cigare et l'alluma.

Enfin, à sa grande surprise, il vit non pas une, mais deux femmes se ressemblant étrangement pénétrer chez l'antiquaire. Elles ne tardèrent pas à ressortir de la boutique. Dès qu'elles se furent éloignées, il alla chez Dearden récupérer la moitié du César et suivit les deux femmes à distance. Elles entrèrent dans une pâtisserie d'où elles émergèrent avec une grande boîte.

« Elles ne perdent pas de temps pour dépenser leur argent ! » songea Marc.

Ensuite, elles pénétrèrent chez Christopher Inn, le loueur de voitures. Marc s'interrogea. Diane résidait-elle chez des amis, hors de la ville ? Avait-elle envoyé les deux femmes vendre sa pièce d'or parce qu'elle avait besoin d'argent ? La réponse s'imposa d'elle-même. Non. Cette pièce lui était trop précieuse pour qu'elle songe à s'en défaire.

Il se dirigea vers l'Angel et demanda à son cocher de se renseigner chez Christopher au sujet de la destination des deux femmes. Celui-ci lui apprit peu après qu'elles avaient acheté des billets pour Chippenham. Marc poussa un juron. Sa juridiction ne s'étendait pas au-delà du Somerset.

— La diligence ne part pas avant cinq heures, continua le cocher. Elles sont en train de se gaver de gâteaux !

— Vous feriez peut-être bien d'aller chercher quelque chose à manger vous aussi. Nous risquons de ne pas dîner, ce soir.

Quand la diligence quitta Bath, le soleil se couchait. Ils arrivèrent à Chippenham vers sept heures du soir, à la nuit tombée.

Marc s'installa près de son cocher et ils suivirent les deux femmes depuis le relais. Elles marchaient d'un bon pas et paraissaient nerveuses. Plusieurs fois, elles se retournèrent, intriguées par la présence de la voiture derrière elles.

Elles s'engagèrent enfin dans une allée qui menait à un manoir.

— Au détour de l'allée, elles vont se mettre à courir, dit Marc à son cocher. Elles nous ont repérés et elles croient sans doute que nous voulons les voler. Je veux leur parler dans la voiture. Vous vous occupez de celle de droite, d'accord ?

Lorsqu'ils les attaquèrent, les deux sœurs se débattirent avec toute la force qui les caractérisait, mais le comte et son cocher eurent raison d'elles. Quelques secondes plus tard, quand Marc alluma la petite lampe à l'intérieur de l'habitacle, celle qui était venue à Hardwick Hall s'exclama :

— Vous êtes le comte de Bath !

Dans l'obscurité, son visage ténébreux devenait menaçant.

— J'imagine que la jeune femme à qui appartient la moitié de pièce est dans cette maison, n'est-ce pas ?

Les harpies échangèrent un regard plein d'effroi.

— Où sommes-nous ? interrogea-t-il.

— À l'asile Woodhaven.

« Dieu du ciel ! songea-t-il. Ces vautours l'ont internée ! Je pouvais toujours la chercher ! »

— Avez-vous seulement idée des risques que vous encourez ? Cette jeune femme est une riche héritière qui a été enlevée. Vous avez volé l'un de ses bijoux. Il se trouve que j'exerce la justice, dans ce comté.

Elles ignoraient que son pouvoir n'allait pas jusqu'au Wiltshire. Il les laissa digérer ses paroles avant de leur proposer une porte de sortie :

— Si vous vous montrez coopératives, je veillerai à ce que vous soyez déchargées de ce crime. Sinon, vous finirez vos jours en prison.

Affolées, les deux géantes acquiescèrent.

Marc donna un pistolet au cocher.

— Prenez cela le temps que nous revenions, et ne la laissez pas s'échapper, dit-il en désignant l'une des deux sœurs.

Il s'adressa ensuite à l'autre :

— Vous allez m'emmener jusqu'à la jeune femme. Y a-t-il une entrée à l'arrière ?

— Oui.

— Bien. Allons-y.

Arrivés près de la maison, elle ouvrit la porte de derrière avec l'une de ses clés puis s'engagea dans un long couloir faiblement éclairé. À leur approche, des rats se sauvaient dans les recoins obscurs. La femme monta un escalier.

Ils ne croisèrent personne. Seuls des gémissements, des rires déments leur parvenaient de temps à autre. Une odeur fétide régnait, mélange de relents de cuisine et d'urine. Le comte de Bath essayait de contenir la colère qui grondait en lui. Dans l'état où il était, quiconque se serait dressé en travers de son chemin aurait reçu une balle dans la tête...

Diane émergea d'un sommeil troublé en entendant le bruit de la clé dans la serrure. Une silhouette sombre, immense, apparut dans l'encadrement. Dieu du ciel, elle savait que Bognor finirait par venir, mais elle ne l'attendait pas en pleine nuit !

— Non ! cria-t-elle. Ne me touchez pas !

Le son de sa voix bouleversa Marc. Il l'avait enfin retrouvée !

— Mon amour...

— Marc ? murmura-t-elle, se demandant si elle ne rêvait pas.

— Oui, ma chérie, fit-il dans un souffle.

Il lui prit la main et la posa sur son cœur.

— Surtout, ne faisons pas de bruit, ajouta-t-il.

Il la souleva. Le cœur de Diane battait tellement fort qu'elle avait l'impression qu'il allait s'arrêter. Elle s'accrocha à lui avec frénésie, songeant que Dieu avait accompli un miracle inespéré.

— Je vous envoie votre sœur, dit Marc à l'infirmière. À votre place, je ne donnerais pas l'alarme...

Il n'eut pas besoin d'en rajouter : la géante tremblait de tous ses membres !

Plus tard, sur le chemin de Bath, Marc serra précieusement la jeune femme contre lui, caressant ses cheveux, la berçant tendrement.

— Essaie de te détendre. Nous avons deux heures de voyage.

— Tu es tellement intelligent que tu as fini par me trouver !

— Non, mon amour, c'est toi qui es intelligente. C'est grâce au César que je t'ai retrouvée.

— Oh, Marc, ils m'ont mise dans un asile ! dit-elle en frissonnant.

— Je sais. Ce sont des monstres.

Il referma les pans de son manteau autour d'elle afin qu'elle ait chaud. Peu à peu, elle lui raconta tout ce qui s'était passé depuis sa visite à Prudence et Richard, et son enlèvement.

— Pendant combien de temps suis-je restée enfermée ? demanda-t-elle.

— Quarante jours et quarante nuits. Comment as-tu fait pour tenir le coup ?

— Je savais que tu viendrais. C'est cette certitude qui m'a soutenue.

Il poussa un soupir.

— Diane, tu demeures sous le contrôle de ton oncle et de ta tante pendant trois semaines encore.

Il la sentit frémir dans ses bras.

— Ils ont la loi de leur côté, continua-t-il. Ils t'arracheront à moi dès qu'ils apprendront que je t'ai délivrée.

— Je t'en prie, ne les laisse pas me ramener là-bas !

L'affolement qui perçait dans sa voix lui fit mal.

— Il n'y a qu'une solution, répliqua-t-il. Si tu m'épouses, tu seras sous mon autorité légale.

Le cœur de Diane se serra. C'était ce qu'elle désirait le plus au monde, mais Marc Hardwick tenait à sa liberté.

— Merci, murmura-t-elle, au bord des larmes.

— Ne me remercie pas, mon amour. Il s'agit d'une solution temporaire. Ils m'attaqueront en justice et feront annuler ce mariage. Ils en ont le droit, car normalement tu as besoin de leur consentement. Notre seul espoir, c'est que ces démarches leur prennent plus de trois semaines.

# 37

Il était plus de dix heures quand ils arrivèrent à Hardwick Hall. Diane eut l'impression de rentrer chez elle. Marc se montrait tellement protecteur qu'il la porta dans ses bras jusqu'au vestibule. Il la déposa au pied du grand escalier.

La jeune femme tendit une main vers lui.

— J'adore te tenir la main, avoua-t-elle timidement.

Une fois dans la chambre, elle resta près de la porte tandis qu'il allumait les lampes. La pièce prit lentement vie, dans une douce lumière dorée, avec son grand lit et ses coussins de velours vert brodés de couronnes et de lions.

— J'aime cette pièce. Je ne veux plus jamais la quitter.

Marc se retourna pour lui répondre mais les mots moururent sur ses lèvres. À la lueur des lampes, il découvrit combien elle était pâle et amaigrie. Il réprima un juron.

— Je sais qu'il est tard mais nous devons nous marier dès cette nuit. Ce sera plus sûr.

— J'ai besoin d'un bain, dit-elle doucement.

— Aimerais-tu que la baignoire soit placée devant le feu de cheminée, comme au temps de la reine Élisabeth ?

Quelques minutes plus tard, des servantes apportaient une grande baignoire de porcelaine tandis que d'autres suivaient avec des seaux d'eau chaude. M. Burke et Nora arrivèrent, l'un pour s'occuper de la toilette de son maître, l'autre pour veiller sur Diane.

— Nous aimerions être seuls un moment, déclara finalement Marc.

La jeune femme ôta son épaisse chemise, ses chaussures de toile, puis se glissa dans l'eau chaude et parfumée. Le comte ramassa les vêtements grossiers qu'il tendit à une servante.

— Brûlez ça.

— Que vais-je mettre ? demanda Diane.

— Quelle importance ?

— Comment, quelle importance ? Je vais me marier, même si ce n'est que pour trois semaines, ajouta-t-elle avec regret.

Marc s'approcha d'elle, la caressant d'un regard empli d'amour.

— Tu peux déjà porter ceci, dit-il en détachant le demi-César de son cou.

— Cela a dû te coûter une fortune.

— Non, j'ai dit à la femme que j'en avais déjà un.

Il l'enveloppa dans une serviette et la sortit de l'eau.

— Si j'allais dans ta chambre, choisir une robe ?

Diane sourit, se souvenant de Marcus qui choisissait souvent ses vêtements. Elle hocha la tête et ouvrit la serviette pour sentir la chaleur des flammes contre sa peau. Comme il était doux d'être libre !

Marc revint avec la robe de velours vert jade.

— Un souvenir tout particulier se rattache à cette robe, dit-il en lui tendant le bustier de guipure rouge.

Il l'aida à s'habiller, mesurant combien elle avait maigri. Dès demain, il veillerait à ce qu'elle mange convenablement et fasse de l'exercice. Il détestait la voir si pâle, si fragile. Il la voulait resplendissante.

Pendant qu'il se rasait et s'habillait à son tour, Diane le regarda discrètement, admirant sa beauté virile, sa façon de bouger. Il se tourna vers elle.

— Je n'ai pas d'alliance ! s'exclama-t-il en riant.

— C'est normal. Qu'est-ce qu'un célibataire endurci comme toi ferait d'une alliance ? le taquina-t-elle.

Marc fit tourner à son doigt sa bague préférée, une émeraude intaillée.

— Celle-ci fera l'affaire. M. Burke et Nora nous serviront de témoins.

Quand il fut habillé, il alla vers elle et la prit dans ses bras. Puis il cueillit son visage entre ses mains et posa doucement ses lèvres sur les siennes.

— Tu es sûre d'être prête à ce qui va suivre ?

— Tout à fait sûre.

Et ce n'était pas pour trois semaines qu'elle voulait être sa femme, mais pour toujours...

Il était minuit passé quand le petit groupe se réunit dans le parloir du juge de paix de Bath. Après une courte cérémonie civile, ils signèrent l'acte de mariage, officialisant leur union selon les règles.

Dans la voiture qui les ramenait au manoir, Marc expliqua à leurs témoins que ce mariage serait sans doute annulé par les tuteurs de Diane, mais que dans trois semaines, celle-ci aurait dix-huit ans et entrerait en possession de son héritage.

Dès qu'ils arrivèrent, M. Burke et Nora se retirèrent discrètement.

Sur le perron, Marc souleva sa nouvelle épouse dans ses bras.

— Nous devons respecter la coutume, dit-il en franchissant le seuil.

— C'était une coutume romaine destinée à déjouer les mauvais présages. Le marié présentait ensuite à son épouse un bol d'eau et une torche allumée, ce qui la plaçait sous la protection des dieux de la famille dans laquelle elle venait d'entrer.

Dans leur chambre, ils découvrirent que M. Burke et Nora avaient préparé du vin et des gâteaux à leur intention. Marc la débarrassa de sa cape et se mit à l'aise à son tour.

— J'ai un cadeau pour toi. Je pense qu'il te fera plaisir.

Il alla chercher la tablette de plomb et la lui donna.

— Oh, Marc ! Tu as trouvé la preuve que je ne mentais pas !

— J'étais au bord de la rivière, sous les hêtres pourpres où nous avions fait l'amour.

— Mais alors... tu te souviens !

Emu, il s'empressa de servir le vin pour cacher son trouble.

— Levons notre verre à Diane, comtesse de Bath.

— Dieu du ciel ! Je suis comtesse ? Tout cela est bien formel. J'ai une meilleure idée !

Elle ôta sa robe, la lança de côté et se jeta à la renverse sur le lit.

— Je propose un toast à la liberté ! Et à l'amour !

Marc se réjouit de la voir aussi heureuse. Il s'attendait à passer cette première nuit à la rassurer, à chasser ses cauchemars, à essuyer ses larmes, mais certainement pas qu'elle l'invite à lui faire l'amour !

— Bois ton verre, et laisse-moi te mettre au lit. Il faut te reposer.

Elle porta docilement le verre à ses lèvres tout en levant une jambe.

— Enlève mes bas.

Il s'exécuta et lui embrassa les pieds. Diane dégrafa son corsage. Lui n'avait pas commencé à se dévêtir.

— Dépêche-toi, dit-elle en s'étendant voluptueusement sur les draps blancs et doux.

Il ôta sa chemise.

— Des baisers, c'est tout ce que tu obtiendras de moi, la prévint-il.

Elle l'observa pour voir s'il plaisantait. Non, il semblait sérieux. Il avait l'intention de se maîtriser par égard pour elle. Quelle noblesse ! Elle décida de le faire changer d'avis.

— Très bien. C'est toi le maître et je t'obéirai, se moqua-t-elle.

— Tu es toute faible, ma chérie. Il faut attendre que tu aies repris des forces. Quelques jours d'une vie saine, avec un peu d'exercice, suffiront.

Elle se pressa contre lui, ses seins contre la toison bouclée de sa poitrine.

— Je connais justement un exercice délicieux... mais j'ai promis de t'obéir.

— Tu me provoques, souffla-t-il entre deux baisers.

— Quand tu m'as prise dans tes bras pour franchir le seuil, tu disais qu'il fallait respecter les coutumes. Consommer le mariage n'en fait-il pas partie ? demanda-t-elle en se déplaçant de façon à le chevaucher.

Marc émit un grognement.

— J'essaie de ne pas être égoïste.

Elle se frotta contre lui.

— Oh, mon amour s'il te plaît, sois égoïste !

Ils s'embrassèrent avec une passion accrue. Pour la distraire, il voulut qu'elle lui raconte un mariage romain.

— Je me ferai un plaisir de te décrire tous les détails les plus intimes des règles en vigueur dans l'Antiquité mais... après.

— Après ? répéta-t-il d'une voix rauque, sachant qu'il allait céder.

S'il la laissait garder la position dominante, elle se fatiguerait. Il roula avec elle de sorte qu'ils soient tous deux sur le côté, puis il l'incita à enrouler une jambe autour de sa hanche.

Elle l'embrassa dans le cou avec une douceur extrême, songeant à leur bébé et remerciant le ciel de l'avoir épargné. Désirant garder son secret pour elle un peu plus longtemps, elle préféra ne rien lui dire ce soir.

À force de se retenir, Marc tremblait de désir. Il caressa son sexe tendu le long du sien, s'insinuant dans sa moiteur, lentement. Chaque fois, il frottait son point sensible, s'y attardant, y revenant jusqu'à ce qu'il la sente mouillée et brûlante. Quand elle ferma les yeux, tout était noir, mais au fur et à mesure que son plaisir s'amplifia, le noir se para de paillettes d'or, puis écarlates. Il allait et venait en elle doucement, prenant garde de ne pas la brusquer. Diane nageait dans un éden incandescent. Marc mesurait son ardeur, sensuel, attentif. Parfois, il s'arrêtait, l'écoutant palpiter, haleter, onduler. Quand l'orgasme explosa en elle, il l'accompagna par de longs mouvements profonds et quand à son tour il jouit, un second orgasme emporta Diane, l'entraînant dans une rivière de feu.

Il se retira d'elle lentement et la retourna de façon à se lover contre son dos. Diane soupira de bien-être, épanouie et heureuse, tandis qu'il lui caressait les seins et le ventre.

— Tu as de si belles mains, Marc…

Il en referma une sur son sexe, dans un geste possessif, en lui murmurant à l'oreille :

— Parle-moi du mariage romain.

Elle lui raconta comment se déroulaient la cérémonie et la fête, à l'époque antique. Quand elle eut fini, il referma l'étreinte de ses bras autour d'elle.

— Durant ces dernières semaines, j'ai eu peur que tu ne sois repartie dans le temps auprès de Marcus.

— Mon chéri, tu es Marcus.

— Oui, je le sais maintenant.

— Je ne peux pas repartir. Ce temps est révolu. Notre temps à nous, c'est ici, et maintenant.

— Je t'aime, dit-il dans un souffle.

— Je t'aime, répondit-elle.

Diane découvrait que l'amour était bien plus précieux, bien plus important que le mariage.

Ils passèrent la matinée à chevaucher sous un beau soleil printanier. Diane le défia même à la course, pour rentrer. Lorsqu'elle arriva aux écuries, il l'attendait et lui tendit les bras pour l'aider à descendre de cheval. Ses longs cheveux d'or bouclaient en désordre, ses joues avaient repris une jolie couleur pêche. Il l'embrassa.

— Quand tu gagneras la course, je saurai que tu es pleinement rétablie.

Il l'obligea ensuite à déjeuner de façon substantielle.

— Je n'ai même pas digéré mon petit déjeuner ! se plaignit-elle. Si j'avais su que tu étais un dictateur, je ne t'aurais pas épousé.

L'après-midi, ils allèrent en ville faire les magasins. Ils s'arrêtèrent d'abord chez le bijoutier où ils choisirent deux alliances en or.

— Maintenant, tu peux me rendre mon émeraude, dit-il.

Le visage de Diane se décomposa.

— Mon Dieu, qu'ai-je bien pu en faire ? Je ne peux l'avoir perdue !

Devant la mine consternée de Marc, elle ajouta en déboutonnant les trois premiers boutons de sa robe :

— Regarde si elle ne serait pas là, par hasard...

Une lueur rieuse au fond des yeux, il plongea la main dans son décolleté et trouva la bague.

Le bijoutier ébahi assista à la scène. Dès qu'ils eurent quitté la boutique, il s'empressa d'aller raconter à toute la ville que le comte de Bath avait enfin trouvé sa comtesse...

— Dearden a une paire de lits romains dans sa boutique, dit Marc. Tu veux les voir ?

— Non, achète-les tout seul. Moi je vais chez Madeleine. Tu te souviens de ce costume de Diane que je portais le soir de notre première rencontre ?

Il leva les yeux au ciel.

— Comment l'aurais-je oublié ?

— Nous dînerons à la mode romaine, ce soir.

Il éclata de rire.

— Je refuse de porter une toge !

Se haussant sur la pointe des pieds, elle lui murmura à l'oreille :

— Si tu ne portes rien du tout, cela m'ira très bien.

Il la laissa partir à contrecœur mais domina son appréhension. Diane avait besoin de liberté...

— Lady Diane ! s'exclama Madeleine. Quel plaisir de vous revoir !

— Vous vous souvenez donc de moi ?

— Comment aurais-je oublié cette bataille mémorable à propos de la robe vert jade ?

Diane sourit.

— Non seulement j'ai emporté la robe, mais le comte aussi, dit-elle en tendant la main pour montrer son alliance.

— Oh, madame la comtesse ! Que puis-je pour votre service ?

— Eh bien, vous travaillez merveilleusement bien. Que diriez-vous de créer des vêtements inhabituels pour moi ?

Marc et Diane décidèrent de transformer la garde-robe contiguë à leur chambre en une salle à manger privée. M. Burke installa une table basse entre les deux lits romains puis alla chercher des coussins, selon les indications de Diane. Profitant d'un moment où Marc s'était éloigné, elle murmura à l'oreille du majordome :

— J'ai choisi un costume assez suggestif, pour l'occasion. Cela vous ennuierait de laisser Nora faire le service ?

— Pas du tout, madame la comtesse. N'oubliez pas néanmoins qu'elle manque un peu de style...

Marc s'attendait à voir son épouse revêtir une tunique blanche. Lui-même décida de porter une robe d'intérieur en velours noir, rien d'autre. Pour l'amuser, il s'arma d'un fouet pouvant évoquer le *flagellum* romain.

Quand il ouvrit la porte donnant sur leur petite salle à manger, Diane était allongée sur sa couche.

Les yeux écarquillés, Marc découvrit que la tunique romaine ne découvrait pas seulement une épaule mais un sein. Seule une femme sûre de sa beauté pouvait se permettre de porter une tenue pareille, mais tout de même ! Il n'était pas certain d'aimer des manières aussi provocantes.

— Je ne crois pas qu'une comtesse devrait...

Elle l'interrompit en posant ses lèvres sur les siennes.

— Pense que je suis ton esclave, pas ta comtesse.

Avec un grognement sourd, il couvrit sa bouche de la sienne.

Diane lui prit le fouet et le posa.

— Une seule arme te suffit, mon cœur.

Le regard voilé, il referma une main sur le sein offert.

— Non ! Un peu de patience. Va sur ta couche. Tu me rejoindras pour le dessert.

Quand Nora apparut avec le dîner, Marc se précipita pour lui prendre le plateau. Il ne tenait pas à ce qu'elle voie la comtesse dans une telle tenue. Sa pudeur s'y opposait.

— Nous nous servirons nous-mêmes. Vous pouvez vous retirer, Nora. Merci, et à demain.

Une fois la domestique sortie, il s'allongea sur sa couche.

— Viens ici, ordonna-t-il.

— Non ! Je t'ai dit que je te rejoindrais pour le dessert.

— Tu es mon esclave. Je te conseille de m'obéir. Viens ici, et montre-moi comment disposer ces coussins.

Elle alla vers lui sans le quitter des yeux. Elle plaça un coussin derrière son dos et un autre sous son coude.

Marc suivait ses gestes tandis que le désir l'enflammait. Il dénoua la ceinture de sa robe d'intérieur qui s'ouvrit, révélant son corps splendide.

Ils n'arrivèrent jamais au dessert...

# 38

Le lendemain matin, ils chevauchèrent de nouveau dans la campagne. Comme la veille, Marc gagna la course.

— Alors, la taquina-t-il, on a eu une nuit éprouvante ?

Elle lui fit une grimace sans répondre.

— Cet après-midi, nous allons t'acheter une jument.

— Pourquoi pas un étalon ?

— Je préfère être le seul mâle dans ta vie, mon amour. De plus, une jument rendrait Trajan excessivement heureux.

— À Aquae Sulis, ton étalon s'appelait déjà Trajan.

— C'est que j'ai de la suite dans les idées !

Il l'emmena dans une ferme à Avebury et laissa la jeune femme faire son choix. Elle se décida pour une jeune jument dotée d'une crinière blonde qui rappelait la sienne.

Le crépuscule tombait quand ils rentrèrent au manoir. M. Burke les attendait avec la nouvelle qu'ils redoutaient. Pendant qu'ils étaient à Avebury, Richard Davenport était venu apporter une lettre officielle informant le comte qu'il souhaitait faire annuler son mariage pour n'avoir pas donné son consentement, en tant que tuteur légal de Diane.

L'affaire passerait en jugement quatre jours avant l'anniversaire de sa nièce.

Diane essaya de cacher sa détresse mais Marc n'était pas dupe : elle était bouleversée.

— Heureusement que je n'étais pas là ! gronda-t-il. J'aurais lâché mes chiens sur lui !

Cette nuit-là, la jeune femme s'accrocha à lui pour puiser sa force. Elle en aurait besoin pour affronter non seulement le scandale d'une annulation, mais sa réalité. Elle avait espéré qu'après ce qu'ils avaient fait, Richard et Prudence la laisseraient tranquille. Mais même son mariage avec le comte de Bath ne les avait pas incités à renoncer. Comme elle était naïve !

— Qu'allons-nous devenir, Marc ? murmura-t-elle, désespérée.

— Ma chérie, je te cacherai en lieu sûr en attendant le jour de tes dix-huit ans, ne t'inquiète pas.

Elle voulut lui demander : « Et après ? » Elle aurait aimé l'entendre dire qu'ils se marieraient de nouveau mais il n'en fit rien. Il s'agissait seulement d'un arrangement temporaire. Elle se caressa doucement le ventre. Si elle lui parlait de cet enfant, il l'épouserait pour la protéger, or elle voulait qu'il l'épouse librement, non par nécessité.

Elle soupira et se blottit contre lui, se souvenant qu'il tenait à sa liberté plus qu'à toute autre chose. Quelle importance, après tout, puisqu'il l'aimait ? N'avait-elle pas décidé que l'amour importait plus que le mariage ?

Pensif, Marc caressait ses cheveux, doux comme le satin. Le problème de l'annulation le préoccupait sérieusement. Le roi avait instauré l'âge légal du mariage à vingt et un ans. Bien sûr, Diane pourrait vivre avec lui, mais pour la première fois de sa vie il voulait une épouse légitime et des enfants. Or, même lorsque la jeune femme serait devenue financièrement indépendante, elle aurait besoin du consentement de Richard pendant encore trois ans. Que faire ?

Diane s'étira voluptueusement. Elle décida de changer de sujet :

— J'aimerais bien avoir une piscine privée. Tu voudrais m'aider à la dessiner ?

— Une piscine intérieure ou extérieure ?

— À l'extérieur, on n'en profiterait pas assez. Que dirais-tu d'un jardin intérieur, sous une verrière, avec des arbres et des plantes ?

— Cela me paraît merveilleux. Mais sais-tu nager ?

— Bien sûr !

— Oh ! J'aimerais bien te voir.

— Demain, nous irons au King Bath, d'accord ? Je suis impatiente de t'admirer en maillot de bain !

Le lendemain après-midi, quand ils y arrivèrent, Diane fut surprise de trouver les lieux déserts. Seule une suivante se trouvait là, avec une robe de lin marron, à taille haute, qu'elle tendit à Diane. Comme celle-ci s'étonnait qu'il n'y ait personne dans le vestiaire des femmes, la femme lui expliqua que le comte de Bath avait loué les lieux pour la journée. Quand Diane gagna le bassin, Marc l'y attendait, entièrement nu.

— Et moi qui voulais rire en te voyant dans ton costume de bain ! s'écria-t-elle. C'est toi qui t'amuses, on dirait !

— Il n'y a personne à part nous. Est-ce que tu oserais te déshabiller ? la défia-t-il.

— Se baigner nue n'est pas nouveau pour moi, affirma-t-elle avec hauteur.

Elle jeta un coup d'œil circulaire pour s'assurer qu'il n'y avait personne avant d'ôter sa robe et d'entrer dans l'eau chaude. Aussitôt, elle lui fit une démonstration de ses talents de nageuse.

Ils s'ébattirent durant près d'une heure. Sans le montrer, Marc la surveillait. Elle avait retrouvé ses couleurs et semblait à l'aise dans l'eau mais elle lui semblait si fragile ! Il plongea sous l'eau et l'attira contre lui en remontant à la surface. Ils s'embrassèrent. Soudain, il la regarda gravement.

— Rentrons à la maison, murmura-t-il.

Quand ils arrivèrent, Diane eut le plaisir de voir qu'un grand paquet était arrivé de chez Madeleine. Elle le monta à l'étage.

— Ce soir, nous dînons dans notre salle à manger privée ! lança-t-elle par-dessus son épaule.

— Avec lady Diane à la maison, plus question de s'ennuyer, Monsieur ! remarqua M. Burke. Je suppose que vous voulez que Nora s'occupe du service ?

— Connaissant la comtesse, je pense que ce serait plus sage, en effet.

Diane finissait de se coiffer quand Nora entra dans la chambre rose. Elle se figea sur le seuil.

La jeune femme avait fixé la chaîne en or autour de sa taille et la jupe rouge à taille haute était drapée sur ses hanches, laissant le buste dénudé.

— Vous ne pouvez porter ça, madame la comtesse !

— Pourquoi pas ?

— Je suis française, vous le savez, j'ai les idées larges. Mais cette tenue est vraiment choquante.

Diane eut un petit sourire mystérieux.

— Je pourrais choquer un Français, pas un Romain. Avez-vous réussi à me trouver un brûleur d'encens ?

— Je l'ai mis dans la salle à manger.

— À Aquae Sulis, la salle à manger s'appelait le triclinium.

— C'est là qu'avaient lieu leurs orgies ? questionna Nora, qui connaissait le goût de sa maîtresse pour l'époque romaine.

— Entre autres, oui...

De son côté, Marc avait prévu de surprendre son épouse. Il apparut au dîner avec une simple serviette autour des hanches. Diane faisait brûler une boule d'encens. Il la détailla longuement, s'émerveillant de sa beauté.

— Les grands esprits se rencontrent, on dirait, commenta-t-il, amusé.

— C'est un costume romain. Quant à cette essence, elle a le pouvoir de réveiller la mémoire enfouie.

Elle était plus belle qu'une déesse, se dit-il. Qu'avait-il fait pour mériter ce présent ?

Quand Nora arriva avec le dessert, ils ne semblèrent même pas s'aviser de sa présence. Lovés l'un contre l'autre sur un lit romain, ils se donnaient mutuellement à manger.

— Quel fruit veux-tu ? murmura-t-il.

— J'ai une préférence pour les fraises, dit-elle en lui léchant les doigts.

— Quelles sont tes autres préférences ? s'enquit-il d'une voix rauque.

— *Tantra*.

— *Tantra* ? répéta-t-il sans comprendre. Montre-moi.

— Pas sur le lit, par terre. Je m'assois sur tes genoux, face à toi. Tu vas et viens en moi, lentement, jusqu'au bord de l'extase, et là... tu t'arrêtes... avant de recommencer... encore et encore...

Une ombre passa dans les yeux de Marc et il l'attira sur lui...

Quand la notification légale de l'annulation du mariage du comte de Bath et de lady Diane Davenport parvint à Hardwick Hall, Marc et la jeune femme partirent se cacher à Bristol.

Accoudés à la balustrade du pont sur l'Avon, ils regardaient les eaux tumultueuses.

— Mon cœur, murmura-t-il, je suis désolé que notre mariage soit dissous, mais nous nous y attendions, n'est-ce pas ?

Elle pressa sa main.

— Ce n'est qu'un morceau de papier... mariage ou annulation, qu'importe ? Ils ne peuvent faire disparaître notre amour.

— Quand nous aurons dévalisé toutes les boutiques de Bristol, nous irons à Londres pour fêter ton anniversaire. Il est temps que tu prennes une petite revanche, ma chérie.

— Oh oui, Marc ! J'irai à Grosvenor Square récupérer ma maison. Tu viendras avec moi ?

— Je ne manquerais cela pour rien au monde. Durant ces quatre jours, ils vont tout faire pour te retrouver. Mais ne t'inquiète pas, nous sommes à l'abri dans cette ville...

Cette nuit-là, Marc réfléchit à la façon dont il s'y prendrait pour obliger Davenport à signer son consentement au mariage de sa nièce... Certes, il pourrait l'acheter, car il serait désormais dans le besoin, mais le comte ne parvenait pas à se résoudre à payer un homme qui avait emprisonné dans un asile la femme qu'il aimait. Il faudrait trouver un autre moyen, peut-être la menace d'une arme.

Il contempla Diane, endormie contre lui. Il était impatient de voir l'éclat incomparable que prendraient ses beaux yeux violets quand il renouvellerait sa demande en mariage.

Le jour de ses dix-huit ans, Diane se réveilla dans un grand lit de l'hôtel Savoy, à Londres. Elle décida de porter du rouge pour la confrontation avec son oncle et sa tante : Prudence estimait qu'aucune femme respectable ne pouvait s'habiller en rouge... Elle s'arma également d'une ombrelle assortie à sa tenue, au cas où elle serait amenée à se défendre.

Marc et Diane s'arrêtèrent tout d'abord aux bureaux de Chesterton, où la jeune femme dut signer de nombreux documents. Puis un petit coupé les emmena à Grosvenor Square...

Les Davenport avaient passé la semaine précédente à Bath. Quatre jours auparavant, quand la Cour avait annulé le mariage de leur nièce, ils s'étaient présentés à Hardwick Hall pour récupérer leur pupille. M. Burke s'était fait un plaisir de leur annoncer que lady Diane n'était pas là. Ils avaient ensuite perdu un temps fou à essayer d'obtenir un mandat de perquisition.

Lorsque M. Burke avait enfin daigné leur dire que la demoiselle s'était volatilisée à Bristol, il était trop tard pour continuer les poursuites. Cet odieux majordome s'était bien moqué d'eux, et voilà qu'aujourd'hui Diane avait l'audace de venir les narguer !

— Bonjour, Richard. Bonjour, Prudence. Comment va cette vieille hanche ?

Les lèvres de sa tante s'arrondirent avant de se crisper en une ligne dure.

— Comment osez-vous ! Votre conduite scandaleuse a déjà fait le tour de Londres et de Bath, avant de retomber sur moi !

— J'ai toujours eu de l'audace à revendre, Prudence. Vous avez fait ce que vous avez pu pour m'étouffer mais vos pathétiques petites mises en scène n'ont servi à rien.

Prudence releva la tête, exhibant son long nez.

— J'ai au moins la satisfaction d'avoir fait annuler votre mariage !

— Puis-je vous parler en privé, Davenport ? intervint Marc.

Une fois seule avec Prudence, Diane répondit d'un air hautain, malgré le nœud qui lui serrait la gorge :

— Mon mariage n'était qu'une formalité, chère tante, il ne signifie pas grand-chose pour moi.

Prudence eut un sourire cruel.

— Surtout quand il est déclaré nul et non avenu d'une façon tout à fait légale, et sans appel.

— Puisque vous semblez tellement fascinée par les papiers légaux, j'en ai justement un pour vous, dit Diane en sortant un document de son réticule.

— Un avis d'expulsion ?

— Rien ne presse. Cette formalité ne prend effet qu'à partir de minuit.

— Espèce de petite traînée ! cria Prudence qui dut s'asseoir précipitamment, proche de la syncope.

# 39

De son côté, le comte prenait une petite revanche sur Richard Davenport. Son arme, plus efficace que le meilleur pistolet, n'était autre qu'une pile de documents légaux.

Richard l'étudiait d'un œil méfiant.

— Laissez-moi satisfaire votre curiosité, commença Marc d'un air aimable. J'ai ici des papiers autorisant un examen approfondi des finances de lady Diane.

Davenport devint pâle comme un linge, et le comte enfonça le clou :

— Vous êtes accusé de ponctions illicites dans les biens de votre nièce, de séquestration et d'internement sans fondement.

— J'ai agi selon mes droits de tuteur.

— Vous avez outrepassé vos droits.

— Ma nièce n'a pas toute sa raison. Elle croit qu'elle a été transportée dans le passé.

— Qui le sait ? Vous, le Dr Wentworth et moi. Il se trouve que le docteur et moi-même nierons farouchement l'avoir jamais entendue parler de ce voyage dans le passé.

— Le Dr Bognor donnera un tout autre témoignage.

— Le Dr Bognor est dans une position encore plus critique que la vôtre, Davenport. Je crains qu'il n'exerce plus la médecine avant longtemps... Quant à vous, vous êtes accusé de détournement de fonds. En tant qu'homme de loi, vous savez ce qu'il vous en coûtera ?

Richard avait maintenant un teint de cendre. La sueur perlait à son front. Marc en profita pour lancer innocemment :

— J'aurais sans doute pu persuader lady Diane d'oublier certaines des charges qui pèsent contre vous si elle avait été ma femme…

— Prudence ne donnera jamais son consentement à ce mariage, dit Davenport en tremblant.

— Heureusement, en tant que tuteur de Diane, votre signature suffira.

Dans la voiture qui les ramenait au Savoy, Diane s'efforça de sourire mais Marc remarqua que son regard restait triste.

— Aimerais-tu dîner dehors pour ton anniversaire ?

— Je préférerais un dîner plus intime, si cela ne t'ennuie pas.

— J'ai déjà tout commandé à l'hôtel.

La jeune femme prit un bain et choisit un négligé blanc orné de rubans dorés.

Quand elle sortit de la salle de bains, le dîner était déjà sur la desserte. Elle poussa une exclamation ravie. Marc avait pensé aux orchidées bleues, ses fleurs préférées. Elle se retourna et fut dans ses bras.

— Tu n'as rien oublié.

Il effleura son front de ses lèvres.

— Demain, nous rentrons à la maison.

— Ce n'est pas ma maison, remarqua-t-elle doucement.

Il mit une feuille de parchemin entre ses mains.

— Elle le sera bientôt.

Et la jeune femme lut que Richard Davenport consentait au mariage de lady Diane et Marc Hardwick, comte de Bath…

Ivre de bonheur, elle se mit à rire et à pleurer en même temps.

— Tu me demandes vraiment en mariage ?

— Je te conseille de dire oui : j'ai déjà posté les invitations.

Le sourire de Diane mourut soudain sur ses lèvres.

— Oh, Marc, j'ai causé un tel scandale que personne ne viendra ! Je suis au ban de la bonne société et tu vas t'y retrouver aussi, à cause de moi.

— Allons ! La bonne société, comme tu dis, n'est pas si « bonne » qu'elle le paraît. Et puis je suis comte, ne l'oublie pas. Les gens ne rateront pas une occasion de venir à Hardwick Hall et de voir à quoi ressemble ma scandaleuse épouse.

Eperdue de gratitude, elle l'embrassa passionnément.

— Si on oubliait le dîner et si on allait tout de suite au lit ? murmura-t-il, enchanté par cet assaut.

— Tu es fou ? Je meurs de faim ! Je te garde pour le dessert, mon amour.

— Les plaisirs différés sont les meilleurs, fit-il en trempant le bout d'une queue de langouste dans une sauce au beurre.

Il l'approcha des lèvres de Diane.

— Cette nuit, je m'attarderai à exciter chacun de tes sens.

Elle passa sa langue sur ses lèvres.

— Tu es tellement sûr de toi…

Marc eut son petit sourire énigmatique.

Sous une profusion de fleurs printanières, Hardwick Hall n'avait jamais été aussi beau. Même le temps se mit de la partie pour que le mariage soit réussi. Le repas avait été commandé chez un restaurateur afin que Nora soit libre de s'occuper de la mariée.

La veille, les futurs époux avaient échangé leurs cadeaux de noces. Diane avait offert à Marc un magnifique glaive de gladiateur romain, et elle avait reçu un collier d'or avec au centre une améthyste pour rappeler la couleur de ses yeux.

— Oh, j'oubliais, lança Marc en sortant un paquet caché sous le lit.

Quand Diane ouvrit la boîte, ses yeux se brouillèrent de larmes. Elle contenait une longue tunique romaine de couleur crème, avec une paire d'escarpins incrustés de perles. Le voile de mariée en soie chinoise évoquait le soleil couchant.

— Marc, tu as dû écouter mes histoires avec une grande attention !

— Cela t'étonne ? Je t'aime autant pour ton intelligence et ton humour que pour ta beauté.

Des siècles s'étaient écoulés pour qu'il apprenne enfin à aimer une femme pour toutes ces qualités, songea Diane.

— Te sens-tu assez forte pour porter un voile rouge ?

— Je me sens prête à tout !

Mais maintenant que Nora était en train de fixer le voile à ses cheveux à l'aide d'une couronne de verveine, Diane sentait son courage vaciller. La veille, elle doutait d'avoir des invités. À présent, les voitures ne cessaient d'arriver.

— Il est trop tard pour jouer les comtesses respectables. Toute la haute société va me passer au peigne fin. Je n'ai pas intérêt à les décevoir.

On frappa doucement à la porte. M. Burke venait la chercher pour la conduire à la chapelle privée de Hardwick Hall.

Chaque banc était décoré de lis. Une foule nombreuse s'y pressait, mais Diane ne distinguait pas les visages, fondus dans une sorte de brouillard. Seul celui de l'homme qui l'attendait près de l'autel l'intéressait.

Elle écouta attentivement le prêtre qui les unit et prononça les paroles consacrées après Marc. Malgré son émotion, elle murmura à l'oreille de son mari :

— Acceptes-tu d'être mon *pater familias* ?

Marc lui pressa la main, comme pour lui dire qu'il serait tout ce qu'elle voudrait. Quand ils reçurent une pluie de riz à la sortie de la chapelle, Diane songea au secret qu'elle partagerait avec son mari, le soir même.

Le soleil de l'après-midi brillait de tous ses feux. Les portes du manoir étaient grandes ouvertes, de sorte que les invités pussent également profiter du jardin.

Contrairement à ce qu'elle craignait, Diane connaissait nombre des invités. Il y avait le Dr Wentworth avec sa délicieuse épouse. Dame Lightfoot arriva avec les Melbourne.

— Allegra n'a pas pu venir ? s'enquit Diane, espiègle.

— Elle sera là plus tard, quand le bal sera ouvert, répondit dame Lightfoot sans ciller.

Lady Emily Castlereagh et son mari, le marquis de Mondonberry, d'anciens amis très proches du père de Diane, avaient fait le voyage jusqu'à Bath en compagnie des Granville. William Lamb, l'un de ses prétendants déçus, arriva avec Caro Ponsonby. Quand Diane apprit qu'ils étaient fiancés, elle plaignit l'infortuné jeune homme. Caro allait lui rendre la vie impossible. Pauvre William !

Marc et Diane se mêlèrent à la petite cour réunie autour de l'excentrique comtesse de Cork. La vieille dame posa son regard perçant sur la jeune fille.

— Dites-moi, lady Diane, où aviez-vous donc disparu durant tous ces longs mois ?

Le silence se fit dans le salon.

— Vous savez combien les hommes aiment voyager avant de se marier, répliqua la jeune femme d'une voix claire. Eh bien, j'estime que le sexe faible a le droit d'en faire autant, alors je suis partie à Rome.

— Bravo, ma chère ! Vous avez eu bien raison ! approuva la comtesse, et toutes les femmes de l'assemblée se rangèrent à son avis.

Quand la nuit commença à tomber, Diane dit à Marc :

— Je monte enlever mon voile avant que le bal commence.

— Va, tes cheveux sont bien trop beaux pour rester cachés.

— Cette journée a été parfaite, Marc. Merci de tout cœur.

Elle était impatiente de danser avec lui dans la somptueuse salle de bal élisabéthaine. Il prit ses mains et les porta à ses. lèvres, sachant que s'il s'aventurait à baiser ses lèvres, il ne pourrait plus s'arrêter.

Peu après, Diane entrait dans la chambre qui était maintenant la sienne. Quand elle se retourna après avoir fermé la porte, elle se retrouva nez à nez avec Peter Hardwick... Comment diable était-il entré ? Il avait dû emprunter le passage secret.

— Peter, que voulez-vous ?

— Je n'étais pas assez bien pour vous, n'est-ce pas ? Vous et Marc avez conspiré pour me voler ce qui me revient de la fortune de mon père. Jusqu'à ce que vous apparaissiez, j'étais son héritier, maintenant il va vous faire des enfants qui hériteront à ma place ! Eh bien, non ! Cela ne se passera pas comme ça !

C'est moi qui aurai tout, et vous, ma beauté, vous allez mourir !

— Petrius ! s'écria-t-elle, dans son affolement.

— Je vais vous traîner sur le toit, d'où vous sauterez de votre plein gré ! Personne ne sait que je suis là, donc personne n'imaginera jamais ce qui s'est passé !

Il se jeta sur elle. Oubliant de crier, Diane se précipita vers la porte qu'elle parvint à ouvrir avant que des mains cruelles se referment sur elle. Elle se débattit de toutes ses forces et lui échappa, perdant son voile rouge dans la lutte. Elle se mit à courir dans le couloir qui menait à l'escalier. Derrière elle, Peter courait aussi, haletant.

Puis elle aperçut Marc, en bas des marches, avec Charles Wentworth. Avant qu'elle ait pu ouvrir la bouche pour hurler, elle reçut une violente poussée dans le dos et elle dévala l'escalier.

L'horreur déforma le visage de Marc quand il vit Peter pousser Diane. Il bondit et la cueillit dans ses bras. Son cœur cognait si fort à ses oreilles qu'il avait l'impression d'être sourd. Il ne connaissait pas la peur, mais pour la première fois de sa vie il sentit la sueur froide de la terreur couler le long de son dos.

— Je vais bien, Marc... c'était Petrius !

Charles Wentworth la prit des bras de Marc.

— Je m'occupe d'elle. Rattrape-le !

Une lueur meurtrière dans les yeux, Marc s'élança dans l'escalier. Sans hésiter, il entra dans sa chambre, puis dans le passage secret qui menait sur le toit. Peter s'en était déjà servi, quand ils étaient enfants, un jour où il avait fait du mal à un cheval de Marc. Cette fois-là il ne l'avait pas rattrapé, mais ce soir il ne lui échapperait pas.

Plaqué dans l'ombre contre la grosse cheminée, Peter se disait que finalement, ce serait beaucoup mieux pour lui si c'était Marc qui tombait du toit, plutôt que Diane. Son frère était la véritable entrave à son avenir. La haine et la cruauté grossirent en lui. Quelle sensation divine !

Marc ne bougea pas jusqu'à ce que ses yeux s'habituent à l'obscurité. Ils scrutèrent lentement les reliefs du toit. Rien. Peter était donc derrière lui, de l'autre côté de la cheminée. Il marcha vers le parapet sans chercher à se cacher.

— Sors de là, ordonna-t-il.

Deux minutes s'écoulèrent, durant lesquelles pas un bruit, pas un craquement ne se fit entendre. Puis, brusquement, Peter jaillit et bondit sur Marc.

Les réminiscences du passé surgirent à la conscience de Marc. Petrius avait empoisonné leur père et incité Néron à brûler Diane sur un bûcher !

Ses poings entrèrent en action. En tombant à genoux, Peter perdit l'équilibre et bascula dans le vide. L'impact fut fatal.

Marc regarda le corps inanimé de son frère, en bas. Tout s'était passé trop vite. Il n'avait pas eu le temps de le retenir. *Mais l'aurais-je sauvé si j'avais pu ?* Marc ne sut que répondre. Une seule chose était sûre : Peter était le diable incarné. Il ne pouvait que mal finir. Comme les mariages romains ensanglantés par un sacrifice, le sien avait un supplicié. En restant en vie, Peter aurait toujours menacé son bonheur. Les dieux s'étaient chargés de lui…

Marc retrouva Diane dans sa chambre, où Charles Wentworth l'avait examinée. Il interrogea aussitôt son ami du regard.

— Diane va bien, mais elle devra rester couchée pendant quelques jours. Elle a eu beaucoup de chance de ne pas perdre son enfant.

Marc cacha sa surprise.

— Merci, Charles. J'ai peur qu'on ait besoin de toi en bas...

Charles descendit aussitôt et Marc se laissa tomber au bord du lit.

— Tu vas bien, vraiment ? s'enquit-il, s'efforçant de contenir le bonheur qui menaçait de l'étouffer.

— C'était Petrius...

— Je sais, mon amour. Il ne te fera plus jamais de mal.

— C'est très mal de ma part, mais je suis soulagée de l'apprendre.

— Il méritait de mourir. C'est fini.

Diane prit la main de Marc et la posa sur sa joue avant de l'embrasser.

— Tu es si mince, tu es sûre que tu attends un enfant ?

— Tout à fait.

Il l'embrassa sur le front.

— Repose-toi. Je m'occupe de tout.

Quand il referma doucement la porte, elle songea qu'avec lui pour la protéger, elle pouvait vraiment s'endormir tranquille.

Par une douce nuit de mai, Diane et Marc étaient assis face à face dans la baignoire de porcelaine.

— Le bassin sera fini dans deux jours. On pourra reléguer cette vieille baignoire au grenier.

— Il n'en est pas question. Je me suis attachée à elle, dit Diane en glissant un pied entre les jambes de Marc.

Il resserra les cuisses.

— Tu veux jouer au maître et à l'esclave ?

— À la maîtresse et à l'esclave !

— Jamais ! s'écria-t-il pour la forme, car il savait qu'elle l'avait soumis.

— Bon, si nous négociions ? suggéra-t-elle plaisamment, avançant un peu plus son pied.

— Je veux bien te laisser m'appeler Marcus…

Diane aimait avoir le dernier mot. Il le lui concédait volontiers. Les paupières mi-closes, elle murmura :

— Je ferai tout ce que tu voudras si tu portes le glaive que je t'ai offert.

Et elle ponctua ses paroles d'un appel du pied éloquent.

# AVENTURES & PASSIONS

**3 mars**

## Mary Balogh

***La saga des Westcott - Celui qui me respectera***

*Inédit*

Lorsque Abigail Wescott découvre l'illégitimité de sa naissance, elle comprend que son avenir ne tiendra pas les promesses auxquelles elle rêvait. À cause de cette faute paternelle doit-elle renoncer à l'amour et être condamnée au célibat ? Quand elle rencontre Gil Bennington, d'origine modeste, qui s'est engagé dans l'armée et a gravi les échelons jusqu'à devenir lieutenant-colonel, elle est choquée par son cynisme à l'égard des femmes. Si, de prime abord, Abigail et Gil n'ont rien en commun, les circonstances les mèneront à comprendre que les premières impressions peuvent être trompeuses.

✦

## Kate Bateman

***Les célibataires de Bow Street - Les meilleurs ennemis***

*Inédit*

Un voleur sévit dans les résidences chics de Mayfair. Celui que l'on surnomme L'Engoulevent ne s'intéresse qu'aux joyaux de la Couronne de France. Alexander Harland, comte de Melton, est secrètement mandaté par Bow Street pour enquêter et appréhender l'impudent cambrioleur. Sa piste le conduit rapidement à Mlle Emmy Danvers, une jeune fille de bonne famille qui n'est peut-être pas si respectable et si innocente que cela et qui lui inspire les pensées les plus inconvenantes.

Darlene Marshall

***Tourmentes - Le forban au grand cœur***

*Inédit*

Quand il ne sillonne pas les mers, le capitaine Robert St. Armand mène une joyeuse vie de célibataire. C'est dans une taverne de Saint-Martin que le débusque Lydia Burke, une jeune gouvernante accompagnée d'une gamine de huit ans qu'elle lui présente comme sa fille. Sa mère est morte, c'est donc à lui de s'en occuper désormais. Robert est paniqué. Il ne connaît rien aux enfants. Il ne pourra jamais s'en sortir seul. Qu'à cela ne tienne, il enlève la jeune fille à bord de son navire qui cingle bientôt vers l'Angleterre. La prude Lydia l'aidera de gré ou de force. Et, avec un peu de chance, il mettra à profit le temps de la traversée pour la séduire...

✦

Kinley MacGregor

***Les MacAllister - Le champion du roi***

*Inédit*

Afin de préserver des enjeux stratégiques, Henri Plantagenêt a la solution idéale : unir le comte de Blackmoor à Rowena de Vitry. Mais comment faire ? Le comte, surnommé Le faiseur de veuves, a guerroyé en Terre sainte et abhorre l'idée du mariage. Rowena est une poétesse qui déteste la violence. Jamais ces deux-là n'accepteront une alliance ! C'est compter sans le plan malicieux de la reine Aliénor qui entend les piéger pour mieux les réunir.

### Heather McCollum

***La jeune fille au loup***

*Inédit*

1535. Au sortir d'une échauffourée avec les Anglais près de la frontière écossaise, Caden Macbain fait une rencontre inattendue dans la forêt : une femme accompagnée d'un énorme loup ! Guérisseuse, Meg Boswell est douée de pouvoirs extraordinaires. Vouée au bûcher par des fanatiques, elle fuit vers les Highlands pour se réfugier chez son oncle qui n'est autre que le voisin de Caden. Aussi, lorsqu'il, l'enlève pour servir ses intérêts, Caden ignore que cette étrange fille, dont la beauté ainsi que le courage l'impressionnent, va bouleverser le destin de son clan et assiéger son cœur.

✦

### Loretta Chase

***Le prince des débauchés***

*Bibliothèque idéale*

« Un démon ! » C'est ainsi qu'on décrit le marquis de Dain. Enfant, il était chétif et laid. Son père, qui le détestait, voyait en lui l'œuvre du diable. Adolescent, il a fait les quatre cents coups avant de devenir celui qu'il est aujourd'hui : un libertin avide de sensations fortes. Et ce dépravé tenterait d'entraîner dans la débauche Bertie, le jeune frère de Jessica Trent ? Pas question ! Aussi résolue que son frère est faible, la jeune femme part en guerre contre le marquis et, à sa grande stupeur, est vite désarmée par son charme.

## Patricia Rice
### *La garçonne en dentelle*

Samantha rêve d'étrangler Stan Talbott ! Quelle malchance d'avoir parcouru les trois mille kilomètres qui séparent le Tennessee de la Californie pour tomber sur un tel rustre... Depuis l'arrivée de Samantha dans ce village, Stan ne cesse d'user de son pouvoir pour la chasser. Allant jusqu'à exiger qu'elle troque son habituel pantalon contre cette ridicule robe de taffetas et de dentelle. Comme si c'était la tenue la plus pratique pour une pionnière ! Pour avoir la paix, la jeune femme s'est pliée aux caprices de ce macho. Que veut-il de plus ?

4479

*Composition*
FACOMPO

*Achevé d'imprimer en Italie*
*par* GRAFICA VENETA
*le 5 janvier 2021*

Dépôt légal: février 2021
EAN 9782290252895
OTP L21EPSN002269N001

EDITIONS J'AI LU
87, quai Panhard-et-Levassor, 75013 Paris

*Diffusion France et étranger : Flammarion*